Festividade MORTAL

J. D. ROBB

SÉRIE MORTAL

Nudez Mortal
Glória Mortal
Eternidade Mortal
Êxtase Mortal
Cerimônia Mortal
Vingança Mortal
Natal Mortal
Conspiração Mortal
Lealdade Mortal
Testemunha Mortal
Julgamento Mortal
Traição Mortal
Sedução Mortal
Reencontro Mortal
Pureza Mortal
Retrato Mortal
Imitação Mortal
Dilema Mortal
Visão Mortal
Sobrevivência Mortal
Origem Mortal
Recordação Mortal
Nascimento Mortal
Inocência Mortal
Criação Mortal
Estranheza Mortal
Salvação Mortal
Promessa Mortal
Ligação Mortal
Fantasia Mortal
Prazer Mortal
Corrupção Mortal
Viagem Mortal
Celebridade Mortal
Ilusão Mortal
Cálculo Mortal
Celebração Mortal
Esconderijo Mortal

Nora Roberts

escrevendo como

J.D. ROBB

Festividade MORTAL

Tradução
Renato Motta

1ª edição

BERTRAND BRASIL
Rio de Janeiro | 2024

CIP-BRASIL. CATALOGAÇÃO NA PUBLICAÇÃO
SINDICATO NACIONAL DOS EDITORES DE LIVROS, RJ

R545f Robb, J. D., 1950-
Festividade mortal / J. D. Robb ; tradução Renato Motta. - 1. ed. - Rio de Janeiro: Bertrand Brasil, 2024. (Mortal ; 39)

Tradução de: Festive in death
ISBN 978-65-5838-288-1

1. Ficção americana. I. Motta, Renato. II. Título. III. Série.

24-91619 CDD: 813
CDU: 82-3(73)

Gabriela Faray Ferreira Lopes - Bibliotecária - CRB-7/6643

Texto revisado segundo o Acordo Ortográfico da Língua Portuguesa de 1990.

Direitos exclusivos de publicação em língua portuguesa somente para o Brasil adquiridos pela:
EDITORA BERTRAND BRASIL LTDA.
Rua Argentina, 171 — 3º andar — São Cristóvão
20921-380 — Rio de Janeiro — RJ
Tel.: (21) 2585-2000,
que se reserva a propriedade literária desta tradução.

O pecado tem muitas ferramentas, mas a mentira é a peça cabo que serve para todas elas.

— OLIVER WENDELL HOLMES

No Natal brinque e faça com bom ânimo,
Porque o Natal vem apenas uma vez ao ano.

— THOMAS TUSSER

Capítulo Um

Homens, pensou Sima. Não dá para viver com eles, mas também não dá para espancá-los até a morte com um taco de golfe número 9, de ferro.

Mas uma mulher podia se vingar, e ela estava decidida a fazer justamente isso.

Ninguém merecia uma boa dose de vingança — ou uma surra com um taco 9 — mais que Trey Ziegler. Aquele merdinha a tinha expulsado do apartamento que dividiam, sendo que ela tinha tanto direito quanto ele sobre o lugar.

No pouco tempo que ficaram juntos lá, ela bancou metade do aluguel e metade das despesas, incluindo a comida. Ela que cuidava de *toda* a limpeza (canalha preguiçoso) e das compras do mês. E ao longo dessas sete semanas e meia, deu a ele os melhores anos de sua vida.

E o melhor sexo também.

Depois de muita reflexão, algumas conversas profundas com grandes amigas, duas sessões de meditação de dez minutos e seis shots de tequila, ela tinha planejado com precisão como, onde e quando iria se vingar.

O *como* envolvia o taco 9 dele, uma extensa coleção de meias de caxemira e um pouco de pó de mico. O *onde* era o apartamentozinho em cima do estúdio de tatuagem e piercing do Little Mike, em West Village.

O *quando* era agora, porra!

Ele definitivamente não teria trocado a fechadura, era pão-duro até a alma, e não sabia que ela tinha dado uma cópia da chave do apartamento para uma de suas amigas e confidentes — que por acaso também era sua chefe — logo depois que os dois foram morar juntos.

E se ele tivesse trocado a fechadura, a amiga disse que conhecia um cara que conhecia um cara que resolveria o problema.

Sima não tinha certeza se queria conhecer essa gente que conhecia outra gente que "resolvia" aquele tipo de problema, nem como teriam acesso ao apartamento. Só sabia que queria entrar lá.

Então, com a amiga dando apoio moral, ela pegou a chave para abrir a porta do prédio que ficava em cima do estúdio.

Seu sorriso movido a tequila se alargou quando as fechaduras se abriram.

— *Sabia!* Ele não ia gastar grana para me impedir de entrar.

— Talvez não na porta do *prédio*. Temos que testar a chave do apartamento. — Sua amiga lançou a ela um olhar demorado e severo. — Você *tem certeza* de que ele não está em casa?

— Tenho! O supervisor dele vai dar um seminário de fim de semana que estava agendado há semanas. Ele não ia perder isso por nada... ainda mais com hotel grátis, comida liberada e uma chance de se exibir durante dois dias.

Sima se virou para o elevador estreito e começou a tirar as luvas.

— Vamos subir, mas não tira as luvas! Nada de impressões digitais.

— Ah, é! Verdade. É minha primeira invasão.

Com uma risadinha nervosa, Sima começou a subir a escada.

— Isso não *é* uma invasão. Você tem a chave do apartamento e, *além do mais*, pagava o aluguel.

— Metade.

— *Isso* é o que ele dizia. Alguma vez você pediu para ver o valor certinho?

— Hã, na verdade, não. Mas...

— Sima, você tem que deixar de ser boba. O que você pagava por esse cubículo provavelmente cobria o aluguel todo.

— Eu sei, eu sei...

— Você vai se sentir muito melhor depois de cortar a ponta das meias dele. Lembre-se do nosso plano: uma meia de cada par, mas só um cortezinho no canto, para ela desfiar sozinha. Você cuida dessa parte e eu misturo o pó de mico no creme hidratante dele. Depois, a gente substitui o taco de ferro pelo de plástico e damos o fora daqui. Não tocamos em mais nada, é entrar e sair.

— Ele não vai saber o que diabos aconteceu. Não vai mais poder jogar golfe até achar uma otária que pague o clube e não vai poder me culpar. E vai ficar muito puto com as meias.

— Ele vai pensar que é culpa da lavanderia! Um cara que lava as meias a seco merece isso.

— Com certeza! E ele vai chegar no médico aos gritos, achando que está com uma puta alergia por causa do pó de mico. Aquele escroto!

— Um escroto mesmo! — concordou a amiga, balançando a cabeça quando elas finalmente chegaram ao quarto andar. — Esse é o momento da verdade, Sima.

Respirando fundo, Sima tentou se acalmar. Depois de subir três lances de escada com casaco de inverno, cachecol, botas e gorro, naquele dezembro de 2060 tão amargo e implacável quanto seu coração, ela estava até suando um pouco.

Pegou a chave novamente e enfiou-a na fechadura, cruzando os dedos da mão livre.

A porta abriu.

Sima deu um gritinho de triunfo, mas a amiga a mandou calar a boca.

— Quer que os vizinhos venham xeretar?

— Não, mas... — Antes de terminar a frase, Sima foi empurrada para dentro do apartamento e a porta foi silenciosamente fechada.

— Acende as luzes, Sima.

— Certo. — Ela apertou o interruptor e sibilou: — Olha só essa bagunça! Fui embora há menos de uma semana e ele já tem lixo espalhado por todo canto. Olha só aquilo! — Ela foi em direção à cozinha. — Louça suja e embalagens de comida vazias. Aposto que deve ter insetos. Argh, deve ter baratas por aqui.

— Por que você liga? Você não mora mais aqui, então não precisa arrumar a bagunça dele, nem se preocupar com baratas.

— Mesmo assim. Olhe só a sala! Roupas espalhadas, sapatos jogados e... Ei!

Ela atravessou a sala, pegou um sapato de salto alto escarlate e depois um sutiã com bolinhas amarelas sobre renda roxa.

— Nunca notei nenhum jeito de drag queen nele — disse a amiga.

— Porque ele não tem!

— Eu sei, Sim, mas é como todas nós já te explicamos. Ele só te chutou para escanteio porque achou um novo rabo de saia. E, cara, já faz uma semana que ele te deu um pé na bunda, você precisa entender que... Ei, não chore! — ordenou ela, quando Sima fez beicinho. — É hora da vingança. Vamos nessa!

Concentrada na tarefa, ela tirou o sapato e o sutiã das mãos de Sima, jogou tudo de volta no chão e pegou a amiga pelo braço.

— Comece logo com as meias.

— Eu meio que o amava.

— "Meio" é o mesmo que "mais ou menos". Ele tratou você que nem lixo, então você vai se vingar e seguir em frente. Confie em mim.

Os olhos de Sima, embaçados pelas lágrimas e pela tequila, se voltaram para o sutiã.

— Quero destruir alguma coisa.

— Nada disso. Temos que ser espertas e acertá-lo onde dói mais: na vaidade e no bolso. Depois vamos tomar mais algumas doses.

— Muitas!

— Sim, um monte!

Sima endireitou a postura e fez que sim com a cabeça. Segurando a mão da amiga em busca de apoio moral, ambas seguiram em direção ao quarto que Sima tinha dividido por sete semanas e meia com seu ex-namorado sovina, infiel e insensível.

— Ele nem começou a decorar a casa para o Natal. Que frio e sem coração.

Sima acertou na mosca.

Trey Ziegler estava sentado na cama, com seus longos cabelos castanho-claros e dourados, dos quais tanto se orgulhava, manchados de sangue. Os olhos — com suas novas lentes de contato cor de esmeralda — fitavam o nada.

A faca de cozinha enfiada em seu coração frio trazia uma placa que pendia do seu peito malhado, com os dizeres:

Papai Noel disse que você não se comportou bem esse ano!
Ho-Ho-Ho!!!

Quando Sima começou a gritar, sua amiga tapou sua boca com a mão e a levou para longe dali.

— Trey! Trey!

— Cala a boca, Sima. Feche a matraca um instante. Caraca, que merda!

— Ele está morto. Tem muito sangue. Ele está morto!

— Já saquei isso. Puta merda!

— O que a gente vai fazer? Ai, meu Deus, o que é que a gente faz?

Fugir seria o melhor, só que... até prédios caidinhos como aquele provavelmente tinham um sistema de segurança... Ou alguém poderia tê-las visto entrar. Ou ouvido elas bolarem o plano enquanto enchiam a cara. Ou algo assim.

— Você tem que se acalmar um pouco... e não toque em nada. Nada! Vou ligar para uma pessoa.

— Você vai mandar alguém vir aqui se livrar do corpo? — Sima segurou o pescoço como se fosse se estrangular. — Ai, meu Deus!

— Acorda, Sima! Vou ligar para uma tira.

Eram duas horas da madrugada. Duas da manhã nas entranhas geladas de dezembro, e ela foi obrigada a abandonar sua cama quentinha ao lado de um marido gostoso para lidar com o que talvez fosse um cadáver... ou talvez não passasse de uma pegadinha de uma mulher bêbada que a deixava louca mesmo nos seus melhores dias.

Em momentos como aquele, ser tira era uma bosta.

Mas como a tenente Eve Dallas era uma policial de verdade, parou em frente ao prédio imundo no West Village e pegou seu kit de serviço. Se realmente houvesse um cadáver, ela não precisaria voltar ao carro para buscar o kit. Desceu da viatura e andou pela calçada enregelante.

Teria usado sua chave mestra para entrar no prédio, mas a porta zumbiu e clicou assim que ela se aproximou.

Eve não gostou muito da aparência do único elevador no saguão minúsculo e fedorento, mas resolveu subir por ele. Quanto mais rápido acabasse aquilo, melhor.

Enfiou as mãos geladas (óbvio que tinha esquecido de colocar as luvas) nos bolsos do seu casacão de couro, franziu o cenho e acompanhou com seus olhos castanho-dourados os números no painel amassado que mudavam de um para dois, depois para três e finalmente para quatro.

Quando as portas se abriram, ela desceu do cubículo de metal. Era uma mulher alta, magra e bastante irritada, com uma cabeleira desgrenhada quase da mesma cor dos olhos.

Antes mesmo que Eve batesse à porta, ela se abriu. Diante dela estava a mulher que já tinha cortado o seu cabelo vezes demais (mesmo quando Eve não queria o serviço) e que também já a tinha visto nua (algo que certamente Eve *jamais* quis).

— Se você estiver de sacanagem comigo, vou te prender por denúncia falsa.

— Juro que é verdade! — Trina ergueu uma das mãos de unhas pintadas com esmalte em listras verdes e vermelhas, e usou a outra para puxar Eve para dentro do apartamento. — O nome dele é Trey Ziegler e ele está mortinho da silva no quarto.

— Quem é aquela ali? — quis saber Eve, apontando com a cabeça para a mulher com uma explosão de cachos ruivos esmagados sob uma touca preta, que segurava um taco de golfe de plástico vermelho e azul e chorava sem parar.

— Essa é Sima, a ex-namorada do morto. Ela morou aqui.

— Você mora aqui? — perguntou Eve a Sima.

— Sim. Não. Quer dizer... não moro mais. Já morei, mas ele... ele me... ele me...

Quando Sima voltou a se debulhar em lágrimas, Eve se virou para Trina.

— Fique aqui na sala, não toque em nada nem deixe que ela toque em nada.

Deu poucos passos até a porta do quarto e olhou para dentro.

Ok, o homem definitivamente estava morto.

Largou o kit de serviço e pegou seu *tele-link*. Chamou reforços e mandou que enviassem sua parceira para o local do crime.

— Você! — Ela apontou para Sima. — Sente-se ali e não toque em nada. — Virou-se para Trina, sentada junto à bancada da cozinha. — Se ela não mora mais aqui, como foi que vocês entraram?

— Ela ainda tem uma cópia da chave. A cópia que deixou comigo quando veio morar com ele. Ele a expulsou de casa há uma semana.

— Por que vocês duas vieram aqui hoje à noite? E bêbadas desse jeito? Consigo sentir o cheiro daqui.

— Mais ou menos bêbadas — corrigiu Trina, com um leve sorriso. O olhar duro de Eve a fez se remexer, desconfortável, e dar uma ajeitada na torre de cabelo enrolado em espiral com as mesmas cores das unhas. — Ok, escuta, vou direto ao ponto, certo? O Trey terminou com a Sima. Ela chegou do trabalho e ele já tinha arrumado as coisas dela, aí anunciou que estava tudo acabado e mandou ela dar o fora daqui.

— E eles brigaram.

— Porra, nada disso! Ela é uma boba, coitada. Mesmo pagando o aluguel... ele disse que ela só pagava metade, mas eu *sei* quanto custa uma espelunca dessas, e ela pagava muito mais que a metade. *Enfim*, ela já pagou o mês de dezembro... *este* mês... portanto, tem todo o direito de estar aqui, certo?

— Continue — ordenou Eve.

— Ok. Então ela caiu no choro, pegou as coisas dela e se mandou. Alugou um apartamento pagando uma semana adiantado e não contou nada às amigas porque estava envergonhada, mas acabou desabafando. Eu a levei para a minha casa até ela conseguir se recuperar do trauma.

— E aí?

— E aí o quê?

— Vamos chegar logo à parte deste apartamento e do cadáver.

— Certo. Hoje à noite, algumas de nós saímos do trabalho, fomos tomar tequila e resolvemos ajudar Sima a se vingar. Era para ele estar em Atlantic City por alguns dias, então compramos um taco de golfe de plástico e pó de mico. Íamos desfiar a ponta das meias dele, colocar o pó de mico no creme de rosto dele, substituir um dos tacos pelo de brinquedo e depois cair fora. Só isso. Entramos, fomos até o quarto e vimos aquela cena, aí eu tirei ela do quarto e te liguei.

— Pó de mico?

— Funciona que é uma beleza! — respondeu Trina, com ar de sabedoria. — Ele faz coçar tanto que a pele fica em carne viva. O Trey bem que merecia isso, olha só para ela.

Sima continuava sentada com a cabeça baixa, se desfazendo em lágrimas.

— Caraca, Trina! Você conhecia esse cara?

— Mais ou menos. Ele era massoterapeuta e personal trainer. Trabalhava na Buff Bodies, uma academia que fica perto do meu salão. A maioria dos funcionários de lá é cliente do salão. Sima trabalha para mim. Foi assim que eles se conheceram.

— Você já transou com ele?

— Credo, óbvio que não! — Os olhos de Trina, com ousadas pálpebras verdes e cílios dourados, exibiram um misto de insulto e repulsa. — O cara era um babaca de carteirinha, brincava com as pessoas. Consigo coisa melhor que isso. Sima achava que não conseguiria. Ela tem problemas de autoestima, sabe?

— De quem são aqueles sapatos vermelhos e o sutiã?

— Não faço ideia. Não são de Sima.

— Fique aqui.

— Ei, Dallas, pega leve com ela. Sima é um amorzinho, eu que a convenci de vir se vingar. Achei que sacaneá-lo faria ela se sentir, sabe como é… empoderada. Se não fosse por isso, outra pessoa teria encontrado o corpo e ela não teria ficado traumatizada.

— Até onde eu sei, *vocês duas* podem ter matado ele e me chamado para encobrir o crime.

Trina soltou uma gargalhada, mas ficou sóbria na mesma hora ao perceber o olhar severo de Eve.

— Merda. Você está falando sério? Qual é!

— Fique aqui.

Ela foi até onde Sima estava soluçando sem parar.

— Conte o que aconteceu.

— Trey está morto. Alguém matou ele.

— Antes disso. Como foi que você e Trina vieram parar aqui?

— Ah... Depois do trabalho, nós... Trina, Carlos, Vivi, Ace e eu... fomos ao Clooney's.

— Clooney's?

— É um bar. Vamos lá de vez em quando. Os enroladinhos de cebola são fantásticos! Pedimos isso, uma porção de cubinhos de queijo e umas margaritas. Daí, tomamos alguns shots porque eu estava pra baixo por causa do Trey. Então o Ace disse... acho que foi Ace, ou talvez Vivi... que eu devia me vingar. Depois alguém falou que eu devia vir até a casa dele e jogar as coisas dele pela janela, mas a Trina achou melhor não. Explicou que isso era óbvio demais, que eu poderia arranjar problema e deveria aprontar algo mais sutil. Então compramos o taco de golfe de plástico e o pó de mico, viemos para cá e... e... *o Trey!*

— Ok. — Eve ergueu a mão na esperança de evitar a histeria, e puxou Sima de volta ao assunto, em busca de mais detalhes.

Detalhes, percebeu, que batiam com tudo que Trina já tinha contado.

— Alguma vez ele te agrediu, Sima?

— O quê? Quem? O Trey? — Seus olhos cheios de lágrimas, delineados em azul e prata, ficaram tão arregalados que se tornaram bolas de gude horrorizadas. — Não! Ele nunca faria isso.

— Não fisicamente — disse Trina, do outro lado da sala, e recebeu outro olhar penetrante de Eve. — Só estou dizendo. Ele não batia nela, mas mexia com a autoestima. O tempo todo! Ele não era legal com você, Sim.

— Às vezes era, sim. Quer dizer... costumava ser.

— Ele te traiu? — indagou Eve.

— Acho que não, mas... — Ela apontou para o sapato e o sutiã. — Essas coisas não são minhas.

— Ele estava encrencado com alguém? Mulheres, trabalho, drogas ilegais, jogos de azar?

— Não... acho que não. Ele só estava meio distante ultimamente. Passava mais tempo no trabalho ou no computador, preparando novos treinos para seus alunos, coisas do tipo. Perguntei se estava rolando alguma coisa no trabalho, já que ele sempre voltava muito tarde de lá, mas ele disse que não. E mandou eu cuidar da minha vida.

— Ele estava aprontando alguma! — Quando o comentário atraiu outro olhar para Trina, ela jogou as mãos para o alto. — Dá para ouvir vocês daqui, é idiotice fingir que eu não ouço. Ele andava tramando alguma coisa.

— Tipo o quê...?

— Sei lá, só sei de uma coisa: muitas pessoas que eu conheço, funcionários e clientes, frequentam a academia BB, alguns deles usavam os serviços de Trey de personal ou de massagens. Corria o boato de que ele estava meio estranho... mais que o normal... de uns dois meses para cá. Colocou um segundo cadeado no armário da academia e ficava lá muito tempo depois do expediente, sem atender ninguém. Alguns clientes em comum me disseram que ele estava planejando abrir o próprio negócio, uma espécie de spa fitness de luxo, na ilha de St. Barth ou em Nevis, no Caribe. Algo do tipo.

— Você nunca me contou isso!

Trina deu de ombros, sentindo-se acuada.

— Eu ia te falar, mas, como ele terminou com você antes disso, não vi por que tocar no assunto, e era só um boato. Mas achei que, se viéssemos aqui hoje, talvez encontraríamos algo que confirmasse isso.

— Ele tinha alguma coisa de valor aqui? — perguntou Eve a Sima. — Algo que valesse a pena roubar?

— Hã...

— Estou vendo um minicomputador ali, bem sofisticado, com tela de entretenimento e um tamanho bom, apesar de ser portátil. Tem joias, obras de arte, dinheiro?

— Ele usa um *smartwatch* muito bom para trabalhar, um modelo esportivo, e outro para sair à noite. E... hã... ele também tem uma coleção de piercings de orelha e dois anéis, um em ouro amarelo e outro em ouro branco, mas nunca usava no trabalho porque atrapalhavam. Ele também tem tacos e acessórios de golfe. Que eu saiba, não tinha dinheiro guardado. Também não tínhamos nenhuma obra de arte, exceto algumas fotos que ele tirava e mandava emoldurar.

Ela apontou para as fotos do cara morto com roupas esportivas, posando para mostrar seus bíceps e seus deltoides. Ao lado das fotos havia uma prateleira com vários troféus e figuras fazendo poses de musculação.

— Esperem um instante. — Eve se virou para abrir a porta ao ouvir alguém bater e saiu, deixando a porta aberta, para dar instruções aos dois policiais que já tinham chegado ao local.

— Ok, preciso de algumas informações — disse ela ao voltar, depois de fechar a porta. — O nome do patrão dele ou supervisor direto, e uma lista de amigos e/ou colegas de trabalho. Ele teve um relacionamento sério ou morou com alguém antes de você, Sima?

— Hã, acho que morou.

— Ele tinha um rolo com a Alla Coburn, antes de Sima — disse Trina, tentando ajudar. — Ela é uma cliente nossa, dona da Natural Way, uma loja de comida saudável perto da Buff Bodies. Aliás, ela ficou muito revoltada com a separação deles. Fez cara de "já vai tarde", mas era só fachada. Sei de tudo o que acontece com as pessoas que se sentam na minha cadeira. Além do mais, ele transava com muitas clientes.

— Mas parou de fazer isso quando a gente começou a namorar — disse Sima, pestanejando ao ver o olhar de frustração e pena de Trina. — Não parou? Mas ele jurava que...

— Depois falamos disso. De qualquer modo, a supervisora dele é Lill Byers, e ela conversará com você de forma franca e direta. Você vai descobrir muito mais com os colegas de trabalho. Ele não saía com quase ninguém de fora do trabalho.

Sentindo que havia mais, Eve simplesmente assentiu enquanto anotava os nomes.

— Um policial vai levar vocês duas para casa.

— Podemos simplesmente ir? — perguntou Sima, espantada.

— Mantenham-se disponíveis. Você está hospedada na casa de Trina?

— Ah, eu...

— Ela vai ficar lá em casa até isso tudo acabar. Estou aqui com você, Sim, não se preocupa.

Isso deu início a uma nova enxurrada de lágrimas, então Eve abriu a porta.

— Pode descer com a policial Cho — disse ela a Sima. — Trina vai logo, logo.

Assim que Sima saiu, Eve se virou para Trina.

— Desembucha!

— Ok, eu estava sendo comedida perto de Sima. Ele era um idiota. Lamento que esteja morto e blá-blá-blá, mas só por causa dela. Veja só... ele mal largou Alla e já foi pra cima de Sima. O cara era manipulador, usava as mulheres. Algumas das coisas que estão aqui são de Sima, mas ela nem pensou em pegá-las de volta. Sima fazia todo o trabalho por aqui, entende? Recolhia as coisas que ele espalhava, abastecia o AutoChef, cuidava das roupas de ambos e até da lavagem a seco. O filho da mãe lavava a porra das meias a seco, dá pra acreditar?

— Tá de sacanagem!

— Juro! Você vai encontrar muitas roupas elegantes no armário dele e muitos produtos de primeira linha para rosto, cabelo e corpo. O idiota gostava de se pavonear. Era bonitão, admito, mas conquistava as mulheres e as descartava depois de conseguir o que queria, e não era só sexo.

— O que mais?

— Pode apostar que ele não comprou aqueles *smartwatches* com o dinheiro dele, nem boa parte das roupas de marca. Ele procurava mulheres ricas e mais velhas. Clientes, como eu falei antes. Pelo menos é o que dizem. Provavelmente uma delas enfiou a faca no coração do safado, mas não foi Sima. Não foi ela que matou o canalha.

— Sei disso.

— Ela não seria capaz... Ah, você sabe? Beleza!

— Você conhece a dona dos sapatos e do sutiã de bolinhas?

— Não, mas talvez consiga descobrir.

— Deixa isso comigo. Pode ir. E da próxima vez que você tomar um monte de margaritas, volte para casa.

Sentindo-se encorajada, Trina começou a enumerar itens com suas unhas festivas.

— Ela pagava o aluguel e tinha uma chave. Ainda tem coisa dela aqui. Ela tem todo direito de entrar.

— Entendi. Só que o pó de mico pode ser considerado agressão, cortar as meias é destruição de propriedade e trocar o taco de golfe é roubo. Como vingança é muito criativo, mas não vale a grana para pagar os advogados.

Trina deu de ombros.

— De qualquer modo, obrigada por lidar com isso. — Trina semicerrou os olhos e colocou neles a expressão que gelava o sangue de Eve. — Você precisa urgentemente de um corte de cabelo novo e uma hidratação no rosto. O inverno é uma merda para a pele.

— Force a barra, Trina, e eu te levo para a Central, te jogo em uma cela e obrigo você a me contar essa história toda de novo.

— Só estou dizendo a verdade. Vamos te dar um tratamento completo antes da sua grande festa. — Ela foi até a porta e parou. — Sima é meio ingênua e confia demais nas pessoas. Muita gente nunca supera uma relação dessas, mesmo quando acaba coberta de hematomas.

Isso era verdade, pensou Eve.

Voltou para o quarto e pegou o kit de serviço. Tinha deixado para trás qualquer vestígio de ingenuidade ou confiança demasiada nas pessoas, e isso já fazia muito, *muito* tempo, concluiu, enquanto pegava a lata de Seal-It, o spray selante, para proteger as mãos e as botas.

Uma policial se saía melhor quando era cética e desconfiada. Como se considerava as duas coisas em proporções saudáveis, ela entrou no quarto para lidar com a morte.

Fez uma tomada geral lenta e minuciosa com a câmera de lapela, para que toda a cena do crime fosse bem documentada — inclusive os respingos de sangue na parede e as manchas no chão. E viu o sangue na base de um objeto que parecia ser um troféu.

Uma mala aberta cheia de roupas dobradas com capricho estava ao pé da cama, do lado oposto ao corpo.

— Parece que a vítima estava quase terminando de fazer as malas para uma viagem programada. As testemunhas declararam que o destino era um seminário profissional em Atlantic City. Roupa demais para poucos dias — comentou ela para a câmera —, o que confirma a descrição da vítima como alguém que gostava de se pavonear. Roupas de boa qualidade, de marca — continuou, depois de uma rápida olhada ao redor. — Isso também confirma as declarações das testemunhas.

Procurou um pouco mais no ambiente e encontrou um saquinho cheio de folhas secas.

— O que temos aqui? Parece que são folhas de... chá. — Ela abriu o saquinho, cheirou-o e teve o vislumbre do chá floral que

Mira, a psiquiatra do departamento, tanto adorava. — Tem cheiro de chá, não parece nenhuma substância ilegal. Vou enviar para análise. Isso não é prioritário, pois não vamos prender o morto por posse de drogas ilegais.

Ela voltou, se agachou e examinou o grande troféu com a figura de um homem muito musculoso, vestido só com short justo enquanto flexionava os bíceps.

— Tem outros troféus como este na sala de estar. O sangue e a massa cinzenta neste prêmio... personal trainer do ano, 2059... indicam que o objeto foi usado para atingir a vítima no lado esquerdo da cabeça.

Ela o levantou e crispou os lábios.

— É, ele é bem pesado. Umas boas porradas com ele já dá pra fazer um estrago.

Largando-o novamente, levantou-se, voltou para a sala e ergueu os outros dois troféus.

Havia marcas circulares limpas debaixo dos objetos. A poeira cobria o restante da prateleira.

— A arma do crime não estava junto desses dois outros troféus. — Ela voltou para o quarto e encontrou uma marca circular semelhante na cômoda. — A arma do crime ficava bem aqui. O assassino e a vítima estão no quarto da vítima. Não há sinal evidente de arrombamento, então é provável que os dois se conhecessem. Não há sinal de luta, pelo menos não de uma vítima que ganha troféus de personal trainer, então não parece ter havido uma luta física. Nenhuma briga, mas talvez uma discussão acalorada. O assassino pega o troféu e bate com ele na cabeça da vítima.

"Mas o assassino não deixou o corpo no lugar onde ele caiu, isso é interessante. Ele arrastou o corpo para a cama, deixando algumas manchas de sangue no caminho, colocou-o sobre a cama e o ajeitou. Levou algum tempo para fazer isso, e estava com raiva ou só é frio, até porque pegou a faca, escreveu a mensagem e esfaqueou no peito um homem que eu aposto que já estava morto, só para fazer disso a cereja do bolo."

Ela pegou o Identi-pad e o aparelho de identificação do kit de serviço e voltou até onde o corpo estava.

Vítima identificada como Trey Arthur Ziegler, homem pardo de trinta e um anos. Residia neste apartamento. Solteiro. Sem casamentos ou coabitações legais. Sem registro de filhos.

Eve ouviu a porta se abrir e parou até ouvir o barulho das botas da sua parceira.

— Estou aqui atrás! — gritou Eve. — Passe o spray selante!

A detetive Peabody surgiu na porta do quarto. Usava botas de caubói cor-de-rosa, um casaco puffer, vários quilômetros de cachecol listrado com as cores do arco-íris e um gorro de um azul vívido com protetores de orelha.

Parece um esquimó fugindo de um circo, pensou Eve.

— Encontrei Trina lá embaixo — começou Peabody, então viu o corpo sobre a cama. — Uau, ho-ho-ho, seu tratante!

— Pois é, ele não vai visitar a família no Natal.

— Trina disse que ele era ex-namorado da amiga dela.

— Que elas encontraram quando entraram sorrateiramente para colocar pó de mico na gosma para rosto que ele usava.

— Que divertido! — Peabody tirou o gorro que cobria seu cabelo escuro e enfiou-o no bolso. — Você não acha que a Trina teve algo a ver com a morte desse cara.

— Bem que eu gostaria de achar isso, para poder enfiar ela em uma cela.

— Awn, que amor! — Peabody começou a tirar o cachecol.

— Mas de acordo com a minha análise do local do crime — continuou Eve, guardando os medidores —, parece que ele bateu as botas exatamente às 18h30. Vamos verificar o álibi de Trina e de Sima para essa hora, mas ele certamente vai ser sólido. Além do mais, Trina é matreira demais para matar alguém desse jeito, e a amiga não tem coragem.

Eve recolocou os medidores e tirou os óculos de visão microscópica.

— Veja se há alguma câmera de segurança, depois chame o médico-legista e os peritos. Vamos colocar os policiais para interrogar os vizinhos do prédio. Talvez alguém tenha ouvido ou visto alguma coisa.

— Ai, caraca, um bando de vizinhos irritados.

— Não depois que descobrirem que houve um assassinato aqui. As pessoas adoram descobrir que alguém morreu, mas elas sobreviveram. Faça isso e depois vamos examinar o apartamento inteiro, quando eu terminar de olhar o corpo.

Eve colocou os óculos de visão microscópica de novo e se inclinou para observar o lado estraçalhado do crânio.

— Então, Trey — murmurou ela —, o que você tem para me contar?

Capítulo Dois

A morte acabava com qualquer ilusão de privacidade. Depois de examinar o corpo, Eve deu início a uma busca sistemática no quarto.

Como Trina havia dito, Trey tinha um guarda-roupa extenso. Equipamento de treino sexy e de ótima qualidade, ternos muito elegantes e roupas esportivas estilosas.

— Ele combinava as cores das meias e das roupas íntimas — comentou Eve, quando Peabody voltou. — Cores e estampas. Quem faz isso, e por quê?

— Li um artigo que explica que o que você veste por baixo das roupas está relacionado a como você se sente empoderada e no controle. É o seu eu mais íntimo.

— Se usar cuecas e meias combinando faz com que você se sinta empoderado, você é ridículo. Ele tem métodos anticoncepcionais masculinos de venda liberada, uns brinquedos sexuais pouco criativos e uns conteúdos pornográficos na gaveta de guloseimas da cabeceira. Tacos e outros apetrechos de golfe no armário, junto com as roupas. Não vejo roupas femininas aqui.

— Você conferiu isso? — Peabody ergueu um *tele-link* lacrado dentro de um saco de evidências.

— Conferi. Vi trocas de mensagens com clientes, conversas entre rapazes e recados para mulheres, ainda sem resposta. Nenhuma ameaça de morte.

— Tem um conjunto de facas na cozinha, e está faltando uma — avisou Peabody. — A faca que está nele parece com as outras.

— Um belo golpe com o troféu é prático. Depois, basta ser um pouco criativo com a faca de cozinha, que também foi útil. — Eve colocou as mãos na cintura e saiu para a sala de estar.

Examinou o espaço: tudo bagunçado e sujo, mas nada que indicasse uma briga.

— Ok, considerando que não há sinal de arrombamento ou de luta dentro de casa, a vítima deixou o assassino entrar. Ele conhecia o assassino ou a assassina. Estava com calça de moletom e uma camiseta, roupas de ficar em casa, então ele se sentia confortável com o assassino, pelo menos o bastante para irem para o quarto juntos.

— Talvez tenha sido forçado a entrar no quarto. Talvez o assassino tivesse uma arma.

— Se o assassino tinha uma arma — argumentou Eve —, por que bater na cabeça da vítima com um troféu? Além do mais, a vítima é extremamente forte, e suponho que iria resistir. Só que ele foi pego de surpresa. Eles vieram para o quarto. Para transar? A cama está bagunçada, então talvez tenha rolado sexo.

— A dona dos sapatos vermelhos?

— Talvez.

Eve analisou os sapatos, o sutiã e tudo que estava espalhado.

— Mas se você tem sangue-frio para carregar um cara morto até a cama, ir até a cozinha, arrancar a tampa de uma caixa de pizza, escrever a mensagem, pegar a faca, *voltar* para o quarto e esfaquear o cara morto, será que não teria cérebro para recolher seus sapatos e seu sutiã? Você tem cérebro e sangue-frio suficientes para levar com você a caneta permanente para escrever a mensagem... porque não encontrei nenhuma no local... tem cabeça para limpar o cabo da faca e a base do troféu para não deixar impressões digitais, mas deixa seu sutiã de bolinhas e sapatos vermelhos?

— Sim, isso seria um grande erro.

— Mesmo assim... Talvez tenha havido sexo, ou pelo menos as preliminares, mas ele está completamente vestido. Então ou eles transaram e ele se vestiu de novo ou nunca tirou a roupa. De qualquer forma, antes, durante ou depois da transa, quem estava no quarto com ele pegou o troféu e acertou a cabeça dele em cheio. A vítima deve ter caído, mas o assassino bateu mais uma vez, porque temos um ferimento na lateral da cabeça e outro na nuca. Porém não entrou em pânico, nem continuou batendo, então ele estava sob controle. Mas ele ainda precisava... ha-ha... enfiar a faca na vítima, então pegou aquele pedaço de papelão e escreveu o bilhete. Ainda teve que levar o Trey para a cama, apoiá-lo na cabeceira e depois enfiar a faca, junto com a mensagem, no peito dele.

— Isso foi pura crueldade. Ok, o assassinato é a pior das crueldades — disse Peabody, quando Eve olhou para ela. — Mas a faca e o bilhete foram tipo colocar sal na ferida. Fala sério!

— Aço enfiado no peito. Ele realmente encheu você de revolta — continuou Eve —, mas você se vingou. Há satisfação aqui. Violência rápida... provavelmente por impulso... seguida por um floreio final a sangue-frio.

— Só para fins argumentativos, eu diria que foi a Dama dos Sapatos Vermelhos.

Tentando visualizar um cenário alternativo, Peabody circulou os sapatos.

— As coisas esquentaram e eles foram para o quarto. Ela muda de ideia, ele fica agressivo e *bum!*, troféu na cabeça dele. Ou então eles transam e depois ele começa a ser um babaca. Diz algo sobre o peso dela, a sua técnica ou algo assim, e *bum!*, golpe na cara. Ela se mantém sob controle por tempo suficiente para ajeitá-lo. É tudo na base da fúria e da adrenalina. *Então* ela entra em pânico e foge.

— É possível. — Eve já tinha prendido pessoas que tinham sido mais burras, considerou. — Vamos recolher o computador dele e levá-lo para análise. E vamos encontrar a Dama dos Sapatos Vermelhos.

— Os sapatos são muito bonitos. Qual deve ser o tamanho deles?

— Meu Deus, Peabody!

— Só estava perguntando — disse ela, correndo até a porta para deixar os peritos entrarem... e para evitar a ira de Eve.

Ao amanhecer, Trey Ziegler estava sobre uma mesa de autópsia no necrotério, os peritos já tinham vasculhado seu apartamento e o inquérito inicial com os vizinhos do prédio tinha rendido um "Ninguém viu nada" quase que esperado.

— Eu voto no clássico crime passional. — Peabody, de novo embrulhada como uma mulher da Era do Gelo, saiu do prédio ao lado de Eve. — Joias, dinheiro vivo, cartões, aparelhos eletrônicos, equipamentos esportivos sofisticados, tudo ficou no apartamento. Nenhum sinal de arrombamento, nenhum vestígio de armação ou bundalelê.

— Como é que "bundalelê" virou algo relacionado a sexo? Quem inventa palavras assim?

— Provavelmente pessoas que não transam, o que não inclui o morto. O laboratório deve conseguir o DNA da pessoa com quem ele fez o possível bundalelê quando os peritos recolherem os lençóis — concluiu Peabody. Então, de repente: — Queria que nevasse.

— Se o estado do apartamento e a declaração de Trina sobre ele transar com qualquer uma forem indicadores, eles provavelmente encontrarão múltiplos vestígios de DNA e... — Só então ela se ligou na última declaração de Peabody. — Que foi que você disse? Neve?

— Já que vai fazer tanto frio, deveria nevar de uma vez. — Peabody entrou na viatura de Eve e estremeceu. — É quase Natal, então devíamos ter neve para combinar. Neve é lindo!

— É, daí a gente iria andar por entre as montanhas de neve que os limpa-neves sempre jogam no meio-fio, depois que tudo se transforma em uma lama escura, e então tentar abrir caminho por entre os veículos que derraparam porque as pessoas não sabem como dirigir na neve. E também poderíamos passar por cima de todos os pedestres que caíssem nas calçadas escorregadias.

— Você precisa de uma boa dose de espírito natalino, Dallas. — Peabody se sentou no banco do carona, grata e feliz com os aquecedores automáticos de assento. Pensou que uma bunda quente era uma bunda feliz. — Nós devíamos comprar chocolate quente.

Eve nem olhou para Peabody.

— Vamos até a academia.

— Se tomássemos chocolate quente antes, poderíamos compensar na academia. — Peabody tentou exibir um sorriso cativante, mas desistiu e simplesmente deu de ombros. — Vou pesquisar sobre a supervisora de lá.

— Boa ideia.

Eve circulou pelas ruas ainda calmas daquela manhã de inverno. A iluminação pública se apagou subitamente, deixando o ar frio e cinzento, onde nuvens de vapor subiam de forma intermitente pelas grades de ventilação do metrô. Ela ultrapassou um maxiônibus meio vazio e viu que os passageiros pareciam estar em estado de torpor, um pouco pálidos e esverdeados sob as luzes piscantes da viatura.

Mesmo tão cedo, custou para conseguir uma vaga em uma área de descarga a meio quarteirão da academia Buff Bodies.

Eve ligou a luz de "viatura em serviço".

— Lill Byers — informou Peabody, assim que elas saíram em meio a uma lufada de ar. — Trinta e oito anos, divorciada, um filho, menino de sete anos. Trabalha na Buff Bodies há doze anos e hoje em dia é gerente. Tem um pequeno registro criminal... foi presa por destruição de propriedade alheia e perturbação da ordem pública há seis anos. Quebrou o veículo do ex-marido com uma chave de roda. Acho que não foi um divórcio amigável.

— Não existe divórcio amigável.

As luzes da academia brilhavam através das amplas vidraças que davam para a rua e expunham três andares espaçosos. No primeiro andar, Eve observou vários corpos sarados correndo, bufando, levantando pesos e escalando paredes.

Ao contrário dos passageiros do maxiônibus, que pareciam atordoados e cansados, a brigada da malhação da madrugada estava assustadoramente alerta.

— Odeio esse pessoal — resmungou Peabody. — Cada um deles! Olha só isso! Todo mundo sarado, com roupas fantásticas projetadas para exibir cada curva, cada músculo perfeito, cada ondulação magnífica. Os olhares presunçosos e o brilho de suor. Zero por cento de gordura corporal. Como vou conseguir curtir meu chocolate quente agora?

— Você não comprou chocolate quente.

— Na minha cabeça, comprei. Mas agora até a magnífica espuma do chocolate imaginário está arruinada.

— Ânimo! — consolou Eve, ao passar sua chave mestra no painel de entrada de associados.

Deram de cara com uma onda estarrecedora de barulho.

Uma música gritante, pulsante e vibrante saía dos alto-falantes, atacando os tímpanos de Eve. Ela viu uma mulher de expressão feroz curvada sobre o guidão de uma bicicleta fixa enquanto pedalava e cantava, provavelmente a plenos pulmões.

Seu olhar era ligeiramente insano.

Máquinas sibilavam e giravam, pés batiam em degraus, pesos tilintavam e eram largados no chão. O espaço aberto de três andares ostentava um bar de sucos no segundo andar — atualmente vazio — e o que pareciam ser salas de aulas coletivas no terceiro. Dava para ver mais corpos musculosos realizando graciosas saudações ao sol durante uma aula de ioga em uma das salas.

— Deve ter um isolamento acústico incrível — decidiu Eve.

Não havia nenhum funcionário no balcão de entrada — um semicírculo branco e ofuscante —, mas Eve avistou uma mulher de short justo e blusa apertada que ostentava o logotipo da Buff Bodies. Ela berrava ao lado de um cliente que realizava uma série excruciante de agachamentos e estocadas em uma espécie de gangorra, enquanto carregava pesos de dez quilos.

— Vamos lá, Zeke! Quadríceps de aço! Abaixa mais! Agora sobe! *Force mais!*

— Com licença — interrompeu Eve.

— Um segundinho só! Vamos acelerar, Zeke. Quero mais cinco!

— Eu te odeio, Flora.

Ela lançou um sorrisão para ele.

— Esse é o espírito da coisa, é o que eu quero ouvir. Vamos lá, mais quatro!

— Lill Byers? — perguntou Eve.

— Ela deve estar por aí, talvez na sala dela. Não desiste, Zeke. Não desiste agora! Três! Aperta, flexiona, vai, vai, vai. Mais duas! É logo depois do balcão — acrescentou, olhando para Eve. — Você consegue, mais um... unzinho só. Vamos fechar bem.

Eve ouviu o cara desabar ofegante, enquanto Flora assobiava em aprovação pelos últimos movimentos.

— Trinta segundos para beber água — anunciou Flora, enquanto Eve se dirigia à sala de Lill. — Depois vamos para os abdominais.

— Você é um monstro, Flora.

— E é por isso que você me ama!

— Talvez eu devesse contratar um personal trainer — especulou Peabody. — Se eu tivesse alguém gritando instruções para mim, ficaria com uma bunda perfeita, durinha e em formato de coração em pouco tempo.

— Você iria usar sua arma de atordoar na criatura antes do fim da primeira sessão.

— É, mas não vamos falar *disso.*

Pelo vidro estreito da porta do escritório, Eve viu uma mulher de cabelo laranja cortado em cuia e um corpo incrível sentada diante de um computador com duas telas.

Uma delas mostrava a imagem virtual de uma mulher que carregava entre doze e quinze quilos extras e lutava para completar uma sequência de exercícios simples: abdominais, levantamento de pernas e cruzadas. Já a outra exibia uma planilha com nomes e números separados em colunas.

Eve bateu à porta bruscamente.

A mulher ajustou uma das telas pedindo que a figura alongasse uma das pernas.

Em vez de bater no vidro novamente, Eve entrou e disse:

— Olá!

— Vamos acrescentar cinco *roll-ups* completos — disse a mulher. A figura na tela gemeu e começou a fazê-los.

Eve tocou no ombro da mulher diante das telas. Ela gritou e deu um pulinho como se tivesse visto um fantasma, virando com os olhos arregalados, mas logo riu e tirou os tampões de ouvido.

— Desculpa, desculpa mesmo, não ouvi vocês. O primeiro turno gosta da música no volume máximo, então eu uso isso aqui. Posso ajudá-las?

— Lill Byers?

— Eu mesma. Sou a gerente.

Eve exibiu seu distintivo.

— Tenente Dallas e detetive Peabody. Podemos conversar em algum lugar?

Lill ficou pálida.

— Meu filho! Meu filho está bem? O Evan está bem?

— Não aconteceu nada com o seu filho. É sobre um de seus funcionários.

— Ai, graças a Deus! — Ela passou a mão pelo cabelo. — Desculpa, é que meu filho está com o pai por alguns dias. Uma coisinha antes do Natal, já que o idiota vai para Belize com a vagabunda da vez no feriado, o que é péssimo para o filho. Mas, enfim... — Ela soltou um longo suspiro. — Aconteceu algo com alguém da minha gangue?

— Tem um lugar mais tranquilo onde podemos conversar? — indagou Eve.

— Sim, a sala de relaxamento. Podem me acompanhar, por favor. — Ela saiu do escritório, atravessou a área de exercícios, passou por um minibar de sucos self-service, subiu uma escada até o segundo andar e entrou em uma sala de paredes cinza-claras com dois bancos longos e meia dúzia de poltronas acolchoadas.

A porta se fechou e o silêncio reinou.

— Oferecemos aos clientes um espaço para meditação. Isso equilibra as coisas... Yin e Yang. Alguém está com problemas?

— Trey Ziegler.

— Droga! — Lill se sentou em um dos bancos e gesticulou para que Eve e Peabody se sentassem. — Ele jurou que se comportaria em Atlantic City. Preciso pagar alguma fiança?

— Ele não chegou a ir para Atlantic City. Lamento informar que Trey Ziegler está morto.

— Morto? — Ela não tornou a empalidecer, mas ficou estática. — O que você quer dizer com "morto"? Tipo, morto *de verdade*?

— Isso, morto.

— Ai, meu Deus! — Ela se levantou e colocou as mãos no rosto, andando de um lado para o outro. — Ai, meu Deus! Foi um acidente?

— Não. Somos da Divisão de Homicídios.

— Você são... — Lill parou e se sentou de novo. — Homicídio. Foi assassinato? Alguém matou o Trey? Como? Quando?

— Ele foi morto ontem à noite. Quando foi a última vez que você viu ou falou com ele?

— Ontem. Mais ou menos às duas da tarde... não, por volta de uma. Eu o liberei mais cedo para ele terminar de arrumar as coisas para Atlantic City a tempo da primeira confraternização, e para se familiarizar com as instalações. Mandei Gwen também. Gwen está bem?

— Gwen?

— Gwen Rollins, uma de nossas instrutoras.

— Eles iam viajar juntos?

— Não, não. — Ela fez uma pausa e quase revirou os olhos antes de se recompor. — Não!

— Não se davam bem?

— *Pelo contrário.* Meu Deus, o que é que aconteceu com o Trey?

— É o que vamos descobrir. Alguém tinha algum problema com ele?

— Não um problema do tipo "assassinato". Espere um momentinho, ok?

Ela ficou ali sentada, pressionou as pálpebras e respirou profunda e lentamente.

— Ele é alguém com quem trabalhei, via todos os dias, e às vezes nos dias de folga, quando ele aparecia aqui. A gente acaba fazendo parte da vida um do outro, de certo modo, sabe? Não éramos próximos fora do trabalho, mas ele fazia parte da minha vida. E agora ele está morto.

Ela baixou as mãos e encarou Eve.

— Ele é... era... um bom profissional. Abordava muito bem os clientes, sabia como motivá-los. Trabalhava melhor com uma pessoa só do que em grupo. Não conseguia distribuir muito bem a atenção para um grupo grande, então eu não o usava como instrutor de Grupo-X, a menos que estivesse sem opções. Ele era um massoterapeuta excelente. Eu mesma fiz algumas sessões com ele.

Ela passou as mãos pelos cabelos mais uma vez, suspirou e completou:

— E ele era meio idiota.

— Idiota em que sentido?

— Com as mulheres. Ele as usava. Não via nenhum problema em trocar de mulher rapidinho. Gostava de receber atenção, e se gabava muito da sua vida sexual. Diversas vezes eu tive que aconselhá-lo a ser mais discreto em relação a isso.

— Ele dava em cima das clientes?

— Lógico, e elas também davam em cima dele. Mas ele era cuidadoso, quer dizer, cuidadoso no sentido de não estragar tudo. Quem perde uma cliente também perde dinheiro, e ele gostava tanto de dinheiro quanto de sexo. Então mantinha as coisas leves com as clientes, quando as coisas seguiam nessa direção. Estava morando com alguém há algumas semanas, mas eles terminaram. O nome dela é Sima Murtagh. Ela é incapaz de fazer mal a uma mosca! A melhor coisa que aconteceu com ela foi quando ele a largou. Ele a enganava o tempo todo.

— Ela sabia disso?

— Acho que não. — Lill suspirou. — Ela é uma fofa. Trabalha em um salão de beleza aqui perto, o Ultra You. Sei que ele estava saindo com algumas clientes enquanto ele e Sima ainda estavam juntos. Ele dava em cima principalmente de mulheres mais velhas e com grana. O tipo de mulher que reserva uma suíte de hotel por algumas horas ou uma noite, banca jantares, compra presentes e não cobra nenhum tipo de envolvimento emocional da parte dele.

E... merda, ele estava transando com Alla de novo, tenho certeza disso.

— Alla Coburn?

— Isso, ela mesma. Dona da Natural Way e cliente nossa. Eles ficaram juntos por um tempo, então ele deu o fora nela... ou ela deu o fora nele, dependendo de quem conta a história. Logo em seguida ele deu em cima de Sima. Alla é cliente daqui, e eu a vi com Trey outro dia. Ele riu muito da situação.

Ela encarou as próprias mãos com ar de tristeza.

— Entenda uma coisa, tenente: o cara era bonito, tinha um corpo sarado e era muito charmoso quando queria. Além do mais, segundo os relatos, sabia o que fazer na cama.

— Você já experimentou?

Lill ergueu o rosto rapidamente.

— Não, e por dois motivos: sou supervisora dele e gosto muito do meu trabalho. Tenho um filho em quem pensar, o que na verdade faz com que sejam três motivos, e o número um é Evan. E tem mais um: fui casada com um homem do tipo de Trey Ziegler durante quatro anos. Não sou de cometer os mesmos erros.

— Mas aposto que você conseguiria fazer uma lista de pessoas que ficaram com ele.

— É. — Lill suspirou e pressionou as pálpebras novamente. — Sim, eu conseguiria. Você acha que foi alguém com ciúme ou uma aventura sexual que fez isso com ele? Entendo. Eu queria atirar meu ex do décimo primeiro andar, pouco antes de terminarmos. Ainda sinto essa vontade, de vez em quando.

— Em vez disso, você destruiu o carro dele com uma chave de roda.

Lill estremeceu.

— Sim, fiz isso. É que uma tarde cheguei em casa doente, com um resfriado terrível... Na época, as coisas já não estavam muito bem entre nós, mas tínhamos um filho e eu queria tentar fazer funcionar. Ele deveria estar escrevendo um artigo *freelance* sobre viagens enquanto cuidava de Evan, mas aí cheguei em casa e vi a cena. Evan estava no berço chorando, todo mijado, e o idiota do pai estava na cama, transando com a nossa vizinha. Levei o Evan direto para a casa da minha mãe, troquei a fralda, alimentei-o e acalmei-o. Depois voltei, juntei todas as minhas coisas e as do Evan, tudo que conseguiria carregar, enquanto o idiota dizia para eu não ficar nervosa, que foi a vizinha que tinha dado em cima dele, que eu não investia muito na nossa relação. Disse que ele precisava relaxar e que não era a porra de uma babá.

— Ele teve sorte de você não ter batido nele com a chave de roda — comentou Peabody.

— Ah, teve mesmo, e eu também. Mas eu tinha que pensar no meu filho, acima de tudo. Ia levar o carro porque, caramba, metade era meu! Mas ele ficou gritando pela janela que, se eu ia embora, devia carregar minhas coisas a pé. Avisou que, se eu levasse o carro, ele ia chamar a polícia e alegar roubo. Então perdi a paciência. Peguei a chave de roda e destruí o carro. Acabei presa, mas valeu a pena.

— Deve ser irritante ter alguém que age como o seu ex-marido na equipe do trabalho.

— Meu Deus, e como! — Ela passou as mãos pelos cabelos curtos outra vez. — Ok. Isso me deixa irritada, mas entendo o que você quer dizer, então vou ser sincera. Nas primeiras vezes em que vi o Trey dando em cima de uma das instrutoras, dei um esporro em todo mundo. Sabe como as coisas são, é preciso ter cuidado. Eles mandaram eu cuidar da minha vida. Então foi o que eu fiz, mesmo perdendo algumas instrutoras. E falei para Trey: "Se eu perder outra instrutora, quem vai rodar é você!" Ele não gostou, mas eu sou a porra da gerente e teria me livrado dele... profissionalmente falando — disse ela. — Ele parou de dar em cima das colegas de trabalho porque sabia que eu podia demiti-lo e o faria sem pensar duas vezes. Quanto ao que ele fazia fora da Buff Bodies... não é da minha conta.

— O boato é que ele pensava em abrir o próprio negócio.

Lill riu ao ouvir isso.

— Ele não seria o primeiro a ter esse sonho. Trey estava muito bem recentemente, pelo que ouvi. Mas tudo isso era só conversa. Vejam bem, ele mirava mulheres como Sima e Alla porque elas trabalhavam duro e pagavam o aluguel dele, pelo menos a maior parte. Ele conseguia viver à custa delas, então torrava o salário em roupas caras e equipamentos esportivos. Mas nunca teria conseguido juntar grana suficiente para financiar um lugar como este aqui.

— Pelo que me contaram, ele estava fazendo hora extra aqui.

— Eu trabalho aqui só de dia, por causa do Evan... mas sim, o Trey andava vindo para cá fora do horário comercial. Os funcionários têm permissão para usar as instalações fora do seu turno, ou ajustar sua programação para se adaptar aos horários dos clientes. Nós abrimos das seis da manhã às dez da noite, e notei que ele passava aqui regularmente depois das dez, pelo registro diário. Ele me disse que estava usando os computadores para programar novas sessões de treinamento e malhando um pouco até tarde, quando o lugar estava vazio. Ele atraía novos clientes, ganhava seu salário e suas comissões, então não me importei com isso.

— Ok. Ele tem um armário aqui, certo?

— Todos os funcionários têm armários.

— Gostaríamos de ver o que há lá dentro. Posso conseguir um mandado para isso.

— Não é necessário. Se ele não fosse querer que a polícia tivesse todas as informações possíveis para descobrir quem o matou, ele seria burro demais para permanecer vivo.

Intrigada com as palavras, Eve concordou.

— É uma boa forma de ver as coisas.

Lill levou-as até a área dos funcionários. Era uma sala pequena com armários de parede, dois bancos estreitos, um banheiro e um box minúsculo com chuveiro.

— Temos outro vestiário para funcionários no terceiro andar. Basicamente os homens usam esse e as mulheres usam o outro, mas os dois são mistos. Trey instalou um segundo cadeado no seu armário há algumas semanas. As pessoas às vezes fazem isso, tanto clientes quanto funcionários. É por isso que eu tenho uma chave mestra universal, porque as pessoas vivem esquecendo o código dos cadeados.

Lill passou a chave mestra pelo armário uma vez, depois outra. Franziu o cenho e passou-a pela fechadura principal.

— Não está abrindo.

— Deixa eu tentar a minha. — Eve foi até o armário e repetiu o processo, sem resultado. — Ele se deu ao trabalho de instalar algo mais elaborado aqui. Interessante. — Olhou para Peabody e disse: — McNab.

— Deixa comigo.

— Mandei chamar alguém da nossa Divisão de Detetives Eletrônicos. Ele irá acessar e confiscar qualquer coisa que esteja no armário. Você pode assistir a tudo, se quiser.

Com as mãos na cintura, Lill franziu o cenho, olhando para o armário.

— Vou ficar, porque quero saber o que diabos ele guardou aí.

— Enquanto isso, por que não me faz uma lista de nomes? Pessoas que poderiam querer destruir o carro dele com uma chave de roda.

Lill deu uma risadinha e apenas disse:

— Droga!

Enquanto esperavam por McNab, Eve mandou Peabody pesquisar sobre Alla Coburn e os nomes que Lill listou, enquanto Eve conversava com os instrutores e treinadores de plantão.

Parou ao ver McNab.

Ele se destacava entre os corpos malhados, os tanquinhos e os músculos reluzentes.

Na verdade, ele se destacava em qualquer lugar.

Com seu longo casaco vermelho e um boné verde chamativo, ele parecia um galho fino em uma floresta de sequoias. O rabo de cavalo comprido descia resplandecente pelas costas, e ele desfilava pelo lugar com botas de gel da mesma cor do boné. Diversas argolas de prata brilhavam na parte de cima de sua orelha.

Ela observou seu belo rosto se iluminar e seu olhar se voltar para Peabody.

O amor, pensou Eve, vem em todas as cores, formas e tamanhos.

Ela se juntou a eles antes que o especialista da DDE e sua parceira fizessem algo vergonhoso, como trocar beijos apaixonados em meio a uma investigação.

— Cadeados duplos — disse ela, sem preâmbulos. — Um deles é de fábrica, outro é extra, mas ambos foram reprogramados para bloquear o acesso com chaves mestras.

— Tenho a solução bem aqui. — Ele deu um tapinha em um dos muitos bolsos do seu casaco. — Belo suadouro temos aqui — acrescentou, olhando ao redor. — Seu cadáver trabalha aqui?

— Trabalhava.

— Deve ter morrido em boa forma, então. Isso faz a gente refletir, não é? Comia só comida de coelho, suava todos os dias e morreu do mesmo jeito. Oi, She-Body! Você esqueceu seus aquecedores de dedos dos pés lá em casa.

Ele pegou um par de aquecedores em gel de um dos bolsos.

— Obrigada. Awn, você já os ativou!

— Não posso deixar os pezinhos da minha garota congelando.

— Não diga *awn* de novo — ordenou Eve, antecipando-se a Peabody. — E nunca diga "pezinhos". Você está usando um distintivo, pelo amor de Deus! Venha por aqui.

Ela sabia muito bem que eles tinham engatado os mindinhos pelas costas dela.

— Não vi nada fora do normal na pesquisa, tenente — disse Peabody, compensando o comportamento meloso com um relatório rápido. — Havia alguns registros pequenos, infrações de trânsito pendentes, mas nada grave. Coburn administra seu negócio no mesmo endereço há quase seis anos.

— Ok. Ninguém gostava dele. A maioria dos colegas de trabalho não diz isso abertamente, mas está na cara que ele não fará muita falta por aqui. Palavras como *arrogante*, *traiçoeiro*, *ambicioso* e *idiota* são as mais usadas.

Ela acenou com a cabeça para Lill.

— Esta é Lill Byers, a gerente. Ela testemunhará nosso acesso ao armário da vítima. Eu também gostaria que o detetive McNab desse uma olhada em qualquer computador que Ziegler possa ter usado.

— Ah, puxa… — Lill passou a mão pelos cabelos. — Sala dos funcionários, no terceiro andar. Temos dois minicomputadores lá em cima. Quase todo mundo traz seu próprio minicomputador ou tablet, mas nós fornecemos dois com software completo. Não sei a senha dele.

— Eu consigo entrar — garantiu McNab.

Ele tirou um scanner do bolso e passou-o na primeira fechadura do armário.

— O padrão de fábrica foi alterado e atualizado. Um momentinho… — Ele digitou um código e usou o scanner mais uma vez. — Ele fez mudanças consideráveis no trinco. No nível cofre de banco… e em um armário de academia, veja só!

— Quanto tempo isso vai levar? — quis saber Eve.

— Ele refez o mecanismo e colocou um código de treze dígitos, em camadas. Vou demorar alguns minutos.

Eve enfiou as mãos nos bolsos e pensou em Roarke. Seu marido, um ex-ladrão, provavelmente passaria pelas malditas fechaduras como se elas não fossem nada. Mas ela não poderia pedir a ele que interrompesse seu dia de imperador do mundo dos negócios para abrir a porcaria de um armário de academia.

— Por que ele teria todo esse trabalho? — perguntou Lill. — Que diabos será que tem aí dentro?

— É o que vamos descobrir.

— Por que ele não guardou o que queria em um cofre pessoal, ou no cofre de um banco?

Eve observou McNab trabalhar meticulosamente no código.

— O armário dos funcionários é de graça, certo?

— Verdade. — Lill suspirou e assentiu. — Canalha mão de vaca. Ai, droga! Isso não foi legal. Ele está morto. Não quis dizer...

— Não se preocupe com isso — acalmou-a Eve.

— Vocês aceitam alguma coisa? Um suco, uma vitamina? Temos alguns chás muito bons. Que tal eu...

— Consegui!

A primeira trava foi desativada.

— Ok, ele colocou mais duas camadas de doze códigos no segundo trinco — murmurou McNab, mais para si mesmo do que para os demais. — Que exagero! Uma perda de tempo, porque basta eu fazer... Sim, sim, sim!

Números em vermelho apareceram na tela do scanner, enquanto McNab começava a batucar no ar com os polegares, balançando os quadris e batendo o pé no chão em uma dança que tantas pessoas do DDE coreografavam ao trabalhar.

Os segundos se transformaram em minutos, e Eve teve que sair da sala algumas vezes, pois não queria pressioná-lo a abrir logo aquela porcaria.

— Estou quase lá, Dallas. Não é tão complicado, apenas entediante. Ele gastou muito tempo colocando camadas extras, mas não fez mágica. Vai levar só mais um tempinho. — Ele olhou para ela e sorriu. — Imagine só se o armário estiver vazio, depois de tanto trabalho! Não seria sacanagem?

— Não me faça chutar sua bunda, McNab.

— Última sequência chegando, travando e... Sistema descodificado! O armário é todo seu, tenente.

— Ok, vamos ver o que tem de tão importante aí.

Não estava vazio.

Cédulas de dinheiro embrulhadas formavam pilhas e fileiras organizadas. Todas de valor baixo, notou Eve, agrupadas em pacotes de mil dólares.

— Puta merda! — Lill apoiou a mão no ombro de Eve e se inclinou para a frente, com os olhos arregalados. — Puta merda! Onde foi que Trey conseguiu toda essa grana? Dinheiro em espécie? Quem tem tanto dinheiro de verdade guardado em um único lugar?

— Boa pergunta. Peabody, vamos fazer uma contagem do dinheiro, a sra. Byers vai ser nossa testemunha. Depois lacre o armário e registre tudo. Quando ele colocou essa segunda fechadura?

— Hã, deixa eu pensar... Foi há um mês — calculou ela. — Talvez seis semanas. Sim, há mais ou menos seis semanas.

Em que tipo de esquema Ziegler tinha se metido nas últimas semanas?, perguntou-se Eve. Seja lá o que fosse, provou ser lucrativo e mortal.

— Cento e sessenta e cinco mil dólares, Dallas. Uma pilha grande que totaliza cento e sessenta e cinco mil dólares e uma menor com cinco mil. A maior só tem notas novas de vinte dólares — acrescentou Peabody. — Estão presas por elásticos de borracha, não pelo papelzinho do banco.

— Lacrem tudo. McNab, analise os computadores dos funcionários daqui e depois pegue o computador da casa dele e o *tele-link*. Quero um relatório completo — instruiu Eve. Então, encarando Lill, completou: — Agradecemos o seu tempo e sua cooperação.

— Você pode me manter atualizada sobre o desenrolar das coisas? Não acredito que Trey tinha todo esse dinheiro aí. E não consigo acreditar que ele está morto. É como se isso fosse um grande pesadelo, sabe?

— Vou fornecer as informações que eu tiver, quando puder fazer isso.

— Ok. Olha, deixa eu pegar uma bolsa esportiva para vocês, cortesia da Buff Bodies. Vocês não podem levar todo esse dinheiro daqui nessas sacolas transparentes.

— Bem pensado.

Depois que tudo foi colocado na ousada bolsa vermelha com o brilhante logotipo duplo da Buff Bodies, Eve olhou para seu *smartwatch*.

— Vamos dar uma boa olhada nas finanças dele. Precisamos levar essa grana toda para o setor de evidências. Depois voltamos para conversar com Coburn, falar com Morris e começar a organizar a lista completa de clientes de Ziegler.

— Eu sei, mas... Dallas? Vou carregar cento e sessenta e cinco mil dólares em uma bolsa esportiva vermelha? — Peabody colocou o peso sobre o ombro enquanto voltavam para a rua fria e cantarolou, como se fosse o Papai Noel: — Tipo assim... caraca! Ho-ho-ho, hein!

Capítulo Três

— Nunca carreguei tanto dinheiro na vida. Achei que seria mais pesado — disse Peabody, quando entraram na Central de Polícia.

— Que idiota guarda tanto dinheiro no armário dos funcionários de uma academia? Canalha mão de vaca é uma boa descrição. Ele queria tudo em dinheiro vivo — especulou Eve. — Desse jeito não existe registro da grana e dá para lavar dinheiro com facilidade.

— Vou começar pelas finanças dele, mas duvido muito que isso seja dinheiro economizado ou conquistado de forma legítima. Eram todas notas novinhas! Dinheiro novo tem um cheiro muito bom.

— Nada de cheirar as evidências — avisou Eve, saltando da passarela aérea.

Eve queria ir direto para a Divisão de Homicídios verificar algumas coisas, começar a redigir o relatório e montar o quadro do crime, enquanto Peabody investigava as finanças da vítima. Depois, elas iriam passar à fase dos interrogatórios.

Além do mais, sua sala na Central oferecia a única coisa à qual ela não tinha tido acesso desde que fora rudemente arrancada de sua cama quentinha no meio da noite: café de verdade.

Entrou na sala de ocorrências e foi atingida pelo barulho dos computadores, pelas vozes e pelos *tele-links*. Alguém havia desenterrado uma guirlanda prata esfarrapada e espalhafatosa e a pendurado nas janelas laterais. Uma placa ainda mais antiga, que desejava BOAS FESTAS, tinha sido colocada, meio torta, na guirlanda.

Talvez o mesmo elfo determinado tivesse arrastado a árvore falsa, raquítica e lamentável para apoiá-la em um canto. Fotos de identificação de detetives e uniformes decoravam os galhos. A foto de Eve estava no topo da árvore esmirrada.

— Sério?

O detetive Baxter, em seu terno elegante, se aproximou para estudar a árvore ao lado de Eve.

— Santiago tirou isso da recicladora de lixo.

— Já dizia o ditado: "Quem guarda, tem" — explicou Santiago, da sua mesa. — Carmichael fez a decoração.

— Somos o espírito do Natal da Divisão de Homicídios — completou Carmichael. — Se quem investiga assassinatos não puder ser festivo nessa época do ano, então quem pode?

— Como assim? Festivos como em "Feliz Natal, seu babaca, você está preso"?

Carmichael sorriu e declarou:

— Exato.

— Tá bom. Peabody, finanças! — Ela se virou para seguir em direção à sua sala e teve mais uma surpresa quando Roarke saiu lá de dentro.

Ele estava perfeito. Era como se os deuses tivessem se reunido para beber certa noite e decidido criar algo extraordinário. Então esculpiram o rosto de um anjo malvado, acrescentaram olhos de um azul selvagem, e por fim esculpiram uma boca projetada para fazer uma mulher ansiar tê-la pressionada contra a dela.

Seus olhos se tornaram cálidos e sua boca se curvou em um sorriso.

O amor, pensou Eve pela segunda vez naquele dia, vem em todas as cores, formas e tamanhos.

Ela tinha tirado a sorte grande no amor.

— Aí está você, tenente! — A Irlanda, onde ele nasceu, transbordava suavemente através de suas palavras. — Acabei de deixar uma mensagem para você.

— Esqueci meus aquecedores para os dedinhos dos pés?

Roarke arregalou os olhos e suas sobrancelhas, pretas como o cabelo que lhe caía quase até os ombros, se arquearam.

— Esqueceu o quê?

— Nada. Vamos para a minha sala, se você tiver um minutinho.

— Agora eu tenho.

Ele passou a mão pelo braço dela quando eles voltaram pelo corredor para entrar na sala. Aquela era a versão dele, supôs Eve, do entrelaçar de mindinhos entre Peabody e McNab.

— Seus homens não sabiam quando você iria voltar. Tive uma reunião rápida aqui perto e resolvi dar uma passada.

Eles entraram na sala minúscula de Eve.

Roarke segurou seu rosto entre as mãos e a beijou antes que ela conseguisse impedir.

— Bom dia — disse ele. Em seguida, passou a ponta do dedo pela covinha no queixo dela. — Você já teve um longo dia.

— Um cara morreu — contou ela, como se falasse do tempo.

— E o que esse cara morto tem a ver com a Trina?

— Era o ex de uma amiga dela. Preciso de café. — Ela se voltou para o AutoChef e programou dois cafés bem quentes e fortes. — Eu já estava prestes a estrangular Trina com seu próprio cabelo por me obrigar a levantar da cama e sair para a rua naquela hora, mas... Ai, graças ao Papai Noel gorducho e a todos os elfos de nariz pontudo! — exclamou, ao tomar o primeiro gole de café.

Tomou mais um bem longo e em seguida tirou o casaco e jogou-o longe. — Ela e a amiga se empolgaram e foram até a casa do ex para fazer uma pegadinha bem pesada, com pó de mico e tudo mais. Caraca, elas têm o quê, doze anos? Em vez disso, deram de cara com o ex morto. Golpeado na cabeça e depois esfaqueado. O assassino deixou um cartãozinho festivo nele.

Ele acompanhou a história e os movimentos dela com descontração, enquanto bebericava seu café.

— Você já eliminou Trina e a amiga da lista de suspeitos?

— Já, sim. O cara era um idiota. Trabalhava na Buff Bodies. Acabamos de voltar de lá. Tive que chamar McNab para acessar o armário dos funcionários. A vítima colocou um cadeado extra e bloqueou todas as chaves mestras.

— Que pena que você não me ligou, porque eu estava ali pertinho.

— Não sabia, senão teria ligado.

— E o que ele estava escondendo no armário?

— Cento e sessenta e cinco mil dólares em dinheiro. Tudo em notas novas de vinte dólares.

— Interessante, realmente interessante.

— Não é uma soma gigantesca, se pensarmos em esquemas grandes... pelo menos não para os *seus* padrões... mas é uma bela quantia em dinheiro para um cara que morava em um muquifo minúsculo, em um bairro perigoso, e que gostava de roupas caras.

— É uma grana considerável — corrigiu Roarke — sob qualquer ponto de vista, ainda mais por estar guardada em um armário de academia.

— Pois é. Pelo que me parece, ele tirou a sorte grande nas últimas semanas e largou a amiga de Trina logo depois disso, porque já estava transando com outra. E também estava tramando algo no trabalho. Não sei o quê, mas com certeza estava. McNab está trabalhando nos equipamentos eletrônicos da vítima. Peabody está cuidando das finanças dele. Vou redigir o relatório, abrir a pasta de casos e depois conversar com a ex-namorada dele, quer dizer, a anterior à mais recente.

— Um cara ocupado, muito ocupado. O que ele fazia na Buff Bodies?

— Era personal trainer e massagista.

— Hum... O tipo de intimidade que faz as pessoas falarem sobre assuntos pessoais. Chantagem?

— Essa é a minha primeira suspeita. — Eve gostou de saber que ele também tinha chegado àquela conclusão. — Preciso descobrir o que ele estava aprontando, até agora só sei que era um novo empreendimento. Ele comentou que ia abrir um spa fitness no Caribe.

— Ele iria precisar de muito mais que duzentos mil para começar algo assim em uma região tropical.

— Sim, mas ele era um idiota.

— Talvez alguém que planejava aumentar a sorte grande que tirou. Vou deixar você voltar à averiguação. Vou fazer umas compras rápidas antes da minha próxima reunião.

— Nem fale em compras!

Ele sorriu.

— Ainda não terminou as suas, não é?

— Tenho tempo ainda. Muito tempo.

— Hum... Já vi que você mal começou. — Ele a beijou no espacinho entre as sobrancelhas. — Boa sorte nisso. A gente se vê em casa.

— Já comecei, sim! — gritou ela, e o ouviu rir enquanto se afastava. — Mais ou menos!

Franzindo o cenho, ela se lembrou da mensagem que ele tinha deixado em seu computador e a colocou para tocar.

Estava aqui por perto e resolvi dar uma passada. A decoração na sua sala de ocorrências está encantadora, tenente. Como não lhe fiz o lembrete matinal, considere esta mensagem como o lembrete de hoje. Faltam só dois dias para a nossa festa de Natal. Enquanto isso, cuide bem da minha tira.

— Dois dias? Como assim?!

Ela se sentou à sua mesa. Ok, admitiu para si mesma. Agora as compras tinham subido para o nível de "urgente" na sua lista de tarefas.

Mas, antes, precisava fazer coisas mais importantes.

Começou a montar seu quadro do crime.

Chantagem, pensou. Extorsão. Um golpe.

Sem chances de o Ziegler ter conseguido mais de cento e cinquenta mil dólares em pouco tempo por meios legais.

Então, quem ele tinha chantageado, extorquido ou enganado?

Quem quer que fosse, ficaria no topo de sua lista de suspeitos. Ela só precisava descobrir quem era.

Sapatos vermelhos, escreveu em suas anotações, depois pegou o casaco e saiu.

— Peabody, venha comigo.

— Não consegui encontrar nada suspeito nas finanças dele — informou Peabody, apressando-se para acompanhar Eve. — Ele vivia no limite das despesas, mas não porque gastava muito com alimentação e aluguel. Gastava mais em roupas, produtos para a pele, serviços para o corpo e cabelo, esse tipo de coisa. Ou seja, com ele mesmo e com sua aparência. Sem grandes depósitos ou retiradas. Muitos gastos, mas apenas nas áreas que eu citei. Ele recebia multas por atraso, mas sempre pagava.

— Então era tudo para exibição e autoindulgência. E sexo.

— Ele era tipo um acompanhante sexual licenciado, só que sem licença.

— Nada mal, Peabody.

Eve arriscou pegar o elevador e se perguntou quem havia tido a brilhante ideia de colocar música natalina para tocar em uma delegacia. E pensou nas formas como poderia punir a pessoa.

— Ele pode ter começado a cobrar o sexo por fora, mas não importa o quão bom ele era, ninguém consegue juntar tanta grana em poucas semanas transando. Uma cliente pode conseguir um acompanhante licenciado bom, experiente e seguro por um preço razoável. Mas chantagem é outra coisa. Quem sabe ele tenha ameaçado contar ao cônjuge de alguém?

— Aí ele estaria pensando só no curto prazo — comentou Peabody quando chegaram à garagem. — É óbvio que ele perderia a cliente se a chantageasse, depois perderia o cargo e qualquer chance de ganhar mais dinheiro.

— Algumas pessoas só conseguem pensar no aqui e agora, e acabam matando o pato dourado.

— Galinha. É "a galinha dos ovos de ouro".

— Pato, galinha, qual é a diferença? Os dois são aves estranhas.

— Você já brincou de "pato, pato, ganso"?

Eve saiu da garagem e entrou no trânsito.

— Você quer saber se alguma vez eu brinquei com patos e gansos? Por que diabos eu faria isso?

— Não, estou falando da brincadeira de criança. As crianças se sentam em uma roda, uma delas se levanta e vai dando tapinhas na cabeça das outras crianças, dizendo "Pato... Pato...", até tocar em uma e dizer "Ganso!". Aí o ganso persegue o pato pela roda e tenta pegá-lo antes que ele chegue ao lugar onde o ganso estava sentado. Se a criança não conseguir alcançar o pato, é a sua vez de dar a volta na roda.

Eve olhou para a frente.

— Esse deve ser o jogo mais idiota do mundo.

— É divertido quando você tem seis anos. Nós comemos ganso assado quando fomos à Escócia visitar a família do McNab, no

Natal — continuou Peabody, obviamente empolgada com o tema. — Foi muito bom. Vamos fazer uma viagem bate-volta esse ano para ver a minha família. Mas aí vamos comer soja, tofu e muitos vegetais, o que não se compara ao que comemos na Escócia. Mas minha avó cozinha muito bem, e isso compensa tudo. Ela faz a torta de carne com frutas picadas mais incrível que existe.

— Achei que eles não comessem carne.

— Na maioria das vezes, não. E essa torta não leva carne.

— Então por que eles chamam de torta de carne?

Peabody ficou perplexa por um momento.

— Não sei. Talvez a receita original tivesse carne, mas minha avó não faz com carne, não. Ela usa todo tipo de fruta e tempero, e acho que até um pouco de uísque ou alguma outra bebida. Preciso pedir a receita para ela. Gosto de fazer tortas.

O centro da cidade estava frenético com as compras de Natal. Com todas as lojas abertas e os montes de presentes que todo mundo precisava comprar, estacionar virou um desafio ainda maior. Eve ganhou a disputa com um carro minúsculo e entrou em uma vaga no segundo nível depois de colocar a viatura no modo vertical e acelerar, quase raspando no outro carro.

— Caraca, Dallas, me avise da próxima vez que fizer isso! Olha, tem uma padaria ali. Talvez tenha chocolate quente, e com certeza tem doces. Peguei um doce de ovo artificial da máquina automática. Foi ainda pior do que parece. Mil vezes pior!

— Na volta você compra — decretou Eve, e seguiu direto para a Natural Way.

Era um lugarzinho tranquilo e aconchegante, um ambiente que Eve associava aos seguidores da Família Livre. Música etérea tocava baixinho.

O lugar cheirava a uma mistura de *cranberry*, um pouco de pinho e um toque de canela. Só então Eve notou que a bebida do dia era chá de *cranberry* com canela.

Algumas pessoas se sentavam em torno de mesas minúsculas, bebiam em canecas cor de pedra ou comiam o que, para Eve, parecia grama com frutas vermelhas ou, em um dos casos, um bolinho que lembrava uma casca de árvore.

A balconista ofereceu um sorriso sonhador.

— Sejam bem-vindas à Natural Way. O que podemos fazer pelo seu corpo, sua mente e seu espírito?

— Pode chamar a dona da loja — respondeu Eve, mostrando o distintivo.

— Ah, você gostaria de ver Alla? Ela está ocupada, na cozinha. Nossos bolinhos de *yamberry* já acabaram e nossa torta *nabanana* está acabando.

— Isso é um problema. Você precisa chamá-la.

— Preciso?

— Sim, para o bem do seu corpo, da sua mente e do seu espírito.

— Ah... tudo bem.

— O que diabos é *nabanana*? — perguntou Eve para Peabody.

— Torta de nabo com banana.

Eve olhou com seriedade para sua parceira.

— Você está me zoando, né?

— Não. Minha tia faz. Não é tão ruim quanto parece. E bolinhos de *yamberry* são feitos com inhame e *cranberry*. São deliciosos.

— Ah, pelo amor de Deus!

— Não são tão gostosos quanto tortinhas de maçã, mas são muito bons.

Alla apareceu. Seu cabelo castanho estava preso sob uma touca de chef, deixando seu belo rosto à mostra. Usava um avental cinza por cima de um vestido longo e florido sobre um corpo esguio.

— Algum problema? — quis saber ela.

— Talvez. — Eve mostrou o distintivo. — Precisamos conversar.

— Como assim? Estou com tudo em dia. Licença comercial, departamento sanitário...

— Não se trata disso. Podemos conversar em outro lugar?

— Estamos muito cheios lá nos fundos — disse ela, olhando para a parte de trás da loja. — Temos promoções especiais de Natal, e elas são um sucesso. Podemos ficar nessa mesa, aqui na frente. Dora, nos traga três bebidas especiais, por favor. Bem que eu preciso de uma pausa.

— É pra já, Alla.

Ela tirou a touca enquanto saía de trás do balcão. Cabelos longos e elegantes caíram lentamente.

— Do que se trata?

— Trey Ziegler.

A irritação cintilou nos grandes olhos castanhos de Alla.

— O que tem ele? — quis saber ela, enquanto se sentava. — Se ele está com problemas e quer que eu pague a fiança, pode esquecer.

— Ele está morto.

— O quê? — Ela cambaleou como se tivesse levado um soco. — Como assim?

— O corpo dele foi encontrado hoje cedo. Quando você o viu pela última vez?

— Não pode ser. Com certeza é um mal-entendido.

Nada de lágrimas, notou Eve, mas, se estava fingindo o choque e a negação, era muito boa nisso.

— Você deve estar enganada — disse Alla lentamente, cautelosa. — O Trey não está morto.

— Trey Ziegler — confirmou Eve, mantendo seu tom neutro e firme enquanto abria a foto dele em seu tablet. — *Este* Trey Ziegler.

— Não é possível. Isso não pode ser verdade.

Nada de lágrimas ainda, mas a voz falhava e as mãos tremiam.

— Você e a vítima tinham um envolvimento, certo?

— V-vítima? *Vítima?*

— Aqui estão as bebidas, Alla. Vocês querem dividir um bolinho de *yamberry*? Acabou de sair uma nova fornada.

— Não, obrigada — respondeu Eve, quando Alla apenas ficou encarando um ponto distante. — Vá embora.

— Como... O que aconteceu? Como foi? — balbuciou Alla.

— Quando foi a última vez que você falou com Trey Ziegler?

— Eu...

— Você perdeu um par de sapatos vermelhos, Alla?

— Ai, Deus. Ai, meu Deus! — Ela cobriu o rosto com as mãos. — Eu ia mentir, nem sei por quê. Mas não consigo entender. Vi o Trey ainda ontem. Ele estava ótimo.

— Conte-me sobre ontem.

— Eu o vi ontem bem cedo, na Buff Bodies. Estava lá para a minha aula de ioga e... estávamos pensando em voltar a sair. Ele terminou com a mulher com quem morava e disse que sentia a minha falta. Foi burrice da minha parte. Mas aí ele me pediu para ir à casa dele, então tirei algumas horas de folga e até me arrumei para encontrá-lo. *Burra, burra!* Fui direto pra cama com ele. Sentia falta do sexo — admitiu ela. — Trey era bom de cama e sabia como fazer eu me sentir importante, quando queria. Ele começou a falar em ir para Aruba ou St. Barth e abrir um spa fitness lá. A princípio pensei que ele estava me pedindo para ir com ele, e que ia propor que começássemos a montar o lugar juntos. Pura fantasia, lógico, mas seria legal. Só que não era isso.

Ela levou a mão à boca e se balançou para a frente e para trás por um momento.

— Não era nada disso. Tivemos uma segunda rodada de sexo e depois eu realmente precisava voltar para a loja, mas teria ficado mais, se ele tivesse pedido. Sim, eu fui idiota a esse ponto. Mas, em vez disso, ele disse que eu era uma das melhores transas que ele já tinha experimentado, e que eu podia ganhar a vida com isso. Achou que eu iria ficar lisonjeada. Em seguida me perguntou se eu teria interesse em fazer um *ménage à trois*. Disse que tinha uma cliente que estava querendo uma pequena aventura. E... Ele disse que me pagaria. — As lágrimas cintilavam. — Me *pagaria*!

— Isso deve ter deixado você revoltada.

— Eu não conseguia acreditar que tinha sido tão burra. Uma idiota, e tudo por uma transa. Mandei ele para o inferno. Comecei a recolher minhas roupas, mas ele simplesmente ficou lá deitado, rindo e dizendo: "Ah, qual é, gata! Vai ser divertido." Então me contou como ele faria tudo valer a pena, e como eu tinha sido a primeira mulher em quem ele pensou quando pintou o assunto.

As lágrimas escorriam, mas não eram de tristeza. Eve notou que eram de vergonha.

— Era isso que ele pensava de mim. Eu *permiti* que ele pensasse isso de mim. Enfim... Eu saí, fui embora e disse... Ai, meu Deus... eu disse que queria que ele morresse. Agora ele morreu.

— Você saiu no frio de dezembro, sem sapatos?

— Eu estava com os meus clogs de trabalho na bolsa. — Ela mostrou a Eve os tamancos azul-marinho feitos de material reciclado. — Nem pensei na droga dos sapatos vermelhos. Nunca mais quero vê-los. Eu os usei para ele. Pensei que ele se importava comigo, mas ele não estava nem aí.

— A que horas você saiu do apartamento?

— Hum, eram cerca de três da tarde. Fui para casa, tomei um banho e voltei para cá, pois precisava trabalhar. Acho que cheguei aqui antes das quatro. Pode confirmar com os funcionários.

— E a que horas você saiu daqui ontem?

— Umas seis e quinze, seis e meia. Fui para casa. Moro no andar de cima. Fui para lá e chorei um bocado. Então comi todo o meu estoque secreto de sorvete com massa de biscoito... o melhor de todos. Bebi meia garrafa de vinho e assisti a filmes melosos.

— Você conversou com alguém, ou viu alguém?

— Não. Desliguei meu *tele-link*. Queria mergulhar em autocomiseração, então foi o que fiz. Não matei o Trey. Disse que queria que ele morresse, mas não o matei.

Já na rua, Eve calculou a distância entre a loja de produtos naturais e a cena do crime.

— Ela pode ter saído daqui às seis e quinze, voltado à casa dele e matado ele. Teria tempo de sobra para ir daqui até lá, pela hora da morte.

— É, mas a declaração dela me parece genuína — argumentou Peabody. — Tomar sorvete, beber vinho, assistir a filmes tristes... É o que muitas mulheres fazem depois de um término ruim ou um abalo emocional.

— E é por isso que ela contou exatamente essa história para a gente, certo? Pode parecer genuína, mas ela tinha motivação para matá-lo, e não tem álibi.

— Acho que ela teria batido nele... se ela tivesse inclinação para isso, quando ele mencionou o *ménage* e se propôs a pagar por isso.

Embora concordasse com a parceira, Eve apenas deu de ombros.

— Talvez ela seja o tipo de mulher em que a raiva chega aos poucos. Vamos falar com Morris e depois podemos começar a investigar os clientes. Talvez a gente consiga descobrir quem ele tinha em mente para ser o terceiro elemento do *ménage*.

O túnel branco do necrotério cheirava a produtos de limpeza. Algo que conseguia disfarçar com limão o odor da morte, deixando no ar um cheiro de antisséptico industrial.

Eve se perguntou se as pessoas que passavam dias e noites em suas estações de trabalho sequer notavam o aroma.

Passou pelas luzes vibrantes e coloridas da máquina de venda automática, sentiu um leve desejo por mais cafeína e cumprimentou com a cabeça um dos funcionários que empurrava um saco com um cadáver sobre uma maca.

Nem todos aqueles mortos eram dela, pensou Eve, mas, estranhamente, todos pertenciam a Morris.

Ela encontrou o legista-chefe em pé ao lado do seu morto, vestindo uma capa protetora transparente sobre o elegante terno verde-floresta.

Mais dois corpos esperavam sobre mesas de aço.

— A casa está cheia hoje — comentou Eve.

— São as festas de fim de ano. Alguns enfeitam suas salas, outros optam por assombrá-las. Esses dois parecem ter feito um pacto de suicídio, mas ainda vamos confirmar. — Ele baixou os óculos de visão microscópica e sorriu. — Você está tendo um dia de trabalho ainda mais longo hoje. Quer alguma coisa para beber? Tenho refrigerante de laranja na geladeira.

Peabody se animou.

— É?!

— Conheço minhas tiras. A Pepsi já está gelada, Dallas.

— Obrigada. Você me parece... alegre.

— Tirei uns dias de folga e visitei alguns velhos amigos. Foi bom.

— Legal.

Era bom ver Morris vestindo roupas coloridas de novo e parecendo relaxado. Nos meses depois da morte da mulher que ele amava, a dor e a tensão tinham pesado de forma muito visível sobre ele.

Ela abriu a latinha que Peabody lhe trouxe e tomou um gole da cafeína gelada.

— Então... Ziegler. Trey Ziegler. Ele também não vai poder enfeitar uma árvore de Natal este ano.

— Trauma por objeto contundente, palpite devidamente testado e comprovado.

— Foi o troféu de personal trainer do ano que ele ganhou.

— Ah, que ironia! Sua vítima estava em ótima forma. Tônus muscular excepcional, baixa gordura corporal, nenhum sinal de procedimentos cirúrgicos estéticos no corpo. E devo dizer que a pele dele é maravilhosamente firme e macia.

— Ele se amava. Muito.

— E tinha muitos produtos de alta qualidade — acrescentou Peabody. — Para cabelo, corpo e pele. Algumas das embalagens ainda estavam lacradas. — Seu suspiro melancólico ganhou um olhar de reprovação de Eve. — É que me parece um desperdício, só isso.

— E não parece bizarro cobiçar a gosma para rosto de um cara morto? — retrucou Eve. Então perguntou a Morris: — O primeiro golpe foi dado cara a cara?

— Sim. Bem aqui, no lado esquerdo da testa. O segundo golpe foi na parte de trás do crânio. — Ele se virou para a tela e mostrou o segundo ferimento, já limpo. — Apesar de o primeiro golpe tê-lo incapacitado devido à concussão grave, ao sangramento considerável e ao corte irregular que você vê aqui, foi o segundo, dado de cima para baixo com força considerável, que fraturou o crânio e cravou fragmentos de ossos no cérebro. Morreu em poucos minutos. Eu diria que o troféu era meio pesado.

— Sim, é bem pesado. Por volta de três quilos ou um pouco mais. Tem cerca de quarenta centímetros de comprimento.

— Deixe-me acrescentar esses números ao relatório. — Ele se voltou para o computador e adicionou as informações.

— O troféu tinha uma figura no topo, um cara fortão — acrescentou Peabody, estendendo os braços flexionados.

— Lógico — murmurou Morris, seus olhos exóticos cheios de divertimento enquanto acrescentava mais dados. — Pelos ângulos e pela profundidade dos ferimentos na cabeça, o sistema determinou que o ataque tem noventa e seis vírgula oito por cento de probabilidade de ter acontecido assim.

Na tela, duas figuras se encaravam. Uma agarrou o troféu com as duas mãos e golpeou da direita para a esquerda, atingindo a outra na têmpora. A figura de Ziegler cambaleou para trás e depois caiu para a frente. Ao vê-lo cair, o atacante investiu novamente — dessa vez da esquerda para a direita — e atingiu a parte de trás do crânio da vítima.

— Golpes desferidos com as duas mãos.

— Considerando o peso da arma, os ângulos e a força, essa é a minha conclusão. Foi um primeiro golpe bem dado e... um segundo quase como uma machadada...

— Ziegler tinha um metro e oitenta e cinco de altura. Temos um assassino mais ou menos da mesma altura.

— Sim, pelos ângulos, eu diria que tinham quase a mesma altura. Um ou dois centímetros de diferença, talvez um pouco mais. E também dá para concluir que o assassino tinha uma força excelente na parte superior do corpo. Esses golpes não foram de raspão.

— Entendi. Então ele ficou com mais de oitenta quilos de peso morto... quase todo composto por músculos... para levantar do chão e colocar na cama.

— Nosso assassino não é um fracote de quarenta quilos. Essa é uma velha piada da minha área — explicou Morris, ao ver o olhar inexpressivo de Eve. — Quanto ao ferimento com a faca, a vítima já estava morta antes de sofrer a facada. Mesmo assim, a arma foi enfiada com uma força considerável, a ponto de quebrar a ponta da lâmina. — Ele apontou para uma tigela de amostras e para o pequeno pedaço de metal ali dentro.

— Alguém estava realmente puto com ele — reconheceu Eve. — A vítima teve relações sexuais antes de morrer?

— Não consigo pensar em ninguém que não gostaria de fazer isso antes de morrer, mas... não sei dizer. Ele tomou uma ducha ou um banho de banheira, lavou o corpo todo. Ele ostenta o que chamamos de depilação Continental nos pelos pubianos.

Eve olhou para os fios em zigue-zague, finos como uma navalha e com pontas afiadas na virilha.

— Sim, eu notei isso. Esquisito.

— Mas muito arrumado. Seus órgãos genitais e os poucos pelos pubianos que tinha foram cuidadosamente lavados e tratados. Ele morreu limpinho. Tomou cerca de 240 ml de vinho tinto menos de uma hora antes de morrer, comeu uma salada verde, e tinha tomado uma bebida energética cerca de duas horas antes disso.

— Ele tinha um saquinho de folhas secas na mala. Tinha aparência e cheiro de chá, mas precisamos confirmar.

— O exame toxicológico ainda não voltou, está atrasado como sempre, mas pela condição do corpo e dos órgãos, duvido que ele fizesse uso habitual de alguma droga. Não vejo sinais de que ele ingeria algo ilegal regularmente. Este aqui era um homem muito saudável e em plena condição física.

— Personal trainer do ano.

— Na vida e na morte.

— Obrigada. — Ela amassou a latinha vazia de Pepsi, apontou-a para a recicladora e fez uma cesta de dois pontos. — Isso foi de grande ajuda.

— Sempre às ordens. Estou ansioso para a sua festa de Natal. É o evento do momento.

— Ah, é? Provavelmente Ziegler achava que o seu grande troféu era o evento do momento.

— Ha-ha — reagiu Morris.

Com Peabody, Eve examinou a lista de clientes de Ziegler, dando prioridade às mulheres ricas.

Escolheu a sócia-gerente de uma galeria de arte no SoHo, a diretora financeira de uma imobiliária, a proprietária de uma rede de pequenos spas e algumas mulheres bem-casadas que passavam a maior parte do tempo gastando dinheiro.

— A última da lista era magra como uma cobra e mal tinha um metro e sessenta de altura — avisou Peabody.

— Mas o atual marido dela tem um metro e oitenta, também é cliente da Buff Bodies e joga lacrosse. Maridos ciumentos também são suspeitos, Peabody. Investigue-o.

— Certo.

Eve foi em direção ao elegante prédio de três andares coberto de glamour natalino.

— Vamos começar por este endereço: Natasha Quigley. Seu marido se chama John Jake Copley, e ambos são clientes da academia. Depois disso damos o dia por encerrado.

— Que bom! Estou acabada.

— Se recomponha, então.

Eve tocou a campainha.

Boa tarde.

A voz computadorizada tinha um tom educado e reservado.

Por favor, informe o seu nome e o que deseja.

— Tenente Dallas e detetive Peabody, do Departamento de Polícia de Nova York. — Eve ergueu seu distintivo para ser escaneado. — Gostaríamos de falar com a sra. Quigley e o sr. Copley.

Sua identificação foi confirmada. Um instante, por favor.

— As pessoas deveriam atender suas próprias portas de vez em quando — disse Eve —, só para ver como é.

— Você tem Summerset para fazer isso — lembrou Peabody —, e um portão muito grande.

Antes que Eve pudesse responder, a porta se abriu. Era uma mulher, na verdade uma androide, Eve logo percebeu, vestindo um elegante uniforme cinza. Ela sorriu com a mesma polidez reservada da voz computadorizada ouvida antes.

— Por favor, entrem. A sra. Quigley irá recebê-las.

A casa se abria para um suntuoso saguão de entrada de três andares. Lustres prateados com formas abstratas pendiam do teto, banhando de luz o que Eve achou que poderiam ser pisos de madeira de verdade.

Esse espaço fluía para uma área de estar onde o fogo crepitava em uma lareira de mármore preto, uma árvore de Natal envolta em cristais e fitas vermelhas cintilava, e duas mulheres estavam sentadas em um enorme sofá circular. Bebiam um líquido transparente em taças de martíni.

Ambas eram loiras e bonitas, com algumas semelhanças, como os traços marcantes e a cor da pele, que indicaram a Eve uma provável ligação familiar.

Uma delas, a mais velha — talvez cinco anos mais velha, pela estimativa de Eve —, ajeitou a almofada ao seu lado. Um braço elegante e estreito deslizou para o lado, pegou sua bebida e levantou-se.

— Sou Natasha Quigley. A senhora deve estar aqui para falar sobre Trey. Martella acabou de me dizer que ele foi assassinado. Ela é a minha irmã. Nós duas frequentamos a academia. Na verdade, somos *todos* clientes, meu marido e o dela também. Como podemos ajudar?

— Quando foi a última vez que você viu ou falou com o sr. Ziegler?

— Eu... Ah, desculpa, mas isso foi um choque. Por favor, sentem-se. Posso lhes oferecer alguma coisa?

— Não, estamos bem, obrigada. — Eve se sentou em uma poltrona com encosto baixo semicircular. Tudo na sala parecia seguir o tema "redondo".

— Desculpa. — Natasha tornou a se sentar. — Acho que essa é a primeira vez que recebemos a polícia aqui em casa... oficialmente. Fiz minha sessão de rotina às terças pela manhã com Trey. Malho com ele duas vezes por semana, às terças e quintas, por volta de dez da manhã. Às quintas complemento o treino com uma massagem. Não tínhamos sessão agendada hoje porque ele estaria fora da cidade, em uma conferência.

— E você, sra. Schubert? Já que está aqui, quando o viu pela última vez?

— Ah. — Martella tomou um gole rápido de sua bebida e mordeu o lábio. — Deve ter sido na quarta de manhã. Meus dias de academia são às quartas de manhã e às sextas à tarde. Então... hã... eu o vi ontem de manhã. Tilly me contou que ele morreu ontem, mas eu o vi e ele estava muito bem.

— Tilly? — quis saber Eve.

— Tilly Burke. Ela soube da notícia por Lill. Você foi ver Lill, e logo depois ela falou com a Tilly. Tilly não era atendida por Trey, e sim por Flora, porque preferia uma personal, mas conhecia Trey. Todo mundo conhecia ele. — Ela fez uma pausa e bebeu novamente. — Desculpa, estou falando demais.

— Está mesmo. — Natasha deu um tapinha na perna da irmã. — É um momento perturbador.

— É horrível.

— Há quanto tempo exatamente vocês são clientes do sr. Ziegler?

— Já faz uns seis meses. Um pouco mais para você, Tella.

— Eu fui para a Buff Bodies há um tempo. Tilly e eu frequentávamos a Sensible Fitness, mas lá estava muito chato e, como a Buff Bodies tinha acabado de passar por uma reforma e os vestiários tinham mudado, resolvemos trocar. O ambiente lá estava ótimo e nos integramos bem ao novo espaço, e Tash me acompanhou quando contei o quanto gostava mais da academia nova. Foi quando comecei a malhar com Trey. Eu realmente melhorei malhando com ele. Comprei Trey para Lance no último aniversário dele.

— Ela quer dizer que deu sessões semanais com o Trey para o marido — explicou Natasha. — Tella elogiou tanto o novo personal trainer dela que eu mesma fiz um teste de duas semanas com ele e fiquei maravilhada.

— Você socializava com ele?

— Socializava? — Natasha ergueu uma sobrancelha, como se a pergunta a confundisse. — Você quer saber se tínhamos contato pessoal? Almocei com ele algumas vezes na lanchonete da academia para discutirmos novas opções e estratégias de condicionamento físico.

— E fora da academia?

— Não muito. O J. J. e eu chegamos a convidar o Trey para ir ao nosso clube uma ou duas vezes. Sentimos que ele melhorou muito o nosso jogo de tênis. Ficamos mais ágeis e resistentes — disse ela, com um sorriso. — Seu foco na parte superior do meu corpo fortaleceu bastante o meu backhand. Ele e J. J. também jogavam golfe, de vez em quando — acrescentou. — Ambos são fanáticos por golfe.

— Você já foi ao apartamento dele?

— Nunca. Por que eu faria isso?

Eve focou na outra irmã, Martella, que se concentrava em seu drinque.

— Sra. Schubert?

— Sim?

— Você já viu o sr. Ziegler fora da academia?

— Ah, hum... Ele foi ao clube de tênis. Tash, vou pedir outra bebida para Hester.

— Sra. Schubert? — perguntou Eve, a voz firme e monótona.

— Sim?

— Por quanto tempo você se envolveu sexualmente com o sr. Ziegler?

— Que pergunta ridícula — retrucou Natasha —, e absurdamente rude. Tella, você não precisa nem responder isso porque... — Ela parou depois de encarar a irmã e completou: — Ai, meu Deus, Martella!

— Não foi desse jeito! Não foi nada disso! Eu ia te contar, Tash, estava prestes a te contar, mas então elas chegaram. Foi uma vez só. Quer dizer, na verdade foram duas, mas no mesmo dia. E isso aconteceu há semanas. Muitas semanas atrás.

— Acho que você não deveria dizer mais nada. — Natasha colocou a mão no braço da irmã para contê-la. — Acredito que minha irmã não deve dizer mais nada sem o acompanhamento de um representante legal.

— Isso é escolha dela. Precisamos que você venha conosco até a Central, sra. Schubert. De lá você poderá ligar para o seu advogado ou representante legal.

— Mas eu *não quero* ir com você. — Sua voz falhou e seus grandes olhos azuis estavam tomados pela súplica. — Não quero. O Lance iria descobrir! Tash, foi só uma vez. Lance e eu tivemos uma briga feia, você lembra. E ele simplesmente foi naquela viagem de negócios, mesmo eu estando muito chateada. Olha... por favor, me escuta. — Ela tirou o drinque da mão da irmã e bebeu tudo. — Contei a Trey tudo o que aconteceu, falei da briga e de como Lance tinha ido embora enquanto estávamos zangados um com o outro. Ele percebeu que eu estava realmente abalada. Disse que iria até a minha casa, que me faria uma boa massagem, me ajudaria a relaxar e desintoxicar. E foi o que ele fez.

— O sexo fazia parte do serviço? — quis saber Eve.

— Não! Eu nunca... Não era para ser assim. Fiquei chateada e ele foi solidário e atencioso. Ele até fez um chá, começou com uma sessão de reiki, só para me ajudar a encontrar meu centro. Depois começou a massagem corporal e de repente... a coisa simplesmente aconteceu.

— Duas vezes? — perguntou Natasha, secamente.

— Sim. Foi só isso. Eu estava muito relaxada, me sentindo como se estivesse à deriva. Nunca me senti tão solta. Estava tudo tão quente, e cheirava muito bem por causa do incenso.

— Incenso... — murmurou Eve.

— E o chá também estava muito bom.

— Que tipo de chá? — quis saber a tenente.

— Chá de ervas. Uma mistura especial.

— Aposto que sim. Sra. Schubert... Martella, olhe para mim. Você pretendia dormir com Trey? Essa já era a sua intenção? Você já tinha considerado a hipótese de fazer sexo com ele antes desse incidente?

— Não. Não, quer dizer... ele é muito atraente e tem um corpo incrível. Mas não, juro. Nunca pensei nisso. Eu amo meu marido, amo de verdade. É que eu estava muito tensa e revoltada com ele. Trey não tinha vaga para uma massagem ou desintoxicação durante o horário de trabalho. Ele estava me fazendo um favor ao ir à minha casa para uma consulta pessoal.

— Ele cobrou quanto?

— Dois mil dólares, mas foi um tratamento em domicílio e personalizado. Depois eu fiquei chateada de novo. Tinha traído o meu marido, mas Trey disse que não foi bem assim. Disse que aquilo foi apenas uma questão de encontrar meu equilíbrio, me abrir, deixar sair os sentimentos negativos e abraçar os positivos. Depois que tudo ficasse mais evidente, eu conseguiria entender o quanto amava Lance. E ele estava certo. Mas Lance jamais entenderia.

— Quanto você deu a ele para ser... discreto?

— Adicionei mil dólares como agradecimento pessoal e concordamos que nunca mais pensaríamos ou falaríamos sobre o assunto. E eu realmente não falei sobre isso.

— Ele alguma vez lhe ofereceu chá de novo? Antes ou depois desse incidente?

— Não. E não fiz mais massagens com ele. Não me pareceu correto. Não queria que... não queria que ele me tocasse de novo ou me lembrasse do acontecido. Faço massagens com a Trudy no clube, agora. E eu... — Ela secou uma lágrima. — Eu ia passar a fazer meu treino com a Gwen. Só que ainda não tinha descoberto como fazer isso sem deixar todo mundo chateado.

— Quem tomou a iniciativa do sexo? — perguntou Eve.

— Ai, meu Deus! Eu. Estou morrendo de vergonha. A culpa foi minha. Toda minha.

— Você tomou a iniciativa... depois de beber o chá? Depois que já estava sobre a mesa e ele acendeu o incenso?

— Isso. Eu me senti tão leve e... carente. É terrível.

— O que está insinuando, tenente? Você acha que ele deu alguma coisa a ela? — Natasha segurou a mão da irmã. — Acha que ele deu algum tipo de droga para Tella?

— Ele jamais faria isso. Estava só tentando me ajudar. E ajudou. Por favor! — Ela estendeu as mãos para Eve. — Por favor, não quero que Lance saiba. Ele não entenderia.

— O que você conta ao seu marido depende de você — disse Eve. — Onde você estava entre as cinco e as sete da noite passada?

— Estava com Tilly. Fomos ao salão, o Ultra You. Fizemos o pacote completo: cabelos, unhas, tratamentos faciais e corporais. Tudo para a grande festa de Tash e J. J., ontem à noite. Fiquei no salão com Tilly desde uma da tarde até às sete. Pedimos o pacote "Felicidade Total".

Seis horas em um salão de beleza pareciam tortura para Eve.

— Preciso do nome completo e contato da sua amiga, e o nome dos profissionais que atenderam vocês.

Capítulo Quatro

As luzes da rua se acenderam enquanto elas estavam dentro do prédio de tijolinho dos Quigley. Para ela, o dia tinha começado no escuro, percebeu Eve, e terminaria da mesma forma.

— Você acha que ele deu alguma coisa para ela? — Quando abriu a porta do carro, Peabody olhou para trás, em direção a casa. — Porque eu também acho.

— Estou começando a achar que sim, até porque ele tinha chá na mala de viagem. — Eve entrou na viatura e tamborilou com os dedos no volante. — Tem alguma coisa naquele chá, e ele decidiu levar um suprimento para a conferência. Então ou já tinha um alvo ou escolheria algum que lhe agradasse.

— E ele mirou na Martella Schubert porque ela é rica, atraente e vulnerável. E confiava nele — acrescentou Peabody. — Sentia-se segura com ele.

— É mais fácil enganar os que confiam. Ela simplesmente colocou tudo para fora — continuou Eve. — Se as coisas aconteceram do jeito que ela contou, ele esteve na casa dela há algumas semanas. As chances de descobrirmos isso eram mínimas, mas ela simplesmente contou tudo.

— Eu diria que ela é péssima em guardar segredos, mas conseguiu esconder isso do marido.

Eve entrou no trânsito.

— Talvez ela tenha conseguido esconder, mas também pode ser que ele tenha descoberto tudo, ido até a casa de Trey e batido na cabeça dele com um troféu. Se ela manteve a boca fechada foi só porque se convenceu de que aquilo foi um momento zen, em vez de traição. Ainda preciso ter uma noção melhor de quem ela é, de como ela é, mas minha percepção inicial é de que ela não é tão burra quanto ingênua. Leva um estilo de vida privilegiado porque os Quigley vêm de uma família com grana e ela se casou com um cara rico. Adotou o nome do marido. Isso é um pouco antiquado, então acredito que ela seja uma mulher romântica. Mas é como eu disse: se tudo correu exatamente como ela contou, Ziegler fez com que ela se abrisse. Bancou o ouvinte solidário e ofereceu um serviço... não *sexo*, um *serviço*. E apareceu na casa dela com chá e incenso.

— Isso muda as coisas, acrescenta novos motivos e talvez suspeitos. Com alguma sorte, o laboratório conseguirá analisar os fios de cabelo que você a convenceu a nos dar.

— Se ela tiver contado a verdade em relação a quando tudo isso aconteceu, os peritos conseguirão encontrar Rohypnol ou algum composto desse tipo nos fios de cabelo dela. De qualquer forma, saberemos mais quando tivermos todos os resultados das substâncias que estão no saquinho e das que estão no armário da academia. Eu deveria ter solicitado urgência para o exame.

— Mas parecia chá no saquinho, e também pareciam hastes de incenso no armário. É diferente, mas não é exatamente estranho alguém levar seu próprio chá para uma viagem. E também não é esquisito encontrar hastes de incenso em um armário de academia com serviços de massagem.

— Talvez não.

Mesmo assim, Eve se arrependia de não ter pedido prioridade ao laboratório.

— Mas por que ele faria isso? — especulou Peabody. — Já tinha uma namorada, outra pronta para pular na sua cama e, pelos relatos que ouvimos, bastante envolvimento com as clientes, sempre que ele queria. Por que drogar uma delas para transar? Ela teria pago a ele uma boa grana só pela massagem e pelo ombro amigo.

— Por conquista, ego, prática. E o pagamento ainda é maior, quando compram a sua discrição. Quem diabos sabe o que se passa na cabeça de alguém tão apaixonado pelo próprio pau? Aposto que, na percepção dele, ele fez um grande favor para ela.

Eve virou uma esquina e anunciou:

— Vou te deixar em casa.

— Vai?!

— É praticamente no meu caminho. — Eve lembrou que Peabody também tinha começado e terminado seu dia no escuro. — Veja se os álibis delas são válidos. Eles serão confirmados, mas verifique mesmo assim.

— É o salão da Trina. Posso ligar para ela e pegar as informações.

— Sim, faça isso.

— Me surpreende que ele não tenha dado em cima da irmã. Ela é exatamente o tipo dele, né? Está na casa dos quarenta anos, tem grana de sobra e é muito atraente.

— Quem disse que ele não fez isso?

— Bem, ela mesma. — Mas as sobrancelhas de Peabody se uniram. — Mas é, ela pareceu ser uma mentirosa melhor que a irmã mais nova.

— Veremos. Vamos examinar o resto da lista de clientes amanhã. Martella Schubert não será a única que ele drogou, se realmente tiver feito isso. Podemos começar a trabalhar a partir dessa perspectiva.

— Sei que ele é a *nossa* vítima — disse Peabody —, mas confesso que odeio quando nossas vítimas são idiotas.

— Ser idiota é um bom motivo para receber um soco na cara, mas não para ter seu crânio amassado.

— Mesmo assim, eu preferia que ele fosse um cara legal. Por outro lado, se ele fosse um cara muito legal, e eu me sentiria mal. Então talvez seja melhor ele ser um idiota.

— Apenas confirme os álibis, Peabody — disse Eve, ao parar no meio-fio.

— Ok. Obrigada pela carona. Ei, olha só aquele moletom com capuz!

Ela apontou para uma barraquinha na calçada e para o extravagante moletom laranja com capuz e uma animada dançarina de hula estampada na frente.

— Ele é perfeito para McNab. Um presentinho do Papai Noel.

— Ele já sabe que o Papai Noel não existe?

— O Papai Noel existe nos corações dos que realmente acreditam nele. — Com o rosto iluminado, Peabody deu um tapinha no próprio peito. — Me empresta cinquenta dólares?

— O quê?

— Estou lisa até o dia do pagamento.

— Você é lisa sempre.

— Ha-ha-ha. Estou falando em termos financeiros. Por favorzinho! Ele realmente iria adorar ganhar aquele moletom.

— Jesus Cristo, Papai Noel e dançarinas de hula! — resmungou Eve, enquanto enfiava a mão nos bolsos.

— Olha só! Tem um com um Elvis girando com um gorro de Papai Noel! Que divertido!

— Elvis está morto há quase cem anos. Como pode ser divertido ter um sujeito morto girando no seu peito?

— O Elvis é imortal, tipo o Papai Noel! Não, vou levar a garota dançando hula. Se bem que...

Eve empurrou o dinheiro para Peabody.

— Vai lá e compra aquele moletom ridículo para o McNab, mas caia fora do meu carro!

— Diversão! Compras! Tchau!

Eve saiu com a viatura, mas deu uma olhada no retrovisor. Viu Peabody saltitando de felicidade diante dos moletons dançantes e giratórios.

Feliz Natal.

Mas isso a fez praguejar e olhar as horas. Se Eve só tinha dois dias antes da festa de Natal e aquele dia já estava praticamente encerrado, quando diabos ela iria conseguir comprar coisas para as pessoas a quem as regras ditavam que ela deveria presentear?

Seguiu para o norte da cidade e fez um desvio. Já era um pouco tarde, mas havia uma pequena chance de ela encontrar um vendedor que pudesse resolver tudo para ela — ou pelo menos em parte —, de um jeito rápido e fácil.

Antes ela deu uma passada pela rua, e logo avistou o garoto na esquina, cuidando de sua barraquinha. Só então foi lidar com a insanidade de procurar uma vaga.

Precisou caminhar de volta por dois quarteirões, através do mar revolto de turistas, compradores e nova-iorquinos mais sensatos que simplesmente tentavam voltar para casa depois do expediente.

Estudou a barraquinha enquanto se aproximava. Lenços, capas, meias, luvas com dedos, luvas sem dedos, bonés e chapéus. O garoto tinha expandido seu negócio desde o último encontro com Eve.

Ela o observou dar o troco a um cliente, dobrar três lenços e colocá-los em uma sacola transparente.

— Tenha um bom dia!

Então seus olhos escuros se moveram e encontraram os dela. Seu sorriso aumentou.

— Fala, Dallas. Qual é a boa?

— E aí, Tiko. Os negócios vão bem.

— Tudo firme e forte.

Tiko era um pirralho, um garoto miúdo que, àquela hora da noite, provavelmente deveria estar em casa jogando videogame ou suando frio por causa do dever de matemática. Mas, em sua essência, Tiko era um empresário.

— Já pegou algum bandido hoje?

— Hoje não, mas o dia ainda não acabou. É meio tarde para você estar aqui, não é?

— Época de Natal. Vou ficar aqui até sete e meia da noite. Minha avó está de boa com isso. Ei, Deke, ajuda aquela senhora ali! Aquele é um dos meus funcionários — explicou Tiko para Eve, apontando para um garoto magricela que usava luvas sem dedos e um protetor de orelhas. — Tenho dois.

— Agora você tem funcionários?

Seus olhos fizeram uma dança divertida sob as listras brilhantes do boné que ele usava puxado para baixo.

— Para essa correria do Natal, lógico que tenho! E chegaram uns lenços lindos. De algodão, lã, caxemira e seda mista. Você pode combiná-los com luvas e um boné, fazer um conjunto para presente.

— É, é. — Ela enfiou as mãos nos bolsos. — Tenho algumas garotas para quem preciso comprar coisas.

— Que tipo de garotas? Amigas, família, colegas de trabalho?

Eve suspirou.

— Amigas, eu acho. Amigas.

— Boas amigas? Ou do tipo para as quais qualquer coisa serve?

Ela deixou uma risada escapar. Ele sabia das coisas.

— Boas amigas.

— Vou te levar até o meu sócio.

— Seu... sócio?

— Isso. Deke, Manny! Cuidem da loja um instantinho, mas nada de brincar em serviço. Venha comigo. — Ele pegou a mão de

Eve e a levou até a outra esquina. — Você se lembra daquela loja em que você deu uma batida, naquele dia? Quando eu te contei que eles eram bandidos, você foi lá e os prendeu?

— Sim. Eram ladrões de rua, eu os identifiquei logo.

— Abriram uma loja nova lá agora... É um negócio familiar. São boas pessoas e vão ter alguma coisa para você.

— Ah, é? — Disposta a tentar resolver de uma vez aquele problema, ela atravessou a rua com ele.

— Sério mesmo. E eles vão te oferecer bons descontos, já que você está comigo.

Ele ziguezagueou, abriu caminho pela multidão e por fim entrou na loja comprida e estreita.

— Oi, pai!

O homem provavelmente não tinha mais de trinta e cinco anos, e usava um longo gancho para alcançar as alças do que parecia ser meio milhão de bolsas. Ele as arrancou da parede, baixou-as e ofereceu uma delas à cliente que estava à espera.

Então sorriu para Tiko.

— Oi, Tiko!

— Oi, mãe!

A mulher atrás do balcão dobrou e afofou um lenço de cabeça em uma sacola de compras.

— Olá, Tiko!

Eles eram jovens demais para o apelido de "mãe" e "pai", pensou Eve. Mas pareciam relaxados e felizes por serem comerciantes na cidade de Nova York. E nenhum dos dois usava preto.

— Boas festas! — desejou a mulher, ao entregar a sacola de compras à cliente. — Volte sempre!

Tiko arrastou Eve até onde ela estava.

— Essa é a Dallas. Ela é a policial que liberou este lugar para que vocês pudessem alugá-lo.

— Ah, tenente Dallas! Tiko nos contou tudo sobre você. Eu sou Astrid. — Ela estendeu a mão. — Fico feliz por finalmente conhecer você.

— Dallas precisa de presentes para algumas amigas. Quantas amigas você tem?

— Ah... Preciso de... acho que são cinco pessoas.

— Deixe-me só... Ben, esta é a tenente Dallas, a que o Tiko sempre fala.

— Mentira! Muito prazer. Espera só um momentinho, já venho falar com você.

— Você viu alguma coisa de que tenha gostado? — quis saber Astrid.

— Não sei. — Havia bolsas com alças, sem alças, pastas, estojos e bolsinhas minúsculas, que seriam absolutamente inúteis. Outras eram enormes e poderiam guardar até um cômodo cheio de móveis. — Não entendo muito dessas coisas.

— Mulheres gostam de bolsas. Você não tem bolsas, Eve? — quis saber Tiko.

— Eu tenho bolsos. Tenho um kit de serviço. Tenho uma pasta de arquivos, quando preciso. — Também tinha dezenas de bolsas femininas que sempre surgiam em seu closet, junto com dezenas de sapatos e um mar de roupas.

O marido de Eve definitivamente entendia dessas coisas.

— Por que você não escolhe uma das cinco amigas, para começar? — sugeriu Astrid. — Fale-me um pouco dela.

— Ah, ok. É uma mulher elegante, classuda, não séria demais ou metida... ela é sofisticada. Gosta principalmente de usar cores suaves, mas às vezes surpreende. Tudo nela sempre combina, como se tivesse pensado de antemão em usar peças harmônicas. Profissional, inteligente e simpática.

— Já gosto dela. Tenho algo lá atrás que acabou de chegar. Acho que pode servir.

— Falei que eles iam te ajudar — disse Tiko, alegre, quando Astrid saiu correndo.

— As coisas na parte de trás não são roubadas, são?

Uma expressão ultrajada tomou conta do rosto do menino.

— Qual é, Dallas?! Eles são gente fina.

— Tá bom, tá bom. É que fazer compras me deixa nervosa. Por que tem tantas opções para tudo?

— Para que as pessoas não usem as mesmas coisas.

Astrid voltou com uma caixa e tirou uma bolsa comprida e estreita lá de dentro.

— Encomendei poucas destas, só para ver se venderia bem. Elas são pintadas à mão. Achei que eram realmente especiais.

— Ah.

Eve estudou a bolsa. Revestimento suave, quase sedoso, com um belo jardim de flores em tons pastéis e uma borboleta com joias servindo de fecho.

— Como elas são pintadas à mão, cada uma é única.

— Acho que ela também é única — disse Eve, pensando em Mira. — Acho que ela vai gostar.

— Tenho um lindo lenço de seda rosa — anunciou Tiko, dando uma batidinha em uma das flores. — Você afofa o lenço na abertura da bolsa e isso dá mais classe, exatamente como você quer.

Eve olhou para ele.

— Vendido! Vamos continuar. Tenho uma outra amiga que é muito expansiva. Nada para ela é exagerado, selvagem ou exótico demais. Ela adora cores e brilho, e é versátil e vivaz. Ah, e tem uma bebê. Uma menina com menos de um ano.

— Entendi. — Astrid bateu palmas. — Temos lindas bolsas para mães e bebês. São muito divertidas. E práticas também: podem ser convertidas em bolsas de ombro, bolsas de mão ou mochilas.

Astrid apontou para cima.

Eve viu uma explosão de cores vivas, bolsas grandes e pequenas unidas por ganchinhos. E viu um par que tinha um unicórnio brilhante que dançava.

— Ah, aquelas ali são *a cara* da Mavis e da Bella. Quero o conjunto com o unicórnio.

— Vou pegar.

Enquanto Astrid fazia isso, Eve olhou para Tiko.

— Aposto que você tem um lenço que também combina com isso.

— Tenho um lenço de pescoço que seria perfeito para a mamãe. E chegou um boné cor-de-rosa para a bebê com aquele cavalo com chifre.

— Jesus, Tiko, você está me matando. Vendido!

Quarenta minutos depois de estacionar, Eve colocou um monte de sacolas no carro e se sentou atrás do volante.

Depois ficou ali até a cabeça parar de girar.

Meu Deus, ela queria um drinque. Dois drinques!

Dizendo a si mesma para ser grata por o Natal só acontecer uma vez ao ano, voltou a enfrentar o trânsito e lutou contra a insanidade típica da época de festas de fim de ano durante o caminho todo, até os portões de casa.

Pisca-piscas brancos feito diamantes brilhavam nas árvores ao longo da alameda de entrada, dando um ar fantasioso à área. E a casa se erguia, muito linda, em pedras cinza e vidro, uma fantasia por si só, com suas torres e torreões.

Delineando a casa contra o céu noturno, luzes cintilavam e piscavam. A vegetação drapejava e respingava orvalho, dando um toque de aconchego à elegância. Havia velas acesas em todas as janelas da casa, em uma espécie de boas-vindas.

Ela, a criança perdida, tinha se habituado à beleza de tudo aquilo — esse era o significado do amor. Mas nunca deixaria de valorizar cada pedacinho daquilo — esse era o significado de gratidão.

Naquele momento, cerca de dezoito horas depois de ter saído dali, a ideia de voltar para casa lhe trazia alívio.

Desceu do carro direto para o frio, onde o vento a golpeou como uma criança mal-humorada, e pegou as sacolas na mala. Como ela acabou comprando tanta coisa? Naquele momento, tudo parecia uma espécie de sonho febril de consumo, deixando-a exausta e com uma leve dor de cabeça. Como ela conhecia tanta gente assim, para começo de conversa? Como foi que isso aconteceu?

As sacolas balançaram com o vento, ameaçando voar, e as caixas tilintaram. Eve disse a si mesma que, se as sacolas rasgassem, ela deixaria aquele monte de tralha ali.

Com as sacolas batendo nas pernas, arrastou tudo até a porta, lutando para abri-la e cambaleando para dentro.

Lá estava ele, lógico, à espreita — Summerset, o espantalho de terno preto. O mordomo durão de Roarke estava de pé no saguão muito bem iluminado com um sorriso malicioso no rosto pálido e ossudo e, a seus pés, o gordo gato Galahad sentado como um Buda peludo.

— Ora, se não é o Papai Noel, cheio de presentes! — provocou Summerset.

Eve semicerrou os olhos. Quis dar alguma resposta atravessada sobre os cadáveres de Natal, só que...

Largou tudo onde estava.

— Pago mil dólares se você embrulhar todas essas tralhas.

O mordomo arqueou as sobrancelhas cinza-claras.

— Não posso ser comprado. No entanto — disse ele, enquanto o gato se aproximava para cheirar as bolsas e pacotes —, posso ser persuadido.

— O que você quer?

— Você vai dar uma grande festa depois de amanhã.

— Já sei disso. É óbvio que eu sei disso! — respondeu ela.

"Em algumas noites" já tinha virado "depois de amanhã", afinal? Era melhor ela nem pensar a respeito.

— Os preparativos para receber duzentas e cinquenta e seis pessoas em sua casa começarão às oito da manhã.

Duzentas e cinquenta e seis pessoas? Meu Deus! Por quê?, pensou ela. Mas apenas disse:

— Tudo bem.

— Participe dos preparativos.

— Mas e se eu... — Ela olhou para a pilha de sacolas e para o traseiro do gato quando ele tentou se enfiar em uma delas. Por fim, se rendeu: — Combinado!

Tirou o casaco e pendurou-o no primeiro pilar da escada... Uma pequena provocação.

Não havia vergonha em recuar, disse Eve a si mesma enquanto subia as escadas. Haveria outras batalhas, outras guerras. Foi direto para o quarto e, com um gemido, se atirou no glorioso lago azul que era sua cama.

Só dez minutos, jurou para si mesma. Levaria dez minutos para se recuperar do trauma das compras e das negociações com Summerset. Depois iria para seu escritório e montaria seu quadro lá. Esvaziaria a cabeça e começaria a trabalhar para descobrir quem era o responsável pela morte de Trey Ziegler.

Idiota ou não, ele merecia o melhor de Eve.

Só dez minutos, pensou novamente, e caiu no sono, como uma âncora no mar.

Deixou-se levar mais um pouco. Havia um peso em sua bunda que ela reconheceu como o gato. E havia dedos entrelaçados com os dela... Roarke.

Ela abriu os olhos e fitou o azul infinito dos olhos dele.

A árvore do quarto estava acesa. Ele já tinha acendido a lareira, mas as chamas ainda estavam baixas e muito vermelhas. Se as coisas fossem justas e perfeitas, ela teria se enrolado junto dele e mergulhado no sono mais uma vez.

Mas as coisas quase nunca eram justas e perfeitas para um tira.

— Fiz compras — anunciou ela.

— Meu Deus! Você está bem? Devo chamar uma ambulância?

— Espertinho. Fui ver o Tiko. Lembra dele?

— Ah, sim, o jovem empresário. Lembro com muito carinho da torta que a avó dele preparou para nós.

— Ele arrumou outros dois garotos para trabalhar para ele durante a época do Natal. E expandiu seu estoque de produtos, também. E me arrastou para aquele lugar que eu invadi. Há novos inquilinos por lá. Eles meio que poderiam ser parentes da Peabody, parecem seguidores dos preceitos da Família Livre. De repente foi... foi como se eu tivesse atravessado um portal para um universo paralelo.

— O universo paralelo de um estabelecimento varejista sem crimes.

— Isso mesmo! — concordou ela. — Então, do nada, apareceu um monte de tralhas e rolou um papo sobre presentes, alguém sugeriu que isso seria um bom presente para tal pessoa e eu disse "ótimo". Depois, aquilo seria perfeito para aquela outra pessoa, e tudo bem. Jesus, ok, tudo bem. Mas a coisa continuou, sem parar. O garoto começou a trazer coisas da barraquinha dele, dizendo "É só colocar esse lenço ou sei-lá-o-quê, porque combina com essa peça, e esse acessório combina com aquela outra coisa", e eu só fiquei repetindo "Tudo bem, tudo bem", porque queria que tudo aquilo acabasse depressa. Pode ser que eu esteja com estresse pós-traumático.

Ele a beijou de leve.

— Pobre coitada.

— Você não está com pena de mim. Você acha tudo isso engraçado, e só porque realmente teria gostado. Mas a coisa fica pior.

— Como isso é possível?

— Todas essas compras me deixaram fraca. Fiz um trato com Summerset.

Ele pressionou os lábios em sua testa como se estivesse verificando se ela estava com febre.

— Pode ser tarde demais para chamar uma ambulância.

— Ha-ha. Agora, só porque ele vai embrulhar todos os presentes, eu vou ser obrigada a *participar* dos preparativos da festa. Por que vamos receber duzentas e cinquenta e seis pessoas?

— Acho que já estamos mais perto das duzentas e setenta, mas agradecemos muito a sua participação. Você é a chefia, lembra? Pode atribuir tarefas, decidir e dar ordens. Pode até acabar gostando um pouco da coisa.

— Acho que não, mas trato é trato. — Ela se remexeu um pouco e o analisou. Pensou na reação dela naquela manhã, quando ele saiu de forma inesperada da sala dela na Central.

Tão perfeito, tão lindo. Todo dela.

— Você não está usando o seu terno.

Ela passou a mão pela suave camiseta cinza-clara que ele usava.

— Estou em casa há um pouco mais de tempo que você. Na verdade, nadei um pouco.

— Ah, é? Isso não é justo. Você dá um mergulho refrescante, coloca roupas confortáveis, e eu tenho que lidar com um assassinato e compras caóticas. Além do mais, ainda estou usando minhas botas.

— Não é justo, não é? Vamos ver o que posso fazer para equilibrar as coisas.

Ele se levantou, ergueu uma das pernas dela e arrancou a bota, depois repetiu o processo na outra perna.

— Melhorou?

— Já é um começo.

— Nós dois ficaríamos mais relaxados se você não estivesse armada. — Ele soltou o coldre da arma, retirou-o e jogou-o no chão junto com as botas. — E agora, como está?

— Assassinato e caos — lembrou ela. — Você teve dinheiro e reuniões.

— Um pouco dos dois, na verdade. — Ele montou nela e tirou a camiseta azul-marinho com decote em V que ela vestira no meio da noite. — Como você se sentiria se virasse a dona de uma pequena cidade na Toscana?

— Uma cidade? Tá de sacanagem!

— Uma vila, na verdade, mas é bastante charmosa. — Sorrindo, ele desafivelou o cinto dela. — Trata-se de uma antiga vila em ruínas que poderia virar um lindo lugar, com os toques certos. Tem vistas encantadoras, ruas estreitas de paralelepípedos e os restos de uma muralha medieval.

— Você comprou uma cidade!

— Vou comprar amanhã. — Ele abaixou a calça de Eve e a arrancou. — Minha esposa tem pernas muito longas e incríveis.

— Elas me ajudam a andar pra lá e pra cá.

Ele passou as mãos por elas, da panturrilha à coxa.

— Você não vai a lugar nenhum, por enquanto.

O diamante que ele tinha dado a Eve quando ela aceitou que ele a amava estava pendurado no seu pescoço, sobre uma camiseta branca, sem mangas. Ele o ergueu e esfregou os dedos sobre o formato de lágrima da joia, lembrando-se de como sua mulher tinha ficado chocada com os presentes: o diamante e o amor dele.

— Está mais relaxada agora?

— Quase lá. Quando eu estava voltando para casa, achei que iria precisar de uma taça de vinho bem grande. Aí cheguei aqui e pensei... Não, o que preciso é cair de cara no chão por dez minutos. Mas também não era isso.

— O que era, então?

— O que eu precisava... o que eu preciso... — Ela se levantou e passou os braços ao redor dele. — É de você.

Aquelas pernas longas e incríveis se engancharam em torno da cintura dele. As mãos dela subiram lentamente e seguraram o cabelo dele. Ela estava se agarrando, pensou Roarke, a ele, aos dois, ao que tinham construído juntos.

Era toda afeição e felicidade, era tudo forte e real.

Ele poderia derramar o seu dia sobre Eve, como ela fizera com ele. Boca contra boca, coração contra coração.

Os dois se balançaram naquela cama grande, segurando-se um ao outro, deslizando até o lugar que, para ambos, era o seu lar.

Ele pressionou os lábios no pescoço dela, e sentiu o pulso acelerado por causa dele.

— Hoje de manhã senti falta do nosso tempinho, aquele momento que sempre passamos juntos enquanto tomamos café da manhã.

— Eu sei. Também senti falta.

— Isso torna tudo ainda mais precioso. — Ele roçou os lábios em sua bochecha e sua têmpora. — Aqueles momentos... estes momentos.

Ela se enroscou nele.

— Todos os momentos.

Ela se deitou com ele, e trocaram carícias gentis, entre beijos longos e suaves que lavaram as longas horas daquele dia. Agora era só ele, eram só eles, naquele pequeno paraíso, distante do mundo e todo o seu barulho, as luzes fortes e as sombras cruéis.

Ela tirou a camiseta dele e a jogou longe, entregando-se ao prazer de sentir-lhe a carne quente, os músculos firmes, e arqueou o próprio corpo como uma gata que ronronava sob a habilidade das mãos dele. O coração dela começou a batucar mais forte, uma batida estimulada pelos lábios dele, pela língua, pelos dentes.

A necessidade se espalhou, fervendo baixinho como o fogo na lareira, e depois se transformou em chamas vivas.

Ele a dominou — ele sempre conseguia isso —, e então a necessidade e o prazer se entrelaçaram, indiscerníveis um do outro, fazendo-a flutuar e alcançar o pináculo da glória, para então tudo se libertar.

Ela poderia ter chorado de pura alegria.

Segurando o rosto dele entre as mãos, ela encontrou sua boca mais uma vez, se deixando afundar naquele beijo. Murmurando, ela o deitou de costas na cama. Agora estava montada nele e o recebeu dentro dela. Devagar, bem devagar, o rosto dela colado ao dele. Ela pegou as mãos dele, pressionou-as contra o próprio coração, e então começou a se movimentar.

Tudo era fluido como água, e aquilo aumentava o prazer e prolongava-o, enquanto o coração dela batia forte sob as mãos dele.

Ele a deixou tomá-lo por completo, deixou-a ceder, enquanto a beleza daquilo queimava em suas veias. O fogo da lareira brilhava em dourado na pele dela e se refletia em seus olhos. As sensações se intensificaram a ponto de sufocá-lo.

Eve colocou a mão no coração dele e se inclinou para unir seus lábios.

— Eve.

— Eu sei, eu sei, eu sei.

Erguendo-se mais uma vez, ela deixou a cabeça tombar para trás e fechou os olhos, os dois cavalgando até alcançarem a escuridão perfeita.

Capítulo Cinco

Agora com roupas confortáveis, uma taça de vinho e fatias de frango com batatinhas douradas e folhas verdes não identificáveis, Eve descobriu que o longo dia teve lá suas recompensas, afinal.

Sentia-se solta e relaxada, em vez de cansada e traumatizada. Embora Roarke e ela tivessem perdido o ritual matinal, tinham preservado o noturno.

Montou seu quadro do crime — ou ao menos começou a fazê-lo —, então poderia terminar o dia jantando na mesinha de seu escritório em casa.

— Antes de tudo — começou Roarke —, o que você comprou?

— Muita coisa. Um monte de bolsas.

— Muita coisa faz muito volume.

— Exatamente! — Ela apontou para ele com o garfo e depois espetou um pedaço de frango. — Se as pessoas não carregassem tantas coisas, não precisariam de bolsas para guardar tudo. Mochilas, bolsas, pastas... As pessoas levam consigo sua vida inteira, parecem refugiadas. Não entendo.

— E mesmo assim você comprou as bolsas. Presentear é sobre isso, né?

— Comprei meias também. Meias felpudas — lembrou ela vagamente. Tudo era como uma longínqua memória de guerra, percebeu. — Além de bonés, e objetos para colocar outras coisas que vão dentro das bolsas. Eles fazem estojos sofisticados só para tinturas labiais. Que maluquice!

— Você não pode estar falando sério! — Ele arregalou os olhos e recebeu um olhar semicerrado dela. — Estou chocado.

— Engraçadinho. E fui convencida a comprar um unicórnio falante.

— Perdão, um o quê?

Daquela vez ela tinha conseguido surpreendê-lo, percebeu. Não sabia por quê, mas achou aquilo agradável.

— Um unicórnio falante que combina com uma bolsa de unicórnio para Bella, que combina com uma bolsa grande de unicórnio para Mavis. Ele é cor-de-rosa... o unicórnio... tem um chifre prateado e fala coisas. Também dança. Provavelmente vai assustá-la.

— Aposto que ela vai adorar.

— Ele meio que me assustou. Mas Tiko ficava o tempo todo saindo da loja e voltando com mais coisas. Teve que ligar para a avó e pedir um tempinho extra na rua, devido a todas as idas e vindas. Acho que ele me aplicou uma espécie de golpe.

— E ainda assim aqui está você, com todas as suas compras feitas. — Ele fez um brinde a ela. — Parabéns!

— Preferia cair no soco com algum viciado em Zeus do que passar por tudo aquilo de novo. O que é essa coisa verde aqui no prato?

Roarke simplesmente sorriu.

— Algum progresso na nova investigação?

— Descobri que a vítima provavelmente era ainda mais babaca do que eu pensava. Vou confirmar amanhã, quando passar no laboratório, mas acho que ele drogou uma mulher, e provavelmente outras.

O sorriso de Roarke desapareceu.

— Isso faz dele mais que um babaca.

— Sim, eu sei. Se eu estiver certa, é uma pena que ele não leve uma bela surra por causa disso. Mas já que ele foi morto, preciso fazer o meu trabalho.

— Uma mulher descobriu o que ele fez com ela e resolveu se vingar, será? Minha tendência seria ficar do lado dela.

— Ele merecia mofar na prisão, não ir parar no cemitério. Talvez uma das mulheres tenha percebido que ele a drogou, talvez um marido ou namorado tenha descoberto tudo, talvez uma mulher não tenha gostado dos joguinhos dele, ou um cara não tenha gostado de levar chifre. Há muitas variáveis. Além disso, também tem o dinheiro, e talvez a chantagem, coisas que nunca acabam bem.

— Mesmo assim, continua sendo um clássico — declarou Roarke.

— Segredos mais ganância geralmente equivalem a um túmulo para alguém.

— Matemática policial. — Roarke ergueu seu vinho. — Geralmente exata.

— A lista de clientes dele é basicamente cheia de mulheres, embora ele também tenha alguns homens nela. E costuma atender a clientes que têm mais grana.

— E em algum ponto do caminho ele se meteu com a pessoa errada.

— Sim, essa é a minha teoria. Penso também que essa nova área de negócio... trocar sexo e/ou dinheiro por alguma outra coisa... era relativamente recente. Não que ele não tenha trapaceado e colhido algumas recompensas ao longo dos anos, mas nos últimos tempos ele mergulhou de cabeça nisso. Manteve a amiga de Trina por perto até duas semanas atrás, mas adicionou cadeados extras ao seu armário na academia duas ou três semanas antes disso.

— Para reduzir os riscos, talvez? — sugeriu Roarke.

— É, garantir que teria uma boa grana guardada, e logo em seguida correr atrás da ex antes dessa última que eu citei. Pode ser isso. E sim, ele se meteu com a pessoa errada.

Ela olhou para o quadro do crime e para as identificações que tinha começado a pregar nele.

— Ele tinha muitas opções. Vou ter que conversar com Sima novamente, e isso significa que vou ter que falar com Trina de novo.

— Você já comprou um presente para ela?

— Não. — Ela ficou boquiaberta. — Por que eu teria... Não preciso comprar um presente para ela, preciso? Não quero voltar lá, Roarke. O pessoal que me vendeu as bolsas foi decente, mas não volto lá de jeito nenhum.

— Por que não me deixa cuidar disso para você, então? Trina é sua consultora de beleza: cabelo, rosto e corpo... quer você queira ou não. Dar uma lembrancinha seria simpático.

— Isso está começando a ficar fora de controle. — Ela se serviu de mais vinho. — *Completamente* fora de controle. — Em estado de choque, comeu mais algumas folhas de seu prato. — Você chamou Trina para vir aqui mexer no meu cabelo, rosto e corpo antes da festa, não chamou?

— É o preço a se pagar por promover o que muitos consideram um importante evento de fim de ano, querida Eve.

— Prefiro enfrentar viciados em drogas — murmurou ela. — Vou sair e caçar alguns doidões viciados em Zeus.

— Isso não será divertido? Você quer que eu investigue as finanças da sua vítima idiota, para ver se ele escondia mais algumas coisas?

— Acho que você não vai encontrar nada, mas não faria mal algum investigar, se você tiver tempo. — Ela olhou de volta para o quadro e continuou: — Se ele queria oferecer sexo em troca de dinheiro, por que não conseguir uma licença para isso? Ele provavelmente ganharia muito mais se tornasse tudo legítimo.

— Algumas pessoas, inclusive você, ainda enxergam os acompanhantes licenciados como prostitutos.

— Ah, eles transam por dinheiro, então...

Roarke fez que não com a cabeça e ofereceu-lhe um pãozinho.

— É uma atividade licenciada, regulamentada, taxada e segura. As pessoas pagam por terapia e treinamento físico — disse ele, apontando para o quadro. — Também pagam para receber orientação espiritual, e assim por diante. As pessoas pagam por todos os tipos de necessidades básicas, e outras se oferecem para suprir essas necessidades. Sexo é uma necessidade básica.

— Sim, é uma atividade legal, não tenho nenhum problema com ela. Mas você tem razão. — Ela analisou seu quadro enquanto comia. — Ele não enxergava o que fazia como uma transação comercial, ou ao menos não queria enxergar. Não queria se considerar um prestador de serviços. Estava fazendo *um favor* às mulheres, permitindo que elas se deleitassem com a maravilha da sua aparência, do seu corpo e das suas habilidades. O dinheiro que recebia delas era justificável, porque era isso que lhe permitia manter a boa aparência.

Ela tomou um gole de vinho e continuou:

— Sim, é isso. Tudo começa pela diversão e pela conquista, e você ainda consegue transar em uma bela suíte de hotel, talvez tomar um pouco de champanhe e fazer uma ótima refeição. Quem sabe ela até mesmo lhe dê uma gorjeta. Afinal, ela se divertiu, não foi? Depois, talvez você decida trabalhar mais a ideia para que ela entenda que um pequeno reconhecimento extra seria ideal. Você ofereceu a ela um bom momento, e em troca ela lhe dá um pequeno bônus. Qual a maldade nisso? Você não está se vendendo, e ela está apenas mostrando a sua gratidão. É apenas uma amiga, uma cliente que lhe deu algo a mais porque você também ofereceu algo a mais a ela.

— Parece que você começou a entender como a cabeça dele funcionava.

— Talvez. Aquela mulher com quem conversei hoje, a que acho que ele drogou, lembra? Ele cobrou dois mil dólares dela por uma massagem em casa, e para ele aquilo tudo com certeza iria terminar em sexo. Mas ele poderia chamar aquilo de massagem, um serviço, algo especial para uma cliente, e poderia definir um preço. Aposto que ele fez muitas visitas domiciliares recentemente. Massagens, treinamento personalizado... Dois ou três mil dólares por sessão. Isso é lucrativo. Ainda tinha as conversas íntimas e confidências, que ele podia usar para fazer chantagem. Babaca!

— Mas ele é a sua vítima babaca.

— É, exatamente.

Por isso ela ofereceu a Ziegler seu tempo, sua atenção e seu melhor.

Fez anotações e elaborou um relatório de progresso, incluindo todas as entrevistas realizadas até o momento.

Criou um gráfico com as clientes que até então tinham confessado ter mantido algum tipo de relação sexual com Ziegler, e quanto cada uma admitiu ter pago em dinheiro, presentes e contas de hotel.

Ao lado de cada nome, ela acrescentou o estado civil ou estado de coabitação, e quantos desses maridos ou coabitantes também faziam parte da lista de clientes de Ziegler.

Pesquisou cada um desses nomes, investigando casos antigos de comportamento violento ou infrações.

Cruzou os nomes com os que Trina lhe havia fornecido, e acrescentou os colegas de trabalho dele.

E matutou sobre tudo aquilo.

Quando Roarke entrou, ela estava com os pés apoiados na mesa.

— Vamos, me dê outro ângulo — disse Eve.

— Não nas finanças. A menos que ele seja muito mais inteligente do que eu acredito, não tem nenhuma outra conta além das que você já sabe.

— Não imaginei que ele tivesse, mas é bom ter a opinião de um especialista no assunto. Será que foi um concorrente? Tenho me concentrado estritamente em clientes e sexo. Mas ele foi agredido com um troféu. Ele conquistava e mantinha muitas mulheres ricas como clientes não apenas porque... segundo os relatos... era bom no que fazia, mas porque oferecia a elas sexo intenso. Ganhava muita grana extra, principalmente com o sexo, e recebia reconhecimento por isso. O troféu, pelo que averiguei, veio com um prêmio de mil dólares. Ele venceu nos últimos três anos consecutivos, e já era o favorito para vencer a disputa deste ano. Só que em vez de ir a Atlantic City para uma conferência e fazer campanha para a competição, ele agora está no necrotério.

— Você acha que outro competidor matou o Trey por causa de mil dólares e um troféu?

— Mais pelo prestígio, pela potencial captação de clientes e pela oportunidade de se gabar disso. Ele não tinha amigos na Buff Bodies. Aposto que também não tinha nos outros lugares onde trabalhou. O assassino é alguém que ele conhecia, pois foi um ataque cara a cara, bem de perto. Então, sim, talvez tenha sido um concorrente, algum sócio, ou um colega que estivesse de saco cheio dele.

— Algum sócio — repetiu Roarke — um concorrente ou colega. Você poderia acrescentar o sexo, porque isso nunca é demais, e especular se esse concorrente também foi usado para sexo ou foi traído.

— É um bom ângulo, e muito possível. Eu diria que Peabody e eu vamos voltar à academia amanhã.

— Agora que já resolvemos tudo por hoje... — Ele pegou a mão dela e ergueu-a da cadeira. — Vamos para a cama.

— Já não fizemos isso?

— Vamos dormir. Já é quase meia-noite. Se você ficar acordada por muito mais tempo, vai completar vinte e quatro horas no ar.

— Minha vontade é de continuar a trabalhar, porque não gosto dele.

— Você vai continuar não gostando amanhã. Poderá continuar de onde parou.

— Parece que sim. Podemos dizer muita coisa sobre Ziegler, mas não que ele era preguiçoso. Mesmo se virando entre trabalho e sexo, o cara continuava energizado todos os dias.

— Exatamente como você. — Roarke a levou com ele. — Está na hora de desligar os motores.

Ela acordou com o cheiro de café, e não poderia ter nada melhor que isso.

No entanto, tinha.

Porque, quando ela abriu os olhos, viu Roarke em um de seus ternos de rei do mundo dos negócios e com um gato esparramado em seu colo. Estava sentado no sofá da sala de estar da suíte, trabalhando em um tablet. Indicadores financeiros, dados e códigos passavam infinitamente na tela que ele tinha colocado no modo silencioso.

O tom azulado do tablet e da tela fornecia a única luz no ambiente, que fazia Roarke parecer misterioso e fascinante.

Ela não tinha ideia de que horas eram, e estava com preguiça de olhar. Em vez disso, viu-o trabalhar enquanto organizava mentalmente o que precisava fazer naquela manhã.

Precisava ligar para Peabody, mandar sua parceira encontrá-la na Buff Bodies para investigar a possibilidade de um concorrente ter cometido o assassinato. Depois ela iria passar pelo laboratório, a fim de intimidar ou subornar Dick Cabeção, o chefe técnico do laboratório cujo nome real era Dick Berenski, para pedir a análise do chá e do incenso. Depois iria conversar mais uma vez com Trina e com Sima. Acreditava que seria necessária outra visita à cena do crime, dessa vez à procura de chá e incenso.

Decidiu que iria fazer isso antes de ir ao laboratório. Assim teria as amostras em mãos, caso encontrasse mais.

E depois faria mais entrevistas com os clientes da vítima.

Era alguém que o conhecia. Alguém que ele tinha deixado entrar no apartamento e que fora para o quarto enquanto ele fazia as malas para a viagem de negócios.

Uma cliente... um colega de trabalho... um alvo de chantagem... uma amante...

Será que ele teria sido tão confiante ou arrogante a ponto de deixar um alvo, uma cliente, uma amante ou colega irritado entrar no seu quarto?

Ela suspeitava que não, mas não faria mal tentar obter a opinião de uma especialista.

Resolveu adicionar à sua lista uma sessão rápida com Mira.

— Acender luzes a vinte por cento! — ordenou Roarke, olhando em seus olhos. — Você aguenta um pouco de luz, já que está pensando tão alto.

— Eu estava pensando muito baixinho. Você é que tem ouvidos de morcego.

— Quando se trata de você, pelo visto eu tenho, sim.

Ela se sentou na cama.

— No que você está trabalhando? Pode ser que eu me interesse — acrescentou ela, quando ele fez cara de estranheza. — Ainda são... merda, cinco e trinta e oito da manhã.

— Na verdade, você pode se interessar, sim. Fizemos algumas alterações no design da An Didean e vamos fazer um jardim memorial na cobertura do prédio.

O antigo prédio da Hell's Kitchen, lembrou Eve, que ele comprara com o plano de reabilitá-lo e transformá-lo em uma casa segura para crianças problemáticas. E onde os ossos de doze meninas tinham sido encontrados atrás das paredes.

— Isso é legal!

— Vamos colocar uma cúpula que poderá ser usada o ano todo, e as pessoas que morarem lá poderão aprender horticultura. O arquiteto está me perguntando se nós deveríamos usar pedras ou talvez bancos com os nomes das meninas que morreram lá.

Eve se levantou sem dizer nada enquanto se dirigia ao AutoChef para preparar café. O gato abandonou Roarke para correr até onde ela estava e se enroscou maliciosamente entre suas pernas, na esperança de conseguir alguma comida.

— Acho que você quer a minha opinião.

— Quero mesmo — confirmou ele.

— Acho que criar um jardim mostra respeito. Acho que as crianças que você abrigará e educará ali não precisam ser lembradas da crueldade e da morte, e sim da vida. Do jardim de possibilidades que é a vida.

— Acho que você tem toda a razão. Obrigado.

— De nada. Vou malhar uns trinta minutos antes de me arrumar.

Com o café em mãos, ela desceu de elevador e fez uma corrida ao longo de uma paisagem em simulação tridimensional — uma praia onde belas ondas azuis quebravam.

Depois de um banho escaldante com os multijatos em força máxima, Eve entrou no tubo de secagem.

— É uma pena que o resto do mundo não possa ser quentinho como um chuveiro — comentou ela, ao se dirigir para o closet.

— Já que isso não é possível, é melhor você se agasalhar bem. Mas o vento estará mais fraco hoje, segundo uma previsão razoavelmente confiável.

Ela pegou um suéter que sabia ser quente, apesar de fino e macio como um lenço de papel, calça reta e um colete que ajudaria com o frio e cobriria o coldre da sua arma.

Depois de vestir a roupa, pegou um par de botas.

— Essas, não! — interviu Roarke, com um olhar penetrante quando ela saiu para sentar e calçá-las.

— O que tem de errado com essas?

— Nada, mas as botas cinza com os cadarços falsos vão combinar mais com a cor do suéter. Vai dar o toque final.

— Não preciso de toque para... Tá bom, tá bom! — Era mais fácil, ela imaginou, trocar as malditas botas do que entrar em um debate sobre moda que ela certamente perderia.

Além do mais, ela queria ver o que havia sob as cúpulas prateadas em cima da mesa. Se ela trocasse as botas, talvez não fosse mingau de aveia.

Ele lhe serviu café quando Eve se sentou à mesa.

— Bom dia, tenente.

— Tomara que seja. — Ela levantou a cúpula prateada. — Ah, realmente é um bom dia.

— Pensei que, considerando o dia de ontem, você merecia comer panquecas.

Na mesma hora, ela afogou-as em xarope de bordo.

— Elas estão cobertas de maçã e canela.

— E mereciam algo melhor do que ser apenas uma piscina de xarope de bordo, mas tudo bem.

De qualquer forma, ele adorava a forma como ela apreciava a comida, em especial porque costumava se esquecer de comer.

— Talvez eu precise de um suborno para o Dick Cabeção — comentou ela, entre mordidas. — Considerando que ele teve vinte e quatro horas para trabalhar, minha ira deveria ser suficiente, mas quero me prevenir.

— Leva uma garrafa de uísque puro malte — sugeriu Roarke. — Já temos várias embaladas em sacolas de presentes. Ele vai ficar sem graça na mesma hora se você lhe oferecer logo de cara um presente de fim de ano.

— Vai, não é? Odeio levar presentes e coisas assim, mas qualquer falta de cooperação depois disso faria dele um idiota ainda maior. Só tenho a ganhar.

— É mais fácil pegar moscas com açúcar do que com vinagre.

— Por que alguém iria querer pegar moscas, para começo de conversa? O que se quer é que elas vão embora.

— Ótimo ponto, e outro ditado popular caiu por terra. — Ele deu um tapinha na perna dela. — O café da manhã com você é uma constante aula.

— Obrigada, dou o meu melhor! Se eu descobrir que a mistura de chá da vítima incluía alguma droga usada para estupro, poderei usar isso para conversar com mais clientes dele. A indignação tende a desligar os filtros.

— Você não me contou dos parentes próximos.

— Filho único, os pais se divorciaram quando ele tinha dez anos. Ambos se casaram novamente. Ele pulava da casa da mãe em Tucson para a casa do pai em Atlanta, até atingir a maioridade. Nenhum deles o vê há mais de seis anos. Ambos ficaram abalados com a notícia, mas não notei nenhum laço familiar forte.

— Portanto, ele não tinha amigos nem família.

— Não tinha. E, pelo visto, por escolha própria. Amigos e familiares dão trabalho.

Ela pensou na sua batalha de quarenta minutos para manter a própria sanidade diante de Tiko e do pessoal das bolsas. Porra, aquilo tinha dado um trabalhão.

— Ele se dedicava muito a si mesmo — acrescentou ela. — Por falar em família, aposto que você já enviou todos os presentes para a sua, na Irlanda.

— Enviei, sim. E você me ajudou nisso.

— Não comprei nada.

— Mas me ajudou a decidir sobre várias coisas, e aquele jogo de polícia e ladrão para o Sean foi ideia sua.

— Esse foi fácil. Peabody e McNab vão fazer um bate-volta para visitar a família dela no Natal. Você não quer fazer algo assim, quer?

— Já tivemos o Dia de Ação de Graças com todos por aqui. Gosto de passar o Natal só com você.

— Eu também. E como quero *muito* encerrar esse caso antes do Natal, é melhor eu ir andando. As panquecas estavam ótimas — agradeceu ela, inclinando-se para um beijo.

— A gente se vê hoje à noite. Poderemos pensar em estratégias para lidar com o trato que você fez com Summerset.

— Estou tentando não pensar nisso. — Ela se levantou. — Onde está o uísque pro Dick Cabeção?

— Na sala de presentes, no quarto andar.

Ela apenas o encarou por um momento.

— Nós temos uma *sala de presentes*?

Com uma risadinha, ele assentiu.

— Um dia, querida Eve, você devia conhecer a casa inteira. A sala fica na ala leste, na torre do quarto andar.

— Ok.

Como ela não tinha certeza de onde era aquilo, foi até o elevador e recitou o lugar.

— Não se preocupe em balançar as outras caixas — gritou ele. — Nenhum dos seus presentes está lá.

— Eu nunca bisbilhoto — disse ela, enquanto as portas se fechavam.

Mas aquilo a tinha deixado com vontade de bisbilhotar.

Sala de presentes, pensou. Quem precisava dar tantos presentes a ponto de ser necessária uma sala especial só para guardá-los?

As portas se abriram. Ela desceu do elevador e ficou de queixo caído.

Aparentemente, eles precisavam.

Prateleiras e balcões continham uma variedade imensa de presentes embrulhados com laços muito brilhantes e elaborados. Sacolas de presentes em prata, dourado, vermelho e verde lado a lado, como soldados uniformizados.

Ela abriu uma das portas ao longo da parede e descobriu mais prateleiras com presentes rigorosamente organizados, mas ainda não embrulhados. Conjuntos de velas e sofisticados conjuntos de banho — com opções masculinas, femininas e unissex.

Caixas com taças de vinho, porta-retratos elegantes, eletrônicos e até alguns brinquedos.

Por que diabos ela tinha ido fazer compras quando poderia simplesmente ter ido até ali?

Ela achou mais caixas de presente, papel de embrulho, papel seda, fitas e laços assustadoramente organizados.

Tudo tão imaculado quanto uma boutique de presentes sofisticada. E tudo na sala daquela torre alta, onde havia até mesmo um telão e um computador. Ela apostava que o computador continha um catálogo completo do conteúdo da sala, até o último centímetro de fita reluzente.

Pegou uma das sacolas prateadas e verificou o conteúdo.

Bourbon.

Olhou dentro de uma sacola dourada e encontrou um uísque escocês. Por curiosidade, verificou um dos sacos vermelhos. Conhaque. E encontrou uísque irlandês em uma sacola verde.

Ao mesmo tempo impressionada e intimidada, voltou para o elevador e foi para o andar principal.

Pegou o casaco no primeiro pilar do corrimão, onde tinha deixado na noite anterior, e decidiu que era esperado que seu marido, já dono de metade do mundo, tivesse um cômodo cheio de coisas para presentear.

Pelo menos agora ela sabia exatamente aonde ir na próxima vez que precisasse de suborno.

Saiu tão cedo de casa que o trânsito ainda estava bom, e isso lhe permitiu ignorar a assistente de Mira, que fazia caras e bocas sempre que ela pedia uma sessão rápida com a médica. Em vez disso, enviou uma mensagem de vídeo direto para o *tele-link* de Mira.

— Gostaria de uma consulta rápida ainda hoje, se a senhora conseguir me encaixar, doutora. Vou lhe enviar o arquivo do caso Ziegler. Basicamente, quero ter certeza de que entendi o perfil da vítima de forma correta. Se a senhora não conseguir agendar uma consulta, talvez possa me fazer um resumo da sua percepção sobre a vítima e o assassino. Obrigada.

O primeiro dirigível publicitário já cruzava os céus quando ela chegou à região do West Village. Anunciava uma liquidação especial de última hora no SkyMall, que iria até às dez da noite da véspera de Natal.

Puxa, nem mesmo ela era idiota a ponto de esperar chegar a véspera de Natal para comprar presentes!

Logo em seguida, para sua surpresa, o dirigível anunciou outra promoção especial de última hora no SkyMall, essa começando à uma da manhã do dia 26 de dezembro.

Por que as pessoas faziam isso? O que elas precisariam comprar no dia *seguinte* ao Natal, ou no meio da noite do dia seguinte? Ela pensou que talvez cometesse suicídio se tivesse que ganhar a vida como vendedora de loja.

Estacionou e notou que estava dez minutos adiantada. Em vez de esperar por Peabody, resolveu entrar e começar.

Uma música ensurdecedora a recebeu novamente, mas dessa vez foi divertido, pois ela reconheceu a voz de Mavis nos alto-falantes — ela cantava que decidira se divertir, agora que o amor tinha acabado.

Viu Lill agachada ao lado de um sujeito franzino que, suando em bicas, tentava fazer algumas flexões.

Eve atravessou o salão, ouvindo o homem que ofegava e bufava mais alto que a voz de Mavis, além do *tum-tum* dos pés que corriam nas esteiras à sua volta, sem levar a lugar algum.

— Preciso falar com você por um momentinho.

Lill fez que sim com a cabeça.

— Vamos lá, Scott, só mais duas, não vai desistir agora! Maravilha! — elogiou ela, quando ele desabou. — Agora descansa por trinta segundos, e depois quero que você faça dez minutos na esteira. Nível cinco, Scott, não amarela, não!

— Ok. — Ele se ergueu, meio trêmulo. — Tudo bem, Lill. — E cambaleou em direção à esteira.

— Preciso ficar de olho nele — comentou Lill. — Ele está melhorando muito.

— Ele começou rastejando?

— Quase. Mas são clientes como Scott que fazem meu trabalho valer a pena. Ele tenta de verdade, leva o treino muito a sério. Você tem novidades sobre Trey?

— Não, mas tenho algumas perguntas. Essa competição de treinador do ano é levada muito a sério?

— Sim, é muito acirrada. Afinal, se não for assim, qual o sentido? Eu envio relatórios de progresso de todos os meus treinadores, mostrando as melhorias dos seus clientes. E cada treinador envia três programas originais elaborados por eles. O condicionamento físico e as rotinas mantidas pelo treinador também são levados em consideração. É um processo. Por quê?

— Quem era o principal concorrente de Trey?

— É difícil te dar um nome assim, com certeza, mas aqui na franquia da Buff Bodies eu escolheria Juice... Jacob Maddow. Mas ele é um dos meus auxiliares diretos, então sou um pouco suspeita para falar. E temos Selene, que está entre as melhores. Ela trabalha na nossa filial em Morningside Heights. Fora da Buff Bodies, eu citaria Rock. Ele tem a própria academia, um lugar simples que fica em Midtown, na West Side. Todo mundo chama ele de Rock Durão, e ele realmente é durão. Mas tenho que admitir que eu esperava que Trey ganhasse novamente este ano. Ele criou alguns programas de condicionamento muito poderosos.

— Todos eles se conheciam?

— Lógico, é muito comum em nossa área. Rock e Juice andam juntos há anos. Quase perdi Juice para Rock Durão, mas a maioria dos clientes de Juice não o acompanharia. Eles preferem os benefícios daqui.

— Rolava algum problema entre algum deles e Ziegler?

— Droga! — Suspirando, ela passou as mãos pelo cabelo laranja. — Juice é um cara que chega junto, é um homem de família. Ele com certeza não era fã de Trey, e eles talvez até trocassem alguns desaforos de vez em quando. Mas Juice não é o tipo de sujeito que cria problemas. Não conheço Selene muito bem, mas ouvi dizer que Trey dava em cima dela. Para ele, não importava que ela gostasse apenas de mulheres; bastava ter peitos para Trey tentar jogar sua rede. Rock tinha ódio mortal por ele, mas eles não frequentavam os mesmos círculos.

— Então por que o ódio?

— É que algum tempo atrás, talvez coisa de um ano, Trey transou com a irmã de Rock. Ambos estavam em uma boate e ela estava muito bêbada. Trey a levou para sua casa, transou com ela e depois ficou se gabando disso por aí. Ele *sabia* que ela era irmã de Rock. Juice o mandou calar a boca, mas, como isso não adiantou, fui obrigada a mandá-lo fechar a matraca, pelo menos aqui dentro da academia. Ouvi dizer que ele e Rock discutiram feio por causa disso e Trey acabou dando pra trás. Mas nem quis saber os detalhes. A verdade é que Trey era um pé no saco em termos pessoais. Profissionalmente, porém, era um trunfo, e meu trabalho é manter os bons por aqui.

— Ok.

— Sobre o Rock... Nem pensei nele durante o nosso papo de ontem porque esse desentendimento entre eles foi há quase um ano. Pelo que sei, esses dois nunca se viam, exceto na conferência de Atlantic City ou na competição que temos em Nova York todas as primaveras. E só.

— Mesmo assim, eu vou ter que conversar com ele. Com os três. Onde encontro o Juice?

— Está vendo aquele cara fazendo supino com uns setenta quilos? Aquele é o Juice.

— Ok, obrigada.

— Ele é um cara legal. Tem esposa, um filho e outro a caminho.

— Vou levar isso em consideração.

Eve foi até a área de musculação e viu que o homem fazia supino com um peso maior que o peso dela.

— Jacob Maddow?

— Isso, mas pode me chamar de Juice. — Ele continuou o exercício, suor escorrendo pelo rosto bonito e pelos bíceps impressionantes. Mas lançou um sorriso para Eve. — Em que posso ajudá-la?

— Sou a tenente Dallas, da Polícia de Nova York. — Ela mostrou o distintivo. — Gostaria de conversar com você.

— Sobre Ziegler? Só soube do que aconteceu ontem, assim que cheguei na academia. — Ele colocou a barra no suporte de segurança e saiu do aparelho.

Tinha cerca de um metro e oitenta, pelos cálculos de Eve, e a maior parte era músculo. Usava o cabelo castanho com mechas mais claras preso em um rabo de cavalo curto.

— Podemos conversar na sala de aula particular. Ninguém está lá agora, e não precisaremos gritar.

— Para mim está ótimo. — Ela avistou Peabody. — Um momentinho, vou chamar minha parceira.

— Você se importa se eu pegar uma bebida? — Ele apontou para a máquina de suco, no canto.

— Nem um pouco.

— Você quer alguma coisa?

— Não, obrigada. — Ela fez sinal para Peabody e mandou que ela fosse até a máquina. — Detetive Peabody, esse é Jacob Maddow. Atende por Juice. Vamos conversar em particular.

— É logo ali. — Ele apontou.

Ele as conduziu até uma sala com paredes de vidro fosco, onde o nível de ruído não passava de murmúrios distantes.

— Quero dizer que lamento o que aconteceu com Ziegler, mas não vou mentir: a gente não era amigo.

— Pode nos contar onde você estava anteontem, entre as cinco da tarde e as sete da noite?

— Em casa. Foi o meu dia de folga, então a gente dispensa a babá. Fiquei com a nossa filha enquanto minha mulher estava trabalhando. Ela chegou em casa mais ou menos às cinco da tarde, jantamos por volta das seis, acho, e então ela levou Mimi para tomar banho. Passei as duas horas seguintes montando um triciclo que compramos para dar pra Mimi de Natal. Sai mais barato comprar desmontado, mas descobri que não vale a pena.

— Você não ia para a conferência em Atlantic City?

— Lill teria arranjado uma passagem para mim, mas, por causa da época do Natal, preferi ficar em casa com a minha família. Além do mais, minha esposa está grávida. Está de sete meses.

— Ouvi dizer que você é um dos principais concorrentes ao prêmio de melhor personal trainer deste ano.

— Sim, tenho chance. — Ele tomou o suco. — Seria bom ganhar o prêmio em dinheiro, ainda mais agora, com outro bebê chegando. Outra menina — completou, com um sorrisinho. — Estou cercado por mulheres.

— Também ouvi dizer que você conversou com Ziegler sobre a irmã do seu amigo Rock.

— Sim, mas isso já faz tempo. Olha, eu conheço a Kyria desde que ela era criança. Quando aquilo aconteceu, ela tinha acabado de virar maior de idade; tudo bem que ela bancava a rebelde, mas ele não tinha que se meter com ela. Mas o Ziegler era assim mesmo. Sei muito bem que ele mexeu com ela só porque era irmã do Rock. Não gostei quando ele começou a se gabar disso, então disse para ele parar com a palhaçada e falei que ele não iria gostar se as merdas que estava espalhando por aí chegassem aos ouvidos de Rock.

— E quando o Rock ficou sabendo...?

— O Rock fez o que qualquer irmão faria e foi para cima de Ziegler. Mas *assim* que a coisa ficou feia, Ziegler deu pra trás.

Depois de fazer uma careta de desgosto pela covardia do colega, Juice bebeu um pouco de suco.

— Ele calou a boca e foi embora. Não ia arriscar levar uma surra. Sei que ele espalhou um monte de merda por aí sobre a academia de Rock, mas isso não fez diferença. Os clientes do Rock Durão são muito diferentes dos nossos, então isso não o afetou em nada. Mas o fato é que essa era a única maneira de Ziegler conseguir se vingar: tentar manchar a reputação de Rock.

— Se alguém tentasse manchar a minha reputação, eu ia querer quebrar a cara dele — comentou Eve.

— Isso não importava, sério. O cara mais parecia um mosquito zumbindo, a gente aprende a ignorar. Pelo andar da carruagem, acho que ou eu ou o Rock iríamos receber o troféu de melhor personal trainer na próxima primavera, e isso seria uma vingança contra Ziegler.

— Mas o favorito era ele.

— Não mais. — Juice fez que não com a cabeça. — Sei que isso pode parecer despeito, mas não é, e eu disse que não ia mentir. Eu odiava o filho da puta.

Do lado de fora, Eve dirigiu-se para a viatura e disse a Peabody:

— Um concorrente pode ser uma perspectiva interessante para a nossa investigação. Vou te atualizar sobre os três principais candidatos para este ano e tudo mais que Lill me contou no caminho para o apartamento de Ziegler.

— Você viu os braços daquele cara? E o peitoral? — Peabody se jogou dentro da viatura. — Quanto será que ele cobra para ser meu personal trainer?

— Você tem acesso a uma academia completa na Central de Polícia — lembrou Eve.

— Mas não tenho acesso àqueles braços — retrucou Peabody, olhando por cima do ombro enquanto Eve entrava no trânsito. — Nem àquele peitoral.

Capítulo Seis

Eve quebrou o lacre da porta do apartamento e entrou.

O lugar cheirava a morte e ao pó usado pelos peritos.

— O lugar mais óbvio para guardar chá é na cozinha, certo? Mas onde as pessoas guardam incenso?

— Não lembro de ter visto nenhum incenso no quarto — garantiu Peabody. — Se ele usa incenso em massagens não oficiais ou a domicílio, talvez tenha algum com seu equipamento.

— Dê uma olhada nisso. Vou ver a cozinha.

Eve seguiu para a pequena cozinha em forma de U e deu uma rápida olhada. Viu um AutoChef comum, uma unidade de refrigeração, um forno compacto, um fogão de três bocas e um minilava-louças.

Não que Ziegler fizesse muito uso daquilo tudo, observou. Havia pratos e copos empilhados na pia, e caixas de comida, algumas vazias e outras com restos, espalhadas pela bancada. Os peritos tinham levado a caixa de pizza sem tampa, mas ela não conseguia imaginar o que esperavam encontrar nela.

De qualquer forma, a conclusão óbvia era uma só: Ziegler era preguiçoso demais para usar o reciclador de lixo.

Por pura curiosidade, abriu a unidade de refrigeração. Viu bebidas energéticas, cerveja light, uma caixa de vinho, uma jarra com suco feito de uma mistura de frutas e vegetais, e uma pequena embalagem de leite de soja.

Verificou o menu do AutoChef. Ele tinha comido algumas rosquinhas integrais, uma pizza vegetariana, café, um fricassê vegetariano e peru com tofu.

Nada de chá, notou, e se virou para a pequena fileira de armários.

Chips de soja, cereais secos que pareciam cascas e galhos, algumas frutas vermelhas desidratadas e vários frascos de vitaminas e suplementos. E três potinhos com substâncias folhosas rotuladas como chá: Chá Relaxante, Chá Digestivo e Chá Energético.

Eve ensacou todos eles.

— Encontrei vários incensos de diferentes cheiros. — Peabody entrou com uma caixa transparente que continha alguns incensos coloridos em formato de cone. — Estavam na bolsa de massagem. Essa é uma forma inteligente de transportar e armazenar as coisas, é como uma pequena caixa de equipamento para pesca. Estão todos rotulados por aroma. Nenhum deles diz "indutor de sexo". Tem de patchouli, baunilha, lavanda e por aí vai.

— Ele não ia colocar um rótulo de "indutor de sexo", né? Encontrei três potinhos com folhas de chá. — Eve saiu da cozinha. — Vamos dar mais uma olhada em todo o apartamento. Os peritos não estariam procurando algo assim. Depois falaremos com Sima novamente, antes de levarmos esse material para o laboratório.

— Se alguma dessas coisas contém uma droga para estupro, ele provavelmente a usou em Sima também. Afinal, por que ele não faria isso com ela?

— Pois é. Estou contando com isso.

* * *

O salão de Trina também tocava música, mas não no mesmo volume enlouquecedor da academia. O som ambiente era mais uma espécie de fundo musical animado. O lugar tinha cheiro de grama, forte demais para o gosto de Eve, e com um toque de substâncias químicas. Só Deus sabe o que misturavam ali para besuntar o cabelo, o rosto e outras partes do corpo dos clientes.

As pessoas estavam sentadas em poltronas coloridas de tons bem vivos, tomando refrigerante, batendo papo ou lendo as revistas eletrônicas que o salão disponibilizava. As publicações de moda, beleza ou música eram lidas enquanto os técnicos passavam gosmas, cortavam ou pintavam. Fileiras de produtos decoravam as paredes.

Mais além, algumas divisórias finas ofereciam um pouco de privacidade para sabe-se lá o que acontecia atrás delas. O lugar fervilhava de vozes e pequenas ferramentas que cortavam, zumbiam ou poliam. As poltronas eram erguidas, abaixadas ou reclinadas.

Uma mulher com cabelo branco cheio de pontas ruivas falava alegremente em um fone de ouvido enquanto batia com um dedo tatuado — uma borboleta vermelha — em um calendário na tela diante dela.

— Sim, Lorinda, consegui encaixar você. Duas e quinze, na véspera de Ano-Novo, com Marcus. Você conseguiu o último horário disponível dele. Ah, sim, foi uma tremenda sorte! Até lá, então. Feliz Natal!

Ela deu uma batidinha no fone de ouvido e sorriu para Eve e Peabody.

— Bom dia! Em que posso ajudá-las?

— Estamos procurando Sima Murtagh.

— No momento, Sima está atendendo uma cliente, mas temos um horário vago para... deixa eu ver... — Ouviu-se o *clique-clique* de seu dedo. — Uma e meia da tarde.

— Não estamos querendo serviço algum. — Eve exibiu seu distintivo.

Os olhos verde-limão da mulher se arregalaram.

— Ah... Ah! Vocês estão aqui por causa do... — Ela começou a sussurrar. — Trey? Que notícia triste! Uma tragédia. Vou lá atrás ver se ela já está acabando.

A moça pulou do banquinho e foi até o fundo do salão com suas botas vermelhas de cano alto e saltos altíssimos.

Eve começou a falar algo, mas logo percebeu que Peabody não estava ao seu lado — tinha ido parar em um balcão, onde testava algumas amostras.

— Pare com isso! — ordenou Eve.

— Mas elas estavam bem aqui. — Bem depressa, Peabody esfregou um pouco de creme nas mãos. — O cheiro é muito bom.

— Tente ter um pouco de dignidade — murmurou Eve, quando Trina apareceu atrás delas.

Ao contrário da recepcionista, Trina estava com sapatos de sola baixa, mas Eve não os considerou muito práticos quando viu que renas de nariz vermelho pareciam saltitar sobre os pés que cobriam.

— Sima precisa só de mais alguns minutinhos e já vem — anunciou Trina. — Ela está em um ponto crítico do serviço, mas assim que terminar de aplicar a máscara em uma das clientes, ela pode tirar cinco minutinhos. Vamos para lá? Temos só uma sala de tratamento disponível no momento. Está uma loucura com essas preparações para as festas de fim de ano, mas podemos usar aquela sala por alguns minutos.

— Ótimo. — Eve começou a seguir a mulher e agarrou Peabody pelo braço para se certificar de que a parceira não ia voltar ao balcão das amostras grátis. — Trina, você não mencionou que Ziegler usava produtos para persuadir mulheres a ir para a cama com ele.

— Usava o quê?

— Você sabe do que estou falando. Uma coisinha no chá para deixar as mulheres mais... dispostas a fazer sexo.

Trina parou subitamente diante de uma fileira de cadeiras confortáveis onde algumas mulheres estavam com os pés em tigelas com água azul borbulhante, enquanto outras os tinham cobertos com uma gosma verde. Um pouco além, mais clientes eram atendidas por funcionárias que lhes pintavam os dedos dos pés.

— Eu sabia. *Eu sabia!* Filho da puta.

— Você sabia, mas não achou que valia a pena mencionar esse detalhe para mim?

— Eu não tinha certeza, mas desconfiava. Que filho da puta! — repetiu ela enquanto seguia em direção à sala, suas bochechas levemente maquiadas ficando vermelhas de raiva.

Ao entrar, Trina rodeou uma mesa de massagem e passou por balcões reluzentes, sobre os quais havia o que, para Eve, pareciam dispositivos de tortura.

— Você não pode acusar alguém de uma merda dessas se não tiver certeza. Mas eu *sabia*... Alguma coisa me dizia isso.

Ela ergueu as mãos enquanto caminhava, e o casaco vermelho, parecido com um jaleco, que ela usava sobre um terninho preto, esvoaçou.

— Eu te falei que algumas clientes daqui dormiram com ele. Algumas disseram que não planejaram nada, mas simplesmente tiveram vontade durante uma sessão em casa. Isso sempre acontecia em um atendimento a domicílio... fosse massagem ou aula.

— Quero os nomes.

Trina parou no mesmo instante.

— Qual é, Dallas? Minhas clientes precisam ter certeza de que não vou comentar com ninguém sobre seus assuntos pessoais. É importante que elas confiem em mim.

— Estamos falando de um assassinato, Trina, e ser drogada contra a própria vontade é um motivo e tanto para cometer homicídio.

— Pelo amor de Deus! Nenhuma das minhas clientes matou aquele escroto nojento. — Ela chutou um armário com muita raiva, uma ação relaxante que Eve entendia muito bem. — Tá legal, tá legal! Que merda! Vou dizer os nomes, mas você precisa me deixar falar com elas antes para avisar que serão interrogadas. Não quero prejudicar ninguém.

— Não entre em detalhes, Trina. Basta dizer que a polícia forçou você a fornecer seus nomes como parte da investigação.

— Droga, droga! Queria que ele não estivesse morto para que eu pudesse esfolar as bolas daquele idiota. Sima... Mas que filho da puta! Ele provavelmente usou alguma coisa nela também.

Enquanto Trina falava, Sima enfiou a cabeça pela porta e entrou.

— Desculpa a demora. Não podia largar a minha cliente antes de terminar a aplicação da máscara. — Ela fechou a porta e uniu as mãos, torcendo-as em um movimento ansioso. — Vocês já descobriram quem matou Trey?

— A investigação está em andamento. Sima, você sabe onde Trey conseguia o chá dele?

— Chá? Ah, as ervas. Nossa! Não sei, juro. Ele comprava umas folhinhas que vinham em saquinhos. Na primeira vez que vi, achei que era alguma coisa ilegal, talvez Zoner ou algo assim. Fiquei muito surpresa porque Trey é muito cuidadoso com o que ingere, sabe? Mas ele me explicou que eram ervas especiais, para acalmar as clientes antes de uma massagem ou depois de um treino. Ele nem cobrava a mais por isso.

— E o incenso?

— Não sei. Ele quase nunca acendia incenso em casa. Comprava mais para usar com as clientes. Sabe como é... aromaterapia.

— Ele acendia em casa, com você?

— Algumas vezes.

— E alguma vez ele fez chá para você?

— Sim, várias vezes. Tudo para me ajudar a relaxar depois de um dia difícil. Era chá, incenso e uma massagem nos ombros. — Lágrimas brilharam em seus olhos. — Ele sabia ser muito carinhoso quando queria.

Pelo canto do olho, Eve viu Trina cerrar a mandíbula e virar de costas. E viu Peabody tentar acalmá-la com um toque no braço.

— Vou te perguntar uma coisa, Sima. Preciso que você seja sincera comigo. Quando ele fazia chá e acendia incenso em casa, você fazia sexo com ele?

— Hã... acho que sim. — Ela franziu o cenho de leve e corou um pouco. — Sim, eu acho. Eu sempre ficava mais relaxada, sabe?

— Depois de um dia difícil — continuou Eve. — Nessas horas, talvez você não estivesse com muita vontade de fazer sexo... até se sentir mais relaxada.

— Pois é. Às vezes, a gente trabalha em pé por mais de oito horas, e mal consegue fazer uma pausa. Pode acontecer, mas isso é bom porque significa que as pessoas pedem para ser atendidas especificamente por você. Então, quando a gente chega em casa, tudo que quer é sentar um pouco, assistir a alguma coisa na TV, ou quem sabe ir para a cama... só para dormir... um pouco mais cedo.

— Sei como é.

— Todo mundo, né? Acho que a maioria das pessoas. Juro que às vezes Trey queria transar duas vezes por dia, todos os dias.

— Então, de vez em quando talvez você só estivesse a fim de relaxar e assistir a um pouco de TV, mas ele queria sexo.

— É, mas ele não insistia nem nada do tipo. Quando eu falava que estava muito cansada ou algo assim, ele concordava.

— E fazia um chá para você relaxar.

— Sim. E eu relaxava mesmo e começava a entrar no clima, no fim das contas.

— Sima, recebi o depoimento de uma das clientes dele — disse Eve. — Ela me contou que também não se sentiu muito disposta a fazer sexo até ele lhe preparar um chá. — Ela esperou um momento para Sima absorver a informação, mas viu que isso não aconteceu. — Imagino que vou escutar mais depoimentos como este.

— Não sei se entendo o que você quer dizer.

— Vamos levar os pacotes de chá dele para o laboratório, a fim de fazer alguns testes. Acredito que os técnicos encontrarão algum tipo de droga para estupro misturada com o chá.

— Não, não, ele nunca faria isso. Meu Deus! Você está errada. Trina!

— Pense com cuidado em tudo que você ouviu, Sima. Pense! — insistiu Trina. — Ele alguma vez preparou a porra desse chá quando você já queria fazer sexo, ou depois de fazer sexo? Ou de manhã, antes de vocês dois saírem para o trabalho? Ou em qualquer outra situação em que você não transou depois de beber chá?

— Eu... Ele... — Os olhos de Sima se encheram de lágrimas. — Não. Mas... por que ele faria isso? Por que faria isso comigo? Ele não precisava fazer nada disso. Poxa, às vezes a gente só quer dormir ou ficar abraçadinho. Com você não é assim?

— Lógico que sim, querida, lógico que sim. — Trina se aproximou e abraçou Sima. — Não é culpa sua, jamais pense que é. A culpa não foi sua, e não se trata de sexo.

— Mas...

— Trata-se de ele querer obrigar você a fazer algo que não queria, para que ele pudesse se sentir o gostosão. Qualquer pessoa que faça isso é desprezível.

— Eu gostava dele. Pensei que ele também gostasse de mim.

— Ele nunca se importou com ninguém além dele mesmo. — Acima da cabeça de Sima, os olhos de Trina encontraram os de Eve e exibiram uma expressão feroz. — Isso também não é culpa sua.

— Investigue os nomes que Trina nos deu — instruiu Eve, quando elas voltaram para a viatura.

— Certo. Ela ficou bastante mal, né? — Peabody pegou seu tablet para começar a pesquisa assim que entrou no carro. — Imagine descobrir que alguém que você achava que gostava de você, alguém com quem você morou e dormiu, ficava te dando uma droga para estupro. Se é que ele realmente fez isso. Não temos cem por cento de certeza.

— Eu tenho um bom nível de certeza. Monte o perfil dele, Peabody. Coloque tudo que sabemos sobre a vítima. Ele é o tipo de cara que faz chá para a namorada quando ela está cansada demais para fazer sexo?

— Provavelmente não... não.

— E então, por coincidência, depois de ela beber o chá bate a vontade de transar? Se é só chá puro, vou começar a mastigar as folhas, secas mesmo.

— É estupro. — Peabody fez uma careta para seu tablet enquanto trabalhava. — Se estivermos certas, e acho que estamos, é estupro. Não é diferente de ele colocar uma faca no pescoço da vítima. Fazer isso tira a escolha da mulher.

— Exatamente!

— Já estava ruim o bastante saber que ele era só um idiota.

— Seja lá o que fosse, ele está morto. Nós fazemos o nosso trabalho. Podemos achar que foi uma pena Trina não ter esfolado as bolas dele, mas nós fazemos o nosso trabalho.

Ela atendeu o *tele-link* no painel do carro assim que ele tocou e viu Mira surgir na tela.

A psicóloga tinha feito algo diferente no cabelo, reparou Eve. Como era mesmo que chamavam aquele tipo de cabelo ondulado e elegante? Era um bob? Por que o nome era "bob"? Que tipo de nome de penteado era esse?

— Boa tarde, Eve! Li o relatório que você enviou. Minha agenda está meio tranquila hoje, então podemos nos encontrar.

— Ótimo. Vou passar em outro lugar antes de ir para aí, mas não sei quanto tempo vai demorar.

— Se você conseguir chegar aqui em uma hora, tenho tempo. Se não, posso encaixar você à tarde.

— Chegarei em menos de uma hora, obrigada.

— Oi, dra. Mira! — Peabody inclinou-se para o painel. — Gostei muito do seu cabelo novo.

— Ah, obrigada. — Como as mulheres costumavam fazer, Mira afofou o cabelo. — Não fiquei com uma cara muito séria?

— Nem um pouco.

— Eu queria uma mudança, então vou manter esse visual por alguns dias. Vejo você em uma hora, Eve. Estou prestes a começar uma sessão.

— Até mais, doutora. Obrigada.

Eve desligou e começou a procurar vaga.

— Por que mulheres sempre querem mudar o cabelo? Se gostavam dele do jeito que estava, por que mudar?

— Para se divertir. Ou só para dar uma mudada nas coisas. Você troca de sapatos, jaqueta e outras coisas o tempo todo.

— Mas essas coisas não fazem parte de mim.

— Então... mudar o cabelo torna tudo uma parte ainda mais marcante de você, na minha visão. — Peabody enrolou uma mecha de cabelo que escapava de seu boné. — Acho que vou fazer alguma coisa no cabelo para as festas de fim de ano. Eu devia ter falado com Trina.

— E eu não devia ter tocado no assunto — decidiu Eve, parando em uma vaga. — Vamos levar o cabelo de Schubert para Harvo.

— A Rainha dos Cabelos e das Fibras.

— Sim, ela mesma. Apenas entregue a amostra para Harvo e peça que ela nos envie os resultados assim que puder. Enquanto isso, vamos pedir ao Dick Cabeção que faça um chá para a gente.

O espírito natalino tinha contagiado o laboratório com pisca-piscas e uma árvore com o dobro do tamanho da árvore reciclada da Divisão de Homicídios, decorada com saquinhos para coleta de evidências, pincéis, pinças e outras ferramentas de perícia.

Mas o destaque era um Papai Noel gordo, vestido com jaleco de perito, segurando uma faixa que dizia:

O PAPAI NOEL DA PERÍCIA
SABE SE VOCÊ NÃO SE COMPORTOU!

Aquilo causou arrepios em Eve.

Mas Dick Cabeção também causava.

Mesmo assim, ela carregou a sacola de presente até a bancada comprida junto da qual ele estava sentado, em um banco alto com rodinhas. Seus dedos aracnídeos se alternavam entre dois computadores. Ele ostentava um cavanhaque sem graça — aquilo era novidade. O triângulo pontiagudo no queixo e os pelos ralos acima do lábio superior a lembravam de um desenho infantil em um ovo.

Ela colocou a sacola em cima do balcão e anunciou:

— Feliz Natal.

Ele fez uma pausa no trabalho e lançou a ela e a Peabody um olhar cauteloso antes de pegar a sacola.

Um ar de surpresa tomou conta de seu rosto, seguido por uma expressão alegre — evidente na pequena mudança no bigodinho ridículo, quando seus lábios finos se curvaram para cima.

Então, olhando de um lado para o outro, ele enfiou a garrafa de volta na sacola e guardou-a em uma das gavetas de sua estação de trabalho.

— Obrigado.

Eve acenou para Peabody, que alinhou os saquinhos de evidência em cima do balcão.

— O que é isso? — quis saber Berenski.

— É o que eu quero que você descubra. Agora.

— Você quer que eu faça uma análise de tudo isso neste exato momento? — Ele gesticulou para a estação de trabalho. — Estou ocupado, não estão vendo?

— Isso também é trabalho. Já enviamos as primeiras amostras.

— Mas não era prioridade.

— Agora é prioridade máxima. Pode começar com esse daqui. — Ela empurrou o chá com rótulo "Relaxante" para ele. — Por agora, isso será suficiente. Se você está tão ocupado, delegue a tarefa para alguém. Quanto tempo leva para analisar umas folhinhas de chá?

— Entre na fila. Quando for a sua vez, analisaremos a sua amostra.

Sem dizer nada, Eve bateu na gaveta onde ele tinha escondido o uísque.

O rosto de Dick assumiu uma expressão insultada.

— Isso foi um presente!

— Foi, e se algum dia você quiser outro *presente*, vai analisar essas evidências rapidinho.

Talvez Summerset não pudesse ser comprado, pensou Eve, mas ela sabia muito bem que Dick Cabeção podia.

— Vou te fazer isso como um favor — respondeu ele, apontando um dos dedos magros e compridos para ela.

— Ok.

Ele pegou o chá e, ainda sentado, empurrou o banquinho até a outra extremidade da bancada, resmungando sem parar.

Satisfeita, Eve não disse nada e se apoiou na bancada. Observou-o calçar luvas finas, abrir o saco de evidências e abrir a tampa do vidrinho.

Dick cheirou e franziu o cenho.

— Isso aqui é alguma porcaria de camomila com lavanda.

Ele pegou a pinça sobre uma bandeja, transferiu algumas folhas para um tubo e colocou o tubo na fenda de uma pequena máquina sobre a bancada. Então repetiu o processo, dessa vez adicionando líquido ao segundo tubo, com um conta-gotas.

— Por que você está fazendo isso?

— Eu te digo como fazer o seu trabalho?

Eve deu de ombros quando ele a olhou feio e voltou ao trabalho. Baixou uma tampa transparente sobre os tubos e passou os dedos magricelas por um painel de controle. A máquina começou a zumbir e Eve, ainda apoiada na bancada, sentiu-a vibrar.

Curiosa, ela se afastou da bancada e foi ver o movimento do laboratório mais de perto.

— Olá, tenente Dallas. Olá, detetive Peabody.

A dra. Garnet DeWinter, a nova antropóloga forense, surgiu na sala, arrasando como sempre. Estava com um jaleco rosa-choque sobre um vestido listrado rosa e verde que moldava seu corpo alto e curvilíneo. Tinha prendido o cabelo em uma espécie de coque elegante que fazia seus olhos exóticos se destacarem no rosto de feições marcantes.

Seus altíssimos saltos verdes e finos como picadores de gelo tinham lacinhos cor-de-rosa nas tiras dos tornozelos.

— Olá, dra. DeWinter.

— Alguém deve estar morto.

— Sempre tem alguém morto.

— Verdade, mas é isso que nos mantém ocupadas, não é mesmo? Richard, vim agradecer a você pessoalmente por me enviar aquele laudo tão depressa.

Richard?, pensou Eve, e viu Berenski estufar o peito.

— Não foi nada, doutora. Estamos no mesmo time.

— Sim, estamos. — Ela foi até ele, colocou a mão em seu ombro e estudou a tela do computador junto com ele. — Camomila, lavanda, valeriana. Chá? Uma mistura calmante?

— Até agora, sim.

Com as mãos nos bolsos — porque ela não tocaria em Dick Cabeção nem sob tortura —, Eve foi até a bancada para analisar a tela.

— O que é isso? — questionou ela, quando palavras grandes e impronunciáveis apareceram na frente dela.

— Um momentinho — murmurou Berenski, assentindo com a cabeça quando apareceu um segundo elemento, seguido por um terceiro.

— Isso aqui com certeza não é erva. Isso é um composto, Rohypnol-bremelanotida. É tipo a droga que conhecemos como Erotica, só que com um toque diferente. É uma droga de estupro.

DeWinter olhou para Eve e explicou:

— Essa combinação estimula o impulso sexual e, potencialmente, diminui as inibições. Esse "chá" é uma mistura feita para relaxar e mascarar os produtos químicos que aumentam a falta de inibição e certamente ampliam o desejo sexual.

— Sua vítima não tinha nada disso no organismo — afirmou Berenski, encarando Eve. — Fiz o exame toxicológico e ele estava limpo.

— Não, ele não bebeu esse chá. Mas dava essa mistura para mulheres.

— O que temos aqui é um supertranquilizante repleto de produtos ilegais. Uma espécie de droga leve para estupro.

Eve o fulminou com o olhar.

— Não há nada de leve no estupro.

— Não distorça minhas palavras, eu não estou falando isso. Só disse que a mistura é suave. Não é que nem outras drogas que conhecemos, como a Whore ou o coelho louco; é provável que o usuário se sinta relaxado, e não nervoso, após ingeri-la. Isso certamente não torna a substância legal, e seu uso é imoral. Sua vítima foi um filho da mãe se ofereceu isso a mulheres sem contar do que se tratava.

— Não há perda de memória em quem usa isso — acrescentou DeWinter. — Não há uma sensação de altos e baixos selvagens, nem desespero. Apenas condescendência e aumento do desejo sexual. As vítimas, e é isso que elas foram, provavelmente ficaram com uma sensação agradável, e até mesmo sentiram uma satisfação exacerbada. Mas depois, dependendo das circunstâncias, podem ter se arrependido ou ficado constrangidas.

— Ele também usava isso. — Eve apontou para Peabody, que colocou a caixa com os incensos na bancada. — Combinava os dois.

— Vou dar uma olhada neles. Você quer que os outros chás sejam analisados também?

— Sim, analise o lote completo. Mas acho que encontramos o pote de ouro. Obrigada pela agilidade — acrescentou ela, e se virou para ir embora.

DeWinter acompanhou-a. Eve a olhou de soslaio.

— Richard?

— Isso faz com que ele se sinta especial. Ao fazer isso, muitas vezes consigo que minhas amostras e fragmentos subam para o topo de sua lista. Ele é meio idiota? — disse DeWinter, com uma sugestão de sorriso. — Com certeza! Mas também faz um excelente trabalho.

— Eu simplesmente o subornei.

— Essa também é uma opção viável. Estou ansiosa para ir à sua festa. O Li vai me levar.

— Morris? Você e Morris vão juntos?

— Sim... Não, não fique tão horrorizada. Nós dois trabalhamos com mortos e apreciamos música, mas não queremos nada sério. Só é bom ter uma companhia para a festa. Verei vocês duas lá.

— Que legal — disse Peabody, quando saíram do laboratório. — É ótimo que Morris esteja saindo com alguém. Ele é um cara sociável.

— Talvez.

Mas Eve ainda não sabia o que achava de DeWinter.

Ela empurrou a porta e disse:

— Quero que você comece com a lista da Trina e fale com as mulheres que ela citou. Se alguma delas mencionar ter bebido o chá de Ziegler, forneça os detalhes e obtenha um depoimento completo.

Faça pressão sobre a questão do dinheiro também. Vamos descobrir quem deu tanto dinheiro a ele e por quê. Quero que você tire o máximo possível delas, Peabody.

— Porque uma delas pode ser a assassina.

— Exato. Vai logo. Agora preciso ir à Central para me encontrar com Mira, mas ligo para você assim que terminar lá e te encontro.

— Pode deixar, Dallas. Vou bancar a policial solidária e demonstrar empatia. Geralmente tenho mais resultado assim do que quando sou durona.

— O velho lance de pegar mais moscas com mel do que com vinagre?

— É, acho que sim.

— Ainda não entendi esse ditado — declarou Eve, e seguiu em direção à viatura.

Capítulo Sete

A assistente de Mira ficou em silêncio e lançou a Eve um olhar gélido quando a tenente entrou na recepção do consultório. Eve perguntou a si mesma se devia ter pegado mais uma daquelas sacolas de presente, mas a mulher se limitou a ligar para a médica pelo *tele-link* interno.

— A tenente Dallas está aqui. Está bem! — Ela teclou mais alguma coisa e declarou: — Pode entrar.

— Obrigada. — Eve abriu a porta e entrou. — Sua assistente está revoltada comigo por eu ter vindo e só ter avisado a senhora, doutora.

Mira ergueu o olhar de sua mesa e sorriu de leve.

— Ela é superprotetora. Mas tenho tempo livre agora de manhã, e gosto de prestar consultoria nos seus casos. — Ela se levantou. — Aceita um chá?

— Nem pensar, obrigada, mas é exatamente sobre chá que eu vim falar com senhora.

— É mesmo? — perguntou Mira, enquanto seguia em direção ao AutoChef.

— Sim. Ziegler estava misturando uma droga leve para estupro nas folhas de chá dele, e o servia às clientes quando dava na telha.

Eve abriu seu caderno de anotações.

— É uma mistura de Rohypnol-bremelanotida com camomila, lavanda e valeriana. Dick Cabeção comentou que isso, na prática, é uma dose da droga Erotica, mas com um toque especial.

— Entendo. — Mira programou uma xícara do chá floral que ela tanto apreciava. — Isso não me surpreende.

— Por quê?

— Sente-se — convidou Mira, levando seu chá para uma de suas lindas poltronas azuis.

A mobília combinava com a médica: era elegante e funcional. Assim como o tom claro de coral do seu vestido, a cor um pouco mais ousada dos seus sapatos de salto absurdamente alto, e suas joias discretas e belíssimas. Tudo aquilo combinava com a melhor psiquiatra e formadora de perfis criminais da Polícia de Nova York.

— Ele era um narcisista — começou Mira. — Extremamente autocentrado. A escolha de carreira e sua aparente habilidade nela representavam um serviço para seus clientes, mas ele que estava no controle deles em termos físicos e emocionais. Até mesmo em termos espirituais, para os clientes que consideram sua forma física uma espécie de religião. Isso também o colocava no centro das atenções.

— Entendi. Ainda temos as fotos dele mesmo no apartamento, sem falar nos espelhos, nas roupas e na extensa coleção de produtos para o cabelo e o corpo. Ele poderia abrir uma loja com o que tinha em casa. Mas sei que algumas pessoas conseguem se concentrar no seu trabalho e curtir luxos sem serem narcisistas. Ou estupradores.

— Estupradores — repetiu Mira, tomando um gole de chá. — Conte-me mais sobre isso.

— Uma das mulheres que dormiu com ele, uma cliente, era casada. Ela descreveu sua experiência.

Ela relatou o depoimento de Martella Schubert, falou das suas suspeitas e da descoberta do chá.

— Ele fez um chá para conseguir a aquiescência dessa mulher para fazer sexo... e você acredita que também fez isso com outras. Um chá que ele servia como uma espécie de gesto romântico — concluiu Mira.

— Exato. Chegou a usar o chá na ex-namorada, quando ela não estava a fim de transar.

— Ele não veria isso como estupro.

— Isso não muda os fatos.

— Não, mas, para ele, tudo isso era uma espécie de jogo de sedução. Uma forma de fazer as coisas acontecerem. Algo que o colocava no controle físico e emocional de tudo. Para esse homem, o sexo era mais uma forma de ele ser admirado, uma validação das suas proezas, da sua aparência e do seu corpo. Na sua cabeça, ele prestava um serviço a essas mulheres. Ele as presenteava com suas proezas. Então, como acontecia com suas outras habilidades, por que não mereceria receber um pagamento pelo serviço? Ele era um narcisista, um viciado em sexo com tendências sociopatas.

— Ele não tinha amigos — acrescentou Eve. — Os colegas de trabalho respeitavam sua habilidade profissional, mas, na melhor das hipóteses, apenas o toleravam. Sem falar em todo aquele dinheiro guardado no armário do trabalho.

— Sim, o segredo dele. Guardar em bancos ou investir dinheiro era banal demais, certo? Ele era extraordinário. E por que ele deveria se esforçar para ser simpático com os outros colegas de trabalho quando era tão obviamente superior a todos?

— Sim. Especial demais e superior demais para se sujeitar a treinamentos, ou para buscar uma licença para oferecer sexo legalmente.

— Por que treinar para algo em que ele se destacava tanto? Ser rastreado por algum tipo de burocracia? Solicitar uma licença? Era regulamentação demais.

— Sem falar nos custos. O que a maioria disse... e isso está se confirmando... foi que ele era pão-duro com tudo, menos consigo mesmo. Ele só aceitava dinheiro vivo. Dinheiro não declarado. Acredito que também era ganancioso o suficiente para recorrer à chantagem.

— Ah, com certeza. Mas, de novo, acho que ele não encarava isso como chantagem. Era só o pagamento por um serviço.

Mira tomou mais um gole de chá, cruzou novamente as belas pernas e continuou:

— Na cabeça dele, ele merecia tudo isso e muito mais. Acredito que a situação foi se intensificando... em termos de sexo e dinheiro... à medida que ele avançou. O uso de drogas ilegais demonstra sua necessidade de ter o que queria e de controlar as mulheres que selecionava. Elas não só sucumbiam à sua sedução... na percepção dele... como pagavam por esse privilégio. Cada novo sucesso reforçava sua autoconfiança, e ele com certeza queria mais.

— Os prêmios e troféus que ele conquistava entravam nessa equação.

— É, reforçando mais uma vez que ele era alguém especial, muito superior aos demais. Você está abordando esse caso por um ângulo diferente — comentou Mira. — Traçou um perfil dele como vítima, em vez de analisar o assassino.

— Quanto mais descubro sobre ele, mais fica evidente que qualquer pessoa que o conheceu poderia tê-lo assassinado. Raiva, vingança, uma discussão sobre sexo, chantagem, competição, ou um cliente. Acho que o assassinato em si aconteceu em um momento de fúria e impulsividade, mas de resto...

— Foi frio e calculista. Mas, mesmo assim, tinha raiva envolvida. Como alguém poderia enfiar uma faca em um homem morto, a menos que houvesse raiva? Sem falar na mensagem deixada. Um insulto, uma espécie de sarcasmo cruel.

— Um último "vai se foder".

— Exatamente. A raiva foi pessoal e intensa, mas também controlada. Se fosse descontrolada, seria de esperar mais violência. E concordo com a conclusão do seu relatório de que ele conhecia o assassino, então não teve medo, e muito menos tempo para se defender. Ele era um indivíduo muito forte e em ótima forma. Mas não há sinais de luta, nem feridas ofensivas ou defensivas no corpo. Apenas os golpes mortais e a facada *post mortem*. E nada foi roubado?

— Nada de que a ex-namorada tenha dado falta. Havia muita coisa valiosa, eletrônicos e joias, então não foi latrocínio. Não sei se o assassino deu para ele algo do qual a ex não tinha conhecimento e depois pegou de volta. Joias, talvez, ou mais dinheiro. Só sei que ele estava fazendo as malas para sair da cidade, deixou essa pessoa entrar no apartamento e, pelas evidências no local, também deixou o visitante entrar no quarto.

— Ele estava completamente vestido quando foi morto.

— Isso. Os respingos de sangue no suéter são por causa do ferimento na cabeça. Não acho que o assassino tenha ido em busca de sexo, nem que Ziegler quisesse sexo. Ele devia ter ido para Atlantic City cerca de meia hora depois do momento exato da morte, e a mala ainda não estava pronta.

— Você acha que uma das mulheres que ele estuprou descobriu o que ele tinha feito?

— Mandei Peabody conversar com uma pequena lista de mulheres. Pode ser isso, sim. E também pode ter sido um marido ou namorado, ainda mais porque a senhora afirma que ele não consideraria isso estupro e não veria mal algum nisso.

— É ainda pior. O fato de isso ser errado não importaria para ele.

— Exato. E também pode ter sido um concorrente dele — acrescentou Eve. — Tem um cara com quem preciso conversar. Era um dos principais concorrentes da vítima na disputa por um prêmio idiota. Ziegler transou com a irmã desse concorrente, que mal era maior de idade na época, e estava vulnerável.

— De novo, concordo com você. Qualquer uma dessas pessoas poderia tê-lo matado. Mas isso não nos ajuda em nada.

— Ajuda porque assim eu não me inclino muito à possibilidade de o assassino ser uma mulher. O quarto como cenário era um forte indicador de mulher para mim. A pessoa que o matou tinha quase a mesma altura que o morto, mas mesmo uma mulher mais baixa de salto alto corresponderia a essa característica. Só que, pela maneira como a senhora traçou o perfil de Trey, consigo imaginá-lo permitindo que um cara irritado entrasse na casa dele enquanto ele fazia as malas. É como se fosse um tapa na cara, não é? Uma maneira de dizer: "Estou muito ocupado, tenho lugares para ir, mas posso te dar alguns minutos do meu tempo valioso."

— Ele devia ser um indivíduo irritante. Mesmo assim, tinha bastante clientes e namoradas de curto prazo. Sabia ser charmoso e atencioso. A maioria dos narcisistas consegue ser assim, especialmente se isso resulta em admiração e atenção para eles.

— Ele conseguiu bastante dos dois. Quanto à arma do crime, provavelmente indica um ato por impulso, algo que estava ao alcance, mas não devemos esquecer a ironia do ato. Obrigada por me encaixar nesse horário, doutora. É melhor eu ir conversar com Peabody.

— Dennis e eu estamos ansiosos pela festa de amanhã à noite. Vai ser um dos pontos altos do nosso fim de ano.

— Sério?

— Você e Roarke sempre dão uma festa maravilhosa na sua linda casa, Eve. E sempre tem muita gente de que gostamos. Também sei que, apesar de uma parte sua não querer ser anfitriã ou comparecer a outra festa na vida, você também vai gostar.

— Tive que fazer um trato com o diabo e concordar em ajudar na preparação.

Mira riu e adivinhou:

— Não com Roarke, mas com Summerset.

— É por isso que a senhora é a psiquiatra-chefe por aqui, doutora. Foi com ele mesmo. — Eve se levantou. — Até parece que Summerset precisa que eu diga a alguém onde colocar um vaso de flores ou algo do tipo.

— Tenho certeza de que Summerset conseguiria conduzir os preparativos sem problemas. A questão, Eve, é que ele valoriza sua participação.

— Será? Vamos ver se ele concordará com a senhora depois que eu estragar tudo.

Eve se encontrou com Peabody na esquina da rua 12 Oeste com a Broadway, depois de espremer seu carro em um estacionamento minúsculo e caro, alguns quarteirões ao norte. A caminhada em meio ao ar fresco do inverno deu a ela um pouco mais de tempo para pensar.

— Com quantas mulheres você conversou? — quis saber Eve.

— Com as três primeiras, então só temos mais uma na lista de Trina. Mas ainda há mais gente na lista geral de clientes.

— Vamos seguir até o fim da lista de Trina e depois vamos procurar Rock Britton. Ele provavelmente está na academia, que é pertinho daqui.

— Ok. Ah, olha só, um carrinho de lanches! Podíamos pegar uns cachorros-quentes, aí eu relato tudo a você antes de falarmos com a última mulher, Kira Robbins.

— Você está mais interessada em comer do que em me repassar informações.

— Podemos matar dois coelhos de uma cajadada só.

Achando graça da proposta, Eve foi até o carrinho.

— Você continua dura, né?

— Só até o dia do pagamento. McNab e eu começamos um programa de poupança e quase já juntamos grana suficiente para dar a Roarke.

Eve estacou.

— Por que vocês dariam dinheiro a Roarke? Ele já tem quase todo o dinheiro do universo.

— É para ele investir a grana para a gente. Ele falou que faria isso, e em quem você confiaria para fazer algo desse tipo se não Roarke, que já tem quase todo o dinheiro do universo?

— Você tem um bom ponto. — Eve ergueu dois dedos para o dono do carrinho — Completos! — Virou-se para Peabody e disse: — Boa ideia.

— Achamos que talvez em alguns anos a gente possa comprar uma casa. É uma espécie de investimento a partir de uma grana inicial. Guardamos um pouco do nosso salário a cada pagamento e pronto! — Ela bateu uma palma. — É um dinheiro no qual concordamos em não mexer, exceto em emergências. Nada de gastar essa grana com presentes de Natal, idas ao cinema ou coisas do tipo.

— Isso é muito... adulto.

— Eu sei! É um pouco assustador também.

— Uma Pepsi — pediu Eve ao vendedor, e olhou para Peabody.

— Droga, já tomei refrigerante. Uma Pepsi Diet.

— Ok. — Segurando os cachorros-quentes, Eve se voltou para Peabody. — Quero o relatório — disse, e deu sua primeira mordida.

— Louanne Parsons — começou Peabody, e elas voltaram a caminhar. — Eu a procurei no trabalho. Ela e uma amiga são donas de uma butique de presentes no SoHo... não que eu pudesse comprar alguma coisa de lá. Mas, enfim, de início ela negou qualquer tipo de relação sexual com a vítima. Está em um relacionamento monogâmico há bastante tempo. Mas, com um pouco de insistência, acabou admitindo tudo. Aconteceu uma vez, segundo ela. Uma vez só. Ela machucou o ombro e Ziegler foi até sua casa para uma massagem.

— E levou chá.

— Exato. Resumindo, quando eu contei tudo, ela não ficou brava, só começou a chorar. Simplesmente ficou lá sentada, soluçando. Não acho que seja ela, Dallas. Não senti nada de estranho nela.

— Tem álibi?

— Ficou na butique até às cinco da tarde, tanto a sócia dela quanto uma vendedora confirmaram isso. Diz que saiu do trabalho e foi direto para casa, onde o namorado chegou por volta de cinco e meia e eles ficaram até às oito. Saíram para jantar com amigos. Ela me disse que queria contar tudo ao namorado, tudinho mesmo, mas não sabia o que ele pensaria ou faria a respeito. Eles estão juntos há seis anos. Ela me perguntou se eu daria algum tempo para ela contar tudo a ele, antes de irmos procurá-lo.

— Vamos deixá-la de lado por enquanto e dar uma olhada no namorado. Talvez ele tenha descoberto tudo e resolvido cuidar pessoalmente de Ziegler. Próxima.

— Teera Blankhead. Está no segundo casamento, os dois têm dinheiro. Mora em um imenso loft reformado em Greenwich Village. Três filhos. Um do primeiro casamento do marido atual, um do primeiro casamento dela e um de ambos. Ela admitiu tudo, mas ficou puta, perguntou que porra eu tinha a ver com a vida dela e ficou fora de si quando contei os detalhes. Chorou um pouco também, mas estava furiosa. — Peabody deu outra mordida em seu cachorro-quente de soja e continuou: — Caraca, por que os cachorros-quentes de rua são tão gostosos? Enfim... A Teera tem uma academia muito legal em casa, embora também vá à academia duas vezes por semana. Ela contratou Ziegler para atendimento domiciliar, duas vezes por mês. Ele levou o chá e disse que era uma mistura energética e desintoxicante, aí eles terminaram a sessão transando no tapete de ioga dela. Ela disse que depois ficou chateada consigo mesma, que ela e o primeiro marido tinham traído um ao outro, e que quando ela se casou pela segunda vez prometeu a si mesma que não faria mais isso, não importava o que acontecesse. Interrompeu as sessões domiciliares com ele depois disso, mas continuou a frequentar a academia. — Peabody bebeu o refrigerante. — Ela tem um temperamento forte e é alta, mais ou menos da sua altura... e bem forte. Sua história me pareceu verdadeira, mas eu consigo imaginá-la pegando um objeto pontiagudo e atacando Ziegler com raiva.

— Onde ela estava na hora do crime?

— Estava em um almoço beneficente até por volta de três da tarde. Disse que preferiu voltar para casa a pé e namorar as vitrines. Os dois filhos mais velhos tiveram atividades extracurriculares, jantaram com o marido dela, jogaram basquete com alguns amigos, e a babá levou o mais novo para uma festa de fim de ano. Ela ficou sozinha em casa até depois das sete, quando as crianças começaram a voltar para casa.

— Então vamos mantê-la no topo da lista, por enquanto.

Peabody parou em frente a um prédio caiado e elegante.

— Kira Robbins mora aqui. Quarenta e dois anos, atualmente solteira. Dois parceiros anteriores, nunca se casou. Ela é escritora de blogs e de livros de moda. Ocupa todo o quinto andar do prédio, que por sinal é a cobertura. Encontrei um artigo sobre ela — explicou Peabody, enquanto seguiam para a entrada.

O prédio não tinha porteiro, mas havia um sistema de segurança nas portas e no saguão. Quando Eve abriu o portão de entrada com sua chave mestra, uma voz computadorizada solicitou o número do seu distintivo para verificação. Depois que ela deu, a mesma voz metálica perguntou qual assunto seria tratado.

— Não é da sua conta — respondeu Eve. — São assuntos da polícia. Viemos falar com Kira Robbins.

Obrigado pela sua cooperação. A sra. Robbins será notificada da sua visita. Por favor, aguarde.

— Isso sempre me irrita — disse Eve, andando pelo piso de concreto reluzente até a porta do elevador, em prata polida. — Odeio quando um monte de chips e circuitos mandam em mim.

Ela apertou o botão para subir e fez uma careta quando a voz disse:

Um momento, por favor. A sra. Robbins quer saber qual é a natureza do seu assunto.

— Diga à sra. Robbins que, se ela não liberar este elevador, voltaremos aqui com um mandado e muitos outros policiais.

Obrigado. Sua mensagem será transmitida.

— É isso aí! — retrucou Eve.

Segundos depois, a porta do elevador se abriu. Lá dentro, antes mesmo que a tenente exigisse ir para o quinto andar, a voz falou novamente:

Esta cabine irá levá-las diretamente à residência da sra. Robbins, que estará à sua espera. Por favor, aproveitem a sua visita e tenham um bom dia.

— Caramba, eles calam a boca em algum momento? — perguntou Eve, em voz alta, enquanto o elevador subia suavemente. — Não entendo pessoas desconhecidas que te desejam um bom dia, muito menos máquinas. Se eles não conhecem você, por que diabos se importam?

— Porque ninguém é uma ilha? — sugeriu Peabody.

— Por que as pessoas dizem isso? Uma ilha é apenas um pedaço de terra no meio do mar.

— Acho que significa... Ah, deixa pra lá! — decidiu Peabody quando as portas se abriram para um amplo saguão de entrada onde havia várias árvores altas em vasos.

Kira Robbins estava entre duas árvores floridas, sua cascata de cabelos loiros caída sobre os ombros de um vestido vermelho justo, curto e confortável. Usava saltos e lábios combinando com a roupa e tinha uma expressão de curiosidade em seus estreitos olhos azuis.

— Achei que fosse só uma pegadinha, mas vocês *realmente* são policiais. Eu te conheço — disse ela, apontando um dedo com unha vermelha para Eve. — Eve Dallas! A *inamorata* de Roarke e a principal policial feminina do filme *O caso Icove*! E você é Delia Peabody. Meu Deus! — continuou ela, aproximando-se de Eve. — Que casaco *fabuloso*. Simplesmente maravilhoso! Couro italiano, corte levemente masculino, que deixa você ainda mais feminina. E poderosa! Ah, e eu adorei as botas. Posso tirar uma foto? "Tenente Dallas, a Policial Elegante". Daria um ótimo artigo para o blog.

— Não, não pode. Viemos aqui tratar de assuntos oficiais. Temos algumas perguntas.

— Estou sempre em assuntos oficiais. E por falar em botas... — Ela sorriu para as botas cor-de-rosa de Peabody. — Elas são lindas! Ah, entrem. Podemos beber algo e tratar desses assuntos oficiais, sejam lá quais forem.

Ela se virou para uma grande área aberta com janelas que tinham uma bela vista da cidade. Um alto pinheiro adornado em ouro e prata estava instalado no centro do aposento.

Um sofá discreto em cor bege estava cheio de almofadas florais ousadas, de frente para uma pequena lareira em forma de arco. Mesas pretas e reluzentes com luminárias de luz fria e forte com detalhes em tons de azul ladeavam poltronas com estampas florais, onde havia almofadas em bege.

— Então, o que posso oferecer a vocês?

— Respostas — disse Eve.

— Quis dizer para beber. — Robbins se dirigiu a um bar preto e reluzente. — Estou a fim de um refrigerante de limão.

— Não queremos nada. Você conhece Trey Ziegler?

— Conheço. — Robbins abriu uma pequena unidade de refrigeração embutida e pegou uma garrafa alta. — Soube do que aconteceu com ele ontem à noite, e hoje recebi mais detalhes quando fui à academia de manhã. Que coisa triste. Ele era um excelente personal trainer, mas eu não esperava receber a polícia na minha casa por causa disso.

Ela colocou gelo em um copo longo e fino, despejou a bebida de limão lá dentro e completou:

— Vocês têm certeza de que não querem beber nada?

Eve simplesmente fez que não com a cabeça.

— Você não parece estar muito triste com o que aconteceu.

— Por que estaria? Ele era um excelente personal trainer, mas existem outros. E ele era um merda fora da academia. — Ela levou a bebida para o sofá, sentou-se e ofereceu: — Por favor, sentem-se.

— Você não gostava dele?

— Pessoalmente? Não muito. Ele era uma beldade. Quer dizer, aquele corpo era um arraso! E ele era ótimo como professor, tanto que o meu corpo está em forma. Mas ele era presunçoso e arrogante, e não era lá muito inteligente.

— Mas, mesmo assim, você dormiu com ele.

Robbins baixou o copo que começara a levar aos lábios. Sua voz ficou tão fria quanto o gelo dentro do copo:

— O que isso tem a ver?

— Sexo muitas vezes pode levar a assassinato.

— É mesmo? Eu não tinha pensado nisso. Para mim, geralmente leva à libertação, porque, se não for assim, qual é o objetivo? Sou realmente suspeita de assassinato? Sério? Porque dormi com ele apenas uma vez, e por erro de julgamento meu, devo acrescentar. Não sei que diabos eu estava pensando naquele momento.

— Onde você estava anteontem, entre cinco da tarde e sete da noite?

— Aqui em casa, trabalhando. Estou quase terminando um novo livro e tenho o blog. Tenho dedicado muitas horas do dia aos dois, porque passo a maior parte das noites fora, em festas de fim de ano e eventos. Eu vivo disso.

— Estava sozinha?

— Estava. — Ela fez gestos amplos. — Prefiro trabalhar sozinha, sem distrações. Tenho uma assistente, mas ela fica fora a maior parte do tempo, explorando lojas ou butiques e me enviando fotos. — Ela tomou um gole. — Ai, meu Deus, acho que eu deveria ter um álibi. Tenho que entregar meu livro em janeiro, e pretendo cumprir o prazo. Depois vou para Milão e Paris, fazer a cobertura das tendências de primavera. Não matei um homem só porque fui burra a ponto de fazer sexo com ele. Um bom sexo, aliás. Apesar de ele não ser meu tipo. Ele era um idiota... quer dizer, em termos pessoais.

— Quanto você pagou a ele?

Robbins respondeu entredentes:

— Que diabos! Dei a ele cinco mil dólares. Ele não chegou a mencionar que alguns dos meus concorrentes talvez achassem divertido eu ter dormido com meu personal trainer, mas por que arriscar? Não faria muita diferença, na verdade, eu até saberia como virar isso a meu favor. Provavelmente poderia criar uma série sobre isso no blog, mas... tem o fato de ele ser um idiota. — Ela suspirou e bebeu um pouco mais. — Fiquei com vergonha — admitiu. — Por ter feito sexo com um homem de quem não gostava, pelo menos em nível pessoal. Então dei cinco mil dólares para ele, disse que tinha sido legal e tal, mas que devíamos manter aquilo entre nós, e fim de história. Decidi que na próxima primavera, quando minha assinatura terminasse, iria trocar de academia.

— Ele insinuou chantagem?

— Acho que esse é o termo correto para descrever isso.

— Quando isso aconteceu?

— Alguns meses atrás. Não, mais ou menos seis semanas, eu acho. Não foi o meu melhor momento.

— Ele veio aqui? Para fazer uma massagem? Ou um treino?

— Seria um combo. Já tínhamos feito isso... não o sexo... algumas vezes antes. Minha assistente também. Dei uma grana extra para ele trabalhar com ela uma ou duas vezes. Foi divertido.

— Sua assistente estava aqui na ocasião?

— Não.

A perna direita, cruzada sobre a esquerda, começou a balançar. Eve notou a irritação e o nervosismo no movimento.

— Olha, vamos ter que revisar cada maldito detalhe? Fiz sexo com ele e paguei para ele ficar de bico fechado. Foi uma coisa humilhante. Mas não o matei.

— O que você bebeu naquele dia?

— Caraca! — Robbins se levantou da poltrona e jogou as mãos para o alto. — Eu estava fazendo um treino, e não bebendo. Tomei um pouco de chá, um de ervas que ele preparou. Coloquei gelo e ficou uma delícia.

— Ele acendeu incenso?

— Por que isso importa? — Mas Robbins franziu o cenho e tornou a se sentar. — Acendeu, sim, pouco antes da massagem. Uma massagem que não foi até o fim porque eu decidi que preferia fazer sexo. Como você sabe sobre o incenso, e qual a importância do chá?

A cor desapareceu de seu rosto.

— Meu Deus, ele me drogou? Ai, meu Deus, ele me deu alguma coisa?

— Acreditamos que Ziegler oferecia rotineiramente às clientes, em sessões domiciliares, e potencialmente a outras, uma droga para estupro disfarçada de chá, e acentuava seu efeito com incenso, que também era alterado.

— Entendo. — Ela apertou os lábios e desviou o olhar. — Isso explica tudo. Eu não sentia atração por ele em termos sexuais, simplesmente não sentia, mas naquela noite... Fui eu que tomei a iniciativa. — Sua voz tremeu ligeiramente. Ela pegou o copo e bebeu muito devagar. — Tomei a iniciativa assim que me deitei na mesa de massagem.

— Não, você não tomou a iniciativa — disse Eve. — Foi ele que fez isso, e retirou sua escolha no momento em que te drogou.

— Não sei como me sentir a respeito disso tudo. — Ela pressionou o vidro frio contra a testa. — Não sei como me sentir. Quando tinha dezesseis anos, fui estuprada por um garoto que achei que gostava de mim. Ele também me deu algo. Não foi suficiente, porque eu não tinha bebido muito, mas me senti diferente e estranha. Como não foi uma grande quantidade, eu me recusei a fazer qualquer coisa. E quando eu disse que não queria, ele me agarrou, me colocou no chão, me machucou e me forçou. Não contei a ninguém, fiquei com muita vergonha. Passaram-se anos antes que eu contasse a alguém e começasse a lidar com o que aconteceu. E agora isso! — Ela tornou a fechar os olhos. — Trey não me forçou. Ele não me machucou.

— Forçou, sim. — O tom neutro de Eve fez Robbins abrir os olhos novamente. — Ele não te agarrou nem te machucou, mas te forçou. Ele *estuprou* você.

— Você está certa. Sim, você tem razão.

Seus olhos se encheram de lágrimas. Eve a viu travar uma luta contra elas. E ganhar.

— Agora tenho que lidar com mais essa. Mas vou conseguir. Ah, de volta à terapia. — Kira ergueu o copo para um brinde. — Que divertido!

— Posso indicar o contato de um centro que atende vítimas de violência sexual — ofereceu Peabody.

— Tudo bem, eu tenho uma psiquiatra disponível. Não tenho álibi algum, e parece que tive um motivo. Eu não o matei, mas estou muito feliz por ele ter morrido. O que acontece agora?

Eve se levantou.

— Conversaremos com outras pessoas na mesma situação que você. E se descobrirmos que você está mentindo e o matou, voltaremos para te prender.

— Ótimo. Maravilhoso! — Robbins esboçou um sorriso. — De qualquer modo, esse casaco continua sendo fabuloso.

No caminho até o saguão, Peabody estava de cara fechada.

— Não fique com essa cara mal-humorada! — ordenou Eve. — Desembucha!

— Não estou mal-humorada, só estou pensando. A declaração dela torna inquestionável que a nossa vítima usou drogas para estuprar várias mulheres, pelo menos nos últimos meses, e também confirma que ele extorquiu dinheiro de pelo menos algumas delas. Qualquer um desses atos já seria motivo de revolta. Combine-os e isso se tornará um motivo realmente forte. Sei que ela não tem álibi, mas não acho que ela seja culpada.

— Porque você gostou dela. E porque sentiu compaixão depois que ela alegou ter sido estuprada no passado.

— Senti, pelo menos em parte. Você não ficou com pena, não?

— Não gostei dela. Quanto à alegação de estupro em um encontro anterior, ela também contou que nunca o denunciou. Não podemos sequer confirmar se isso aconteceu.

— Não, não podemos. E sim, essa pode ter sido uma tentativa dela de despertar simpatia. Mas eu acreditei nela. — Ainda pensativa, Peabody desceu do elevador e atravessou o saguão com Eve. — Acho que você não acreditou.

— Na verdade, acreditei. Quanto a passar pela mesma humilhação e o mesmo trauma pela segunda vez? Para mim, só aumenta as razões de ela querer ele morto.

— Não pensei nisso. — Peabody olhou para as janelas de Robbins enquanto andavam para a viatura. — Droga!

— Temos um babaca estuprador como vítima, Peabody. Vamos sentir pena de praticamente todos os suspeitos. As mulheres que ele usou, seus cônjuges, namorados, pais, irmãos e amigos que souberam disso. E agora vamos analisar outro ângulo.

— Outro ângulo?

— Concorrentes. — Eve foi para o banco do motorista. — David 'Rock' Britton, o Rock Durão, também tinha um motivo pessoal. A vítima se aproveitou da irmã mais nova dele. Talvez... quem sabe... ele possa ter dado alguma coisa antes de levá-la para a cama.

— Ah, que inferno! — Peabody pesquisou no tablet o endereço da academia do suspeito e o transmitiu para o painel da viatura. — Estou torcendo para eu não gostar dele.

Capítulo Oito

Eve gostou dele ou, mais precisamente, da sua academia. Gostou muito!

Avaliou a Academia Rock Hard como uma instalação simples, cheia de suor e grunhidos. Limpa, bem iluminada e sem frescuras. Equipamento top de linha, que incluíam sacos de pancada, sacos de boxe e um ringue de sparring que ocupava o centro do espaço. O lugar atraía aqueles que frequentavam academias unicamente para se dedicar aos treinos, suar rios e seguir com seu dia.

Não havia música ambiente, então o lugar era preenchido apenas com os sons de punhos socando, cordas zunindo e pés batendo no chão. As letras das músicas eram os grunhidos, os xingamentos, os insultos e as ordens para não baixar a guarda e não ser tão fracote.

Ela gostou das paredes em tom bege industrial, do prático cinza do piso, das janelas em vidro escuro que bloqueavam a visão da rua e da calçada. Aquele não era um lugar feito para a pessoa se exibir. Era um lugar para se exercitar.

Usando a foto da identidade de Rock, ela logo o identificou. Observou-o segurar um saco de pancada muito pesado enquanto proferia duras palavras de encorajamento para uma mulher coberta de suor que vestia apenas top esportivo e short... e esmurrava o saco sem parar.

— A força tem que vir do ombro, Angie, pelo amor de Deus! Usa o quadril! Vem pra cima! Cruzado de direita! Cruzado de esquerda! Cruzado de direita! Jab, jab, jab!

Embora odiasse interromper a sequência, porque a mulher estava muito empenhada, Eve foi até onde estavam. Parou às costas da mulher e ergueu o distintivo, esperando até os olhos castanho-escuros de Rock passarem por ele e se erguerem até se fixarem no rosto da tenente.

— Acabe com ele, Ang. Destrua-o sem dó. Vai! Vai! Vai! Ok, ok, agora respire fundo.

— Graças a Jesus e à sua amorosa mãe! — reagiu Angie, com um forte sotaque do Brooklyn. Ela abraçou o saco de pancada e se balançou enquanto recuperava o fôlego.

— Agora eu quero dez minutos com a corda — disse-lhe Rock.

— Você é um sádico do caralho, Rock.

— Pode crer. — Ele jogou uma toalha para ela, virou-se para Eve e encaminhou-se para o que ela notou ser uma sala ainda menor que a própria sala na Central.

Ele pegou uma bebida energética em uma prateleira estreita, cujo conteúdo tinha cor de urina infectada, escura demais para o gosto de Eve. Mas ele tomou tudo em longos goles.

— Ziegler, certo? — indagou ele, com uma voz que combinava com seu nome: era dura e áspera.

— Exatamente.

Ele deu de ombros e apontou para uma cadeira dobrável surrada.

— Não, obrigada, estamos bem em pé — respondeu Eve. — Você e Ziegler eram os principais candidatos ao prêmio de personal trainer do ano, que acontecerá na primavera.

— Talvez. — Ele deu de ombros, excelentes ombros, quase totalmente expostos, exceto pelas finas alças de uma regata preta. A tatuagem de um dragão que cuspia fogo se estendia em torno dos seus impressionantes bíceps. — Temos um longo inverno entre agora e a primavera. Nesse meio-tempo, as coisas podem mudar. Na verdade, já começaram a mudar no instante em que aquele filho da puta morreu. Não tenho problema algum com o fato de ele estar morto. Não fui eu que o matei, mas não me incomodo com a morte dele.

— Vocês dois brigaram.

— Não éramos amigos. — Seu sorriso tinha certo ar de escárnio, mas sumiu quando ele entornou outra garrafa do líquido cor de urina. — Eu o odiava com todo o meu coração, mas não pensava muito nele.

— A briga foi devido à relação sexual que ele teve com sua irmã.

Nesse momento, seus olhos escuros faiscaram.

— Enganar uma garota bêbada a fim de levá-la para a cama, expulsá-la logo depois da sua casa, quando ela ainda estava meio enjoada e confusa... e *depois* se gabar disso não é "relação". Ele sabia que ela era minha irmã. Fez isso só para me deixar puto. E conseguiu.

— No seu lugar, eu gostaria de acabar com a raça dele.

— Considerei essa ideia. Talvez até tivesse feito isso, mas você pode acrescentar "covardia" aos defeitos dele. No fim das contas, eu apenas o abordei, falei que se ele a tocasse de novo, se dissesse o nome dela mais uma única vez e eu ficasse sabendo, eu iria arrebentar aquele rostinho do qual ele se orgulhava tanto.

— Talvez ele tenha feito isso... mencionado o nome dela de novo.

— Não que tenha chegado aos meus ouvidos. — Rock apoiou o quadril no canto da mesa de metal amassada.

Era um homem grande, com braços fortes, músculos bem definidos, peito largo, rosto com algumas cicatrizes e nariz torto para a esquerda. Atraente, avaliou Eve, de um jeito rude e contundente.

— Você luta boxe? — quis saber ela.

— Treinava um pouco. Gostava muito, mas me cansei de socar as pessoas, então parei. Já Ziegler se exibia o tempo todo na Buff Bodies, mas gostava da ideia da minha academia. Juice... ele quem me avisou que você iria aparecer... me contou que Ziegler tinha inveja deste lugar e queria montar seu próprio espaço. Não tinha por que ele ir atrás da minha irmã caçula. Fez isso por puro despeito, porque podia.

— Ele venceu você na disputa de personal trainer nos últimos dois anos — apontou Eve.

— É verdade. Estou cagando e andando pro troféu, mas o prêmio em dinheiro teria sido muito útil. Academias como a Buff Bodies têm uma reputação forte, então seus treinadores conseguem mais visibilidade e isso pesa na competição. A Buff Bodies tem... como é mesmo que se diz...?

— Prestígio? — aventurou-se Peabody, e ele apontou para ela.

— Isso. Ainda estou construindo meu espaço. Talvez eu não tenha prestígio ainda, mas dou duro e já tenho muitos clientes fiéis. Minha hora vai chegar. Não mataria alguém só por causa de um concurso e de um prêmio.

— Mas a sua irmã é um fator adicional — contrapôs Eve.

— Eu não mataria ninguém pelo que já foi feito, afinal não mudaria nada.

— Onde você estava no dia em que ele foi morto?

— Trabalhei aqui até cerca das quatro da tarde. Naquele dia, cheguei às quatro e meia da manhã para trabalhar com um lutador de peso meio-médio que está tentando voltar à ativa. Então saí mais cedo, por volta das quatro da tarde. Fui para casa, peguei uma cerveja, tomei uma boa ducha, assisti a alguns lances de esporte e arrumei minhas papeladas. É difícil resolver as papeladas aqui, ou trabalhar em programas específicos para cada cliente. Depois disso, fui jantar na minha mãe. Cheguei lá por volta das sete da noite, acho... talvez um pouco depois. Não vi que horas eram. Voltei para casa umas nove e fiquei por lá.

— Você viu ou falou com alguém entre as cinco da tarde e as sete da noite?

— Não. Você vai me prender?

— Ainda não. Onde sua mãe mora?

— No mesmo prédio que eu, dois andares abaixo. Mudei para lá a fim de ajudá-la. Ela acha que é o contrário. Provavelmente nós dois estamos certos.

Ele exibiu um sorriso genuíno ao dizer isso, mas, de repente, sua expressão voltou a endurecer.

— Minha mãe não sabe nada sobre Kyria, nem quero que ela saiba. Você não tem razão para tocar nesse assunto se for conversar com ela.

— Não, nós não vamos mencionar isso. Agradecemos o seu tempo.

— Acabamos?

— Você tem mais alguma coisa para nos contar?

— Só mais uma, mas vai parecer despeito.

— E por que eu me importaria?

— Ok. Vou só acrescentar que ele tinha mais dinheiro do que deveria ter, pelo que me parece. Mais do que ele teria juntado apenas com o seu trabalho. Não sei como estava conseguindo isso.

— Mas você tem suas suspeitas — concluiu Eve.

— Tenho, sim. A Kyria ficou muito chateada quando eu descobri tudo e a pressionei para falar o que aconteceu, mas aí ela finalmente me contou como ele a expulsou de casa logo depois de fazer o que fez com ela. Ela disse a ele que queria ficar mais um pouco porque não estava se sentindo muito bem e não estava a fim de voltar para casa sozinha, e ele respondeu que não deixava mulheres ficarem em sua casa, a menos que pagassem por isso. Disse que talvez ele a deixasse ficar ali até amanhecer por mil dólares.

Minha irmã não tinha tanto dinheiro assim com ela, então ele a expulsou de lá. — Ele olhou para sua bebida energética. — Acho que ele fazia com que as mulheres pagassem para ficar com ele. Todo mundo sabia que ele transava com algumas clientes, e isso é assunto pessoal dessas clientes, a meu ver. Não é da minha conta. Mas quando você cobra pelo que faz com elas, está agindo errado. Não é legal fazer sexo e cobrar sem ter uma licença para isso. Talvez ele tivesse licença. — Rock deu de ombros novamente, tomou mais alguns goles e completou: — Mas eu acho que não tinha.

— Agradecemos a informação e o seu tempo.

— Vocês vão ter que falar com a Kyria?

— Talvez.

Ele soltou um longo suspiro e olhou para o que restava de sua bebida.

— Pegue leve com ela, ok? Minha irmã tem muita vergonha de tudo que aconteceu. Deixou isso para trás, como sempre devemos fazer com os erros, mas ainda tem vergonha.

— Entendido. — Eve caminhou até a porta da sala, abriu-a e se virou. — Gostei da sua academia.

O sorriso dele aumentou, fugaz e radiante, o que acrescentou um charme inesperado.

— Você treina boxe?

— Eu luto. — Eve sorriu de volta. — Há uma diferença.

Peabody esperou até que elas estivessem do lado de fora, então cutucou o braço de Eve.

— Você gostou dele. Não acredita que ele seja o assassino porque gostou dele.

— Sim, gostei dele. Mas sei que não matou Trey porque ele teria usado os punhos. E porque a vítima jamais teria aberto a porta para ele, muito menos o teria recebido em seu quarto. Certamente haveria sinais de luta, e luta intensa. E tem mais uma coisa… *se* Britton tivesse pegado aquele troféu por impulso, teríamos visto mais estragos nos ferimentos. Ele não teria se contentado com dois golpes só. Teria batido na cabeça de Ziegler repetidas vezes, e teria destruído o rosto também. O "rostinho" do qual Ziegler se orgulhava tanto.

— Ah... é, olhando por esse lado, realmente... Mas, ainda assim, você gostou dele.

— Ele afirmou logo de cara que odiava Ziegler e não lamentava sua morte. Tem que ter colhões para isso. Ele resistiu à tentação de destruir o rosto ou o crânio de Ziegler meses atrás, quando aconteceu todo o lance com sua irmã. Isso exige controle. Gosto de quem tem colhões. E respeito quem tem controle.

— Vamos conversar com a irmã e com a mãe dele?

— Não vejo razão para nos apressarmos. — Aquele, para Eve, era o momento ideal para voltar atrás. — Vamos fazer mais uma visitinha a Natasha Quigley.

— Ok. Por quê?

— Porque ela está mentindo. Ela *dormiu* com Ziegler. Ontem eu já achei que isso era mentira. Tenho mais certeza disso agora. Ela é rica, casada e muito bonita, e era uma das clientes dele. Basicamente, um alvo. Vamos arrancar a verdade dela.

— Tá bom. Mas por que ela mentiria, ainda mais quando poderia muito bem ter aderido à desculpa do "ele me ofereceu chá também"?

— Em primeiro lugar, porque naquele momento nós ainda não tínhamos certeza de que o chá tinha algo mais, e essa possibilidade surgiu depois que ela já tinha negado... veementemente, por sinal... ter feito sexo com a vítima.

— Verdade. — Peabody puxou os protetores de orelha para baixo. — Já temos tantas mulheres dizendo que o pagaram pelo sexo, e que pagaram ainda mais para ele manter segredo depois do sexo induzido pelo chá... Vamos precisar de uma planilha. Ou um gráfico. — Ela se animou com aquilo. — Gosto de fazer gráficos. De qualquer forma, se esse é o primeiro motivo, qual é o segundo?

— O segundo motivo? É sempre mais fácil dizer "não, eu não caio nessa".

— Ah, isso é verdade. E é algo instintivo também, pelo menos no caso das mulheres que entrevistei.

— Em terceiro lugar, aposto que ela ficou desconfortável de saber que ela e a irmã dormiram com o mesmo cara.

— É, isso seria estranho mesmo. — Peabody entrou depressa na viatura. — Minha irmã... a mais próxima da minha idade... e eu tínhamos uma paixonite pelo mesmo cara quando éramos adolescentes. Então juramos uma para a outra que nenhuma das duas daria em cima dele. Quer dizer, primeiro brigamos por causa disso, mas depois fizemos esse juramento solene. — Peabody se recostou e continuou: — Depois percebemos que ele preferia que o *nosso irmão* desse em cima dele, mas ainda não tínhamos sacado isso quando fizemos o juramento. E o meu irmão Zeke, por sua vez, também não entrou nessa pilha porque não sente atração por homens. Senão ele certamente teria feito o mesmo juramento. Vai ser ótimo rever todos no Natal. Eu me pergunto o que aconteceu com... Qual era mesmo o nome do carinha? Stanley, eu acho. Isso mesmo, Stanley Physter. Mas ele queria que todos o chamassem de Stefano.

— E ainda assim você não sacou que ele era gay?

— Hã... ótimo ponto.

Elas voltaram para o prédio de tijolinhos e foram recebidas pelo mesmo androide doméstico. Enquanto estavam sentadas na sala de estar, Eve pegou seu tablet.

— Fique séria — disse ela a Peabody.

— Ok.

— Não emburrada, apenas séria.

Peabody relaxou um pouco quando Natasha Quigley apareceu, seus saltos finos fazendo barulho.

— Desculpa. Acabei de voltar de uma reunião do comitê e estava no *tele-link*. Querem alguma coisa para beber?

— Não, obrigada.

— Você tem mais perguntas sobre Trey, tenente? — quis saber Natasha, enquanto se sentava. — Não sei o que mais eu teria para lhe contar.

Eve ergueu o olhar do tablet e virou a tela de lado de forma deliberada, mantendo o aparelho na mão.

— Você pode começar nos contando por que negou ter feito sexo com Trey Ziegler.

— Porque eu *não fiz* sexo com ele.

— Peabody, o que acontece quando um indivíduo mente para a polícia durante uma investigação?

— As acusações começam. A de obstrução da justiça geralmente é a primeira, mas podemos seguir com...

— Vamos começar por aqui — interrompeu Eve. — Você tem o direito de permanecer em silêncio.

— Espera. Pelo amor de Deus, isso é ridículo.

— Você precisa ouvir seus direitos e obrigações, sra. Quigley — aconselhou Eve, e pôs-se a recitar a lista atualizada de direitos e deveres dos suspeitos. — Você entendeu todos os seus direitos e obrigações a respeito deste assunto?

— Não sou idiota, é óbvio que entendi. E me ressinto por ser tratada como uma criminosa.

— Você terá motivos para se ressentir ainda mais quando levarmos este interrogatório para a Central. — Eve levantou-se.

— Não vou a lugar algum! Você não pode me forçar a ir a lugar nenhum.

— Peabody?

— A suspeita poderá ser interrogada de forma voluntária. Ou podemos conseguir um mandado obrigando-a a submeter-se a um interrogatório. Ela tem, óbvio, direito a um representante legal nos dois casos, mas a segunda opção poderá envolver algemas.

— Isto é ridículo. — Natasha ficou ruborizada, suas mãos se fechando em punhos. — É ultrajante! Vou entrar em contato com meu advogado.

— Por favor, faça isso. Ele poderá nos encontrar aqui mesmo, se você resolver falar de forma voluntária. Ou minha parceira pegará o mandado, e seu representante poderá nos encontrar na Central. A escolha é sua.

— Eu já disse que não fiz sexo com Trey Ziegler.

Eve olhou para seu tablet e depois para Quigley.

— Você está mentindo.

— O que você tem aí? O que está olhando?

— Peabody, consiga o mandado.

— Espera, espera. É que eu... Espera um pouco. — Quigley tornou a se sentar. — Tudo isso, toda essa insanidade... só por causa de sexo! Tudo bem, admito que eu dormi com ele. Mas não queria que Tella soubesse. E não quero que J. J., meu marido, fique sabendo. Não acho que isso seja da sua conta, tenente.

— O homem com quem você dormiu foi assassinado.

— Mas não fui eu que o matei. Por que faria isso? Por causa do sexo? — Ela gesticulou com a mão e a esmeralda em seu dedo refulgiu. — Fiz uma burrada, e ninguém gosta de gritar isso aos quatro ventos. É humilhante falar sobre isso com estranhos, ainda mais com a polícia. Meu casamento tem andado um pouco complicado nos últimos meses.

— Complicado?

— Estamos passando por um momento difícil, mas decidimos nos dedicar para resolver essa crise. Todo casamento tem momentos difíceis. — Ela cruzou os braços sobre o peito, na defensiva. — Na verdade, as coisas já estão melhorando. O fato é que... como qualquer outra pessoa, eu tenho necessidades, e Trey deixou óbvio que estava interessado em mim. Foi solidário quando eu contei que as coisas não estavam boas entre mim e J. J., e que... hum... que estávamos dormindo em quartos separados. Ele sugeriu vir aqui me ver, quando J. J. estivesse fora, para uma massagem especial. — Levantando-se, ela foi até o bar, pegou uma garrafa e serviu-se de um líquido âmbar em um copo pequeno. — Eu sabia o que ele estava propondo. Não era segredo que ele oferecia serviços privados especiais. — Ela olhou para o copo e continuou: — Serviços íntimos. Eu jamais o deixaria vir na minha casa... muito menos dividiria a mesma cama em que eu dormia com meu marido. Então, como também sei que outras clientes já fizeram, sugeri irmos a um hotel. Reservei uma suíte e pedi champanhe. Ele me encontrou lá. Passamos pela simulação... ou pelas preliminares... da massagem. Então transamos. Ele é bom nisso, e J. J. já não demonstrava interesse por mim há algum tempo.

— Quanto você pagou a ele?

A mulher ficou ruborizada novamente, tomando mais um gole de sua bebida.

— Paguei três mil dólares a mais, e marquei outra sessão. Nós nos encontramos duas vezes por semana durante três semanas antes de... ele morrer. Tínhamos reserva para mais uma sessão, logo após o Natal. Eu ia cancelar tudo porque J. J. e eu... Ah, as coisas começaram a melhorar. Estamos pensando em tirar férias depois do primeiro dia do ano, uma ideia de J. J. Estamos tentando recuperar a magia do nosso relacionamento.

— O Ziegler ameaçou contar tudo ao seu marido?

— Por que ele faria isso? Tínhamos um acordo mutuamente benéfico. Se ele contasse a J. J., não poderíamos continuar. Eu ainda não tinha cancelado a última sessão.

— Por que não cancelou, se vocês já estavam saindo da fase difícil?

— Meu Deus! — Ela massageou as têmporas. — Pensei em vê-lo mais uma vez, não para transar, mas para dizer que tínhamos que parar. Planejei oferecer a ele um pouco mais de dinheiro, como uma forma de agradecimento. E então... não só descobri que ele estava morto, mas também que minha própria irmã tinha dormido com ele. Ele não devia ter feito aquilo, foi muito inapropriado. E acredite, foi estranho quando ela me contou.

— Inapropriado — repetiu Eve. — Estranho.

— Exato. Uma mulher pode dividir o cabeleireiro com a irmã, por exemplo. Pode dividir o trabalho de um designer, um decorador. Mas não um amante. Foi tudo uma transação comercial, basicamente, e eu sabia disso. Só que... uma mulher na minha posição *não pode* contratar um profissional do sexo. Se ao menos fosse um caso... e eu até poderia me permitir pensar naquilo como um caso... seria mais, sei lá, romântico.

— Você estava apaixonada por ele? — quis saber Peabody.

Quigley riu.

— Ah, por favor! Como já disse antes, não sou idiota. Ele me prestou um serviço e eu paguei. Mas eu já o conhecia, e ele era alguém que entendia meu corpo e minhas necessidades. Foi bom para mim. Poderia ter ajudado meu casamento, embora eu saiba que J. J. jamais encararia as coisas dessa forma. Eu queria salvar meu casamento, se pudesse. Sou realista o suficiente para saber que talvez isso não seja possível, mas gostaria de tentar.

— Você escolheu a hora e o local, com a perfeita compreensão do que esse acordo com Ziegler representava.

— Sim. Meu casamento pode ter passado por uma fase difícil, mas tenho respeito suficiente por J. J. para não ter um caso sob o teto que compartilhamos.

— Você tem tanta certeza assim de que seu marido não sabe de nada?

— Pelo jeito que as coisas têm estado nas últimas semanas, se ele soubesse ou ao menos suspeitasse, jamais teria sugerido que fizéssemos uma viagem e passássemos uma semana no Taiti para reacender a chama do nosso casamento. — Ela cerrou a mandíbula. — Ele teria jogado tudo na minha cara e entrado com um pedido de divórcio.

— O sr. Copley teria jogado isso na cara de Ziegler? Ele também não era cliente dele?

— Confrontar Trey? Não, não, ele me culparia e nunca mais me deixaria esquecer isso. Não teria confrontado Trey. — Mas ela lambeu os lábios e bebeu novamente. — J. J. é passional, está com raiva de mim... e eu dele... mas não é um homem violento. Ele nunca teria... ele jamais faria uma coisa dessas.

— Você não me parece muito convencida — apontou Eve.

— Porque você está jogando essas coisas na minha cara! — Natasha aumentou o tom de voz, quase flertando com a histeria. — Porque tudo isso é muito perturbador. Tive um caso e já paguei caro por isso. Em termos literais e emocionais.

Ela tomou mais um gole, inspirou e expirou.

— Meu marido não sabe de nada, e quero que continue assim. Gostaria de consertar esses problemas que existem no meu casamento. Se não conseguir, prefiro terminá-lo da forma mais tranquila possível.

— Você ama o seu marido? — perguntou Peabody.

— Quero uma chance de descobrir, apenas isso. Gostaria de encontrar a resposta para isso.

— Onde você estava quando Ziegler foi morto? Sua irmã já nos informou o paradeiro dela.

— Eu estava aqui, me preparando para a festa daquela noite. Pode interrogar nossos empregados e toda a equipe de decoração. Eles e eu estivemos aqui o dia todo. A equipe do bufê chegou às sete e quinze, e eu já estava aqui para recebê-los. Fiquei aqui o dia todo, supervisionando os preparativos.

— E o seu marido?

— Sinceramente, não tenho certeza, e isso é ridículo. Eu estava trabalhando com a equipe e os responsáveis pelo bufê, então não tenho certeza da hora exata em que ele voltou para casa. Mas sei que ele estava aqui por volta das sete e meia da noite, pois já tinha ido se vestir quando eu corri para trocar de roupa e receber os primeiros convidados.

— Onde seu marido está neste momento? — perguntou Eve.

— No escritório dele, suponho. — Ela sentou novamente e se inclinou em direção a Eve. — Por favor, não façam isso! Tenente, detetive, por favor, não destruam a minha chance de salvar meu casamento. Se vocês contarem a J. J. que eu tive um caso com Trey, estará tudo acabado. Ele não vai me perdoar. Só quero a chance de consertar as coisas. Cometi um erro. Foi algo burro e egoísta, mas o que fiz não machucou ninguém além de mim mesma. Se vocês contarem tudo a J. J., isso o magoará muito e destruirá o futuro que queremos construir juntos. Por favor!

— Não posso prometer nada, mas não iremos compartilhar essas informações, a menos que consideremos necessário para a investigação. Embora seu casamento seja a sua prioridade, sra. Quigley, encontrar a pessoa responsável por tirar a vida de Trey Ziegler é a nossa. — Eve se levantou e perguntou: — Ziegler alguma vez pressionou você para conseguir mais dinheiro? Ou em algum momento deu a entender que poderia usar seu relacionamento com ele contra você?

— Não. Como eu falei, foi algo mutuamente benéfico. Nós nos divertimos durante um breve período. Nem mais nem menos que isso.

— Ok. Obrigada pelo seu tempo.

— O que você faria? — Quigley se levantou e juntou as mãos. — No meu lugar, o que você faria?

— Não sei. Não estou no seu lugar.

Peabody apertou o casaco contra o corpo quando elas saíram.

— O que você faria? Você confessaria a traição ou esconderia tudo, como ela está tentando fazer?

— Eu não teria traído meu marido, para começo de conversa.

— Sim, tudo bem, mas...

— Não existe "mas". — Eve abriu a porta do carro e entrou. — Quando você se casa, constrói uma estrada. Vocês passarão por momentos difíceis; alguns desses momentos poderão ser mais difíceis e durar mais que outros, mas você tem escolhas a fazer. Vocês devem trabalhar para suavizar os problemas e esperar até que as coisas melhorem... ou não. Você segue na estrada ou sai dela, mas não faz nada para piorar as coisas; não faz algo que talvez te faça sentir melhor a curto prazo, ao mesmo tempo que destrói a pessoa com quem você está casada. — Agora — continuou ela —, ligue para o escritório de J. J. Copley. Vamos ter uma conversinha com ele.

Peabody digitou o endereço no painel da viatura.

— Algumas pessoas traem porque não conseguem enxergar uma saída.

— Papo furado! *Sempre* tem uma saída. Mas tudo tem um preço, seja dinheiro, status, impacto emocional... ou tudo isso e muito mais. Trair é uma coisa fácil e preguiçosa. — Ao parar no sinal de trânsito, ela tamborilou com os dedos no volante. — Casamento não é só sexo — disse ela. — Casamento é uma série de promessas.

No instante em que Eve percebeu que casamento é o mesmo que fazer promessas, não teve medo disso. Pelo menos não muito. Ela continuou:

— Talvez você não consiga manter todas as promessas que fez. Todo aquele lance do "até que a morte nos separe". Talvez você não consiga chegar lá. Porque a vida é longa, as pessoas mudam, as circunstâncias mudam, então tudo bem. De repente você percebe que realmente não quer essa vida ou essa pessoa; ou descobre que a pessoa a quem você fez as promessas não é quem você julgava ser, ou mudou de um jeito que você não consegue aceitar e apoiar... ou tudo isso ao mesmo tempo. Então você faz uma escolha: fica e tenta resolver as coisas. Ou não. Mas não me venha com o papo de "Não estou feliz, então vou trepar com outra pessoa para tentar consertar as coisas". Isso é um insulto a todo mundo. Vá embora ou batalhe por mudanças, mas não invente desculpas.

— Posso me sentir assim em termos pessoais e filosóficos — disse Peabody. — Só que... as pessoas têm falhas.

— As pessoas não "têm falhas", Peabody. As pessoas são profundamente fodidas da cabeça.

— Então, considerando tudo isso, você não sentiu um pouco de pena dela? De Natasha Quigley?

— Poderia sentir, se ela criasse coragem e contasse ao marido que fez merda, que foi burra, egoísta e por aí vai. Mas não... Ela traiu, e escolheu mentir. Como isso vai resolver algo, se é que ela realmente leva a sério o lance de consertar tudo? Além do mais, não sinto pena de nenhum dos dois porque um deles pode ter matado Ziegler. Como ela é infiel e mentirosa assumida, pode estar mentindo sobre Ziegler não exigir mais do que recebia. E se ele fez isso, porrada nele. Ou talvez a ideia de romance não fosse tão real, e ela descobriu que ele apenas brincou com ela, como fez com as outras.

— E então, porrada nele! — completou Peabody, enquanto Eve procurava uma vaga para estacionar.

— Quem sabe J. J. Copley descobriu tudo e foi confrontar Ziegler. Porrada nele! Então vamos ser objetivas aqui.

Peabody saiu do carro e calçou as luvas.

— Quase todas as pessoas com quem conversamos tinham motivos para matar Trey. Nossa vítima é o cara que as pessoas adoravam odiar. Elas o usaram como personal trainer, como funcionário, como massoterapeuta e como companheiro de cama, mas qualquer uma delas poderia ter pegado aquele troféu e lhe dado uma porrada. O assassinato supera a traição, a mentira, a chantagem, ou simplesmente o fato de ele ser um idiota. Então, vamos ver onde John Jake Copley se encaixa nessa história.

Dentro do saguão cinza do prédio de escritórios, Eve colocou seu distintivo no balcão de entrada, diante do funcionário.

— Vim ver John Jake Copley, Relações Públicas da ImageWorks.

O trabalhador examinou o distintivo e assentiu.

— Trigésimo nono andar, área de elevadores B.

Peabody tirou as luvas quando elas se juntaram a um pequeno grupo de executivos elegantes no elevador. Metade deles conversava usando fones de ouvido, outros franziam o cenho e olhavam com ar de importância para seus *tele-links* ou tablets, analisando dados e mensagens.

Um dos passageiros, uma mulher loira de um metro e oitenta com casaco roxo e lábios da mesma cor, fazia as duas coisas.

— A reunião dos Simpsons atrasou — esbravejou ela, enquanto todos se apertavam um pouco mais na cabine. — Passe a reunião das três e meia para três e quarenta e cinco, e a das quatro para quatro e meia. Sim, eu sei que tenho outra às quatro e meia, Simon, você deve remarcá-la para as cinco... drinques na Maison Rouge. A reunião seguinte fica para cinco e meia, no mesmo lugar. Mantenha as reuniões dentro do cronograma, Simon. Será um desastre se eu perder a apresentação de Natal de Chichi, hoje à noite. Estou subindo agora, organize tudo.

Quando a mulher desceu no vigésimo segundo andar, Eve decidiu que preferia usar a arma de atordoar em força máxima em si mesma a passar o dia participando de reuniões.

Ela gostava muito mais de estragar essas reuniões exibindo seu distintivo.

E foi o que fez na recepção dourada da ImageWorks.

Um trio de atendentes trabalhava no balcão, todas de terninho escuro, com uma aparência perfeita e sorrisos profissionais.

O sorriso da morena elegante não vacilou nem por um segundo.

— Em que posso ajudá-la, policial?

— Tenente. — Eve indicou o distintivo. — Tenente Dallas e detetive Peabody. Precisamos falar com John Jake Copley.

— Sim, o sr. Copley, lógico. — Ela bateu na tela com as unhas pintadas em um azul forte e frio. — O sr. Copley está na sala executiva, em uma reunião estratégica. Mas terá alguns minutos livres no fim da tarde. Posso encaixá-las nesse horário.

— Você está vendo isso aqui? — Eve mostrou o distintivo mais uma vez. — Esta é *minha* reunião estratégica. Onde fica a sala executiva?

— A entrada é pelas portas duplas à sua direita. Sigam até o fim do corredor e verão à sua esquerda as portas duplas da...

— Eu descubro onde é — interrompeu Eve.

— Mas... aquele espaço é apenas para os executivos da empresa — avisou a morena, quando Eve se virou.

A tenente simplesmente ergueu seu distintivo de novo e continuou andando.

— Adoro essa parte do nosso trabalho — disse Peabody. — Tenho um pouco de vergonha, mas não consigo evitar.

Elas passaram por portas abertas e fechadas e muitos cubículos de trabalho. Viraram a esquina, passaram por uma sala de funcionários onde havia máquinas de venda automática e alguns sofás. Na parede, um telão exibia anúncios.

As coisas se acalmaram quando chegaram ao conjunto seguinte de portas.

Eve acenou com a cabeça.

— Acho que é aqui — disse ela. Foi até as portas duplas e abriu-as.

Uma explosão de gargalhadas saiu lá de dentro.

No telão da sala, um jogador de golfe dava a tacada inicial no décimo primeiro buraco de um gramado tão verde quanto os da Irlanda, sob um céu ensolarado. Ao redor da sala, os funcionários — com exceção de uma mulher solitária que parecia entediada e irritada — continuavam sentados, mas alguns estavam em pé com drinques em mãos.

J. J. Copley estava diante do telão, fazendo exatamente os mesmos movimentos do seu avatar na tela. Um homem bonito e em ótima forma, usando camisa de botão e gravata frouxa. Balançou o taco. Na tela, seu avatar refletiu como um espelho seu movimento e jogou a bolinha branca por cima de um banco de areia e um lago azul cintilante, até a borda do décimo primeiro green.

Seguiram-se aplausos estrondosos.

— É *assim* que se faz! — Sorrindo, Copley se virou para outro homem também bonito e igualmente em forma que segurava outro taco, e foi então que avistou Eve.

— Olá, senhoras. Posso ajudá-las?

— Você é John Jake Copley?

— Culpado!

— Que bom, isso facilita as coisas. — Eve exibiu seu distintivo mais uma vez. — Você tem o direito de permanecer em silêncio...

— Ei, ei! — Ele riu, mas dessa vez parecia um pouco nervoso. — Do que se trata?

— Assassinato — respondeu Eve, com firmeza. — Trey Ziegler.

— Ah, sim! Certo. Uma grande pena. Ficarei feliz em atendê-las... digamos... daqui a trinta minutos? Estamos em uma sessão de planejamento estratégico.

— Sim, dá para notar. Esta sala está ótima para mim. Também está bom para você, detetive Peabody?

— Sim, senhora! Esta sala serve, sim, mas a Central de Polícia também seria ótimo.

— Exato! — Eve olhou nos olhos de Copley. — Para mim, tanto faz.

— Tudo bem, tudo bem! Ninguém poderá dizer que eu não coopero com os caras... ou as moças... de farda. Pessoal, me deem este espaço por alguns minutos, por favor? Rapazes... ah...

e Marta... preciso usar esta sala. Retomaremos a reunião assim que eu terminar.

Eve observou a mulher solitária lançar a Copley um olhar de desagrado, antes de sair com o resto do bando.

— Sentem-se. Gostariam de alguma coisa?

— Respostas.

— Tudo bem. — Ele se largou em um sofá preto. — Sei que pareceu que estávamos apenas nos divertindo, mas representamos a empresa e somos os porta-vozes dos jogos. Estamos testando um novo conjunto de jogos esportivos interativos e vídeos de treinamento que a fábrica espera lançar na primavera. Também trabalhamos com a empresa de publicidade, para bolarmos um lançamento bem-sucedido. É preciso conhecer o produto para poder representá-lo.

— Lógico. Fale-me do seu relacionamento com Trey Ziegler.

— Ele é... *era*... meu personal trainer. Muito competente, aliás. Eu malhava com ele na academia que frequento, a Buff Bodies.

— E fora da academia?

— Já jogamos golfe juntos. Ele adorava. Ele, meu cunhado e eu jogamos algumas vezes. Eu sempre o convidava para uma partida ou alguns drinques, esse tipo de coisa.

— Quando foi a última vez que você esteve no apartamento dele?

— Eu... Por que eu iria ao apartamento dele?

— Não sei, você é quem me diz.

— Nunca fui lá. Nunca tive um motivo para ir lá. Ele era um personal muito bom, me levava ao limite, até eu querer chorar como uma menininha. Fazia excelentes massagens também. E era um ótimo jogador de golfe. Mas não éramos amigos, se é isso que você quer saber.

Ele se levantou, foi até o bar, serviu-se de um copo grande de água e espremeu uma rodela de limão.

— Têm certeza de que não querem beber nada? — Ele deu uma balançadinha em seu copo.

— Temos. Quando foi a última vez que você o viu ou falou com ele?

— Acho que foi na segunda-feira de manhã, no meu horário com ele na academia. Na verdade, eu tinha uma sessão marcada para ontem, mas me ligaram para contar que ele tinha sido morto. Fiquei muito chocado — acrescentou Copley, tomando um grande gole.

— Ele alguma vez lhe pediu dinheiro? Ou tentou conseguir um empréstimo com você?

— Dinheiro? — Copley bebericou de seu copo de novo, enfiou a mão no bolso e sacudiu o que quer que estivesse lá dentro. — Não. Eu sempre dava uma boa gorjeta depois das massagens, mas ele nunca me pediu nada. Olha, eu gostava do cara. Era um bom personal e eu gostava do trabalho dele. Oferecia-lhe algumas mordomias: jogar no nosso clube de golfe, coisas assim. Nós nos divertíamos durante as partidas. Mas era só isso.

— Ele alguma vez entrou em contato com você na sua casa, ou aqui no seu escritório?

— Por que ele faria isso?

— É o que estou lhe perguntando.

— Não me lembro de nada assim. Eu o via algumas vezes por semana na academia. E outras vezes no clube, quando eu ou Lance... o marido da minha cunhada... marcávamos um jogo. Mais ou menos uma vez por semana, eu recebia uma massagem dele. Apenas isso.

— Você está nervoso, sr. Copley?

— Duas tiras vieram conversar comigo sobre um cara que eu conhecia e que foi morto... então, sim, estou um pouco nervoso. Além do mais, o trabalho me espera. Não posso esclarecer a vocês coisa alguma sobre o que aconteceu com Ziegler, então... se houver mais alguma dúvida, vocês devem falar com o meu advogado. Assim manteremos as coisas tranquilas. É só isso?

— Por enquanto, sim. — Eve foi até a porta e tornou a se virar. — Ah, tem mais uma coisa... Você mencionou seu cunhado, mas não mencionou que sua esposa também usava os serviços do mesmo personal trainer e recebia massagens dele.

— E daí?

— Achei interessante. — Deixando as coisas no ar, Eve seguiu pela porta.

Caminhou de novo pelo amplo corredor, passou pelas portas da rua e olhou para Peabody.

— Ele está mentindo.

— Ah, sim, com certeza!

Capítulo Nove

Eve queria J. J. Copley na Sala de Interrogatório, mas saber que ele estava mentindo não provava nada. No momento em que ela o convocasse para depor, ele chamaria um advogado. Ela não aceitaria a representação legal dele com má vontade — afinal, regras eram regras —, mas um advogado seria obrigado a bloquear e evitar suas perguntas, e teria percebido que ela tentava fisgar informações.

Mas Copley estava mentindo, e com certeza havia uma razão para isso.

— Vamos cavar mais fundo — disse a Peabody quando pegaram o elevador da garagem na Central. — Vamos investigar Copley até encontrarmos o suficiente para termos algum material, e aí a gente o chama para interrogatório. Ele não vai conversar de novo sem um advogado, então precisamos encontrar alguns buracos na história dele.

Ela consultou seu *smartwatch* enquanto dois policiais empurravam para dentro do elevador um Papai Noel muito bêbado que parecia ter rolado em esterco de rena — e o fedor dele corroborava com essa suspeita.

— Sério? Vocês não podiam subir dois lances de escada para carregar esse cara até a sala dos bêbados?

— Temos que levá-lo para a Divisão de Crimes Sexuais, tenente. Ele...

— Oi, gatinha! — O Papai Noel bêbado lançou para Eve um sorriso grogue. — Tenho o seu presente de Natal bem aqui!

Ele agarrou a virilha, jogou o quadril para a frente e abriu uma fenda na suja calça vermelha para revelar um pênis terrivelmente encardido.

— Ele fez isso — completou o policial.

— Eu gosto das malvadas! — exclamou o Papai Noel, e em seguida soltou um peido apocalíptico.

— Ah, pelo amor de Deus!

— Alguém abra uma janela! — sugeriu Papai Noel, e acrescentou: — Ho-ho-ho!

Eve fez melhor que isso. Desceu do elevador no andar seguinte, andando a passos curtos à frente de Peabody. Quando as portas se fecharam, ela ouviu o Papai Noel gritar:

— Feliz Natal para todos! — E em seguida emitiu ruídos de engasgo.

— Acho que aquele peido estava vivo. — Com muita cautela, Peabody cheirou a manga da própria farda. — Talvez precisemos de uma desintoxicação. Aqueles pobres policiais não ganham o suficiente para aguentar aquilo.

— Ninguém ganha o suficiente por aqui. Envie um memorando externo. Ninguém deve entrar naquele elevador durante um mês. Deve ser tempo o suficiente. Estou falando sério! — acrescentou ela, quando Peabody riu.

— Deixa comigo.

— Enquanto isso, de volta ao assassinato. Vamos focar em Copley. Trabalho, casamento, finanças e quaisquer antecedentes criminais, por menores que sejam. Opinião política, religião, cor favorita. Quero saber tudo!

— Você acha que existe a possibilidade de que Ziegler o estivesse chantageando?

— Sim — confirmou Eve, enquanto ela e Peabody entraram em uma passarela aérea. — É igualmente possível que o caso da esposa dele com Ziegler não tenha sido tão discreto quanto ela supõe. Vamos mandar alguns policiais ao prédio de Ziegler com uma foto de Copley. Talvez alguém possa tê-lo visto no apartamento de Ziegler. Precisamos encontrar uma única mentira para penetrar o escudo dele.

— Ele me pareceu um cara muito pequeno. Merda! Gostaria de não ter usado a palavra "pequeno" porque ela me faz pensar na salsicha daquele tarado doente. Estamos fedendo a peido de Papai Noel Bêbado?

— Se estivéssemos, as pessoas estariam pulando dessa passarela aérea como lêmingues de uma árvore em chamas.

— Tem razão. — Mesmo assim, Peabody deu outra fungada discreta na região da axila. — Escapamos a tempo. Preciso de um substituto para a palavra "pequeno". Copley me pareceu muito covarde. Pronto, troquei "pequeno" por "covarde".

— Os covardes também matam. — Eve desceu da passarela e seguiu para a Divisão de Homicídios. — Ele descobre que a mulher está trepando com o personal e pensa: "Aquele idiota está pegando a minha esposa e rindo pelas minhas costas. Pago o salário dele e o filho da mãe pega a minha mulher. Eu até o levei para jogar golfe no meu clube, porra! Quem ele pensa que é?"

— Sim, ele ficaria chateado — concordou Peabody. — Qualquer um ficaria.

— Ele pode ter ido à casa de Ziegler para confrontá-lo. Talvez, se ele for realmente um covarde, tenha implorado a Ziegler que terminasse tudo. De um jeito ou de outro, por que Ziegler não o deixaria entrar em sua casa? "E aí, cara, estou fazendo as malas e podemos bater papo enquanto isso, venha comigo aqui no quarto. Qual é o lance?"

— Copley diz: "Você está trepando com a minha mulher e isso tem que parar."

— Talvez... Ziegler comece a negar, ou talvez não — especulou Eve. — Talvez ele pressione Copley e peça dinheiro. "Estava só prestando um serviço. Posso interromper a prestação do serviço, mas você vai ter que pagar a taxa." Tudo não passa de uma transação comercial. Ziegler não está preocupado com aquele sujeito. Afinal de contas, é o personal trainer dele, cacete! "Sua esposa ficou feliz em me pagar, então, se você não quer mais que eu preste esse serviço, desembolse a grana."

— Copley explode e então... porrada nele!

— É, pode ser — concordou Eve, e as duas entraram na sala de ocorrências.

Alguém havia acrescentado uma menorá amassada à decoração. Estava em cima de um canteiro de vegetação selvagem que ela suspeitava serem galhos de pinheiro. Ao lado da menorá estava uma figura doentia de tão cinza vestida de Papai Noel, sorrindo de forma maligna.

— Que droga é essa? — quis saber Eve.

Santiago ergueu o olhar do trabalho que fazia.

— É o Papai Noel Zumbi. Estamos tentando ser inclusivos.

— Alguém fabrica Papais Noéis Zumbis? Quem é que inventa essas maluquices? — Balançando a cabeça para toda a humanidade, ela seguiu pelo corredor até sua sala.

Surpreendeu-se ao encontrar Feeney estudando seu quadro do crime.

O capitão da DDE, seu ex-instrutor e mentor, estava com um terno amarrotado cor de... esterco de rena, decidiu Eve. Fios prateados e crespos surgiam em sua explosão de cabelos ruivos, parecendo enfeites de Natal espalhados com descuido em sua cabeça.

Assim como o terno, o rosto de Feeney tinha uma aparência amarrotada e cansada. Seus olhos podiam parecer tristes como os de um cão basset hound, mas também eram olhos treinados de tira experiente que examinavam as fotos, os cronogramas e todas as informações.

— Sua vítima era um idiota.

— Total! — concordou ela, indo direto ao AutoChef para programar dois cafés fortes. — Meu principal suspeito, a partir de agora, é esse cara.

Ela colou no quadro a foto da identidade de Copley, depois de passar o café para Feeney.

— Era um dos clientes regulares da vítima. Acontece que a vítima estava transando com a esposa do cliente duas vezes por semana, nas últimas semanas... por uma taxa adicional. Ela me garantiu que o marido não sabia de nada.

Feeney soprou o café quente e bebeu.

— É difícil esconder transas regulares.

— Com certeza. — Satisfeita por poder trocar ideias e especulações, apoiou-se na beira da mesa. — Fase difícil no casamento, é o que afirma a esposa. Dormiam em quartos separados há algum tempo.

— Ficar sem sexo por um tempo é uma fase difícil. Dormir em quartos separados é o fundo do poço.

— Ah, é?

Ele a encarou e perguntou:

— Há quanto tempo você está casada?

— Pouco mais de dois anos.

— Acredite em mim, você consegue sair do fundo do poço, mas é muito mais complicado que superar uma fase difícil.

— Ela diz que eles já conseguiram sair dessa... mais ou menos... e que está batalhando para as coisas voltarem a ser como antes. Mas se ele descobrir que ela deitou e rolou nos lençóis com o personal, o casamento estará em perigo.

— Você não contou a ele.

— Ainda não. Abordamos apenas o básico com o marido, mas ele estava nervoso. E mentiu. Rolou algo mais entre ele e a vítima, algo que ele está escondendo. Então, por enquanto, ele está no topo da minha lista.

— Ele arrebentou a cabeça dele, arrastou o corpo até a cama, enfiou-lhe uma faca no peito e escreveu "Ho-ho-ho".

Como Feeney, ela estudava a cena do crime e tomava café.

— Esse último ato foi uma declaração de raiva, certo? — comentou Eve. — E frieza. A porrada na cabeça me parece mais fruto de cabeça quente. Mas o resto do cenário? Para isso, é preciso sangue-frio. Copley talvez se encaixe.

— Um cara mentiroso é uma coisa, um nervoso é outra completamente diferente. Você podia tê-lo pressionado para conseguir mais.

— É, mas acontece que ele já mencionou a palavra "a". Vou ver se acho alguma coisa sobre ele enquanto espero ele se acalmar. A empresa onde ele trabalha é um clube de garotos.

Feeney arregalou os olhos.

— Ele trabalha com crianças?

— Não, é uma empresa de relações públicas grande, mas ele a administra como se fosse um clube de garotos, pelo menos no nível executivo. Uma mulher que estava na reunião que eu interrompi não parecia muito feliz com o suspeito. Acho que ele é um idiota, mas preciso me perguntar se eu só quero encontrar um assassino idiota para a minha vítima idiota.

Eve deu de ombros, tomou um gole de café e estudou o quadro.

— Ele tinha muitos clientes e usava muitas mulheres. O leque de possíveis assassinos é enorme.

— Alguém que precisou pregar uma placa em um cara morto vai se revelar em algum momento.

— É, eu também acho. Preciso estar lá quando isso acontecer.

Ele fez que sim com a cabeça e, por um momento, os dois tomaram o café e estudaram a morte em um silêncio agradável.

— Minha esposa cismou que eu tenho que usar smoking amanhã.

Eve franziu o cenho.

— Por quê?

— Sei lá! Você é mulher. Por que as mulheres gostam de homens com smokings?

— Não tenho esse gosto em particular.

— Então me diz uma coisa — pediu ele, apontando para ela. — O Roarke vai usar smoking amanhã?

— Não. Quer dizer, não sei. — Por razões inexplicáveis, ela teve um momento de pânico. — Como é que eu vou saber?

— Você mora com ele.

— Eu moro comigo também, e não sei nem o que vou vestir amanhã.

Mas Roarke saberia, pensou ela. Meu Deus, será que ela deveria saber o que ele planejava vestir? Essa era outra daquelas malditas regras do casamento?

— Ele usou smoking na festa do ano passado?

Como é que ela poderia se lembrar disso? Mesmo assim tentou.

— Acho que não usou. Posso pedir a ele que não use, se isso te ajudar.

— Faça isso. Por favor, faça isso. — Com um balançar de cabeça solene, Feeney passou a mão pela jaqueta amassada. — Já é ruim o bastante precisar me arrumar todo sem ter que ficar preocupado com a roupa certa.

— Eu que o diga! — desabafou Eve, com honestidade. — Sou eu que vou ter que passar um monte de gosma na cara enquanto me equilibro em saltos absurdamente altos.

— É o preço de ser mulher.

— Mas isso não está certo.

— Minha mulher gosta de usar roupa chique e saltos muito altos. Até que fica bem nela. Enfim... — Ele coçou a orelha. — Tem mais uma coisa... ela fez uma tigela para vocês na aula de cerâmica. Até que não está tão mau, não ficou torta nem nada. Quer dizer, só um pouquinho.

— Ah... que fofo da parte dela — disse Eve, com cautela.

— Fico me perguntando quantas tigelas uma pessoa precisa, mas isso não é algo que você diz quando é casado com alguém que continua fazendo-as sem parar. A menos que você queira passar por uma fase difícil.

— Entendo.

— Trouxe uma coisa para vocês. — Ele enfiou a mão no bolso interno da jaqueta feia e tirou um quadrado pequeno e fino embrulhado em papel vermelho brilhoso.

— Ah — disse Eve, quando ele empurrou o embrulho para ela.

Eve era péssima em dar presentes, e ainda pior para recebê-los.

— Eu não queria te entregar amanhã no meio da festa, com aquele bando de gente e tudo o mais.

— Ok. Obrigada. — Depois de uma pausa constrangedora, ela deduziu que devia abrir o pacote ali mesmo.

Arrancou o papel, amassou-o e jogou-o na recicladora. Levantou a tampa da caixa e olhou lá dentro.

Pequenas reproduções das medalhas que ela e Roarke tinham recebido no mês anterior pareciam flutuar dentro de um vidro transparente. Gravados abaixo de cada uma estavam os nomes, o prêmio e a data de entrega.

— Isso é... — Sua garganta se apertou de emoção. — Muito lindo — conseguiu dizer, por fim. — É demais!

— Achei que vocês poderiam colocar isso em algum lugar onde pudessem dar uma olhada, quando o trabalho ficasse pesado. Talvez não aqui na sua sala. Iria parecer que você está se gabando, se colocasse isso aqui.

— Sim. Isso precisa ficar em casa, porque é do Roarke também.

— A maior honra concedida a um policial. — Sua voz falhou e isso fez a garganta de Eve ficar ainda mais apertada. — Também é a mais alta condecoração dada a um civil. Fiquei muito orgulhoso de vocês dois.

Ela lutou para recuperar a compostura antes de arriscar olhar para ele.

— E isso significa muito para mim também.

— Se a gente não puder ficar um pouco sentimental no Natal, então quando pode, né? Bem, é isso. — Ele deu-lhe um soquinho no braço, para aliviar o clima. — Agora eu preciso ir. Nada de smoking! — lembrou.

— Pode deixar, vou falar com ele. Obrigada, Feeney.

Ela ficou onde estava quando o capitão saiu. Passou a ponta do dedo sobre seu nome e sobre o de Roarke.

Olhou para o quadro, para a imagem de Trey Ziegler sobre a cama e o bilhete zombeteiro preso no seu peito com uma faca de cozinha.

— Você era um idiota, Ziegler. Usava as pessoas, era um prostituto, um estuprador. Gostaria que você estivesse vivo para eu poder jogá-lo em uma cela. Mas já que você está morto, vai receber o meu melhor.

Com todo o cuidado, fechou a caixa e a colocou de lado.

Sentou-se com o que restava do café e foi trabalhar.

Quase duas horas depois, programou outra xícara de café e tomou-a em pé diante da sua janela minúscula, olhando para a agitação de Nova York.

Ouviu o barulho das botas de Peabody e não se preocupou em olhar para trás.

— Está escurecendo muito cedo — comentou Eve.

— Acabamos de passar pelo solstício de inverno, e os dias vão começar a ficar mais longos.

— Mas ainda falta muito pra isso — retrucou a tenente. — Copley me parece um cara comum. Pais divorciados, tem um meio-irmão por parte de pai. Foi um aluno mediano. Tem um registro antigo por posse ilegal de drogas logo após a faculdade, que provavelmente teria desaparecido se ele não tivesse ofendido os policiais que o pegaram. Algumas multas de trânsito, investiguei um pouco sobre elas. Ele foi ao tribunal em cada um dos casos e, em dois deles, acabou pagando uma multa extra por ofender o juiz. Então temos alguém com temperamento explosivo aqui, algum sentido de integridade e comportamentos idiotas. Mas nada de violência.

— Eu também não encontrei nada de especial sobre ele — disse Peabody. — O primeiro casamento durou quatro anos. Não há registro de violência doméstica, mas ele acusou a ex de muitas coisas. A separação provavelmente lhe custou três vezes mais do que custaria, se ele não tivesse insistido em brigar na justiça. Mesmo assim, ela tinha mais dinheiro que ele e nenhum acordo pré-nupcial, então ele lutou para conseguir uma soma maior do que merecia.

Intrigada, Eve se virou.

— Eu ainda não tinha olhado os casamentos, mas Natasha Quigley é podre de rica. A renda dele é uma pequena fração se comparada à dela. Existe um acordo pré-nupcial, pode apostar. É o segundo casamento dos dois e... sim... ela se garantiu. Pode ser interessante dar uma olhada nos termos desse acordo pré-nupcial.

— Ela já confessou que é infiel. Parece que ele se daria bem, dessa vez.

— Ela ter confessado a infidelidade não significa que foi a única que traiu.

Peabody crispou os lábios, reflexiva.

— Hum. Não tinha pensado nisso. Dei uma primeira olhada nas finanças dele. Nada estranho, nada que indicasse que ele esteja aprontando alguma. A menos que esteja fazendo isso em algum lugar barato. Não vi contas em hotéis da cidade, nenhum segundo aluguel, nenhuma viagem pessoal que não case com as da esposa. E não encontrei movimentações que indiquem chantagem.

— Mas ele deve ter uma conta de despesas. Vale a pena dar uma olhada. E talvez, tendo se casado pela segunda vez com uma mulher rica, ele tenha aprendido algo sobre como guardar algum dinheiro por fora. — Ela tentaria convencer Roarke a pesquisar isso. — Pelo visto, ele é bom no que faz — continuou Eve. — Talvez seja um idiota por ser pego fazendo algo errado, ou por permitir que seu segundo casamento afundasse, mas a verdade é que ele conseguiu crescer na ImageWorks e acabou virando sócio.

— Não consegui encontrar nada que mostre que ele é um idiota, e vi que é um profissional cumpridor da lei e tem certa habilidade na área que escolheu. — Peabody deu de ombros. — Não achei nada que o desabone.

— Isso não significa que não exista. Vamos dar hoje por encerrado.

— Você vai parar?

— Vou, sim. Acho que vou passar na casa dos Schubert no caminho de casa para cutucar um pouco o marido. Quem sabe eu consiga alguma coisa nova para investigar.

Ela inclinou a cabeça quando ouviu os passos ritmados que reconheceu como os de McNab.

Ele bateu à porta.

— Oi, Dallas. Peabody, você está saindo ou ainda vai ficar um pouco mais?

— Acabei de terminar por aqui.

— Eu também. Podemos ir para casa juntos. Consegui alguns dados do minicomputador da sua vítima, tenente. Eu teria acabado mais cedo, mas fui chamado para resolver outro pepino. Voltei faz poucas horas.

Ele entregou um disco a Eve.

— Relatório?

— O mais interessante é o planejamento de contabilidade que descobri. Não lista nomes, apenas iniciais, mas eu comparei com a lista de clientes dele, e há muitas correspondências. Algumas repetições, alguns atendimentos pontuais. E ele lista os valores que recebeu. Eu passaria batido por isso se não soubesse o que Peabody me contou sobre ele levar as clientes para debaixo dos lençóis... por certo preço. Ele listava esses serviços como massagens particulares, treinos ou consultas. Listava as iniciais, as datas, os valores, e o que acredito ser um sistema de avaliação.

— Avaliação? — indagou Eve.

— Pois é, alguns caras são uns merdas, e ele era um deles. Tem alguns atendimentos classificados com estrelas. De uma a três estrelas. Acho que ele avaliava as clientes com base... sabe como é... no desempenho delas.

— Escória! — murmurou Peabody.

— Isso é inegável.

Então ele se inclinou e sussurrou algo no ouvido de Peabody, que a fez corar e rir.

— Você acabou de dizer alguma bobagem sobre não haver estrelas suficientes, ou algo igualmente ridículo — adivinhou Eve.

McNab apenas sorriu.

— O que posso dizer? Sou romântico, não um canalha.

— Deem o fora. Vocês dois!

— Até amanhã. Dia de Festa! — Peabody deu um pulinho e saiu correndo.

Sozinha, Eve olhou o disco na mão. Iria esperar até chegar em casa para ver o conteúdo.

Não era exatamente um desvio, e Eve queria amarrar ou eliminar tantas pontas soltas quanto fosse possível antes da festa, antes do fim de semana e antes que toda a extravagância insana do Natal tirasse o foco do trabalho e do mundo real.

Assim que estacionou, juntou-se ao tráfego de pedestres na calçada. Os que iam para casa, os que saíam, os que carregavam sacolas de compras e provavelmente seguiam em uma marcha forçada até outra loja, onde acumulariam mais sacolas de compras.

Obrigada, pequeno aniversariante Jesus, por eu já ter me livrado desse suplício.

A casa de Martella Schubert ficava perto da casa de tijolinho da irmã. Ainda assim, a distância relativamente curta a colocava em uma região mais agitada da cidade, onde Eve conseguia imaginar artistas de rua espalhados durante o dia. Os confortáveis espaços ao ar livre que alguns restaurantes ofereciam provavelmente eram bem agradáveis quando o tempo estava bom.

Uma voz humana respondeu a Eve quando ela tocou a campainha.

— Posso ajudá-la?

— Tenente Eve Dallas, Polícia de Nova York. Vim falar com Martella ou Lance Schubert.

— Um momento, por favor, tenente.

Não demorou muito para que uma mulher de pele marrom e olhos azuis absurdamente claros abrisse a porta. Ela tinha o cabelo castanho-dourado repartido em várias trancinhas finas, presas em um rabo de cavalo, e conseguia fazer com que sua calça preta simples e sua blusa branca parecessem glamorosas.

— Por favor, entre, tenente. Sou Catiana Dubois, a secretária social da sra. Schubert. Posso pegar seu casaco?

— Não é necessário, obrigada.

— Me acompanhe, por favor.

Ela seguiu pela esquerda, indo para o saguão de entrada muito colorido e jovial com flores vermelhas de caule longo, que Eve não conseguia lembrar o nome, agrupadas sobre uma longa mesa. Dali, entraram em uma espaçosa sala de estar com mais cores vivas e fortes, com detalhes em prata e uma pequena lareira acesa.

A árvore de Natal estava perto da janela. Anjos voavam nos galhos e brilhavam sob os pisca-piscas brancos. Debaixo da árvore, presentes lindamente embrulhados e dispostos de forma artística eram outro ponto de cor no ambiente.

— Os Schubert já vão descer. Você aceita um café? Um chá? Uma sidra quente?

A sidra pareceu tentadora, mas Eve não planejava se demorar.

— Não, obrigada.

— Por favor, sente-se e fique à vontade. É uma linda foto, não é? — emendou Catiana, ao notar que Eve analisava a fotografia de Martella cercada por quilômetros de um espumoso branco nupcial, aconchegada nos braços de um homem muito bonito em um terno preto.

— Um casal muito bonito.

— Eles são. Não mudaram muita coisa desde essa foto. Tenente, não sei se é apropriado ou necessário, mas queria dizer que eu conhecia Trey Ziegler. Não muito bem — acrescentou ela depressa, quando Eve se virou para a mulher. — Parte dos meus benefícios como secretária é poder frequentar a Academia Buff Bodies. Nunca lidei diretamente com o sr. Ziegler. Não tenho um personal trainer, mas assisto a algumas aulas, quando tenho tempo. Geralmente uso as instalações de manhã cedo ou depois do trabalho. É por isso que eu o conhecia de vista.

— Você já dormiu com ele?

Catiana estremeceu.

— Nossa, a senhora é direta. Mas imagino que seja melhor assim. Não, ele nunca me atraiu nesse sentido; coisa que, pelo visto, era uma exceção à regra. Eu não gostava dele e me incomodava quando ele dava em cima de mim… era sutil, mas inconfundível.

Talvez outra pessoa tivesse aceitado sua oferta de um teste gratuito dos seus serviços de personal trainer e visse isso como uma cortesia ou uma forma de atrair novas clientes, mas para mim pareceu... sugestivo demais. Não posso dizer que tenha ultrapassado os limites, mas chegou muito perto disso, para os meus padrões. E quando chegou perto demais de ultrapassar meus limites pessoais, mandei-o pastar.

— Você é direta.

Catiana sorriu.

— Quando quero, sim. Tentei ser firme e discreta, mas achei que devia contar isso a você, caso não tenha sido tão discreta quanto presumi. Ele não gostou da minha reação, e, quando uma das mulheres com quem eu costumava fazer aulas junto me convidou para um encontro e minha reação foi de surpresa, ela ficou envergonhada e falou que haviam rumores de que eu gostava de mulheres. Só que isso não é verdade, e foi fácil identificar a origem do boato.

— Foi Ziegler.

— Sim. Eu deixei para lá. Não queria nenhum tipo de relacionamento romântico ou sexual na academia, então não me importei. E ele me deixou em paz. Acredito que ele realmente achou que a única razão pela qual o recusei foi porque sentia atração apenas por mulheres. Foi então que...

Ela parou de falar quando Martella e seu marido entraram na sala.

— Não vou mais te importunar com esse assunto, tenente. Querem que eu lhes sirva algo antes de sair? — perguntou ela a Martella.

— Por que você não termina o que ia dizer? — Eve olhou para Catiana e depois para os patrões da mulher. — Há algum problema?

— Você está contando tudo a ela? — indagou Martella. — Deveria contar. Diga a ela, Cate.

— Tudo bem, então. Obrigada. Quero terminar de contar. Eu não teria mais pensado no assunto, pelo menos não muito, tenente, mas depois de algum tempo... Resumindo, há algumas semanas, o homem com quem estou saindo há um tempo passou na academia. Eu ia me encontrar com ele para tomar café da manhã, entre o fim da aula e a vinda para o trabalho, mas ele entrou no momento em que eu saía do vestiário. Acho que era óbvio que estávamos envolvidos, já que várias pessoas nos viram e me perguntaram sobre ele na aula seguinte.

— Eles ainda estão na fase do brilho no olhar — disse Martella. — É muito fofo.

— Tudo tem pouco tempo — confirmou Catiana. — Marquei massagem para aquela semana no final do expediente, com minha atendente habitual. Mas quando me chamaram da sala de relaxamento para a sala de massagem, era Ziegler que estava lá. Ele disse que Lola, minha massagista de sempre, não estava disponível, então ele ia fazer a minha massagem. Ele até me ofereceu um pouco de chá. Recusei e disse que iria reagendar.

— Por quê?

— Sinceramente? — Ela deu de ombros de um jeito elegante. — Eu não queria as mãos dele em mim, simples assim. Então saí, me vesti e fui para casa. Isso aconteceu poucos dias antes de ele ser assassinado. Eu não teria mais pensado no assunto, foi apenas um aborrecimento, só que...

— Eu contei tudo a ela. — Martella procurou a mão do marido. — Contei a Catiana e a Lance sobre o que houve e o que vocês descobriram a respeito de Trey. Ele ia fazer a mesma coisa com ela. Quando você me contatou hoje cedo, disse que ele costumava colocar algo no chá que oferecia às clientes.

Lance Schubert, que era tão atraente quanto na foto de seu casamento, puxou a esposa mais para junto dele. Seus olhos, duros como pedra, fixaram-se nos de Eve.

— Isso é estupro. É a mesma coisa que agressão sexual.

— É, sim — concordou Eve.

— Se ele não me desse arrepios... e era isso mesmo, de forma simples e instintiva... eu teria aceitado a massagem dele.

Catiana esfregou os braços, suspirou e se inclinou um pouco quando Lance colocou um braço em volta dela.

— Eu teria experimentado o chá. Quando Martella me contou, percebi que ele não era só chato, não era apenas alguém que me deixava desconfortável. Era um predador! Não quero mais atrapalhar o que você veio fazer aqui, tenente, mas achei que devia lhe contar.

— Obrigada. Esse era o padrão dele, e seus instintos foram bons. Cair fora evitou que você fosse mais uma vítima.

— Eu não caí fora. E dei abertura para ele. Sinto muito, Lance — lamentou Martella.

— Pare! — Ele se inclinou para pressionar os lábios contra a cabeça da esposa. — Pare!

— Vou deixar vocês conversarem — disse Catiana.

— Fique conosco, por favor — pediu Martella. — Ela pode ficar, tenente? Contei tudo a ela, e ela me contou sua própria experiência. Isso me ajuda um pouco.

— Você decide.

— Por que não nos sentamos? Vamos todos nos sentar. — Lance conduziu a esposa até o sofá e manteve a mão dela entre as dele.

— Sr. Schubert, você está ciente de que o falecido Trey Ziegler administrou uma substância ilegal à sua esposa, sem o conhecimento dela, e a estuprou enquanto ela estava sob efeitos de droga?

O rosto bonito e suave de Schubert endureceu.

— Sim, estou ciente.

— E quando foi que você tomou conhecimento de tudo isso?

— Hoje à tarde. Catiana entrou em contato comigo e disse que eu precisava voltar para casa o mais rápido possível. Cheguei em casa por volta de uma e meia da tarde, e Tella me contou o que tinha acontecido.

— Eu achava que o tinha traído. — Lágrimas transbordaram dos olhos de Martella. — Achava que tinha traído Lance, e não conseguia entender como aquilo tinha acontecido. Tentei dizer a mim mesma que tinha sido apenas um erro terrível, apenas sexo em um momento de fraqueza, mas aquilo me deixou aflita. Então você me contatou, tenente, e disse que havia algo no chá… que ele tinha colocado algo no chá que me ofereceu e…

— Ela desmoronou — completou Catiana. — Eu estava aqui. Quando ela desligou o *tele-link*, estava arrasada, e então me contou tudo. Quando se acalmou, contei o que tinha acontecido comigo. Dei um calmante para a senhora Martella e liguei para o senhor Lance.

— Você também fez sessões com Ziegler — disse Eve, para Lance Schubert. — Até hoje você não tinha nenhuma suspeita do que tinha acontecido com sua mulher?

— Não, nenhuma. Eu nunca pensaria nisso, nunca teria considerado a possibilidade. Sabia que algo estava errado. Você tem se esforçado demais — murmurou ele para Martella —, e eu sabia que tinha alguma coisa errada, mas jamais pensei nisso… Se tivesse cogitado, se tivesse *descoberto*, eu mesmo o teria matado.

— Lance!

— Teria mesmo — garantiu ele, a voz fria como pedra e os olhos cheios de ódio. — Eu o teria espancado com minhas próprias mãos até reduzi-lo a nada. Gostaria de ter feito isso. Tella é inocente e gentil, confia nas pessoas — disse ele a Eve. — Ele se aproveitou disso, e também do fato de termos tido uma briga idiota e eu ter saído da cidade a negócios, antes de resolvermos o problema. Ele estuprou a minha mulher. Se eu soubesse disso, teria ido atrás dele e o teria espancado até a morte.

— Você foi ao apartamento dele?

— Nem sei onde fica. Mas teria descoberto o endereço. Não — corrigiu ele, suas palavras cheias de fúria. — Não… eu teria ido até onde ele trabalha, o lugar onde ele tem tanto orgulho de si, onde ele fica se pavoneando, e teria acabado com ele em público. Eu o teria humilhado e machucado, do jeito que ele humilhou e machucou minha esposa. Ele a estuprou e depois ainda extorquiu dinheiro dela. Eu não o matei, o que é uma pena. Mas parabenizaria quem fez isso.

— Eu não devia ter deixado ele vir até aqui. Não devia...

— Nada disso é sua culpa. — Schubert virou a esposa para ele e segurou-a pelos ombros com delicadeza. — Você não teve culpa em nada do que aconteceu. — Ele puxou Martella para um abraço e olhou para Eve. — Ela não é culpada.

— Não, não é — concordou Eve. — Houve outros casos, Martella. Estamos encontrando diversas outras mulheres. Elas também não têm culpa.

Capítulo Dez

Eve matutou tudo em sua cabeça a caminho de casa, esperando encontrar um jeito de encaixar tudo. Mas as coisas ainda estavam muito incertas.

Eram muitas pessoas envolvidas, pensou, muitos motivos. Álibis que ela imaginou que podiam ser derrubados ou pelo menos abalados ao menor sopro.

Talvez aquela fosse a época da boa vontade para com os homens — não que ela achasse que isso acontecia —, mas, em relação a Ziegler, a má vontade parecia ser a emoção principal.

Droga, a verdade é que ela também sentia uma certa má vontade em relação àquele caso. Queria deixar de lado aquela investigação, aquele assassino; queria encerrar tudo logo, para poder aproveitar as festas, os feriados, as decorações de Natal e o tempo com Roarke.

Durante toda a sua infância, o Natal tinha sido vazio, doloroso ou simplesmente um grande nada. Era só um dia em que outras crianças acordavam e abriam presentes, onde encontravam seus maiores sonhos realizados.

Até os oito anos, seu melhor presente era quando o pai ficava tão bêbado que nem conseguia espancá-la. Ou fazer algo pior.

E depois que ela matou Richard Troy — para se salvar do pior —, já não era mais filha de ninguém. Apenas uma criança para adoção, uma ponta solta, um estorvo. Parte disso provavelmente se devia à sua própria atitude, admitiu, enquanto passava pelos portões de casa. Mas ela tivera muita má sorte no sistema público. A escola administrada pelo Estado era chata e sem graça, mas era mais fácil de aguentar.

Só que agora ela tinha uma casa — tão cintilante e brilhante quanto era possível. Tinha Roarke, a personificação de todos os presentes. E, por razões que muitas vezes pareciam inexplicáveis para ela, tinha amigos. Mais do que ela às vezes — na maioria das vezes — conseguia administrar, mas eles haviam acrescentado certa dimensão à sua vida enquanto ela estava distraída.

Pensando na sua vítima e no que ele fez para preencher sua vida, sentiu-se grata pelo que tinha.

Até mesmo quando entrou em casa e viu Summerset.

Mais ou menos.

Galahad veio saltitando em sua direção, tilintando o tempo todo. Ela imaginou que havia sido Summerset quem colocara o laço e o guizo no pescoço do gato.

Normalmente ela teria dito algo sarcástico diante daquilo, mas o gato parecia ter gostado do adorno.

— A primeira equipe de decoradores chegará às oito da manhã em ponto — informou-lhe Summerset. — Eles começarão pelo salão de baile. Uma segunda equipe chegará às dez para concluir o trabalho nos terraços. O bufê chegará às quatro da tarde e os garçons às seis da noite, para uma avaliação final. Outros auxiliares chegarão às seis e meia.

— Ok.

— Sua esteticista chegará às seis da noite e lhe dedicará noventa minutos. Você estará pronta e preparada para receber os convidados exatamente às sete e cinquenta e cinco.

— Não quero noventa minutos com Trina, pelo amor de Deus! Quem precisa de tudo isso para ficar pronto para uma festa?

Com as sobrancelhas erguidas, Summerset olhou por cima do nariz.

— Os arranjos já foram feitos. O cronograma está definido. Os presentes que você trouxe estão embrulhados. O presente que você embrulhou... ou está em processo de embrulho um tanto inexperiente... para Roarke está na Sala Azul.

Eve semicerrou os olhos.

— O que você estava fazendo lá?

— Meus deveres. Você quer que o restante dos presentes embrulhados sejam levados para a árvore da sala principal?

— Deixe isso comigo. — Ela se empertigou. — Conheço as regras. Sou eu quem deve fazer isso. E ainda há tempo, mas... fique fora dali até eu terminar.

Aturdida, ela subiu as escadas com o gato tilintando em seu encalço.

Eve não havia esquecido os presentes de Roarke — Deus era testemunha de que ela havia espremido seu cérebro até ele virar uma massinha de modelar deformada na tentativa de encontrar algo que o homem mais rico do mundo livre ainda não tinha e poderia desejar —, mas esqueceu que tinha que embrulhar tudo.

Agora precisava fazer isso, dar ordens aos decoradores, lidar com Trina, ser gentil com uma casa cheia de convidados e... Ah, é mesmo... desvendar um caso de assassinato.

Talvez pudesse contratar alguém (não Summerset) para terminar de embrulhar os presentes de Roarke. Não seria trapaça se pagasse por isso. As pessoas faziam isso o tempo todo, certo?

Na verdade, como ela podia ter certeza de que era Roarke quem embrulhava, com as próprias mãos, tudo que comprava para ela?

Refletindo sobre isso, foi até o quarto, onde Roarke estava vestindo um suéter cinza.

— Você mesmo embrulha os meus presentes?

Ele terminou de vestir o suéter, jogou o cabelo para trás da gola e olhou para ela.

— Não é para isso que servem os elfos? Por que eu tiraria o trabalho de elfos bons e trabalhadores?

— Exatamente! — Ela apontou para ele. — Certíssimo, porra!

— Que bom que a gente concorda.

— Onde você contrata os elfos?

— Cada um deve encontrar o seu. — Ele se aproximou, pegou o rosto dela entre as mãos e beijou-a. — Olá, tenente.

— Ah, é... Olá. Deixa eu perguntar mais uma coisa.

— Estou aqui para te servir.

— Qual seria a primeira coisa que você faria se descobrisse que eu te traí com... um elfo. Um elfo sexy e musculoso.

— A primeira coisa...?

— Sim, fala a primeira coisa que veio à sua cabeça.

— Eu expulsaria você de casa e te jogaria na rua pelada, pois já teria queimado todas as suas roupas, junto com o resto dos seus pertences.

Resposta razoável, reconheceu Eve.

— E se as coisas fossem invertidas, em termos financeiros, e eu que tivesse mais dinheiro?

Ele passou um dedo sobre a covinha no queixo dela.

— Que diferença isso faz? Você estaria nua e no olho da rua, do mesmo jeito, chorando muito e implorando por um perdão que jamais viria.

— Duro, mas justo.

Um ar de diversão dançava nos olhos azuis e selvagens de Roarke, mas Eve precisava muito daquela resposta instintiva.

— Ok. E se você descobrisse que eu fui enganada e me ofereceram uma droga ilegal para que o elfo pudesse me levar para a cama sem o meu consentimento, mas também sem a minha objeção, já que eu estava sob efeito de drogas?

— Eu o transformaria em massinha élfica sem piedade, e depois lhe jogaria... ácido, provavelmente — disse ele, após pensar por um momento. — O ácido seria o toque final, derramado de forma generosa em cima da massinha que sobrou.

— Legal. E, enquanto o transformava em massinha, você usaria seus punhos?

— Depende. Eu te amo?

— Sim, você me ama. — Ela deu um soquinho no peito dele. — Bobo.

— Então eu teria que usar meus punhos. Ele colocou as mãos em você. Minhas mãos teriam que estar nele.

— Sei, sei. — Ela se sentou e tirou as botas. — É isso. Eles se amam.

— Eles quem?

— Os Schubert, Martella e Lance. A vítima a drogou, e ele está na minha lista de suspeitos. Mas está no fim da lista porque... acho que ele teria confrontado Ziegler, se tivesse descoberto tudo. Acho que o teria caçado como um cão, e o teria agredido fisicamente. Mas não com um objeto contundente. Se ele descobrisse que sua mulher tinha ido para a cama com Ziegler, quer soubesse ou não sobre a droga para estupro, ele teria usado os próprios punhos contra o oponente. É a impressão que eu tenho. De qualquer modo, tenho que considerar tudo.

Ela se levantou para pegar meias grossas e continuou:

— Ela é irmã de outra das vítimas de Ziegler, embora no caso da irmã, Natasha Quigley, ela tenha se mostrado disposta a pagar pelo sexo. Não gosto do marido dela. Ele parece frouxo e autoritário ao mesmo tempo, o que me irrita. Não sei se é só isso ou alguma outra coisa que me faz desconfiar. Mas quero dar uma boa olhada nas finanças dele.

— Ah. Molezinha para mim.

— Pois é, seria de grande ajuda se você pudesse fazer isso.

— Por que não tomamos um drinque, comemos alguma coisa e você me conta mais?

Seu primeiro pensamento foi anotar tudo, mas logo ela percebeu que conseguiria ser mais concisa e objetiva depois de trocar ideia com Roarke.

— Por mim está ótimo. Ah, quase esqueci! Ganhamos um presente de Natal.

Ela enfiou a mão no bolso do casaco e pegou a caixa.

— É de Feeney. Ele me avisou que a esposa dele fez uma tigela artesanal para nós, mas este presente é só dele para nós dois.

— Acho a arte em cerâmica da esposa dele encantadora.

— Sim, já percebi, você sempre acaba encontrando lugares para expor as peças, em vez de quebrá-las por acidente ou escondê-las em um armário. Vai entender... Mas acho que você vai gostar do presente, de verdade.

Ele abriu a caixa, pegou a placa de vidro e ficou encarando-a.

— Tive a mesma reação. Ele disse que queria que nós tivéssemos isso para nos lembrarmos, para podermos olhar para a placa quando as coisas ficassem difíceis. Disse que tinha muito orgulho de nós... e coisas do tipo. Fiquei sem saber o que dizer.

— Isso significa muito — murmurou Roarke. — É muito legal da parte dele.

— Eu sei. E ele sabe disso. Ele acha que devíamos manter essa placa em casa, porque, se eu a exibisse na minha sala, isso iria parecer pura exibição.

Os lábios de Roarke se curvaram.

— Confie em Feeney.

— Acho que ele tem razão, isso deveria ficar aqui. Não no meu escritório em casa nem no seu, porque o presente é para nós dois. Acho que devia ficar aqui no quarto, pois este é o nosso espaço. Especialmente nosso.

— Sim. Especialmente nosso. — Depois de olhar ao redor, Roarke foi até uma das mesinhas da sala de estar da suíte e colocou o presente lá. — Que tal?

— Está bom.

Ela uniu as mãos às dele e os dois começaram a sair do quarto. O gato saiu correndo na frente, tilintando alegremente.

— Por que será que Summerset colocou esse guizo bobo nele?

— Fui eu que coloquei o guizo bobo nele.

— Você? — Ela lançou a ele um olhar atordoado. — Sério?

— Um momento de fraqueza — admitiu Roarke. — Pensei em dar a ele um ar festivo. E agora ele está tilintando como um louco pela casa, basicamente para se exibir, na minha opinião. E está adorando.

— O laço de fita também?

— Já disse, foi um momento de fraqueza. Tive que fazer várias aparições curtas em diversas festas de escritório hoje. Obviamente, isso mexeu comigo.

— Quanto você já bebeu? — indagou ela.

— Nenhuma gota, mas vou beber agora. — No escritório dela, ele abriu o armário oculto na parede e escolheu uma garrafa de vinho. — Um tinto bom e forte. Que tal um bife vermelho e suculento? Toda essa confusão, de uma festa para outra, fez com que eu perdesse o almoço. Estou faminto.

— Até que eu curtiria um bife. Foi a primeira coisa que eu comi nesta casa. Por que será que eu me lembrei disso agora?

— Sentimentalismo de Natal.

— Eu te amo.

Ele deixou a garrafa de lado e se aproximou para abraçá-la.

— É sempre um prazer ouvir você dizer isso.

— Pensei nisso hoje, quando estava vendo a dinâmica dos Schubert. Eles se amam. Dava para ver, cristalino como água, e percebi quando o sentimento me envolveu. Então, não acho que eles estejam envolvidos no assassinato de Ziegler. O que é algo idiota de se dizer, porque amar um ao outro não significa que um deles não tenha golpeado Ziegler para depois enfiar uma faca nele.

— Mas você não acredita nisso.

— Não, não acredito. Só estou um pouco preocupada com esse sentimentalismo de Natal. Eu nunca tive isso.

— É uma consequência de se ter amor e um lar. — Ele a apertou em seus braços. — E da vida.

— Acho que sim. Vou pegar o jantar.

— Não, você cuida do vinho e eu, do jantar. Senão não comeremos nada além de bife e batata.

— Por que tem que ter outras coisas?

— Porque eu te amo.

— Sei, sei.

Ela abriu o vinho e serviu a taça de ambos.

— Vou falar o que achei da secretária de Martella. — Quando eles se sentaram, ela contou tudo para ele, desde o início. — Acreditei nela — declarou Eve. — Vi algo de muito direto e sincero no seu jeito de ver as coisas. Mesmo assim, é tudo muito conveniente. Não tenho como provar ou refutar o que ela me disse, mas as coisas seguem um padrão... e dão a Martella e até mesmo ao marido alguma proteção.

— Mesmo assim, você acreditou nela.

— Será que é porque quero acreditar? Talvez eu esteja perdendo meu ceticismo.

— Nunca! — Rindo, ele brindou a ela. — Você é uma ótima tira, tenente. Seu ceticismo e seus instintos estão intactos. Para mim, a história parece plausível e se enquadra no padrão de comportamento da vítima. Ela é atraente, essa Catiana?

— Linda e estonteante. Mais até do que sua patroa, e não senti nenhum clima... nada que indicasse interesse entre ela e Lance.

— Mesmo assim, você vai investigá-la.

— Lógico.

— É como eu disse. — Ele brindou com ela, as taças tilintando. — Seu ceticismo permanece intacto.

— Que bom! Quanto à irmã... — Eve cortou mais um pedaço de bife e novamente considerou um milagre poder comer carne bovina com frequência. — Ontem ela afirmou que não tinha rolado nada entre ela e Ziegler. Deixei isso de lado porque conseguimos informações de Martella, mas a coisa não encaixou direitinho. E menos ainda quando confirmamos que Ziegler tinha usado sua droga em outras mulheres, e fazia alguns *trabalhinhos* com várias delas em troca de dinheiro. Quanto às simples sessões de sexo pago? Ele explorava clientes mulheres que tinham boa aparência, muita grana e eram cerca de dez a quinze anos mais velhas que ele. Mulheres mais velhas e ricas que têm muito tempo e muito dinheiro para gastar. Natasha Quigley se enquadrava nesses critérios, mas ela *jura* que nada aconteceu entre eles?

— Nem todas as mulheres ricas, casadas e um pouco mais velhas vão para a cama com um gigolô.

— *Gigolô.* — Como se saboreasse a palavra, Eve deixou-a rolar pela língua. — Essa palavra é muito engraçada e sofisticada para Ziegler.

— Qual você prefere?

— Escória... Mas de volta ao assunto: lógico que nem todas as mulheres ricas, casadas e um pouco mais velhas caem nessa, mas ela se encaixava no padrão das vítimas dele. Então, se ela simplesmente tivesse dito que sim, que ele tinha tomado a iniciativa, mas que ela jamais pagava por sexo... ou se dissesse que transava tanto em casa que não aguentava mais, ou algo que me parecesse verdadeiro, tudo bem. Ela poderia ter jogado os fatos de várias maneiras, mas jogou do jeito errado, então saquei logo que ela tinha trepado com ele.

Ela comeu, ergueu a taça, sorriu para Roarke e completou:

— Portanto, você tem razão. Ceticismo intacto.

— E instintos corretos, presumo.

— Sim, ela colocou tudo para fora assim que eu pressionei o suficiente. Fase difícil no casamento... Isso faz parte da vida, certo? Mas não uso isso como desculpa para fazer merda por aí.

De brincadeira, ele passou os dedos pelas costas da mão dela e disse:

— É por isso que você não está no olho da rua com uma mão na frente e outra atrás, minha querida Eve.

— Isso vale para nós dois. Enfim, ela contou que havia sido um erro, bláblábla. Estava tentando consertar o casamento... *Por favor, não conte ao meu marido sem noção, senão ele vai me dar um pé na bunda etc.* Garantiu para mim que Trey nunca a drogou, mas que aceitou vê-lo de bom grado. Reservou uma suíte de hotel, pagou pelos serviços prestados. Mas terminou tudo quando ela e o marido decidiram consertar as coisas entre eles, e contou que vão viajar depois das festas de fim de ano.

— E ela acha que mentir para ele e continuar enganando-o vai melhorar as coisas?

Satisfeita por ele ter tido a mesma reação e ter se perguntado a mesma coisa que ela, Eve pegou uma colherada do que parecia ser batata cremosa.

— Muita gente pensa assim. Quando eu perguntei o que ele faria se soubesse de tudo, ela me garantiu que ele não é violento. Mas hesitou um pouquinho. Depois de algumas pesquisas, descobri que ele tem pavio curto. Nada físico, mas muitos bate-bocas já o deixaram em apuros. E ele é um idiota.

— De que tipo? Há muitos tipos — apontou Roarke.

— Realmente. *Misógino*, que é apenas uma palavra sofisticada para um homem que trata mulheres como acessório ou conveniência menor. Ele estava nervoso quando conversamos, mas também se mostrou arrogante. Acho que não gostou muito de ser interrogado por duas mulheres.

— Ah, ele vai se arrepender disso.

— Uma boa forma de dizer "vou bombardeá-lo na sala de interrogatório, se eu conseguir arrastá-lo até lá". O que me levou a investigar as finanças dele e da esposa. A maior parte da grana é da esposa. Então aposto que um cara com uma esposa tão rica assim tem alguma grana escondida para não acabar com uma mão na frente e outra atrás. E se ele tiver, talvez a gente consiga rastrear saques que possam indicar que ele estava pagando Ziegler para ficar de boca fechada a respeito de alguma coisa. Ou significa que ele tem uma amante, ou várias, o que explicaria essa "fase difícil". Quartos de hotel, presentes, um ninho de amor, coisas assim...

— Ora, ora... Você não gostou nadinha dele.

— Nem um pouco.

— Ficarei feliz em ajudá-la. Com o que ele trabalha mesmo?

— Relações Públicas. Algo em que aparentemente é muito bom. No momento, ele está no topo da minha lista de suspeitos. Além dele, também tem uma escritora que foi cliente de Trey, em quem ele usou a droga e que não tem álibi para o momento especulado do assassinato. E um ex-lutador de boxe, atual dono de uma academia e personal trainer, que odiava a vítima e tinha bons motivos para querer vingança. Existem outros, o que é um problema. Não faltam pessoas que gostariam de dar uma boa surra em Ziegler, e seus motivos para isso poderiam ser causas de assassinato.

— Você podia me dar um presente de Natal antecipado — sugeriu Roarke. — Faz uma lista com essas pessoas e eu examino as finanças de todo mundo nela.

— Você realmente iria considerar isso um presente, não é?

— Roubar era tão divertido. — Ele se recostou, gesticulando com a taça antes de saborear mais um gole de vinho. — A emoção de me esgueirar pela escuridão, por lugares que deveriam ser proibidos para mim. Lugares cheios de beleza... beleza do tipo que um rato de rua de Dublin nunca poderia imaginar, muito menos tocar... que dirá possuir. Além da necessidade de sobrevivência que começou com a abertura de fechaduras e roubo de carteiras, que se transformou em um mundo de possibilidades até chegar à arte, às pinturas ou às joias que eu poderia ter roubado.

— Que você *roubou* — corrigiu ela.

— Roubei, de fato — disse ele, nostálgico. — Além de ter mãos leves e me esgueirar pela escuridão, havia a tecnologia, que tanto me atraía.

— Um ladrão geek.

— Como quiser. Isso me possibilitava mais invasões, arrombamentos e roubos. Abria um mundo de possibilidades. Só que deixei isso para trás, não é mesmo?

— É... Foi você quem escolheu isso.

— Sem o menor arrependimento de onde estou agora, diante do único mundo de possibilidades de que preciso pelo resto da minha vida.

— Isso é o mesmo que dizer que não há estrelas suficientes?

Curioso, ele sorriu para ela.

— Poderia ser. Mas a questão, querida Eve, é a sobrevivência através das possibilidades, e essas possibilidades se tornaram uma espécie de jogo ou indulgência, na medida em que eu aprendi a criar minhas próprias possibilidades nos negócios. De forma legítima. Um homem consegue deixar de lado jogos e indulgências em troca de recompensas maiores.

Ele pegou a mão dela e beijou seus dedos.

— Isso não significa que eu não possa aproveitar um pouco as invasões e os arrombamentos, se forem por uma boa causa. Você me oferece isso ao confiar em mim e compartilhar comigo. Tenho uma medalha que está bem ao lado da sua, flutuando em um vidro, que me foi dada por um homem que é como se fosse seu pai. Um homem que respeito mais do que a maioria dos que conheço. E também tenho isso porque você me deu outras possibilidades, me abriu outros mundos que antes eram inacessíveis para mim.

— Você mesmo os abriu e os conquistou.

— Eu nunca teria olhado para eles se não fosse por você. Isso não significa que eu não possa meter o nariz em negócios nos quais alguns diriam que eu não deveria. Vou encontrar as contas porque concordo que elas estão aí para serem encontradas. Será um tempo bem gasto.

Ela levou a mão à bochecha dele.

— Então, feliz Natal! Ah, mais uma coisa... *droga*... Não use smoking.

— Pensei em colocar um para exercitar minha furtividade cibernética, mas posso ficar com a roupa que estou vestindo, se você preferir.

— Não, amanhã. A esposa de Feeney quer que ele use smoking na nossa festa e ele não quer, mas, se você usar um, ela vai pegar no pé dele. Então, não use.

— Eu não estava planejando usar smoking.

— Ótimo, isso facilita as coisas. O que vou vestir?

— Não é um smoking.

— Ótimo, senão a mulher de Feeney iria pegar no pé dele por isso também. Você realmente não quer me contar, não é? — indagou ela, depois de um momento.

— Se você não gostar do que Leonardo desenhou para esta ocasião, pode escolher outra coisa. Espero que não. — Ele beijou a mão de Eve novamente. — Já vi o holograma, e você ficará incrível.

— Se vou ficar tão assim incrível com esse vestido, por que preciso de uma hora e meia com Trina passando um milhão de produtos em mim?

Ele apertou a mão dela e depois deu um tapinha.

— Vou ficar fora disso, para o meu próprio bem.

— Não vou pensar no assunto. Isso é coisa para amanhã. Estamos aqui e agora.

— Bem colocado.

— Ah, cala a boca. Dinheiro para você, assassinato para mim. — Ela se levantou, inclinou-se e o beijou. — Acho que, para nós, a coisa não poderia ser melhor.

Ela estava sentada à mesa, café pronto, quadro à sua frente. E voltou ao início de tudo.

Trouxe para a tela a reconstrução da cena do crime, estudou as duas figuras, os ângulos, o arco do primeiro golpe e do segundo.

Para ser minuciosa, checou suas anotações, encontrou o depoimento de Sima e conferiu o de Alla Coburn outra vez. As duas últimas mulheres que tiveram acesso ao quarto afirmaram que o troféu da vítima estava em destaque na cômoda.

Portanto, a reconstrução estava correta, na visão de Eve. Bem como a probabilidade de 97,4% de que o assassinato tenha sido cometido por impulso, no calor do momento.

Um homem, de aproximadamente um metro e oitenta de altura — ou uma mulher dessa mesma altura... ou de saltos altos.

A menos que Sima subisse em cima de um caixote, isso a eliminava. E independentemente de como Eve se sentia a respeito de Trina, não conseguia imaginar a cabeleireira e esteticista batendo na cabeça de um cara só porque ele tinha dispensado uma amiga.

Alla Coburn. Seria possível se ela estivesse usando saltos de doze centímetros, o que, estranhamente, as mulheres faziam. Mas por que deixar tantas evidências que a ligavam à cena do crime? Pânico? Era possível. Mas escrever um bilhete, pegar uma faca na cozinha e enfiá-la no peito de um cadáver não mostrava pânico.

Se uma mulher tivesse sangue-frio para isso, também teria controle suficiente para recolher seu sutiã e seus sapatos.

Ainda assim... Eve mexia em suas anotações. Seria essa mesma mulher suficientemente esperta para deixar provas incriminatórias como uma espécie de disfarce? Não, isso seria um exagero, refletiu.

Era algo para se levar em consideração, mas ela simplesmente não sentia esse calculismo em Alla Coburn.

Lill Byers, a supervisora do cara que morreu... Não havia absolutamente nenhuma evidência de que ela tivesse algo além de uma relação profissional com a vítima. Fisicamente, ela poderia se encaixar. Tinha altura e força suficientes, e sabia o endereço da vítima. E também sabia, pelo menos em certa medida, o que a vítima fazia paralelamente.

Possível propina? Será que a vítima pagava uma porcentagem de seus negócios paralelos para Lill a fim de continuar a desenvolvê-los fora das instalações da academia? Ela quis receber mais, eles discutiram, ela perdeu a briga e se vingou?

Pouca probabilidade, pensou Eve, bem pouca. O computador concordou com ela e lhe deu uma probabilidade de 53,6%.

David "Rock" Britton. Tinha a altura certa e obviamente era forte o suficiente. Motivo e oportunidade em potencial, com falta de álibi.

O computador gostava dele como assassino, notou Eve, e lhe dava uma probabilidade alta, de quase noventa por cento. Mas o computador não tinha olhado nos olhos dele. Se ele tivesse ido atrás de Ziegler, teria usado os punhos.

A blogueira de moda. Era alta o suficiente e tinha ótima condição física. E, se sua experiência anterior com estupro fosse verdadeira, teria um grande motivo. *Alguém tinha escapado impune uma vez, mas, meu Deus, esse filho da puta não iria escapar...*

Então ela tinha motivo, não tinha álibi e era fisicamente capaz.

Eve se levantou, deu a volta no quadro e reorganizou alguns dados e fotos.

Sentou-se de novo e repassou todas as informações.

Desse grupo, a blogueira foi para o topo da lista. A elaboração do bilhete? A faca? Sim, ela conseguia imaginar a cena. Uma soma de insulto à lesão.

Martella Schubert. Era uma mulher delicada... mais em termos de personalidade do que em termos físicos. Ela *parecia* delicada, talvez um pouco frágil. Tinha muita grana, era mimada, e sempre havia poder no dinheiro. Pelo que Eve percebera, sua declaração indicava que ela não sabia que tinha sido drogada e se sentia culpada por trair seu matrimônio.

E, levada ao pé da letra, sua declaração poderia indicar que ela se sentia culpada o bastante para confrontar seu estuprador e discutir com ele. Ele quis mais dinheiro para manter o *encontro* dos dois em segredo e ela perdeu o controle.

Era possível, refletiu Eve. Ela conseguia ver isso acontecendo. Mas não conseguia ver a delicada Martella acrescentando o floreio da faca com a mensagem.

Mas com quem ela estava na primeira vez que Eve a entrevistou?

Com a irmã... Irmã mais velha.

Impulso, raiva, violência, pânico...

E se ela tivesse chamado a irmã para ajudá-la?

Tash, estou em uma fria. Ai, meu Deus, ele está morto! Eu matei o Trey. O que eu faço?

O que a irmã mais velha faria? Correria para resgatá-la e avaliaria a situação? Sabendo que a vítima dormiu com ela *e depois* com a irmã, levaria um pouco da própria raiva?

A mensagem, a faca, depois o pacto. Cada uma guardaria seu grande segredo e combinaria o resto da história.

Talvez.

Poderia ter sido Natasha Quigley, sozinha. Ela alegou que o acordo com Ziegler já tinha acabado e reafirmou suas esperanças de salvar o casamento. Mas talvez Ziegler não quisesse que aquilo acabasse — queria que ela continuasse pagando. Ou talvez ela tivesse descoberto sobre a irmã e ido confrontar Ziegler.

Tinha um álibi razoavelmente forte, lembrou Eve. Mas era confirmado por funcionários da mulher, que muitas vezes diziam ou faziam o que lhes era ordenado.

E ela se encaixava no perfil, fisicamente falando.

Quanto aos maridos, ela não conseguia ver Schubert cometendo aquele crime. Como Rock, ele teria usado os punhos.

Quanto a J. J. Copley, ele não parecia um cara que usava os punhos. Um objeto contundente parecia mais o seu estilo. E o floreio final... isso também combinava. Vingança sem qualquer chance de confronto.

Ela conseguia vê-lo esfaqueando um homem morto. Sim, conseguia.

Mas talvez o visse assim simplesmente porque não gostava dele.

Independentemente disso, ele liderava a lista atualizada de suspeitos, com sua esposa em segundo lugar.

Mesmo assim, isso não era o suficiente, pensou Eve.

Então pegou mais café, recostou-se novamente na cadeira, colocou os pés em cima da mesa e repassou o caso desde o início.

Capítulo Onze

Roarke ergueu o olhar, distraído pelo som do guizo. Galahad entrou sorrateiramente em seu escritório à frente de Eve.

— Tenho algumas informações para você — disse ele —, mas ainda não terminei.

— Ok.

Ela colocou uma taça de vinho ao lado dele, pois sabia que ele parava com a cafeína muito mais cedo que ela.

— Obrigado. Qual o motivo do vinho?

— Compensar a interrupção. Pode terminar o seu trabalho. Só estou desanuviando a cabeça.

O gato saltou no colo de Roarke com um tilintar e afofou e andou em círculos, se preparando para deitar, enquanto Eve vagava até a ampla janela.

O escritório de Roarke em casa era mais sofisticado e elegante que o dela, pensou Eve. Ele tinha projetado o escritório dela, ali ao lado, como uma cópia exata do espaço em que ela trabalhava no seu antigo apartamento, a fim de que ela se sentisse em casa.

Muito esperto.

Era curioso ver como o escritório dela era tão grande quanto seu antigo apartamento. Eve nunca tinha pensado muito nisso antes, simplesmente se sentiu perplexa ao chegar lá, e emocionada por Roarke ter se dado ao trabalho, por entendê-la tão bem e tão depressa.

Olhou pela janela, para a vasta propriedade, a fantasia de Natal deles que cintilava na escuridão. Ele também tinha pensado nisso e construíra tudo aquilo. Para os dois.

Olhou para o cômodo e analisou o quadro que ela dera de presente a Roarke no primeiro aniversário de casamento deles, a pintura dos dois sob o caramanchão florido naquele dia de verão... o dia do casamento.

Ele o colocara ali, onde podia vê-lo da sua mesa de trabalho. Ela também já o conhecia agora. O suficiente para saber que ele gostava de ver a imagem deles dois naquele momento de promessa.

Ele podia ver o quadro enquanto trabalhava ali, quando planejava e negociava... quando comprava e vendia, encomendava e bajulava... quando fazia todas as coisas que ela não compreendia por completo.

Ele estava sentado à mesa naquele momento, o cabelo preso, as mangas do suéter puxadas até os cotovelos, o gato enroscado em seu colo, e seus olhos muito azuis e cintilantes focados em uma das três telas que ele utilizava para fazer as pesquisas.

— Você está com alguma coisa na cabeça. O que te trouxe aqui? — indagou Roarke, enquanto continuava a trabalhar. — Desembucha. Só estou finalizando algumas coisas.

— Tenho três pessoas no topo da minha lista de suspeitos. O computador não concorda totalmente comigo, em termos de probabilidade, mas são os *meus* três principais suspeitos.

— Copley é um deles.

— Com certeza! A esposa, Natasha Quigley, é o segundo nome. Tenho algumas teorias que a fazem entrar na lista.

— Ela desenvolveu sentimentos reais por Ziegler e não queria dividi-lo com ninguém. Matou-o para não precisar mais vê-lo ir para cama com outras mulheres em troca de dinheiro e diversão. É isso?

— Hã... não pensei nisso, mas vou adicionar essa possibilidade e ver no que dá.

— Qual o terceiro nome?

— Kira Robbins, a blogueira de moda.

Roarke arregalou os olhos, surpreso, e desviou o olhar da tela.

— Sério?

— Ela não tem álibi algum. Se enquadra fisicamente no perfil do assassino, segundo a reconstituição do crime. E já foi vítima de estupro. Não tenho como confirmar se isso é verdade, mas a história me pareceu real. Dá para perceber quando a pessoa já passou por isso — disse ela. Roarke pegou o vinho, tomou um gole e continuou em silêncio. — Uma parte de mim, admito, está torcendo para não ter sido ela, só por causa disso. Mas tenho que considerar a hipótese. Se, conforme contou, ela foi estuprada quando era adolescente, isso certamente deixou uma marca. E não há nada que apague essa cicatriz. Mas... sabe o que eu não percebi quando conversei com ela? Se isso já tivesse ocorrido antes, será que ela não teria suspeitado e se questionado dessa vez? Pela segunda vez na vida, ela é estuprada por um conhecido... Mas será que não iria simplesmente considerar isso mais um erro de julgamento, uma fraqueza pessoal? Quanto mais me pergunto isso, menos acredito nessa hipótese.

— Você acha que ela sabia o que tinha acontecido e o que ele tinha feito?

— Acredito que ela certamente se questionou a respeito, mas preciso falar com ela de novo e insistir nisso. Sinto muito por ela, e, se descobrir que ela é a assassina, vou lamentar ainda mais.

Ele se recostou.

— Houve um tempo em que eu teria duvidado disso. Há uma parte de mim que ainda duvida, embora agora eu saiba a resposta. Mesmo que eu entenda e aceite quase por completo.

— Não posso mudar o que aconteceu — disse Eve, dando de ombros. — Então eu lido com o presente.

— Isso deixa uma marca. — Olhando-a nos olhos, ele a parafraseou. — Que nada apaga por completo. Ela foi vítima de algo terrível, e, se o matou, foi com razão. Uma razão que você e eu entendemos muito bem. Ele era um sujeito horrível, usava as pessoas de forma cruel e era estuprador. Mas você o defenderá mesmo contra uma mulher que ele usou de forma tão cruel. Você precisa fazer isso. Simplesmente *precisa*.

Ele repetiu a palavra porque ambos viviam aquela realidade singular agora.

— Mais que trabalho, é um dever e um senso de que é o correto a se fazer. Uma espécie de linha de conduta.

— A minha linha e a sua só andam juntas até certo ponto, antes de se bifurcarem. Às vezes, isso traz equilíbrio. Às vezes, é um problema.

Pensando nisso, ela passou um dedo pela borda de uma das tigelas bambas que a esposa de Feeney lhes dera.

Ele também tinha colocado o antigo presente ali, pensou, assim como a pintura, no espaço dele. Porque entendia e valorizava as conexões, os símbolos de afetividade — muito melhor que ela.

— Então, é isso: se foi ela, vou pressionar Mira para avaliá-la, descrever as circunstâncias, o seu estado mental e abordar o ângulo do estresse pós-traumático. As avaliações de Mira têm muito peso.

— Têm mesmo. As suas também.

— Mas isso é ir muito além. Agora, vou ter que pressioná-la, mesmo sabendo como é estar no lugar dela.

— E você também a defenderia, se ela fosse assassinada. Porque isso tudo sempre representará mais que trabalho ou dever.

— Este caso não é sobre mim.

— Papo furado! — Ele disse isso de um jeito brando e até sorriu um pouco quando Eve franziu o cenho, embora suas palavras despertassem lembranças do que ele sabia que ela tinha passado.

— Investigar de forma objetiva não anula o que você sente. Suas experiências e a compreensão precisa do ponto de vista da vítima fazem parte tanto do que você faz e de quem você é, quanto do seu treinamento e dos seus instintos. Tenente, você será, para sempre, todos os pontos dessa tríade: vítima, assassina e policial. E conhece cada um desses papéis profundamente.

— Porque não fui só vítima e não sou apenas uma policial, mas também matei.

— Matou. Para salvar a própria vida e a de outras pessoas, também. Isso pesa tanto em você quanto tudo o que aconteceu quando você era uma criança indefesa e inocente. E isso faz parte da pessoa que você é hoje.

— Talvez seja bobagem eu não querer que seja ela. — Como isso também pesava sobre ela, enfiou as mãos nos bolsos e vagou pelo cômodo. — Deixando a objetividade de lado por um momento, quero que o culpado seja Copley porque isso seria mais fácil de aceitar.

— Talvez eu possa ajudar você nisso.

— Ah, é? — Ela parou e se virou para ele. — Por favor, me ajude!

Roarke levantou o gato e deu-lhe uma palmadinha de desculpas quando o colocou no chão. Então girou a cadeira na direção de Eve, sorriu e deu um tapinha no próprio joelho.

— Fala sério! Não vou brincar de sentar no colo do chefe.

— É o meu preço pelas informações. Um preço justo, aliás. — Ele deu outro tapinha no joelho.

Ela revirou os olhos, mas se aproximou e sentou no colo dele.

— Pronto! Satisfeito?

— Espero que mais tarde eu fique. Mas, primeiro, vamos aos fatos.

Seus dedos dançaram sobre o teclado e ele jogou os dados no telão da parede.

— Como você pode ver, ali está o dinheiro dos Quigley... e ali está a parte de Natasha Quigley, bastante confortável.

— Rá! Um insignificante quarto de bilhão de dólares? — Ela inclinou o rosto em direção ao dele e sorriu. — Um belo volume, visto de onde estou, literalmente, sentada.

— Obrigado.

— Mas, ok, essa parte eu já sabia. A irmã tem quase a mesma quantia. Investimentos, fundos fiduciários e outros penduricalhos... todos seguem o mesmo caminho que leva ao quarto de bilhão. Vejo algumas divergências aí, basicamente nas escolhas... diferentes investimentos e diferentes despesas. A irmã mais velha comprou o prédio de tijolinho em Nova York, tem uma casa em Aruba e um apartamento em Paris, tudo em seu nome. A irmã mais nova e o marido têm um pouco menos, apenas cem milhões, e outros setenta e cinco milhões são só do marido. Eles compraram juntos a casa em Nova York. Ela também tem um apartamento em Paris... no mesmo prédio da irmã mais velha... comprado com o próprio dinheiro alguns anos antes de se casar. E, no nome dos dois, há uma casa em Santa Lúcia. Copley, por outro lado, tem a bagatela de seis milhões de dólares em seu nome.

— Quase um pobretão.

— Em comparação, sim. — Mudando de posição, ela passou um braço em volta do pescoço de Roarke e analisou os números. — Ele merece crédito por juntar seu montante aos poucos, um milhão por vez, mas deve doer o fato de ele ter como total da sua fortuna algo que sua esposa consideraria "alguns trocados".

— Você pensa assim?

Dessa vez, ela descansou a cabeça na dele.

— Não, desde que você continue me oferecendo café. Mas no caso dele? Copley me pareceu um exibicionista, pelo seu comportamento de hoje.

— Ele gosta das coisas boas, isso eu não posso contestar. Belo guarda-roupa e carros caros... embora a esposa pareça razoavelmente generosa nessa área. Sua conta de despesas na empresa está sempre no máximo. Ele viaja muito... viagens profissionais e pessoais.

— Isso tudo parece em ordem?

— Esta parte, sim. Mas ele tem duas outras contas, ambas abertas no exterior, desde que se casou. Ambas têm uma fachada muito tênue. Ele se esforçou para esconder essas duas contas, e elas provavelmente ficariam a salvo de qualquer busca superficial que a esposa ou o pessoal financeiro pudessem fazer. A menos que a busca seja mais profunda.

— E ficou mais profunda ao ser feita durante uma investigação de assassinato que tem um excepcional consultor civil xeretando tudo.

— Exato.

Ele trocou de tela manualmente.

— Doze milhões aqui, oito ali.

— Onde ele conseguiu isso?

— Essas eram algumas das coisas que eu estava terminando. Vou investigar mais a fundo, mas, até agora, elas são despesas pessoais e comerciais, retiradas com cuidado e astúcia do montante maior da sua esposa.

— Ele está roubando da mulher.

— Sim, um pouco de cada vez, e descobri que essas partes remontam aos primeiros dias do seu casamento. Ele não é muito ganancioso, mas é consistente. Parte desse dinheiro foi ganha de forma merecida, mas está separada nessas outras áreas... que ficam fora dos cofres da família, por assim dizer. Investimentos individuais, algumas disputas fiscais... tudo perto do limite, mas sem jamais ultrapassá-lo.

— O que é aquilo ali? Aquela despesa mensal fixa? Seis mil dólares transferidos sempre no primeiro dia de cada mês?

— Ah, você tem um olhar atento, hein. Essa seria uma taxa de administração, que inclui limpeza três vezes por semana, manutenção completa e assim por diante de um belo apartamento no

Upper East Side. Comprado por uma de suas empresas pessoais há cerca de seis meses. Como esse apartamento não gera uma renda específica, eu não chamaria isso de investimento.

— É um lugar só dele, que fica em um bairro distante da casa da família. — Eve mudou de posição novamente e inclinou a cabeça enquanto acompanhava os números. — Isso me cheira a um ninho de amor.

— Sim, tem todo o jeitão. Também tem alguns gastos extras com hotéis, restaurantes e lojas de luxo. Há cerca de quatro meses houve pagamentos consideráveis a lojas de móveis.

— Para mobiliar o ninho de amor. O que significa essa expressão? Pássaros usam móveis para fazer ninhos? Por que fariam isso? Como? Não entendo.

— Não saberia explicar, mas concordo com a expressão. Ele comprou, mobiliou e, como algumas dessas despesas foram feitas em lojas de roupa feminina, eu diria que também vestiu o pássaro com o qual está preparando o ninho.

— Ele tem uma amante!

Quando ela fez menção de se levantar, Roarke passou os braços ao redor dela.

— Ainda não acabei. Continue olhando.

Seria melhor se ela se levantasse para se mover e raciocinar, mas se acomodou ali. Afinal, ele tinha tido todo aquele trabalho.

— Retiradas em dinheiro vivo durante três semanas consecutivas ao longo das últimas seis semanas, no valor de cinco mil dólares cada. Foi para pagar alguém? Só pode ser a vítima. Espera, espera... o valor dobrou depois de três semanas. A retirada continuou a ser semanal, no valor de dez mil. Isso não era dinheiro para gastar por aí.

— Talvez ele circule por áreas muito exclusivas.

— Aí quem diz "papo furado" sou eu. Isso é pagamento por algo específico, e bate com os valores que McNab encontrou no computador de Ziegler.

— Por que você não me contou esse pormenor? — reclamou Roarke.

— Eu me perdi nos detalhes, desculpa. Tinha acabado de revisar tudo que tinha conseguido, antes de entrar aqui. McNab encontrou uma espécie de livro contábil na casa da vítima. Valores recebidos, as iniciais de quem pagou, tudo listado como serviços legítimos: sessões de treinamento, consultas, massagens, e esse seu "papo furado".

— Não é meu.

— De qualquer um. Ele também classificava o que só podem ser suas aventuras sexuais com um sistema de estrelas. Deu ao desempenho de Kira Robbins duas estrelas e meia.

— Sua vítima realmente era muito mais que um cara nojento.

— Sim, mas é o *meu* cara nojento. Tenho esses valores correspondentes às iniciais J. J. listados como sessões de treinamento particulares. Não achei que realmente fossem isso, mas também não tinha como provar que não eram. Mas agora, vendo-o sacar esses valores em dinheiro de contas ocultas, fica evidente que eram pagamentos para a vítima. Estou achando que Ziegler descobriu sobre a amante, daí Copley pagou para que ele ficasse de bico fechado, mas depois Ziegler ficou ganancioso. Copley dobrou o pagamento, mas isso começou a irritá-lo. Talvez Ziegler quisesse ainda mais... Preciso descobrir quem é essa amante. Preciso falar com ela.

— Esse nome eu não tenho como te informar.

— Tem, sim... Você já sabe os hotéis, os restaurantes, as lojas de luxo e o ninho de amor. Alguém nesses lugares certamente a conhece. Eu posso encontrá-la. Eu *vou* encontrá-la, e Copley obviamente terá comentado alguma coisa com ela. Com quem mais ele poderia reclamar sobre Ziegler o estar sugando, ou sobre a sua esposa? Só sua amiguinha e amante!

Ela zanzou pelo escritório.

— A esposa dele afirma que eles estavam consertando as coisas, diz que ele até sugeriu que os dois fizessem uma viagem. Talvez ele tenha rompido com a amante. Isso iria irritá-la, né? Seu ninho acabou de ser feito e agora ele faz exatamente o que um marido canalha e infiel costuma fazer: corre de volta para a esposa? Para a esposa rica? Sem falar na pressão vinda de Ziegler — especulou Eve. — E ele cedeu.

— Você vai colocar outra suspeita no seu quadro... a amante.

— *Amante* é uma palavra muito bonita para uma mulher que deixa um sujeito que chifra a mulher comprar seus sapatos. Prefiro *piranha preguiçosa e gananciosa.*

— Você está sendo muito dura e nem sabe as circunstâncias. Talvez ela ame o canalha infiel.

— Ninguém ama um canalha infiel. Ele tem contas ocultas, outra residência e uma amante, e muito provavelmente pagava uma grana alta para o personal trainer que o chantageava. Ele definitivamente está no topo da minha lista agora, com a esposa em segundo e a piranha preguiçosa e gananciosa em terceiro. Talvez ela soubesse de tudo.

— Suponho que agora você esteja se referindo à esposa.

— É — confirmou Eve, alinhando tudo em sua cabeça. — Ela sabe que ele está fazendo alguma coisa. A maioria das mulheres sabe, mesmo que não saiba os detalhes. Isso provoca tensão no casamento. E quartos separados.

— Quartos separados são mais que uma simples tensão — comentou Roarke. — É uma rachadura na fundação.

— Sim, Feeney disse a mesma coisa. Então você tem sua fundação rachada — continuou ela —, mas Copley está feliz em trepar com a amante, então não se importa de não transar com a mulher. Só que de repente ele começa a ser pressionado. Pela esposa, que se vinga trepando com o personal trainer de ambos e talvez pense "que se foda esse casamento". Talvez também seja pressionado pela amante, que exige que ele abandone a esposa; ele não quer isso por causa de toda aquela grana... *muita* grana... sem falar do prestígio do nome Quigley e do status social. Ele não iria abrir mão disso tudo. Para piorar ainda mais, há Ziegler, que o pressiona cada vez mais. Ele já dobrou o valor que lhe paga...

— Copley termina, ou tenta terminar com a amante — sugeriu Roarke —, e isso aumenta o risco. Agora é mais importante do que nunca que sua pequena aventura seja mantida em segredo.

— Bem pensado.

— Enfim, é um negócio sórdido. Estou surpreso que o necrotério não esteja cheio com os corpos dos envolvidos.

— Ainda não acabou. Preciso conversar com Kira Robbins, porque ela se encaixa nisso tudo. Mas parece que estou cada vez mais perto de descobrir que J. J. Copley é o assassino.

Refletindo sobre tudo, Eve se virou, enlaçou o braço ao redor do pescoço de Roarke mais uma vez, e brincou com seu cabelo.

— Preciso de duas horas.

— Tenho todo o tempo do mundo — disse ele, e seus dedos começaram a dançar sobre a coxa dela.

— Não para isso. Caramba, basta sentar no colo de um homem que ele já quer fazer sexo.

— Somos criaturas fracas e previsíveis.

— Preciso de duas horas amanhã de manhã para ver se consigo descobrir quem é a amante, e também para conversar com a blogueira. Se eu encontrar a amante, talvez precise de um pouco mais de tempo para investigar Copley, mas acho que consigo fazer isso em duas horas.

— Você está me dizendo isso enquanto falamos de sexo porque...?

— Só preciso de duas horinhas. — Ela lhe deu um beijo leve e provocador. — Posso voltar às dez. No máximo ao meio-dia. E eu chego direto para a preparação da festa e tudo mais. Foco total nisso!

— Não tenho nenhum problema com isso. Só que — acrescentou ele, quando ela sorriu e se inclinou para outro beijo — você não fez esse trato comigo. Você combinou isso com Summerset.

— Mas a festa é nossa, certo? *Você* poderia falar com ele.

— O trato foi seu. *Você* fala com ele.

— Que droga!

— Enquanto isso... — Ele a pegou nos braços, levantou-se e saiu do escritório com ela.

— Ainda não terminei de trabalhar.

— Você tem o suficiente para matutar até amanhã de manhã. E você sentou no meu colo.

— Talvez eu não queira sexo.

— Pois devia ter pensado nisso antes de tentar usá-lo para escapar do seu trato.

— Eu não fiz o trato com você.

— Exatamente.

— Caraca! — Eve refletiu como poderia sair e voltar antes de Summerset perceber.

Então, com a cama sob si e seu homem em cima dela, decidiu que pensaria nesse problema no dia seguinte.

Em algum lugar no escuro, o sonho surgiu. Ela não lutou contra ele nem tentou se livrar de suas garras, simplesmente deixou-se levar.

Através da escuridão, surgiram as luzes muito brilhantes, a música vibrante. Ela os viu nas esteiras, nos tatames, nas outras máquinas, enfeitados com roupas de ginástica coloridas, enquanto seus rostos e seus corpos brilhavam de suor.

Trey Ziegler estava no centro, no topo de uma espécie de plataforma que girava lentamente para lhe dar uma perspectiva de trezentos e sessenta graus do ambiente. Ele estava de preto — uma roupa justa e confortável para exibir cada contorno e linha dos seus músculos.

Ele parecia, ela percebeu, o troféu usado para matá-lo.

— Eles fazem tudo que eu quero — explicou ele a Eve. — Eu é que mando aqui.

— Um deles não fez o que você mandou. — Ela apontou para o cabo da faca que se projetava de seu peito e para o cartaz com grandes letras vermelhas de onde escorria um filete de sangue.

— Sou um personal trainer foda — insistiu ele. — Eu sou o melhor, e tenho troféus para provar. Por que não deveriam pagar mais, e muito mais, pelo melhor? Você acha que eles estariam tão bem se não fosse por mim? Porra nenhuma! São todos engravatados engomadinhos, *socialites*, piranhas ricas e bundões preguiçosos.

— Em outras palavras — disse Eve —, clientes.

— Isso aí. Têm um bom preparo físico por *minha* causa. Pagariam o dobro do que eu ganho a um escultor corporal para remover a gordura do seu corpo balofo. Mas eu os mantenho em forma de um jeito honesto, então mereço ganhar mais.

— Mas você não parou por aí, Ziegler. Não se contentou com o que merecia.

— Por que me contentaria? Tudo o que você consegue é um apartamento de merda, sapatos ruins e alguma piranha idiota que sempre quer mais. Sem dor, não há resultados. — Sorrindo, ele bateu no peito, em ambos os lados da faca, com os polegares. — Eu trago resultados!

— Você é um estuprador.

— De jeito nenhum! Ei, você! — gritou ele, mais alto que a música, e apontou para Martella. — Aumente esses pesos! *Flexione* mais esses bíceps. Quero ver um pouco de suor! — E, olhando para Eve, disse: — Nunca estuprei ninguém em toda a minha vida.

— Você as drogou.

— Usei um produto totalmente natural — insistiu ele —, só para ajudá-las a relaxar e livrá-las das inibições. Algumas mulheres dizem a si mesmas que não querem, mas, no fundo, querem. Só dei uma ajudinha para elas relaxarem. E todas gozaram para mim. — Ele sorriu e colocou a mão na virilha, por cima da roupa. — Sou um personal trainer foda.

— Você é um idiota. Você as estuprou. E quanto às outras mulheres que estavam dispostas, sabe Deus lá por quê, você se vendeu. Ilegalmente!

— Receber uma boa gorjeta por um serviço excepcional não é me vender. Elas gozaram, não foi? Qual o problema de elas me darem uma graninha?

— Você chantageou outras pessoas.

— Isso é o que você diz... Se alguém me oferece uma grana para ficar de bico fechado, por que eu não iria aceitar? Sou bom demais para este lugar. Vou ter meu próprio espaço. Você recebe dinheiro pelo que faz — ressaltou ele. — Você não é diferente de mim. Caraca, J. J., quero flexões de verdade, não essas flexões de garotinha! Acelera isso aí. Elas continuam voltando e pedindo mais porque eu sou o melhor.

Eles continuavam voltando, reconheceu ela. Copley, Quigley, os Schubert, Robbins, Sima, Alla Coburn. Todos eles estavam ali, levantando pesos, correndo sem sair do lugar, ofegantes e suados. E todos observavam Ziegler com ódio no olhar.

— Eles voltam, mas odeiam você.

— Não estou em busca de amor.

— Está apenas em busca de dinheiro, de sexo... do que você enxerga como poder? Foi isso que acabou te matando.

— Não foi minha culpa. Você é paga para resolver isso, então faça o seu trabalho. — Ele estendeu a mão, agarrou o braço dela e apertou seu bíceps. — Você precisa de mais músculos. Posso te ajudar com isso. Posso te ajudar com muitas coisas.

— Não toque em mim!

Ela recuou, mas ele apenas sorriu. E sorriu ainda mais quando o sangue do seu crânio despedaçado começou a escorrer.

— O que você vai fazer a respeito disso? — Ele agarrou-a pelos braços de novo. — Você vai tentar me impedir, como fez com seu pai?

A mão dela se fechou ao redor do cabo da faca. Ela sentiu o sangue quente e úmido em sua mão e se lembrou... se lembrou de como o sangue espirrou e jorrou quando ela enfiou a faca sem parar.

Ele sorriu enquanto o sangue escorria pelos dedos de Eve.

— Se você pudesse matá-lo agora, mataria. Você faria picadinho dele se tivesse outra chance.

— Não! — E, caramba, admitir isso era um alívio. — Não, eu não faria isso. Não sou mais indefesa. Não temo pela minha vida mais. Sou a porra de uma policial! — Ela o empurrou. — Sou policial — repetiu Eve. — E farei o melhor que puder por você.

— *Eu* sou o melhor! — gritou ele, mais uma vez, quando ela desceu da plataforma e seguiu em direção às portas.

— Você não é nada. E "nada" ainda é pouco para te descrever. Mas você é o *meu* morto.

Ela saiu e adentrou a noite. Olhou para suas mãos e as encontrou limpas.

Acordou sob a suave luz cinzenta da manhã, no calor da própria cama.

— Está tudo bem — murmurou Roarke, puxando-a para perto. — Você está bem.

— Estou bem — repetiu ela. — Minhas mãos estão limpas. — Ela ergueu uma das mãos e girou-a no ar, analisando-a sob a luz fraca. — Minhas mãos estão limpas.

Com uma risada fraca, ela se mexeu e encontrou os olhos dele abertos e fixos nela.

— O que você está fazendo aqui?

— Eu moro aqui.

— É, eu também. Mas o que você está fazendo *aqui* quando o sol já nasceu? Por que não está em uma conferência com alguém de Zurique ou comprando um sistema solar?

— Estou dormindo com a minha mulher em um sábado de manhã.

— Os dias da semana não significam absolutamente nada na sua busca incansável pelo domínio mundial. Pode ser que você esteja entrando em decadência, meu chapa. Se isso acontecer, onde vou conseguir meu café?

— Ainda posso comprar um sistema solar hoje, se isso fizer você confiar mais na minha capacidade de te fornecer café.

— Se você abalar minha confiança nessa área, posso sair à procura de outro fornecedor. Talvez ele não seja tão bonito, mas tenho minhas prioridades.

— Você acordou engraçadinha, hein?

— Talvez. Minhas mãos estão limpas.

— Pois é, você já disse isso.

— É importante repetir. E já que elas estão limpas... — Ela passou a mão pelo peito dele, depois desceu-a e fechou os dedos ao redor dele. — Ora, veja só o que eu encontrei!

— Agora que encontrou, o que você vai fazer?

— Posso pensar em algo interessante para fazer com isso.

Mas, antes, ela simplesmente rolou sobre Roarke, enterrou o rosto na curva de seu pescoço, e seu coração bateu de leve contra o dele.

Quente, ela pensou. Era tudo tão quente, suave e simples ali.

— Perdemos muitas manhãs de sábado.

Ele passou a mão pelas costas dela.

— Os dias da semana não significam absolutamente nada.

Ela riu, deu um beijo em seu pescoço e ergueu a cabeça.

— Você tem razão. — Ela o beijou com suavidade, como as batidas dos seus corações. — Mas já que a compra do sistema solar ficou para mais tarde...

Ela roçou os lábios nos dele mais uma vez, então os deslizou pelo pescoço e pelo peito dele. Qualquer que fosse o dia da semana, era maravilhoso ter algum tempo para estar com ele, para sentir como ela se sentia naquele momento. Quente e relaxada.

Quando ela se levantou para montá-lo, um guizo tilintou e houve um som inconfundível de irritação felina pouco antes do baque do gato no chão, abandonando a cama.

— Nós irritamos o gato — comentou Roarke.

— Ah, três é demais, mesmo. Embora nem sempre seja assim. Uma pessoa a mais, em certas circunstâncias, não é uma multidão. Por que ditados como esse são tão tolos?

— Tal como o sistema solar, talvez possamos analisar isso mais tarde.

— Boa ideia.

Ela se inclinou mais, e dessa vez o beijo foi longo, lento e profundo. Aquilo excitou os dois, fez com que as mãos dele deslizassem pelas costas dela e se agarrassem ao tecido fino da camiseta que ela usava.

Não havia muitas pessoas ali, pensou ela, apenas a quantidade exata. Só ele... Só ela... Sentiu a necessidade dele por ela, despertada de forma súbita; sentiu a força dessa necessidade e a profundidade de tudo. Aquilo era sempre uma maravilha para ela. Torceu para que as coisas continuassem daquele jeito para sempre, pois essa maravilha acrescentava beleza ao desejo.

O coração dele bateu um pouco mais rápido contra o dela. Ela jurou que sentiu a vibração quando se ergueu novamente.

Aqueles olhos ainda a observavam, insanamente azuis e lindos, enquanto ela cruzava os braços e arrancava a camiseta. Então ela girou o corpo de leve. Abaixou-se um pouco. E o acolheu lentamente dentro dela.

A luz da manhã banhou-a de prata, iluminou seu torso longo, seus braços magros e esculpidos. No silêncio da manhã, não havia som algum além da respiração deles e do suave deslizar dos lençóis enquanto ela se movia sobre ele. Balançando-se lentamente, de forma quase terna, para trazer prazer em ondas longas e tranquilas.

O calor dela o apertou de forma gloriosa, trazendo-lhe a luz de forma tão clara quanto o sol que deslizava pela claraboia acima deles.

Ela lhes deu aquela manhã, um lembrete de como eles estavam sempre juntos, não importava o que o dia pudesse trazer.

À medida que o ritmo dela acelerava, o mesmo acontecia com seu coração, seu sangue, sua necessidade.

Ela arqueou o corpo para trás, com um suspiro que foi quase um gemido, enquanto se entregava por completo àquele calor e àquela luz.

Então, uma vez mais, ela se inclinou sobre ele, preparando-se para o ápice enquanto capturava seus lábios. E se moveu, se balançou, se doou e levou os dois até a crista daquela onda final de prazer.

Deitou-se sobre ele mais uma vez, coração contra coração, batendo mais rápido e mais forte, agora. E dessa vez o suspiro dela foi longo, preguiçoso e pleno.

— Deviam criar uma lei...

Com os olhos fechados e o corpo relaxado, ele acariciou as costas dela novamente.

— Já existem muitas leis, não acha?

— Uma que decretasse que todos os dias deviam começar com um orgasmo.

— Acho que eu conseguiria obedecer a essa lei sem reclamar.

— Você devia concorrer a um cargo público para poder transformar essa ideia em realidade.

— Se eu concorresse a um cargo público seria muito perigoso, pois seria um sinal inequívoco de que eu teria enlouquecido.

— Ah, tem esse detalhe. — Ela se aconchegou mais. — Eu tive um sonho.

— Eu sei. Isso perturbou você.

— Sim, um pouco. Todo mundo estava em uma gigantesca academia. Como a Buff Bodies, só que ainda maior. Tão alta quanto ela, só que mais ampla. Todos os meus suspeitos e interrogados estavam malhando e suando. Ziegler estava em uma plataforma e comandava o show. Mesmo no sonho ele era um idiota. "Sou um personal trainer foda!", repetia o tempo todo. — Ela levantou a cabeça. — Esse era o grande lance para ele, o grande tesão. Na cabeça dele, sem ele aquelas pessoas estariam fora de forma, um monte de preguiçosas. Ele *moldava* aqueles corpos. Ele era o personal trainer ali e eles faziam tudo que ele mandava. O sexo... voluntário ou coagido... era apenas mais um aspecto de tudo aquilo. O dinheiro também. Tudo era merecido porque, na cabeça dele, ele que estava no controle. Toda a sua existência, na verdade, era apenas uma grande aventura rumo ao poder. As pessoas que o procuravam para malhar tinham mais dinheiro, mais prestígio, mais o que quer que fosse, mas era *ele* quem dava as ordens, e todos se curvavam.

— Isso ajuda você?

— Na verdade, serviu apenas para reafirmar o que eu já sabia, talvez ampliar um pouco a percepção. Permanecer naquela aventura em busca de poder durante um tempão sem conquistá-lo de verdade? Alguém mais poderoso vai derrotar você. — Ela fez uma pausa. — Ele colocou as mãos em mim.

— Então você o venceu, no sonho?

— Não. Mas poderia ter vencido. E poderia ter feito até pior. Ele me jogou uma isca. Falou que nós éramos iguais, disse que aceitávamos dinheiro pelo serviço que prestávamos. Como isso não foi suficiente para me tirar do sério, ele colocou as mãos em mim e perguntou o que eu faria a respeito daquilo. E me perguntou se eu também iria enfiar uma faca nele, que nem fiz com Richard Troy.

— Ah, Eve! — Ele se mexeu na cama e a abraçou.

— Não, a coisa é justamente essa. Talvez parte de mim quisesse fazer isso. Eu agarrei o cabo da faca... ele tinha uma faca cravada no peito, exatamente como quando o encontrei. Mas não usei a faca, nem pensei em usar. Porque sou policial. Porque mesmo que eu tenha visto que ele tem algumas características em comum com Troy... a busca por poder, o total desprezo pelos outros... sou uma policial e ele é uma vítima. Ele é a *minha* vítima, e ponto-final. Saí de lá, e minhas mãos estavam limpas.

— Querida Eve, elas sempre estiveram limpas.

Ela apertou-se contra ele novamente, buscando conforto.

— Eu não tinha certeza. Não sei por quê, mas não estava cem por cento certa. Até o exato momento, no sonho estúpido, em que coloquei a mão no cabo daquela faca, eu não sabia se não o mataria.

Se eu não tivesse matado Troy naquela época e ele ressurgisse agora, será que eu o mataria pelo que ele fez comigo? — Ela suspirou e completou: — Não. Eu faria tudo o que fosse necessário para prendê-lo, afastá-lo da sociedade e fazê-lo pagar, mesmo sabendo que esse pagamento nunca iria equilibrar a balança. Eu o matei naquela época porque estava impotente e aterrorizada. Só que já não sou mais assim. Sou policial, e minhas mãos estão limpas.

Ele pegou as mãos dela e as beijou.

— Talvez eu ainda não tenha deixado tudo para trás — disse ela. — Mas continuo achando que sim, porque quase todos os meus pesadelos pararam, porque eu voltei a Dallas, porque eu enfrentei minha mãe e McQueen. Só que sempre me aparece algum outro aspecto com o qual lidar... mas estou bem com isso. Tudo que me aconteceu deixou uma marca, como eu disse. Mas estou bem com isso.

Ela se enroscou um pouco mais nele.

— E eu tenho você em um sábado de manhã.

Eles permaneceram exatamente como estavam durante mais algum tempo.

CAPÍTULO DOZE

Durante o café da manhã na sala de estar do quarto, ela traçou sua estratégia para o dia.

— Pensei em ligar para Reo e pedir um mandado para revistar o ninho de amor de Copley. — Eve beliscou um pedaço de bacon. Falando sério… sexo, um banho quente e depois bacon? Tinha como aquela manhã ficar ainda melhor? — Reo é uma assistente de promotoria inteligente, e entenderá por que precisamos disso. Mesmo assim, vamos ter que forçar a barra um pouco e explicar esse pedido de mandado como "causa provável".

— Eu conseguiria te colocar pra dentro do apartamento.

— Eu sei. — Ela olhou na direção dele. — É tentador seguir o caminho dos seus dedos espertos de ex-arrombador, mas acho melhor não.

— É que o prédio é meu — disse ele, e comeu um pouco de ovos mexidos.

— Ah, eu já devia ter imaginado. Mesmo assim, não existe nenhuma razão legal para eu entrar e fazer uma busca.

— Visita de manutenção geral, um possível vazamento de gás, sons, cheiros ou comportamentos suspeitos. Imagino que haja razões.

— São fracas.

— Então seu plano é...?

— Mentir apenas *se* e *quando* for necessário. Vou passar pela segurança do prédio com meu distintivo. Na pior das hipóteses, posso bater nas portas dos vizinhos e ver se consigo o nome e a descrição da amante através deles, e rastreá-la a partir disso. O que eu quero é conversar com ela.

— Pode ser que ela more no apartamento.

— Sim, estou torcendo por isso, mas não estou contando com toda essa sorte. De qualquer forma, não vou demorar muito. A menos que...

— A menos que...?

— Digamos que eu a localize, conversemos e ela me conte: "J. J. foi visitar aquele homem malvado e houve um terrível acidente. Não foi culpa do *sugar daddy*."

— *Sugar daddy*?

— Ele se encaixa nessa descrição. Enfim, aí ela me conta que Copley tentou usar o bom senso com Ziegler, mas Ziegler partiu para a agressão física, uma coisa levou à outra e... poxa...

— Mas você não está contando toda essa sorte.

— Só estou apontando a possibilidade... bem pequena... de eu demorar mais que duas horas, considerando que, se eu a encontrar e ela me contar tudo, vou ter que prender Copley e tentar interrogá-lo antes que ele diga que quer um advogado. É isso.

— Tudo muito razoável, mas você não precisa me explicar. Eu mesmo vou estar bastante ocupado. Tenho algumas coisas do trabalho para organizar, e depois tenho que supervisionar os preparativos aqui em casa.

— Certo, mas... — Ela encheu a xícara de café dele e lançou a ele um olhar calculadamente inocente. — Se por acaso você esbarrar com Summerset enquanto eu estiver fora, você bem que poderia...

— Não.

— Por favor!

— Definitivamente não. Isso é coisa sua.

Ela fez uma careta para os ovos mexidos. Até o bacon perdeu um pouco da graça diante da perspectiva de ter que lidar com Summerset.

— Já não é ruim o bastante ser obrigada a enfrentar durante muitas horas uma enxurrada de decoradores, para depois viver o pesadelo de ter que aturar Trina passando um monte de porcarias em mim? Ainda vou ter que enfrentar a desaprovação do morto-vivo que vive conosco?

— Você comanda uma divisão inteira de policiais que investiga assassinatos com muita firmeza, inteligência e eficiência. Seria capaz de se colocar na frente de uma arma de atordoar para proteger um pedestre inocente. Você enfrentaria, e na verdade já enfrentou, assassinos cruéis. Acho que você consegue lidar com Summerset, e também com os decoradores que contratamos e uma consultora de serviços de beleza, cabelos e pele.

Foi a vez de ele encher a xícara de café dela e dizer:

— Anime-se, tenente.

— Vá se danar!

— Vou encaixar isso na minha agenda.

Ela tomou o café em um só gole e se levantou.

— Tudo bem, mas não é minha culpa eu não saber onde diabos ele está, porque esta é uma casa muito grande, então...

Ela parou e teve que conter um grunhido de frustração quando Roarke simplesmente arqueou as sobrancelhas.

— Ok, *tudo bem*! — Derrotada, ela foi até o sistema localizador de pessoas e perguntou: — Onde está o desgraçado do Summerset?

Bom dia, querida Eve. Neste momento, Summerset está no quarto de hóspedes conhecido como "Park View".

— Ótimo. Onde diabos fica isso?

Antes de Roarke se manifestar, o computador continuou, em uma voz suave:

O quarto Park View está localizado aqui.

A telinha exibiu uma planta baixa com um ponto vermelho pulsante sobre um dos cômodos da casa.

— O elevador levaria você diretamente até lá, se solicitasse — lembrou Roarke.

Havia mais chances de Summerset acabar indo para outro lugar se ela fosse a pé e procurasse a esmo. Então ela parou e perguntou:

— Todos os quartos de hóspedes têm nomes?

— É um jeito simples de organizá-los. Você gostaria de uma lista?

— Não. Quantos quartos são?

— Mais que o necessário.

— Rá! — Ela apontou para ele. — Nem você sabe!

— É que o número pode variar, pois alguns salões, salas de estar e até áreas de entretenimento podem ser utilizados eventualmente como quartos de hóspedes, quando necessário. Você não deveria estar saindo?

— Estou indo. — Ela enfiou as mãos nos bolsos. — Voltarei com tempo de sobra para fazer seja lá o que eu tenha que fazer.

— Tenho certeza que sim. E boa sorte, mesmo que com isso você demore mais.

— Certo. — Ela hesitou, mas não conseguiu encontrar outra desculpa razoável para protelar o que tinha que ser feito. — Se eu for demorar, te aviso.

Quando ele simplesmente sorriu, ela saiu do quarto. Foi até seu escritório, remexeu em sua papelada por alguns minutos, pegou o casaco que havia deixado lá e seguiu a rota do mapa na tela.

Tudo em volta cheirava levemente a pinho e *cranberries* — como isso era possível? O chão brilhava e as obras de arte cintilavam.

Ela encontrou o tal quarto e pensou em bater, mas se deteve. A casa também era dela, lembrou a si mesma, e abriu a porta.

Era fácil descobrir por que o aposento tinha recebido aquele nome específico, pois as grandes janelas emolduradas por cortinas cintilantes se abriam para a vista do grande parque ao lado da casa.

A cama lhe pareceu ter um estilo majestoso, com desenhos entalhados na madeira escura e coisas brilhantes que fluíam sobre ela por baixo de uma ousada muralha de travesseiros.

Galahad estava esparramado aos pés da cama, como se morasse ali.

Summerset, em seu habitual traje preto fúnebre, colocava sobre uma das mesas um grande vaso com gravuras ornamentado com lírios vermelho-sangue, mas virou-se para Eve assim que ela entrou.

— Precisa de alguma coisa, tenente?

— Não. O que você está fazendo aqui? Essas flores são para o gato ou o quê?

— Tenho certeza de que ele as aprecia, mas não, não são. Vocês vão receber pessoas logo mais, e sempre existe a possibilidade de um convidado exagerar na bebida e ficar confortável de passar a noite aqui.

— É para isso que existe o Sober-Up.

— Independentemente dos seus conceitos de hospitalidade, há vários quartos nesta casa preparados para qualquer tipo de eventualidade. Isso se chama cortesia.

— Acho que não é muito cortês ficar bêbado quando você vai à casa de alguém para uma festa, mas essa é só a minha opinião. Preciso me ausentar por cerca de uma hora. Voltarei a tempo para organizar as coisas.

Ele arqueou uma sobrancelha fina, e isso quase a fez ranger os dentes.

— É só coisa do trabalho. Eu sou policial. Não estou pulando fora do nosso trato. Volto logo.

— Se você diz...

— Isso mesmo, eu digo. Então... vá arrumar os outros quartos para os possíveis bêbados.

Ela saiu. *Não* se sentiria culpada por fazer seu trabalho. Ela tinha uma possível pista e precisava segui-la antes que a perdesse, não é? Com certeza!

Então viu que horas eram e apertou o passo.

Considerou a ideia de chamar Peabody, mas não viu motivo para fazê-lo. Se ela conseguisse algum nome com aquele tiro no escuro, poderia entregá-lo à sua parceira e mandar Peabody fazer uma busca.

Enquanto isso, ela voltaria para casa para orientar as pessoas... que certamente sabiam fazer isso melhor que ela... onde colocar as flores, os pisca-piscas e as bolas de Natal reluzentes.

E talvez, se conseguisse resolver tudo isso bem depressa e Peabody levantasse alguma informação concreta, poderia conseguir mais uma hora para seguir a nova pista.

Eve honraria o trato com Summerset e contribuiria com a organização da festa, mas não passaria um dia inteiro bancando a "senhora da mansão". Isso a faria se sentir idiota.

Seguiu no sentido leste, enfrentando o trânsito — felizmente leve àquela hora porque as lojas ainda não estavam abertas. Isso não impediu que os dirigíveis publicitários se entregassem a uma espécie de desespero frenético, informando quantos dias, horas e minutos ainda restavam para fazer compras antes do Natal.

Os carrinhos de lanche estavam abertos, fumegantes com ofertas de sanduíches de ovo e castanhas da estação, e já faziam negócios antecipados com os pobres coitados que iriam abrir as lojas e lidariam com aquela loucura do sábado de véspera de Natal.

Um dirigível do shopping SkyMall anunciava que os primeiros duzentos clientes do dia receberiam um BRINDE! Ela decidiu que trabalhar como segurança no SkyMall estava no topo da lista dos dez piores empregos do mundo, junto com limpadores de tanques de tubarões — afinal, alguém tinha que fazer isso — e proctologistas.

Eve se distraiu pensando nas motivações de alguém para obter um diploma em medicina para cutucar o fiofó das pessoas até que parou em frente ao reluzente prédio de vidro e aço com vista para o East River.

Já esperava que o porteiro, em seu uniforme preto e dourado, se apressasse para reclamar da sua viatura aparentemente precária, e também já estava preparada para discutir com ele.

O porteiro, porém, foi mais rápido e abriu a porta do carro antes que ela pudesse fazer isso.

— Bom dia, tenente! — Ele ofereceu-lhe a mão e um sorriso gentil. — Pode deixar que eu fico de olho na sua viatura.

Ela semicerrou os olhos.

— Roarke falou com você.

— Sim, há alguns minutos. Meu nome é Brent, caso a senhora precise da minha ajuda. Verifiquei nossos registros, como Roarke pediu. Infelizmente, não temos nenhum John Jake Copley entre os nossos residentes.

Eve pegou seu tablet e abriu a foto de Copley.

— Você o reconhece?

— Ah, sim! Reconheço. Mas esse é o sr. Jakes. — Os olhos de Brent se arregalaram. — Ah, entendi! O sr. Jakes... ou sr. Copley... mora no apartamento 37-A. Esta unidade fica na ala nordeste do trigésimo sétimo andar. Ele divide o imóvel com a sra. Prinze.

— Sabe o nome completo dela?

— Só um minutinho. — Ele pegou seu próprio tablet. — Sr. John Jakes e sra. Felicity Prinze.

— Ok. Dê-me uma ideia de como eles são.

— Ambos são relativamente novos no prédio. Não vejo o sr. Jakes... o sr. Copley — corrigiu ele — com muita frequência. Tenho quase certeza de que ele trabalha no centro da cidade, pois já conversei uma ou duas vezes com o motorista particular dele. A sra. Prinze é muito simpática e... hã... consideravelmente mais jovem que o marido. Ela é... artista.

— Aposto que é. Que tipo de artista?

— Pelo que ouvi, era dançarina. Está fazendo aulas de atuação, dança e, creio eu, canto.

— Ok. Ela está em casa?

— Eu diria que sim. Porém, não costuma acordar cedo. Ela fez alguma coisa errada, tenente?

— É isso que eu vou descobrir.

— Espero que não — disse ele, enquanto abria a porta do prédio para Eve. — Ela é uma jovem muito simpática. Devo ligar e avisá-la da sua chegada?

— Não precisa, obrigada. Você sabe dizer se Copley está lá?

— Não tenho como lhe dar certeza, porque cheguei para trabalhar às oito horas da manhã. Ele não entrou nem saiu do prédio desde que eu assumi a portaria.

— Se você o vir entrando ou saindo do prédio, me ligue imediatamente neste número. — Ela entregou um cartão para Brent e andou até o elevador. — Obrigada pela sua ajuda, Brent.

— Às suas ordens, tenente.

Ela entrou no elevador, mandou uma mensagem para Peabody com o nome da amante, o endereço, os dados básicos e instruções para sua parceira fazer uma investigação completa.

O elevador subia suavemente; Roarke sempre sabia como fazer os projetos dos prédios dele. O corredor do trigésimo sétimo andar era largo, silencioso e pintado com bom gosto, e havia tapetes elegantes em tons de preto e cinza.

Bom sistema de segurança — e ela não esperava nada menos que isso em uma propriedade de Roarke. Câmeras discretas estavam disfarçadas em pequenas molduras em forma de coroa. Cada apartamento era equipado com telas de reconhecimento palmar, câmeras de vigilância e alarmes de alta qualidade.

Ela parou diante do apartamento 37-A. Portas duplas, observou, para adicionar aquele toque extra de poder e importância. Tocou a campainha e aguardou.

Fez mais três tentativas... aumentando gradativamente a extensão do toque da campainha, até que o interfone junto à porta fez um ruído.

— É você, amor?

— Não sei, querida.

— Hã?

— Tenente Eve Dallas. — Eve mostrou o distintivo. — Gostaria de falar com você, sra. Prinze.

— Você não devia tentar vender coisas neste prédio. Poderá ter problemas.

— Não estou vendendo nada. Sou da polícia.

— Polícia?

— Polícia de Nova York. Tenente Eve Dallas.

— Ah... Mas... como posso ter certeza de que você é da polícia, oficial Eve?

— *Tenente!* — Pela segunda vez naquela manhã, Eve lutou para não ranger os dentes. — Tenente Dallas. Observe o distintivo, sra. Prinze. Você poderá escaneá-lo, se preferir.

— Acho que não sei como fazer isso. Todas essas coisas de segurança são muito complicadas.

Como Eve sentia alguma simpatia pelos desajeitados em tecnologia, procurou manter a paciência.

— Ok. Você conhece Brent, o porteiro?

— Ah, com certeza! Ele é simplesmente um amor.

— Você pode ligar e confirmar quem eu sou com ele. Vou esperar aqui.

— Hã... Ah, droga, tudo bem. — As fechaduras clicaram e estalaram antes que as portas se abrissem para emoldurar uma mulher muito sexy com um corpo cheio de curvas.

Ela devia ter, no máximo, vinte e um ou vinte e dois anos. Curvilínea como um violão, tinha talvez um metro e sessenta, e as unhas dos dedos dos pés cintilavam em vermelho. Cada um dos dedos exibia um floco de neve pintado em branco cintilante.

Vestia o que Eve supôs que seria chamado de penhoar — tão branco quanto os flocos de neve —, que fazia conjunto com uma camisola de seda comprida e decotada, de onde os seios transbordavam. Por fim, um roupão sem cinto com penachos brancos enfeitando a gola.

A jovem tinha um rosto em formato de coração, todo rosado, com uma boca bastante curvada e ornamentada por uma pequena e linda pinta no canto. Olhos sonolentos em um azul de boneca de porcelana sorriam em meio a espessos cílios escuros.

— Eu não deveria deixar qualquer um entrar, entende? Mas já que você é da polícia... *Ah!* Eu *amei* o seu casacão. É *supermag*! Eu não conseguiria usá-lo, mas... *Ah!* É couro de verdade? — Antes que Eve pudesse responder ou fugir, Felicity estendeu a mão para tocar a manga. — *Uh!* Isso é couro legítimo! É meio molenga e sedoso. Adoro couro verdadeiro, e você? Será que eles fabricam esse casaco em vermelho? Adoro vermelho! Poderia cortá-lo na altura do joelho, talvez. Onde você conseguiu essa belezinha?

— Foi presente.

Os olhos de boneca de porcelana brilharam.

— Adoro presentes, e você?

— Posso entrar e falar com você, sra. Prinze?

— Ah, lógico, desculpa. Pode me chamar de Felicity. Estou pensando em abandonar o sobrenome, pelo menos na vida profissional, entende? É mais divertido e sexy. Vou usar apenas um nome. Você sabe, como Roarke.

— Hum... — foi o melhor que Eve conseguiu falar.

— Sabe... Roarke. Aquele cara absolutamente rico. E *muito* tesudo. Na verdade, este prédio é dele. Morro de vontade de conhecer ele, sabia?

— Ah...

Ela decidiu que era melhor não mencionar que recentemente transara com o tal cara na cama de ambos até se entregarem à exaustão.

— Puxa, desculpa! Você aceita um café? Tenho um estoque de café de verdade. Os policiais provavelmente não costumam beber muito o produto real. Tenho um amigo cujo irmão é policial em Shipshewana. Ele é um amor, mas com certeza não ganha muito.

— Ship o quê?

— Shipshewana — repetiu Felicity, com uma risadinha alegre. — Fica em Indiana. Eu sou de lá, mas estou em Nova York há quase um ano. Acabei de me levantar, então preciso tomar um pouco de café. Vou pegar pra gente, tudo bem?

— Ótimo.

Isso deu a Eve uma chance de pensar. Observou Felicity se afastar — quem podia imaginar que uma bunda conseguiria se mover em tantas direções? — e avaliou a situação.

No que dizia respeito a ninhos de amor, Eve considerou aquele bem sofisticado. Uma sala de estar de bom tamanho com uma vista espetacular do rio proporcionada por uma parede toda de vidro. A árvore de Natal estava no centro da sala e ia do chão ao teto, com um anjinho branco no topo e cheia de bolas vermelhas e douradas.

Eve suspeitava que Copley tinha deixado Felicity fazer o que queria com a decoração, muito brilhante e espalhafatosa, com penas e contas. Como um bordel alegre, decidiu Eve, tudo muito jovial e luxuoso.

Vagou pelo espaço e viu a área de refeições — um espaço grande o suficiente para receber grandes jantares, com uma mesa de madeira vermelha envernizada onde, bem no centro, havia um Papai Noel com quase um metro de altura.

Ela se movimentou pelo espaço em silêncio, deu uma olhada rápida no lavabo — com detalhes em vermelho, sabonetes sofisticados e toalhas com babados —, viu uma sala onde havia uma barra de balé, um teclado, um telão de parede, tapetes de ioga enrolados, uma unidade de refrigeração com frente de vidro e abastecida com água mineral. Uma parede era tomada pelo telão, e outra era totalmente espelhada.

Deu uma rápida olhada no quarto principal: muito dourado e vermelho, mais penas e contas, uma enorme cama espelhada, uma penteadeira com meia dúzia de frascos de perfume sofisticados e uma cômoda masculina. E um divã cheio de bichinhos de pelúcia e bonecas.

Imaginando que seu tempo estava acabando, Eve voltou para a sala pouco antes de Felicity voltar da cozinha carregando uma bandeja vermelha onde havia duas xícaras floridas, um pote de creme e um açucareiro combinando.

— Esqueci de perguntar como você gosta do seu café.

— Puro.

— Eca! Gosto de *muito* creme e açúcar.

Ela colocou a bandeja sobre uma mesa baixa e se sentou. Quando se inclinou para preparar o café... e tinha falado sério ao dizer que gostava de muito açúcar... Eve achou que seus impressionantes seios fossem pular do penhoar a qualquer momento.

— Então... — Felicity se recostou, segurando a xícara com o dedo mindinho esticado. — Você já está com tudo pronto para o Natal?

— Mais ou menos. Olha... — Como começar? No caso de uma amante comum, Eve saberia exatamente como abordar o assunto.

Mas, com corpo estonteante ou não, aquela ali parecia pura como a neve de Natal. — Você mora aqui com John Jake Copley?

— Você conhece o J. J.?! — Exclamou Felicity. A alegria fez suas bochechas corarem. — Por que não disse antes?! Ele não é um sonho? É o homem mais fofo do mundo, e é ótimo comigo. Na verdade, não devo falar muito sobre ele porque... ah, você sabe... ele ainda precisa se divorciar, e tudo mais.

— Como você o conheceu?

— Ele não te contou?

— Não falamos disso.

— Ah, foi tão fofo! Eu sou dançarina. Um dia serei uma artista completa. Pelo menos é isso que o meu professor de canto diz. Estou fazendo aula com ele, e aula de atuação e dança. J. J. está pagando tudo. Sou um investimento. — Ela corou lindamente. — Eu não podia continuar morando em Shipshewana a vida toda, não é?

Eve teve a estranha visão de um navio pirata navegando por campos de milho e vacas.

— Não vejo como.

— Pois é! Por mais que eu sinta muita saudade de todo mundo, você tem que... sabe como é... tentar seguir o seu destino. O professor de teatro da minha cidade disse que eu tenho um talento natural. Foi por isso que eu vim para Nova York. Quero trabalhar na Broadway, mas isso é muito difícil. Eles às vezes são cruéis nos testes. E eu não tenho tanto dinheiro, levando em consideração o preço das coisas aqui na cidade grande. Consegui um emprego como garçonete, mas tudo ficou muito confuso. Então consegui um emprego de dançarina. Em um *daqueles* lugares, sabe.

Ela estremeceu um pouco.

— Sim, eu sei — disse Eve.

— Foi constrangedor no início, mas é como Sadie dizia... todo mundo tem um corpo, não é nada demais. E se você tem um corpo realmente bonito, pode ganhar dinheiro com isso. Não gostei muito disso, mas estava disposta a me sacrificar até conseguir minha grande chance. A gente precisa pagar as contas, não é?

Ela tomou um gole de creme com sabor de café e muito açúcar.

— Então — especulou Eve —, você conheceu J. J. no lugar onde dançava.

— Ah, pois é, então... Certa noite, J. J. apareceu e recebeu uma dança no colo. Depois quis mais uma, e me pagou um drinque. Ele queria... sabe... dormir comigo, mas eu não faço essas coisas. Não tenho licença para isso e nem quero, entende?... Não quero fazer isso por dinheiro.

Eve considerou o apartamento chique, o penhoar de penas, e evitou emitir qualquer julgamento.

— Ok.

— Então... J. J. estava lá com alguns colegas de trabalho e alguns deles ficaram um pouco insistentes... mas J. J. não. Enfim, ele voltou na noite seguinte, me pagou outro drinque e foi legal conversar com ele. Só então ele me convidou para sair. — Ela corou novamente. — Um encontro de verdade, com jantar e tudo. Depois ele me levou para sair mais algumas vezes... duas vezes... para assistir a um musical da Broadway, o que eu achei o *máximo*. Então nós... sabe como é... Enfim, não foi como se ele fosse um cliente. Estávamos namorando. Eu não sabia que ele era casado, mas aí ele me contou... Eu estava disposta a terminar tudo porque, sabe como é, isso não é correto.

— Ele não te contou que era casado antes de vocês... sabe como é? — perguntou Eve.

— Não, mas ele explicou que a esposa é terrível e controladora, disse que está tentando se divorciar e que eles nem fazem mais sexo.

— Ela não entende o J. J., né? Não dá valor a ele — disse Eve.

— Eu sei! — A ironia da resposta ficou no ar, flutuando sobre os cachos loiros de Felicity. — Então ele alugou esse apartamento para eu ter um lugar legal e seguro para morar. E me pagou as aulas. Tenho até uma conta no banco e tudo o mais. Agora eu só preciso ser paciente. Às vezes, me sinto um pouco sozinha, porque ele precisa viajar muito a trabalho, e está tentando convencer a mulher a concordar com um divórcio amigável. Ele é muito gentil comigo, e, depois que ele se divorciar, nós vamos nos casar. Olha!

Ela estendeu a mão... com as unhas pintadas de vermelho como os dedos dos pés... para mostrar o imenso brilhante em seu dedo anelar.

Eve pensou nas contas ocultas dele e calculou o valor daquela pedra — caso fosse verdadeira. Não havia nenhuma compra ou saque correspondente àquele valor, pelo que ela lembrava.

Ocorreu-lhe que Felicity acreditou naquela mentira clichê e aceitou o diamante falso, e era ingênua o suficiente para não duvidar de nada.

— Somos loucos um pelo outro. Passaríamos todo o tempo do mundo juntos, se não fosse pela terrível esposa dele, e se ele não tivesse que viajar tanto a trabalho, como está fazendo hoje, aliás.

Eve se perguntou se todo mundo era tão ingênuo e bobo lá em Shipshewana.

— Ele está viajando a negócios... hoje? — perguntou Eve.

— Está. Teve que viajar por alguns dias para fazer uma grande apresentação em Nova Los Angeles. Ele é muito importante. Mas você já sabe disso... Enfim, o cliente quis conhecê-lo pessoalmente. Mas ele voltará a tempo do Natal. Talvez tenha que passar a maior parte do tempo com a esposa, para evitar as fofocas e tal, mas depois vamos fazer nosso próprio Natal aqui. A árvore não é linda?

— Sim, é linda. Você conhece um sujeito chamado Trey Ziegler?

— Não — respondeu ela, fazendo que não com a cabeça. — Ele é amigo de J. J.? Ainda não consegui conhecer os amigos dele por causa das fofocas, e porque sua terrível esposa iria usar isso contra ele no divórcio. É muito bom conhecer você, pelo menos assim eu tenho alguém com quem conversar. Sadie, minha amiga daquele lugar onde eu dançava, diz que os homens *nunca* se divorciam das esposas, como sempre prometem, mas J. J. não é assim. Somos loucos um pelo outro.

— Quer dizer que você não vê J. J. há alguns dias?

— Isso. Ele teve que sair da cidade de repente, como eu disse. Mas me liga todo santo dia, e ontem mesmo me enviou flores lá de onde está.

Seu maravilhoso peito se estufou perigosamente em meio à seda e às penas, quando ela inspirou fundo e suspirou.

— Ele é um amor! Anda muito estressado com o trabalho e com a esposa, então não temos saído tanto quanto antes. Ele precisa de tranquilidade. Ela é... como é que se diz?... vingativa. Então tento ser muito compreensiva, e procuro tornar as coisas mais agradáveis para ele quando ele está aqui.

— Tenho certeza que sim. Quando foi que ele saiu da cidade?

— Hã... Quarta-feira, eu acho. Será? — Ela mordeu o lábio inferior carnudo enquanto se esforçava para lembrar. — Às vezes, me confundo. Ele precisou estar em uma festa com a esposa naquela noite. Sabe, para manter as aparências. Você foi?

— Não consegui ir.

— Ah, que pena. Eu amo uma festa. J. J. ficou de passar aqui depois porque íamos comer um grande e chique brunch em um lugar onde servem caviar. Eu amo caviar, e você? Enfim, acabou que a gente nem se viu naquele dia, porque ele teve que sair da cidade.

— E ele nunca mencionou Ziegler?

— Creio que não. É um cliente? J. J. cuida muito bem dos clientes dele. É por isso que ele faz tanto sucesso.

— Aposto que sim.

— Você quer sair comigo para tomar um belo café da manhã? Eu pago! Não tenho aulas de dança nem de atuação hoje, e meu professor de canto só chega às duas da tarde.

— Desculpa, mas não posso agora.

— Ah! Você já tem que ir embora? — perguntou Felicity, quando Eve se levantou.

— Sim, mas talvez eu volte outra hora. Quando J. J. estiver aqui.

— Ah, isso seria *supermag*! Podemos até fazer uma festinha.

— Por que você não me liga quando estiver aguardando a chegada dele? — Eve entregou um cartão a ela. — Podemos fazer essa festinha.

— Claro! Isso é… Ah… vai ser mais que demais! Estou muito ansiosa para isso!

— Eu também! — Eve abriu a porta e olhou mais uma vez para aquela mulher sexy. — Felicity, essa sua amiga Sadie me parece muito inteligente.

— Ah, ela é mesmo! É uma ótima amiga, mas se preocupa muito comigo, sem necessidade até. Ela acha que eu deveria voltar para Shipshewana.

Eve percebeu que talvez Sadie fosse a única pessoa em Nova York que dizia a verdade para Felicity.

— Você conversou com ela recentemente?

— Converso com ela quase todos os dias. J. J. não quer que ela venha aqui porque… Ah, as pessoas nem sempre entendem sobre a dança, mas… uma mulher precisa das suas amigas, certo?

— Sim. O que ela disse sobre J. J. ter que sair da cidade de repente?

— Hã… Ah, Sadie não confia na maioria dos caras, sabe como é? Ela teve algumas experiências ruins… Enfim, ela sempre acha que J. J. está mentindo para mim.

— Como eu disse, ela me parece muito inteligente. Talvez você devesse ouvi-la. Também devia ligar para ela. Ah… só mais uma coisa, Felicity. Talvez você devesse se perguntar por que um homem importante e bem-sucedido está fazendo negócios fora da cidade durante um fim de semana, em vez de pegar um jatinho de volta e levar você para comer caviar.

Deixar as coisas no ar era o melhor que Eve podia fazer. Ela foi embora, desceu e acenou com a cabeça para Brent na portaria.

Odiou sentir pena da mulher... não, se corrigiu mentalmente... daquela *garota*. Na verdade, ela não era mais que uma garota. Mas fazia sentido, supôs. Quanto mais pena sentia de Felicity, mais desprezo sentia por Copley.

Na primeira oportunidade, prometeu a si mesma, os dois teriam uma conversa longa e fascinante.

E não seria nem um pouco agradável para ele.

Capítulo Treze

Kira Robbins atendeu a porta pessoalmente. Ela parecia tensa e cansada, vestindo uma calça de pijama larga e florida e um moletom cinza com a sigla de Nova York. Muito diferente, pensou Eve, do elegante vestido vermelho e dos saltos altos da véspera.

— Você quer repassar tudo de novo, não é? — Kira não ofereceu assento ou bebida a Eve, apenas se largou no sofá. — É assim que funciona. Repassar tudo sem parar, infinitamente.

— Você disse que estava sozinha e sem contato externo no momento em que Ziegler foi assassinado.

— Isso mesmo. Maldito livro! Não escrevi uma única palavra desde que falei com você ontem. Não vou conseguir cumprir o prazo. Eu só queria dormir, mas...

— Quantas vezes Ziegler veio aqui?

— Quatro... não, foram cinco. Duas vezes comigo e minha assistente, e três vezes só comigo. Acho que foi isso.

— Quanto dinheiro extra você deu a ele para atender sua assistente?

— Ah... uns quinhentos dólares. — Robbins esfregou o ponto entre as sobrancelhas com dois dedos. — Isso mesmo, quinhentos.

Isso batia com a planilha de Ziegler.

— Quantas vezes você teve intimidade com ele?

— Não foi "intimidade". Não há nada de íntimo em ter sua escolha retirada. Ele fez sexo comigo... uma vez. Ele me estuprou... uma vez. — Seus olhos faiscaram. — Não foi intimidade.

— Você tem razão.

— Você deve estar se perguntando... *eu* estou me perguntando... será que eu pedi por isso? Permiti isso? Eu o trouxe aqui, *paguei* para ele vir até aqui. E eu sabia que ele usava as pessoas. Ouvi rumores, mas continuei procurando-o e fiz com que ele viesse até mim.

— Por quê?

— Ele era um personal trainer muito bom. — Ela pressionou as pálpebras com os dedos. — Ai, Deus! Ele era durão comigo, mas era charmoso também. Ele me ajudou a ficar em forma. Blogueira de moda... — disse ela, com uma risada amarga. — Você precisa ter boa aparência. Você não está competindo com as pessoas sobre as quais está escrevendo... as estrelas, as jovens de fundo fiduciário... mas, na realidade, está. Eu não queria procurar um escultor corporal, queria chegar ao corpo perfeito por conta própria. Dá orgulho saber quem está esculpindo o corpo, e com que frequência. Então eu preferi ficar com ele. Fiquei com Trey. — Ela deixou a cabeça pender para trás. — Então, estou me perguntando se pedi por isso. Quando isso aconteceu antes, eu era apaixonada pelo canalha. Era só uma criança apaixonada, como qualquer outra de dezesseis anos. Depois, o idiota disse que eu *queria* aquilo. Que eu o *provoquei*. Então ele me deu algo para me dopar e me jogou na cama, mesmo quando eu disse não, quando pedi para ele parar. Ele disse que eu *queria* aquilo, e que, se eu fizesse um escândalo depois, todos iriam saber que eu tinha pedido.

— Ninguém pede para ser estuprado, Kira.

— É, eu *sei disso* melhor do que ninguém. Só não consigo entender. Achei que conseguiria lidar com Ziegler numa boa. Sou inteligente, sou forte, aprendi a aceitar o que aconteceu antes e a ficar mais esperta, mais forte. Mas saber é uma coisa, sentir é outra.

Os olhos de Kira se encheram de lágrimas. Ela pressionou os dedos sobre as pálpebras como se quisesse conter o choro.

— Desculpa, tive uma noite ruim.

— Você já foi drogada e estuprada quando era jovem, mas não se perguntou, não se questionou se a mesma coisa tinha acontecido? Você simplesmente sentiu vontade, transou com um homem por quem afirma não se sentir atraída, e nem mesmo gostar... E depois de tudo nada passou pela sua cabeça?

— Não pensei mais naquilo. Isso nunca me passou pela cabeça, já tinha deixado essas coisas para trás porque já não era mais aquela garota. Eu achava que era muito mais inteligente, forte e cuidadosa, e que isso nunca poderia acontecer comigo de novo.

Ela apertou as pálpebras com força por um momento e cerrou os punhos até os nós dos dedos ficarem esbranquiçados.

— Só que aconteceu. Aconteceu, e sinto como se eu tivesse dezesseis anos de novo. Talvez até pior, porque eu realmente achava que isso nunca mais poderia acontecer comigo. — Ela relaxou as mãos e respirou de forma lenta e profunda algumas vezes. — Eu não o matei, isso é tudo que tenho a dizer. E não teria matado, mesmo que tivesse entendido o que aconteceu antes de outra pessoa assassiná-lo. Mas também não teria cometido o mesmo erro que cometi aos dezesseis anos. Teria ido direto à polícia. E se algumas pessoas achassem que eu pedi por aquilo, que se fodam. Foda-se todo mundo! — Com uma risadinha fraca, ela esfregou o rosto com as mãos. — Sim, foi uma noite difícil. Mas tenho uma sessão com a minha terapeuta daqui algumas horas.

— Ótimo. Você não significou nada para ele.

— O quê?

— Coloque isso na sua cabeça — disse Eve. — Você não tinha valor algum para ele. Foi apenas mais um nome na lista dele, mais um corpo, mais um jeito de ele se sentir superior e poderoso. Você não pediu por isso, não permitiu que isso acontecesse. Você foi apenas mais uma oportunidade para ele, mais uma forma de arrancar dinheiro de alguém, só isso.

— Isso deveria me fazer sentir melhor?

— Depende de você. Mas é a verdade. São os fatos.

Kira respirou fundo novamente.

— É duro, e, talvez por ser duro, isso me faz sentir melhor.

— Agradeço o seu tempo. — Eve foi até a porta e parou. — Acho que você vai conseguir cumprir o prazo.

— Vou?

— Vai, sim. Você não vai deixar que ele te ferre de novo.

Eve refletiu sobre a conversa, suas impressões, o que viu, ouviu e sentiu enquanto voltava para casa. Talvez tudo que ela precisasse era de mais meia hora... não era muito... para passar tudo para o papel e enviar para Peabody e Mira.

E... tudo bem... talvez mais dez ou quinze minutos para atualizar o quadro do crime e revisar os dados que Peabody já devia ter reunido a essa altura.

Apenas mais quarenta e cinco minutos, uma hora no máximo, e então ela focaria nos preparativos para a festa.

Era justo.

Satisfeita com o acordo que fez consigo mesma, passou pelos portões. E parou o carro no meio da longa alameda, boquiaberta.

Caminhões, vans e muitas pessoas se aglomeravam na entrada da casa. Várias delas carregavam árvores — por que precisavam de *mais* árvores? —, plantas, flores, caixotes, caixas e sabe-se lá Deus mais o quê.

Ela ficou observando enquanto alguns veículos contornavam a imensa casa para, presumiu ela, dar a volta pela lateral ou pelos fundos, onde sem dúvida iriam descarregar mais coisas.

Era um exército de operários, decoradores e faz-tudo. Eve supôs que aquela multidão não incluía a gente que iria lidar com os comes e bebes.

Quem precisava de um exército inteiro para dar uma festa? Exércitos eram necessários apenas em guerras.

Ah... aparentemente aquilo era uma guerra.

E onde diabos ela deveria estacionar o carro?

Vendo-se sem outra opção e na esperança de evitar aquela multidão o máximo possível, deu a volta na casa até a garagem.

Ficou sentada no carro por alguns instantes, tamborilando os dedos no volante e tentando lembrar como acessar a tal garagem. O maldito lugar era tão grande quanto uma casa. Geralmente, ela só estacionava a viatura na entrada. Sabia que Summerset — com seu perfeccionismo — removia qualquer veículo que ela largasse lá, conduzia-o até a garagem e o trazia de volta pela manhã.

Então, em geral, ela não se preocupava com o acesso à garagem. Considerou deixar o carro ali onde estava, mas isso lhe pareceu uma idiotice. Em vez disso, ligou para Roarke pelo *tele-link* do painel.

— Olá, tenente.

— Oi. Só para avisar que já estou de volta.

— E em tempo hábil.

— Sim. Tem um monte de gente lá na frente. Está parecendo um campo de guerra, então vou estacionar na garagem.

— Tudo bem.

— Mas eu não consigo me lembrar do código para entrar na garagem.

Na tela do painel, ele sorriu.

— Eve, você ainda não leu a porcaria do manual da sua viatura?

— Eu consigo me virar, geralmente.

— Olha, é só acessar o computador do painel, solicitar "acessórios" e ordenar a abertura das portas da garagem por controle remoto. O sistema já tem sua biometria de voz. Para fechar a porta, você deve proceder da mesma forma, ou então acessar o computador da garagem, depois de estacionar.

— Certo. Entendi. Obrigada.

— Devo ressaltar que, se você tivesse lido o manual, poderia ter estacionado a viatura na frente de casa, e em seguida a enviado para a garagem por controle remoto de voz. Mas agora só estou sendo sabichão, não é?

Em vez de responder, ela o cortou e desligou o *tele-link* quando a tela apagou.

— Espertinho. Ligar computador!

Computador ligado, tenente Eve Dallas.

— Acessórios!

Acessórios confirmados. Gostaria de ver a lista de opções por ordem alfabética ou por categoria?

— Quero abrir a porra da porta da garagem.

Deseja abrir o portão da garagem da sua localização atual, que é a residência, ou em algum outro lugar?

— Por que diabos eu iria querer abrir uma porta onde não estou? Ah, deixa para lá. Abra a porta na minha localização atual.

Portão de garagem, residência. Você gostaria de abrir a porta principal da garagem, a porta traseira, a do segundo andar ou...

— Porta principal, pelo amor de Deus! Abra a porta principal da garagem da minha residência.

Garagem da residência, abertura da porta principal.

Ela esperou enquanto a porta subia de forma lenta e silenciosa, e então entrou.

Nem se daria ao trabalho de revirar os olhos diante do número de veículos que viu lá dentro. Talvez revirasse bem de leve. Havia veículos 4×4, sedãs, carros esportivos, caminhões potentes e motocicletas sensuais.

Alguns chamativos, outros elegantes. Alguns mais radicais, outros delicados.

Ela tinha certeza de que houvera algumas novas aquisições desde a última vez que estivera ali. Também sabia que antes não havia uma vaga intitulada TED Urbano — Tenente Eve Dallas Urbano era a designação da sua viatura. Certamente outras aquisições deviam ter sido feitas porque aquele homem comprava veículos da mesma forma que outros compravam meias.

Tinha acabado de estacionar na vaga indicada quando o computador perguntou, educadamente:

Deseja fechar os portões principais da garagem da sua residência neste momento?

— Sim, sim, faça isso.

Ela desceu do carro, olhou para os brinquedos novos em folha de Roarke e viu uma mesa de trabalho limpíssima — quem tinha uma garagem tão imaculada? —, onde havia um computador, um AutoChef e uma unidade de refrigeração.

— Uma garagem onde dá para morar. Quem mais teria uma coisa dessas?

Sentindo-se inspirada, foi até a mesa e estreitou os olhos para o computador.

— Ligar computador!

O objeto ganhou vida imediatamente.

Bom dia, tenente Eve Dallas.

— Tá bom, tá bom. Você consegue se conectar ao computador do meu escritório de casa?

Afirmativo. Você gostaria de fazer isso neste momento?

— Sim, eu gostaria de fazer isso neste momento. Abra os arquivos sobre Trey Ziegler, subpasta Interrogatórios. Crie uma nova entrada com o nome de Felicity Prinze e guarde-a como subpasta de John Jake Copley.

Processando...

— Exiba quaisquer mensagem ou informação recebidas da detetive Delia Peabody.

Comando secundário em andamento. Comando inicial já concluído.

— Por que o computador do meu escritório na Polícia não é tão rápido quanto este?

Gostaria de fazer uma varredura e um diagnóstico do computador citado?

— Qual seria o objetivo? Negativo.

Entendido. Comando secundário concluído.

— Coloque os dados de Peabody na tela primeiro.

Dados na tela.

Eve estava certa sobre a idade de Felicity. Tinha acabado de completar vinte e um anos. Nascida em Shipshewana, Indiana, era a mais nova das três descendentes de Jonas e Zoe Prinze. Nenhum registro criminal, nem mesmo um pequeno delito, a menos que ela levasse em conta duas infrações de trânsito leves na adolescência.

E ela não levou.

Felicity tinha se formado no ensino médio e Peabody acrescentara à sua pasta os detalhes mais marcantes. Foi rainha do baile de formatura, capitã das líderes de torcida, protagonista do musical da escola durante dois anos consecutivos e presidente do clube de teatro.

Cursou dois anos de faculdade comunitária, com especialização em teatro.

Trabalhou por três anos na Go-Hop, como garçonete de meio período.

Mudou-se para Nova York e morou durante sete meses em Alphabet City — em um prédio decadente, notou, segundo os dados da pesquisa de Peabody, que alugava apartamentos por hora, dia ou semana.

Trabalhou como dançarina no Starshine Club durante três meses. E, atualmente, morava no grande e opulento prédio com vista para o rio.

Sem casamentos, sem coabitações registradas, sem emprego atual.

Uma menina ingênua, simples e interiorana com algum talento em potencial e grandes sonhos, fisgada por um cara com o dobro da sua idade. E que possivelmente era um assassino.

Eve acrescentou tudo às suas próprias anotações e compilou-as em um relatório.

Enquanto lia e refinava os dados, a porta lateral se abriu.

Roarke entrou.

— Você se perdeu? — Ele arqueou uma sobrancelha. — Está trabalhando na garagem?

— É que eu já estava aqui, o lugar é tranquilo e eu só precisava de alguns minutos. — Olhou para seu *smartwatch* e estremeceu. — Ou pouco mais que isso.

Ela terminaria de ver os dados depois, se necessário, mas enviaria o relatório inicial para Peabody e para Mira naquele momento, com uma atualização para o comandante.

— Pronto. Já estou entrando. Por que chegaram mais árvores?

— Mais?

— O pessoal estava descarregando mais árvores quando eu subi pela alameda. Por quê? Já tínhamos bastante.

— Porque é Natal. — Ele pegou a mão dela. — Se precisar de mais tempo, não precisa se esconder na garagem.

— Gostei daqui. Um palácio de carros com computador e comidinhas. Mas já fiz tudo que precisava.

Ela ainda poderia escapar mais tarde e trabalhar um pouquinho.

— Tudo bem, então. Quer uma carona de volta?

Ele apontou para uma fila de pequenos carros elétricos.

— Tenho pernas.

— Sim, pernas que admiro sempre que possível.

Ainda segurando a mão dela, Roarke a conduziu pela porta lateral.

— Vamos entrar, e aí você pode me contar sobre a amante.

— Tive pena dela. Não, isso não é justo. — Ela enfiou a mão livre no bolso para aquecê-la. — É uma criança, Roarke. Tem vinte e um anos, mas é muito ingênua, tadinha. Veio de uma cidade minúscula do interior. Shipshewana, Indiana.

— Shipshewana? Você está me zoando?

— É uma cidade de verdade, juro. Se é que dá para chamar de cidade um lugar com cerca de um quilômetro quadrado. Tem menos de seiscentos habitantes, muitos agricultores e pecuaristas. Provavelmente há mais vacas do que pessoas lá.

Pensar nisso lhe deu arrepios.

— Então, nossa jovem amiga deu adeus a Shipshewana, veio para a sedutora cidade grande e acabou em um apartamento com vista para o rio, sendo sustentada por um homem casado.

— Basicamente, sim — concordou Eve. — A versão longa tem mais detalhes. Ela está desesperada para ser uma estrela da Broadway. Veio para Nova York por causa do glamour e acabou trabalhando em um clube de striptease.

— Isso é muito comum, não é?

— Ela me disse que só dançou lá... nada de sexo... e dá pra acreditar nela. Não só pelo rosto ingênuo, mas também pela maneira como ela atropela muitas informações porque se sente sozinha, e as informações do passado dela completam o quadro. Copley a colocou lá com o papo furado de sempre: a mulher não o compreende, trata-o mal, e ele está tentando se divorciar para os pombinhos poderem se casar.

— Pelo que você diz, as pessoas de Shipshewana são bem ingênuas.

— Se todos lá são como Felicity, é uma terra de ingênuos. Enfim, enquanto isso, Copley está investindo no futuro dela pagando as aulas de dança, canto e atuação. Dormem juntos sempre que ele está disponível, e ela o bajula, faz com que ele se sinta desejável e importante. Ela acredita que ele está fora da cidade no momento, tratando de negócios importantes.

— Você contou a verdade a ela?

— Não diretamente. Ela não teria acreditado em mim de qualquer forma. Mas eu meio que joguei uns verdes e falei para ela conversar com a amiga stripper que parece entender melhor como o mundo funciona. Ela supôs que eu era amiga de Copley, ficou muito feliz de me conhecer por causa disso e adorou passar algum tempo conversando a respeito do "namorado" porque... em suas palavras... ela não pode falar com ninguém sobre ele, ou sobre os dois. Ele é um babaca! Ela vai sair dessa história com algumas cicatrizes. De qualquer forma, talvez isso seja bom para ela a longo prazo.

— E quanto a Ziegler?

— Ela nunca ouviu esse nome e não sabe nada a respeito. Copley lhe conta apenas o que interessa a ele, simples assim. Mas sabe o que isso me fez perceber? Ela é jovem, sexy e tem o corpo dos sonhos de qualquer homem hétero.

— Sério mesmo? Você tem uma foto dela?

— Pervertido! — reagiu ela, com ar brincalhão.

— Talvez, mas na condição de homem hétero eu poderia confirmar suas descobertas.

— Minhas descobertas me dizem que ele quer esconder sua amante o máximo de tempo possível. Ele tem sexo, adoração e devoção irrestritos. E, já que paga tudo isso com o dinheiro que roubou da esposa, é uma vitória total para ele. Algo pelo qual ele poderia ter matado, caso Ziegler tenha descoberto o seu caso e ameaçado dar com a língua nos dentes para a esposa traída.

— Então você conseguiu riscar um nome da sua lista de suspeitos, graças a essa jovem aspirante à Broadway, e ganhou mais um motivo para um dos principais suspeitos. Nada mal para quem trabalhou tão pouco tempo.

— Mandei Peabody fazer uma pesquisa sobre a garota, e isso me fez ganhar algum tempo. Os dados indicam que essa menina veio de uma família unida, com pais presentes. Tem duas irmãs mais velhas e era boa aluna na escola. Por que chamam aquilo de "festas de boas-vindas"? — perguntou-se ela, em voz alta.

— Quem chama o que de "festas de boas-vindas"?

— As pessoas, quando falam dessas festas de ensino médio.

— Ah. — Ele parou perto de uma porta lateral da casa. — Isso é uma coisa bem estadunidense, não é?

— Você mora aqui — lembrou ela.

— É verdade. Acho que tem alguma coisa a ver com futebol. Futebol americano, um jogo específico que é celebrado de forma específica com um baile e talvez com um desfile. E escolhem estudantes para serem rei e rainha.

— Esquisito, né? Mas ela foi rainha em um baile desses, foi capitã das líderes de torcida, foi protagonista de peças estudantis e trabalhou meio período em uma lanchonete, até vir para Nova York. Os poucos meses que ela passou trabalhando em uma boate de striptease deveriam ter tirado um pouco da inocência dela, só que isso não aconteceu. Acho que isso está enraizado nela.

— Você gostou muito dela — refletiu ele, quando os dois entraram.

— Não sei se foi esse o caso, mas espero que tenha alguém para apoiá-la quando ela descobrir a verdade sobre Copley.

— Ela tem uma família unida e irmãs mais velhas. Eles podem ser o ombro amigo dela.

— Acho que sim. De qualquer forma, meu trabalho é investigar Copley. Ela com certeza vai contar que eu estive lá. — Considerando isso, Eve entrou no elevador com Roarke. — Na próxima vez em que ele ligar, ela contará a ele sobre a minha visita. Ele vai ficar puto! Como foi que eu descobri sobre ela? Será que foi algo que Ziegler deixou documentado? Isso me lembra que eu preciso verificar a planilha de Ziegler sobre os negócios paralelos. Copley vai querer saber exatamente o que Felicity me contou, e, se ele não for inteligente e cuidadoso, vai fazer com que ela se pergunte... mesmo sendo tão ingênua... o que diabos está acontecendo. A menos que a amiga stripper lhe abra os olhos antes.

Ela saiu com ele do elevador e entrou no seu escritório.

— O que viemos fazer aqui? — perguntou ela.

— Você não vai precisar do seu agasalho, nem eu do meu. — Ele pegou o casacão dela, tirou o dele e os levou para um pequeno armário no qual ela nunca tinha reparado, muito menos usado. — E você precisa de mais tempo para atualizar seu quadro e verificar aquela planilha.

— Não vou demorar muito.

— De novo, você não precisa se desculpar comigo.

Os ombros dela caíram lentamente.

— Não vou falar com Summerset de novo. Já voltei para casa. Devo chegar ao campo de batalha em quinze minutos.

— Tenho certeza de que verei você em algum momento dessa batalha. — Ele a pegou pelos ombros e a puxou contra ele para um beijo intenso e rápido. — Esconda sua arma antes de descer, por favor, tenente. Caso contrário, você poderá ficar tentada a usá-la antes mesmo de a festa começar.

— Tudo bem, eu a coloco em modo de atordoar leve.

— Mesmo assim. — Ele tornou a beijá-la. — Se você se atrasar mais que quinze minutos — disse ele, ao sair —, Summerset terá munição para encher seu saco durante anos.

— Droga! — Aquilo era verdade.

Eve foi direto para o quadro. Acrescentou a foto de Felicity, algumas informações básicas e cruzou tudo com as informações de Copley. Depois de refletir por alguns instantes, colocou um ponto de interrogação em cima da foto de Natasha Quigley.

Ela ainda não tinha certeza se Natasha sabia da amante.

Recuando um pouco, estudou o quadro.

De todos os envolvidos naquele caso, Felicity e Sima pareciam-lhe as figuras mais ingênuas e vulneráveis. Sima bem menos que Felicity. Por outro lado, Eve imaginou que ninguém que tivesse mais de quatro anos poderia ser mais ingênuo que Felicity.

Mesmo assim, não era interessante que Ziegler e Copley — vítima e potencial assassino — tivessem se beneficiado de pessoas ingênuas que confiavam neles? Copley bancava tudo... ou, mais precisamente, sua mulher bancava (quer ela soubesse ou não). Ziegler tinha se aproveitado do desejo de Sima de ter um namorado gostoso, então ela pagava a maior parte das despesas dele.

Mas os dois manipularam mulheres para conseguir o que queriam.

Ziegler havia se viciado em manipular e explorar, pensou, enquanto andava ao redor do quadro do crime.

Será que Copley também?

Talvez outra olhada em suas finanças lhe chamasse atenção para algo novo, mas ela conseguiria isso de um jeito mais tranquilo com Roarke. Além do mais, ela não tinha esse tempo livre naquele momento.

Mas poderia descobrir um pouco mais analisando a planilha.

Em sua mesa, ela abriu o documento e olhou as várias páginas em busca das iniciais de Copley.

Destacou cada despesa e anotou no quadro os pagamentos feitos e suas respectivas datas.

Encontrou outras iniciais com valores diferentes, mas nada muito consistente nas seis semanas anteriores — período em que a vítima adicionou outro cadeado em seu armário da academia.

Havia registros e pagamentos em nome de NQ (Natasha Quigley), MQS (Martella Quigley Schubert) e KR (Kira Robbins), mas tudo batia com os testemunhos que Eve recebera. Esses também foram adicionados ao quadro.

Mas havia muitas outras entradas — pelo visto, ele tinha uma atividade secundária bastante agitada. Aquelas que ela conseguiu ligar às declarações dos clientes já entrevistados também bateram. Extorsão em alguns casos, dinheiro especificamente para sexo na maioria dos outros.

Sexo e dinheiro, dois dos principais motivos para homicídio. Ela poderia atribuir ambos a Copley, acrescentando seu medo de ser exposto, o que provavelmente levaria à perda de todo o dinheiro, quando a esposa o expulsasse de casa.

E ela não faria isso?

Estava em uma fase difícil, tentando salvar o casamento. Quigley quase implorou para que ela não contasse a Copley sobre sua relação sexual com Ziegler.

Eve voltou às anotações daquela conversa para refrescar a memória.

Quigley tinha afirmado que, se Copley soubesse que ela esteve sexualmente envolvida com Ziegler, terminaria o casamento. Porque ele não iria tolerar traição, Eve presumiu.

Mas e se Quigley soubesse do acordo de Copley com Felicity, e tivesse usado isso para pressionar o marido a consertar o casamento, senão ele perderia a casa, a grana e o status? Não seria nada bom se ele descobrisse que ela também estava pulando a cerca... pois assim ela perderia a vantagem.

Eve começou a divagar sobre a possibilidade: Quigley deu um ultimato a Copley, que chegou à conclusão de que Ziegler o traiu. Então, matou Ziegler em um rompante de paixão e raiva, seguido de um floreio final: *Feliz Natal, seu filho da puta*.

Depois, ele foi para casa, festejou, avisou à esposa que terminaria tudo com a amante e a convidou para uma viagem romântica. Então precisou dizer a Felicity que tinha que viajar a trabalho, até tudo se acalmar.

Ele teria que terminar com Felicity ou ao menos convencer Quigley de que havia feito isso. Com Ziegler fora de cena, ele teria mais chances de manter as coisas no lugar, caso bancasse o marido arrependido.

Era necessária mais uma rodada de perguntas com Natasha Quigley, decidiu Eve. Bastaria citar o nome de Felicity e analisar a reação da mulher. Isso provavelmente iria acabar com seu casamento, lembrou, mas de qualquer modo aquela era uma relação construída em cima de mentiras e traições. E fazer isso teria o potencial de ajudá-la a pegar o assassino.

Algo no que pensar.

— Mas não agora, droga.

Vendo que já tinha abusado do tempo, ela desligou tudo e saiu do cômodo.

Voltou apressada, murmurando xingamentos enquanto tirava o coldre com a arma. Guardou-o na gaveta da escrivaninha e trancou as portas do escritório, para garantir. Então disparou em direção ao salão de baile para enfrentar o que estava postergando.

Uma guerra se desenrolava ali, percebeu, ao parar diante das portas abertas do salão de baile. Era tudo tão caótico, estressante e barulhento quanto em um campo de batalha.

Alguns gritavam e davam ordens ou instruções como comandantes davam aos soldados de infantaria — que puxavam e carregavam coisas, ou entravam em combate. Alguns estavam em escadas tão altas que a cena embrulhou o estômago de Eve.

Pessoas de todos os tamanhos, formas e etnias se aglomeravam na enorme sala, arrastavam coisas ou corriam pelas portas abertas do terraço, onde mais pessoas se concentravam.

As árvores recentemente trazidas tinham sido instaladas em cada canto do salão, tal qual gigantes comemorativos, decorados com pisca-piscas, cordões de bolinhas douradas, azevinhos e gotas de cristal compridas. Embaixo de uma delas, alguém arrumava caixas embrulhadas em papel vermelho com laços dourados e em papel dourado com laços vermelhos, de forma muito meticulosa, como se lidasse com explosivos.

Ela viu o que pareciam ser quilômetros de pisca-piscas, hectares de árvores, quilos de azevinho e quantidades de cristal que cegariam até mesmo o sol.

Sem contar as guirlandas, cortinas transparentes, plantas e arranjos de flores.

Ela pensou em fugir dali e lidar depois com a ira justificada de Summerset. Talvez valesse a pena.

Na verdade, chegou a arriscar um passo para longe dali.

— Sra. Roarke!

Uma mulher usando botas brilhantes com amortecedores irrompeu no meio daquele vaivém de pessoas, acenando para Eve com um tablet e apressando o passo. O que pareciam ser hashis pintados estavam espetados em seu cabelo bagunçado.

Não recue, ordenou Eve a si mesma. *Nem se renda!*

— Dallas. Sou a tenente Dallas.

— Sim. Sim, lógico. Perdão, estou na correria... Ha. Ha. Ha!

Ela de fato riu pausadamente.

— Já trabalhamos juntas antes. — Ela apertou a mão de Eve com muito entusiasmo. — Me chamo Omega.

— *Esse* é o seu nome?

— Ha-ha-ha. Sim, pior que é. Sou a cerimonialista da festa. Sei que não pudemos repassar a decoração e os detalhes do evento de hoje, mas Roarke já aprovou o design.

— Ok.

— Naturalmente, sempre surgem alguns ajustes a fazer no local, ainda mais coordenando com outros fornecedores. E embora a florista tenha feito um ótimo trabalho...

Ela se virou e olhou para outra mulher que balançava os dedos no ar enquanto dois sujeitos carregavam um grande vaso dourado com enormes flores vermelhas e brancas. Seu olhar não era de admiração.

— Ainda temos alguns ajustes para fazer — concluiu ela.

— Ok.

— Só preciso discutir alguns pontos com você e fazer algumas perguntas. Todos nós, é óbvio, queremos que o evento seja perfeito.

— Certo. — Eve se preparou para o que estava por vir. — Pode mandar.

Cerca de dez minutos depois, com a cabeça latejando, Eve admitiu que Roarke estava certo ao lhe aconselhar que deixasse a arma de atordoar no escritório.

Se bem que ela teria prestado um serviço à humanidade atingindo a decoradora e a florista com uma rajada de atordoar.

Em menos de trinta minutos, ela já estava cogitando seriamente pegar a arma e usar nas duas.

Elas se elogiavam com sorrisos falsos e palavras como *brilhante*, *lindo* e *perfeito*. Em seguida, atacavam uma à outra com pequenos insultos sarcásticos.

Os vasos eram dourados demais. O tule estava exagerado.

A florista afirmou que suas medidas eram precisas. A decoradora discordou, alegando que as medidas *dela* é que estavam corretas. Para Eve, a diferença era ínfima.

— Preciso daquele espaço para os meus flocos de neve de poinsétia — insistiu a florista, que se apresentou como Bower. — Eles foram criados exclusivamente para este evento.

— Como você pode ver nitidamente em *meu* projeto, esse espaço está destinado à mesa de presentes, e você deveria providenciar para a mesa... segundo minhas anotações... miniárvores douradas, amarílis vermelhas e velas artificiais brancas.

— Já discutimos essa mudança de design, Omega.

— Não me lembro disso, Bower.

— Tenho certeza de...

— Que mesa de lembrancinhas? — quis saber Eve, impedindo as duas mulheres de vociferarem uma para a outra.

— A de lembrancinhas de Natal para os seus convidados — respondeu Omega. — Uma sacola dourada para as mulheres, contendo um frasco de edição limitada da nova fragrância Snow Queen, que só irá estrear no mercado em fevereiro. E uma sacola vermelha para os homens, contendo um bar portátil em um estojo feito sob medida. Pela última contagem, o número de convidados já está em...

— Não quero saber. — Eve dispensou a informação. — Podemos colocar as sacolas de presentes em uma das outras salas.

— Sem querer insultar seus convidados, lógico... se os presentes forem colocados em outro lugar, algumas pessoas poderão... por engano, óbvio... pegar mais de um presente. Ou alguns funcionários poderão levar alguns consigo.

— Se estamos doando coisas, por que nos importaríamos com isso? Sabe o salão de beleza montado lá fora? Pois é, o espaço vai transbordar de gente quando os equipamentos forem liberados. É só colocar os presentes lá e os flocos de neve aqui. Problema resolvido! Próximo.

— Eu teria que ver a área desse salão — insistiu Omega. — Para exibir os presentes da melhor forma possível, pode ser que eu precise fazer mais ajustes e adicionar alguns elementos de decoração naquele espaço.

— Fique à vontade. É logo ali — apontou Eve. — Basta virar à esquerda. Se você quiser adicionar enfeites, pisca-piscas ou qualquer outra coisa, por mim tudo bem.

— Precisamos ter certeza de que existem arranjos florais complementares — acrescentou Bower.

— Ótimo. Faça o que achar melhor!

Ambas as mulheres, entusiasmadas com a ideia de ter outro espaço pelo qual brigar, saíram correndo dali. Eve suspirou, aliviada.

— Mandou bem! — Roarke se aproximou dela e lhe ofereceu uma latinha de Pepsi.

— Obrigada. — Ela abriu a latinha e tomou um longo gole. — Por que você comprou lembrancinhas para *todo mundo*? Eles já estão vindo na nossa casa comer, beber e ouvir música ao vivo. Eu vi o palco montado ali atrás!

— É Natal, e essas pessoas são nossas convidadas. É algo simbólico.

— Nada disso me parece simbólico. Mas o dinheiro é seu.

Roarke enlaçou a cintura de Eve e beijou sua têmpora.

— Esta festa é *nossa*.

— É.

Livre da florista e da decoradora, ela olhou ao redor. Todas as árvores tinham sido montadas, decoradas e... ok, estavam lindas. Ela viu um sujeito de gorro e coturnos mexer em algum tipo de dispositivo portátil — e logo sorriu quando pisca-piscas de estrelinhas douradas se acenderam por todo o teto.

— Porra, eu sou muito bom nisso! — gritou ele, e alguém riu.

Várias mesas, que ela presumiu serem para a comida, estavam encostadas nas duas paredes laterais. Mesinhas altas tinham sido espalhadas aqui e ali, todas com toalhas também em dourado. Ela notou que algumas delas já exibiam arranjos de flores vermelhas, pequenas pinhas douradas e velas brancas.

Só então começou a visualizar como tudo ficaria.

— Está tudo muito elegante.

— Estava torcendo para isso — disse ele, pegando a latinha de Pepsi da mão dela e tomando um gole.

— Mas também convidativo. E... finalmente saquei o lance dos cristais e dos flocos de neve. É Natal, é inverno. Mas ao mesmo tempo é caloroso. E muito aconchegante, achei.

— Então alcançamos nosso objetivo, certo?

— Ei! — Ela gritou para alguém do outro lado da sala, pegou a latinha de Pepsi da mão de Roarke e foi até dois trabalhadores que traziam mais uma torre de flores. — Não coloquem isso aqui.

— Mas Bower disse...

— É um exagero colocar mais isso aqui. Ela ficará melhor no terraço.

— Mas Bower disse...

— Estou cagando e andando para o que Bower disse. Esta é a *minha* festa, *eu* estou no comando. Tire isso daqui. Vou mostrar a você onde colocar.

Enfiando as mãos nos bolsos, Roarke a observou dar instruções para outros trabalhadores também.

Sim, de fato, pensou Roarke. Eles tinham alcançado o objetivo.

Capítulo Quatorze

Eve não diria que gostou de ter passado algumas horas dando ordens para decoradores, floristas e pessoas que, aparentemente, os temiam. Mas não podia negar que sentiu certa satisfação nisso. E gostou ainda mais quando percebeu que todos os envolvidos tinham medo principalmente dela.

Mesmo assim, foi com enorme alívio que ela escapou de fininho, confiante de que tudo estava — dentro do possível — sob controle, para passar uns vinte minutos... ok, talvez uma hora... em seu escritório.

Verificou primeiro as mensagens que tinham chegado e viu, com surpresa e gratidão, que uma delas era de Mira.

Ela abriu a mensagem, passou os olhos por tudo, mas logo se concentrou em uma parte do texto.

A vítima e o suspeito Copley demonstram muita habilidade em reconhecer as necessidades, os desejos e os pontos fortes e fracos dos outros, e construíram carreiras onde utilizaram essa habilidade. Por exemplo, Ziegler, como personal trainer, trabalhava o desejo de uma cliente de ficar mais atraente ou em forma, algo que a motivaria a ter sucesso ou ao menos aparentaria isso. E usava seu instinto para selecionar clientes e outras mulheres que poderiam ser receptivas à ideia de pagar por sexo. Seu sucesso nestas áreas o incentivou a expandir seus "negócios", explorando outras clientes com o objetivo de aumentar os ganhos, usando drogas ilegais para "persuadir" outras mulheres a praticarem sexo com ele, para depois extorqui-las.

No caso do suspeito Copley, suas habilidades o guiaram para a área de relações públicas, onde ele consegue "ler" os clientes, e usa de palavras ou de imagens para criar campanhas e influenciar a opinião pública. Suas contas secretas, financiadas principalmente com dinheiro subtraído de sua esposa, demonstram uma necessidade de controle e também de ganho. Embora os benefícios de sua carreira o ofereçam estabilidade financeira, ele quer mais e sente que merece mais.

Ele, como Ziegler, se deu bem nessa vida dupla — pelo menos no curto prazo. Com o dinheiro que roubou da esposa, dinheiro que ele considera seu por direito, Copley estabeleceu uma segunda residência, onde colocou uma amante para sua própria gratificação sexual e ego. Sua escolha — uma jovem ingênua — demonstra sua necessidade de dominação. Sua mulher tem mais a oferecer — maturidade, experiência e dinheiro —, portanto, ele não consegue ser a parte dominante nesse relacionamento. Então ele explora uma mulher mais jovem, financeiramente inferior a ele e ainda inexperiente, usando suas habilidades para identificar os desejos, necessidades, pontos fortes e fraquezas dessa garota. Utilizando-se de mentiras e fabricando fatos, ele assegura a devoção da amante, ao mesmo tempo que continua beneficiando-se da posição financeira e social da sua esposa.

Esses dois indivíduos demonstram tendências narcisistas, comportamento sexual predatório, e necessidade de provar o próprio valor e desejabilidade através de sexo e dinheiro.

Se, como você acredita, Ziegler chantageou Copley, ele estaria recebendo mais dinheiro e provando que, embora Copley parecesse superior em status social e econômico, Ziegler havia "vencido". O custo dessa chantagem para Copley foi, além do dinheiro, uma perda em prestígio e ego.

Considerando a natureza impulsiva e não planejada do assassinato, conforme evidenciado, e o insulto físico e pessoal deliberado, o perfil e a personalidade de Copley o transformam em um forte suspeito. O estresse e o medo de ser descoberto pela esposa e pela amante, somados à vergonha de ser superado por alguém que considerava inferior, aumentam a probabilidade de ele ter cometido o crime.

Se e quando ele for trazido para um interrogatório formal, eu gostaria de estar presente.

— Sim, vamos garantir que isso aconteça.

Sexo, dinheiro e ego — nos dois casos. E ambos os homens trabalhavam muito para parecerem superiores aos colegas, melhores que os outros.

Eve se lembrou da mulher que vira na reunião de Copley: ignorada e consciente disso, ao mesmo tempo chateada e resignada, pelo que Eve observou. Incluída na reunião, pensou Eve, mas não tratada como igual. Um pouquinho inferior aos outros.

Isso a fez pensar em clubes, campos de golfe e no hábito de presentear um homem que prestava um serviço com uma partida sofisticada e bebidas másculas.

Seguindo sua intuição, fez algumas pesquisas. Em dez minutos, já tinha o histórico do instrutor de golfe de Copley no *tele-link*. Em mais cinco, com alguma insistência, conseguiu o nome do carregador de tacos de Copley.

Em mais sete, com alguma persuasão, conseguiu montar uma imagem muito clara de como aquela primeira partida de golfe entre eles tinha sido.

Acrescentou algo às suas anotações — talvez uma pista fortuita, mas, naquele momento, tudo era relevante.

Esquecendo-se da hora, voltou para as mensagens recebidas e abriu a de Peabody.

Tive bastante tempo para pensar durante minha pedicure e fui dar uma pesquisada. Consegui algumas informações novas sobre Copley — que estão nas matérias em anexo. Em resumo: a primeira mulher dele também era rica. Não tão rica quanto a família de Natasha Quigley, mas tinha muita grana. Divorciaram-se depois de cinco anos. Acusações de traição de ambos os lados. Dizem que ele saiu de cena com um acordo excelente, quase principesco.

Quase noivou com outra grande figura da alta sociedade alguns anos depois. Houve novas acusações de traição e uma das mulheres envolvidas era... veja só... Natasha Quigley, que era casada na época. Ele e Quigley se casaram vinte e dois meses depois.

A parte romântica é que ele a levou para o Havaí, onde a família dela tem uma casa, em Maui... e a pediu em casamento.

Ele já tinha até entrado com o pedido de registro no cartório, adiantou toda a papelada e tinha até comprado um vestido para ela, além das flores — tudo isso antes de dar o bote. Eles se casaram no dia seguinte, na praia. Na época, alguns boatos — de que ele estava saindo com a ex-quase noiva — e problemas estavam atrapalhando o paraíso de Quigley e Copley... Mas tudo foi esquecido com esse casamento às pressas.

Gosto de histórias românticas, mas me parece que ele foi pego traindo — ou talvez Quigley tivesse suspeitas — e resolveu o problema com um casamento rápido. Mais vale um pássaro na mão que dois voando, certo?

Isso tudo é coisa que eu descobri pelos sites de fofoca, então precisamos analisar essas informações com cautela. Mas acho que ele é um grande filho da puta.

P.S.: Estou doida para dançar na festa com minhas unhas cintilantes! Até mais.

Detetive Delia Peabody

— Bom trabalho — murmurou Eve, e salvou a mensagem. Leria as matérias depois.

Para encerrar, acessou novamente as finanças de Copley, com ênfase nas contas secretas. Amantes, mesmo quando o homem não comprava um apartamento chique para elas, sempre custavam dinheiro.

Jantar, presentes, viagenzinhas...

Ela começou a vasculhar tudo e analisou também as finanças de Natasha Quigley para tentar coordenar os gastos.

Seus olhos, doendo de estudar tantos números, foram na direção de Roarke quando ele entrou.

— Já fiz tudo que precisava, vim só dar uma pausa. Estou aqui há… apenas quarenta e seis minutos — calculou ela, depois de uma rápida verificação.

— Vou repetir: você não tem que pedir desculpas para mim. Acabei de dar uma olhada em tudo e parece tudo certo. Os ajustes que você fez aqui e ali funcionaram muito bem. Além disso, a primeira leva de funcionários do bufê acabou de chegar. A chefe deles está peitando a decoradora principal. Talvez acabe em sangue.

— Se for assim, eu fico responsável pela prisão. Só vou deixar a coisa rolar mais um pouco.

— Quer uma taça de vinho?

— Sim. Recebi um relatório de Mira e queria muito lê-lo. Acabou reforçando Copley como meu principal suspeito. Depois conversei com o *caddie* dele.

— Um *caddie*? O carregador de tacos de golfe dele? — perguntou Roarke, enquanto servia vinho.

— Isso. O relatório e análise dela me fizeram pensar em como ele e Ziegler tinham egos gigantes que precisavam ser inflados com sexo, status e grana. Então, como isso iria funcionar em um jogo de golfe? Falei ao *caddie* que queria informações sobre Ziegler, visto que ele estava morto. Depois perguntei algumas coisas sobre Copley. Ele contou que Copley bancou o benfeitor durante o jogo deles… e se certificou de que Ziegler estivesse ciente disso. O clube era dele, a partida era dele, o *caddie* era dele e o *presente* foi dele.

— Para alguns, dar um presente é apenas um símbolo da sua própria superioridade, o que faz com que não seja de fato um presente.

— Eu diria apenas que o presente foi embrulhado com fitas afiadas, o que é praticamente a mesma coisa.

— E uma visão mais descritiva. Qual foi a reação de Ziegler à generosidade de Copley?

— O *caddie* disse que Ziegler agradeceu, mas, para bom observador, não foi de coração. Ele também disse que achou Copley um pouco indelicado, mas provavelmente porque Ziegler o derrotou em quatro buracos seguidos. Copley fica irritado quando está perdendo, o que significa que ele... o *caddie*... leva toda a culpa e recebe uma gorjeta pequena no fim do jogo.

— Vamos adicionar falta de espírito esportivo aos defeitos de Copley.

— O *caddie* me confidenciou... porque nós ficamos amigos... que Copley é conhecido no clube por atirar os tacos no meio das árvores toda vez que faz um... *slice*. E, certa vez, fez isso depois de uma *lie* ruim... acho que é assim que se chama, sei lá.

— Nem me pergunte. — Roarke deu de ombros. — Não sou fã de golfe.

— Depois desse lance, seja lá qual for, Copley e o cara contra quem jogava começaram a se xingar, passaram para um empurra--empurra, e o cara terminou dentro de um daqueles laguinhos no meio do campo.

— Nem um pingo de espírito esportivo.

— O cara do lago ameaçou dar umas porradas em Copley e depois processar o que sobrasse dele. Estava saindo todo molhado do laguinho, depois da baixaria — continuou Eve —, as pessoas já começando a se afastar nos carrinhos de golfe, quando de repente Copley recuou, pediu um monte de desculpas e ofereceu um taco novo e caríssimo para o cara. Mas, segundo o *caddie*, Copley fala mal do sujeito sempre que pode.

— Resumindo, temos um sujeito pobre de espírito que não sabe perder, é esquentadinho e um covarde que faz a caveira dos outros pelas costas.

— É isso que estou achando. Então, de volta ao jogo de golfe... Ziegler estava claramente vencendo no sexto buraco. — Ela fez uma pausa para beber. — Quem decidiu quantos buracos deveria haver na partida?

— Como eu disse, só jogo quando é absolutamente necessário. Melhor perguntar a outra pessoa.

— Talvez eu pergunte mesmo. Enfim, Ziegler estava na frente e Copley não parava de reclamar. Até que uma hora Copley pediu alguns drinques... bebida de alta qualidade. Ele se limitou a tomar água e energéticos, mas Ziegler foi na onda da bebida e ficou meio fora do ar, e a partir daí perdeu o foco e o desempenho.

— E Copley venceu a partida?

— Sim, e ainda ficou esfregando na cara de Ziegler, mas levou o personal ao décimo nono buraco para mais alguns drinques. Entendo por que chamam o pós-jogo de décimo nono buraco, mas continuo sem saber por que são dezoito, para início de conversa.

— É um número tão bom quanto qualquer outro — supôs Roarke. — Por que no beisebol são quatro bases?

— Porque elas formam um diamante.

— Eu poderia perguntar o que diamantes têm a ver com beisebol, mas não vou fazer isso senão vamos ficar metade da noite aqui. Vamos terminar a história do golfe.

— Tudo bem. Copley levou Ziegler para jogar mais algumas vezes, mas com o cunhado, e isso termina a saga do golfe. Então Peabody apareceu com mais novidades, só que são fofocas. Histórias de infidelidade, divórcio, mais traições e viagens para se casar às pressas.

— Acho que vou precisar de mais vinho — considerou Roarke.

— Vou contar a versão resumida. Copley traiu a primeira esposa, traiu a quase noiva com a atual esposa e pode ser que tenha traído a atual com a quase noiva, antes de eles viajarem para se casar.

— Sempre muito ocupado.

— Sim, e para Copley e Ziegler tudo tem a ver com sexo e dinheiro. Não pelo prazer, mas por ego e poder. Eles dois tinham muito em comum, a diferença é que Ziegler fazia chantagens e dormia com mulheres para crescer na vida, enquanto Copley conseguia isso por meio do casamento.

— No entanto, a amante... Felicity, certo? — Ele bateu com os dedos na foto no quadro.

— Sim, Felicity de Shipshewana.

— Ela é linda e muito jovem. Só que a Felicity de Shipshewana não tem dinheiro nem status social.

— Mas com ela Copley tem sexo e adoração, e isso faz com que ele se sinta superior.

— Se não há sentimentos genuínos envolvidos, por que não aliar sexo e adoração a dinheiro?

— Copley não seria o primeiro homem a se render a olhos bonitos e um par de peitos. Talvez dessa vez queira ser o parceiro com muita grana, em termos comparativos. Mas se a esposa cortar o seu barato, ele não vai conseguir manter o estilo de vida atual. Vai ter um bom padrão de vida, algo que deixaria muitas pessoas felizes, mas não no nível a que está acostumado. Então Ziegler se agarrou à chance de extorqui-lo.

Eve olhou fixamente para o vinho.

— Agora tenho que voltar e enfrentar os malucos do salão de baile, não é?

— Isso depende de você.

— Pois é, mas significa que tenho que entrar no meio da briga entre os funcionários do bufê e os decoradores. Não estou errada em preferir lidar com assassinos.

— Eu jamais diria isso. Mas antes que você enfrente o pior, trouxe um presente de Natal antecipado para você.

— Está quase na hora da festa. Por que antecipar?

— É para você usar na festa, e como Trina chegará em menos de uma hora...

— *Por quê?* Por que você tinha que me lembrar disso? — Ela puxou os cabelos e girou pelo cômodo. — Já estava começando a me animar.

— Você vai ficar bem. De qualquer forma, ela vai precisar disso.

Ele estendeu uma caixinha embrulhada. Eve olhou para ela com desconfiança.

— É alguma coisa que ela vai espalhar na minha cara?

— Acredito que não. Abra a caixa e veja.

Eve se atrapalhou com a fita complicada e rasgou o papel brilhoso.

A caixa elegante tinha o nome da joalheria gravado na tampa. Ursa.

A loja de antiguidades que passava de geração para geração e tinha lhe fornecido uma pista importante sobre outro assassino. Eve se lembrou de Ursa — o senhor decente que ficara horrorizado ao descobrir que tinha comprado relógios antigos roubados de pais assassinados pelo filho ingrato e homicida.

— Você presta atenção a tudo — disse Eve.

— Tudo relacionado a você? Sempre.

— Não sei o que é isto, mas significa muito para mim você ter ido àquela loja.

— Realmente é uma boa loja, como você tinha dito. Os donos são ótimas pessoas. Eles mandaram lembranças para você.

Ela sacudiu a caixa e ouviu o barulho suave.

— Isso provavelmente é uma boa lembrança.

Ele riu.

— Todos concordamos que iria combinar com você.

Ela abriu. Era uma daquelas presilhas que pareciam um pente. Do seu topo incrustado de joias caía uma gama de diamantes e rubis.

— Trina saberá como prender isso no seu cabelo.

— Você sempre descobre novos jeitos de pendurar coisas brilhantes em mim. — Ela sacudiu a caixa de leve e observou quando as pedras balançaram. — Elas se mexem! É muito bonito. Parece vintage... de um jeito elegante.

— É do início do século XX, supostamente foi um presente de casamento de um noivo para a sua escolhida. Algumas gerações depois, a fortuna da família foi embora e essa peça, entre outras, foi vendida. O sr. Ursa adquiriu-a em um leilão há alguns anos e, segundo me contou, guardou-a no cofre, esperando pela pessoa certa. Chegou à conclusão de que você é a pessoa certa para usá-la, e eu concordo.

— Já que você está me dando esse acessório agora, aposto que ele combina com o que eu vou usar mais tarde.

— Acredito que sim. Você é quem vai decidir, mas espero que use.

— Vou usá-lo. — Ela se aproximou e o beijou. — Mesmo que eu tenha que sofrer com Trina espetando isso no meu cabelo.

— Isso que é amor.

— Parece que sim. E... estamos quites.

Ela foi até sua mesa, abriu uma gaveta e pegou uma caixinha com o mesmo embrulho e a mesma fita.

— Um presente antecipado para você também.

O lampejo de surpresa e o meio sorriso mostraram a Eve que ela conseguira surpreendê-lo.

— Sério?

— Você não é o único que consegue pensar nessas coisas.

— Pelo visto, não. E parece que o sr. Ursa sabe ser discreto. Ele não mencionou que tinha visto você recentemente.

— Talvez você tenha ido lá antes de mim. Mas, mesmo assim, ele também não disse que te viu.

Tal como Eve, ele sacudiu a caixa antes de abri-la. Não conseguiu adivinhar o que poderia ser, já que comprar joias de qualquer tipo não costumava ser algo que ela faria. Mas dentro da caixa havia uma pequena flor branca feita de madrepérola e platina.

— Você não gosta muito de coisas brilhantes, só o *smartwatch* no pulso. Mas isso combina. É algo para prender na lapela. Uma petúnia branca.

— Sim, eu sei. A flor que você usou no dia do nosso casamento.

Quando ele ergueu a cabeça e aqueles fabulosos olhos azuis encontraram os dela, Eve percebeu que tinha acertado em cheio.

— Ele criou essa peça... o sr. Ursa. Não posso receber o crédito pela ideia. Eu simplesmente perguntei se ele poderia criar algo desse tipo, e ele fez o resto. É pequeno, porque você não gosta de nada chamativo, mas imaginei que você gostaria de algo pessoal. E ele se prende na lapela por meio de um ímã minúsculo e muito poderoso, nada de alfinetes ou furos. A ideia foi dele.

— Você mandou fazer isso *exclusivamente* para mim?

— O trabalho foi dele.

— Isso significa muito para mim. O fato de você ter pensado nisso, o simbolismo... O dia em que você carregou essas flores na mão foi um dos melhores da minha vida.

Ela lançou a ele um sorriso malicioso.

— *Um* dos...?

Ele pegou um botão cinza do bolso.

— O dia em que eu te conheci... o dia em que você deixou isso cair daquele casacão horrível que usava... foi um dos outros.

— Bobo.

— Sou mesmo.

— Eu também sou uma boba. — Ela foi até ele e o abraçou. — Sou muito sortuda por ter você. Decoradores, floristas, fornecedores ou mesmo Trina não vão conseguir me tirar isso. — Ela ergueu a cabeça para ele. — Isso quase me dá vontade de dar uma festa.

Rindo novamente, ele a beijou.

— Ah, que fofura ver vocês dois assim!

Eve olhou para trás e viu Mavis Freestone parada na porta. Ela estava com meia-calça vermelha e botas da mesma cor que subiam quase até a virilha e que um top branco brilhante mal conseguia cobrir. Seu cabelo era um emaranhado de azul com listras prateadas que caía em cascata.

— Não pode ser assim tão tarde! — exclamou Eve.

— Eu é que cheguei mais cedo. *Muito* mais cedo. Cheguei com a Trina. Ela quis ter bastante tempo para se preparar. Leonardo vai ficar com Bella até mais tarde, mas vem para cá depois que a babá chegar. Achei que poderia me vestir aqui e surpreender meu ursinho, porque meu *look* é fan-tás-ti-co. Apesar de ele ter desenhado a roupa, ainda não me viu nela.

Ela se aproximou deles como uma fada, apesar dos saltos finíssimos das botas, e abraçou os dois.

— Estou feliz ao quadrado! Eu *amo* o Natal. E amo vocês e todo mundo.

— Como você se sente em relação a funcionários de bufês?

— Sinto um ar de boa vontade exalando de mim. Um bem-estar extremo!

— Então venha comigo.

Quando Mavis entrou no salão de baile, arquejou. Então gritou. Em seguida deu pulinhos.

— Isso é ultraincrível! Uau, Dallas! Parece um cenário de filme, ou um conto de fadas. Um pouco dos dois, mas muito elegante.

Eve deu uma longa olhada. As árvores enormes, os pisca-piscas, as flores — as plantas que pareciam ter surgido de montes imaculados de neve. Todo o dourado suave que brilhava nas mesas e cadeiras, o vermelho forte, o branco brilhante, o caramanchão de folhagens e cristais ao redor da lareira... tudo combinava para criar exatamente aquela imagem. Ultraincrível!

Uma mulher elegante vestida de preto entrou, lançou um olhar para Eve e perguntou:

— Por que o bar do terraço ainda não está montado? Não temos tempo a perder.

Mavis deu um leve tapinha no braço da mulher.

— Amiga, ela não é nem de longe uma de vocês. Ela é a chefona. Olha, vocês também vão servir as bebidas, certo? E o champanhe, certamente. E aqueles coquetéis deliciosos. Eu a-do-ro champanhe e petiscos. Se vocês precisarem treinar a distribuição dos quitutes, sou voluntária. Ei, Dallas, serial legal se você espalhasse bandejas de petiscos naquela outra sala... você sabe qual. As pessoas ficam lá às vezes, e uns petiscos espalhados pelo lugar seria *supermag*.

— Bandejas de petiscos — disse Eve, dirigindo-se à mulher de preto. — Espalhe-os no salão onde os presentes estão.

— Claro. Vamos providenciar isso imediatamente.

— Ótimo. — Eve se virou para Mavis. — Algo mais?

— Hã... vamos ver.

Durante os minutos seguintes, Eve se divertiu observando Mavis fazendo a chefe do bufê se esforçar para atender a sugestões, desejos e acréscimos. Lembrando que era Natal, ela optou por ser misericordiosa e levou Mavis embora dali.

— Isso foi divertido — comentou Mavis.

— Provavelmente ela não achou divertido, mas... é, foi sim. A melhor parte é que está tudo sob controle, cumpri minha parte do trato e Summerset poderá resolver o resto.

— Então, vamos nos preparar agora. É a minha atividade favorita antes da festa.

— Por quê?

Mavis enganchou o braço no de Eve.

— Porque é gostoso, os cheiros são ótimos, e, depois de você estar toda montada, fica linda. Mas não vamos ficar simplesmente lindas.

— Não?

— De jeito nenhum! Vamos ficar ultraincríveis, mais que demais. Pega leve com a Trina, ok?

— Por quê?

— Ela ainda está um pouco balançada desde que encontrou o cara morto. O cara de Sima. Está bancando a durona porque está cuidando de Sima, mas ela desabou comigo. É por isso que eu sei que ela ainda está muito abatida com tudo que aconteceu. A maioria das pessoas não encontra cadáveres, com exceção de você. Quer dizer, você os encontra, não que *seja* um deles.

— Ela não teria encontrado um cadáver se não estivesse onde não devia. Ok, ok — murmurou ela, quando Mavis a lançou um olhar de advertência.

— Talvez a coisa seja pior ainda porque ela conhecia o cara e não gostava nem um pouco dele.

— Ninguém gostava dele de verdade.

— A Sima gostava. De modo geral.

— Você o conhecia?

— Não. Eu não sou da Buff Bodies. Comecei a malhar na Fit Plus. É mais vantajoso porque eles têm sessões para pais e filhos, e dão aulas para crianças. Sempre que podemos, vamos todos juntos lá: meu maridão, nossa Bellisima e eu. Ou então um de nós vai com a Bella. O ambiente é completamente familiar, então a gente gosta muito. Mas conheço um pouco Sima, e Trina me deu um relatório completo sobre o cara antes de ele morrer, e mais detalhes depois que ele morreu. Ela também está um pouco assustada porque acha que você vai prendê-la por alguma coisa, mas você não vai fazer isso, certo?

— Bem que eu faria isso, se pudesse, nem que fosse só para mantê-la longe do meu cabelo. Sério.

Com Mavis em seu encalço, Eve entrou na sua suíte.

Trina estava em pé, arrumando silenciosamente o que Eve considerava seus instrumentos de tortura. Usava uma espécie de mesa ao lado de uma cadeira de salão. Outra mesa — que Eve reconheceu ser uma para massagens — estava montada diante da lareira crepitante.

— Oi, lindona! — Animada, Mavis saltitou até Trina. — Dallas já está com tudo pronto, estamos adiantadas! Podemos começar esta parte da festa. Que tal tomarmos um drinque?

— Quero tomar um banho — avisou Eve. — Mas vocês deveriam beber, sim.

— Quando terminar, pode vir só de roupão — pediu Trina, com a voz baixa e os olhos focados nas ferramentas de tortura. — Começaremos com a massagem e o *glow* corporal.

— O que diabos é *glow* corporal?

— É um hidratante com leve brilho. Podemos passar no seu braço antes para ter certeza de que você aprova. Eu também trouxe o sem brilho, caso você prefira.

Eve estreitou os olhos. Ela não gostava da verdadeira Trina, com seu ar mandão e jeito sorrateiro. Mas gostava ainda menos daquela Trina falsamente educada e simpática.

— Tanto faz.

Eve viu uma sacola de presentes em cima da cômoda, deu uma espiada lá dentro e viu o nome de Trina na etiqueta. Roarke, conforme prometido, tinha cuidado de tudo.

— Isso é para você. — Eve pegou a sacola e entregou-a a Trina.

— O quê?

— Uma lembrancinha de Natal.

Eve seguiu em direção ao banheiro e se virou quando ouviu os soluços.

Trina, com sua torre de cabelos ondulados, chorava e cobria o rosto com as mãos, enquanto Mavis murmurava e acariciava seu ombro.

— Merda. Merda! Por que ela está fazendo isso, Mavis? Pare de chorar, Trina. Estou falando sério!

— É minha culpa. Sima está um desastre total, mas tudo aquilo não seria tão ruim se ela não o tivesse visto. É óbvio que o filho da puta ainda estaria morto, mas ela não o teria visto, e a coisa não seria tão ruim. A culpa foi minha. E mesmo assim você me deu um presente.

— Vou pegar o presente de volta se você não parar com isso. Na verdade, nem sei o que tem aí dentro, foi Roarke que comprou. Vá procurar Roarke e chorar junto dele, se quiser entrar nessa.

— Eu fico o tempo todo pensando... e se eu tivesse convencido Sima a ir até a casa do morto um pouco mais cedo, quem o matou ainda estivesse lá e também a matasse? Acho que...

— Sai dessa! — ordenou Eve com tamanha rispidez que deixou Mavis boquiaberta e fez Trina erguer a cabeça, assustada.

— Essa porra de "e se..." não resolve merda nenhuma. Não foi culpa sua ela ter ido lá. Por acaso você a arrastou pelos cabelos, aos tapas e gritos? Mesmo que tivesse feito isso, o sujeito estaria morto do mesmo jeito. Ele era um merda! Um idiota! Um estuprador! Um chantagista e um trapaceiro! Vou descobrir quem o matou porque esse é o meu trabalho, mas, se ela ainda está chorando por causa dele, alguém precisa dar um choque de realidade nela e dizer que ela é *burra*. E se você está choramingando por causa do que não pode ser mudado, você também é burra.

— Dallas! — exclamou Mavis.

— Só um minuto. Você quer mais um "e se..."? E se Sima tivesse voltado lá para pegar as coisas dela ou para confrontá-lo e encontrasse o corpo sozinha? Sem você estar lá para ajudá-la a segurar a barra? Ela não teria a menor ideia do que fazer em seguida. Você teve. Você ligou para mim. O filho da puta merecia muito mais do que meias com a parte da frente cortada e pó de mico... não que fosse sua função fazer isso com ele... mas não merecia morrer. Ele merecia passar algumas décadas em uma cela, mas por acaso eu estou choramingando porque não consegui lhe dar o que ele merecia? Então... sai dessa!

Houve um momento de silêncio absoluto. Então Trina fungou ruidosamente.

— Você tem toda a razão. Você está certa. E quando eu terminar aqui, vou lá dar uma sacudida em Sima, nem que seja necessário embebedá-la antes disso.

— Ótimo. Agora que tudo está resolvido, quero tomar um banho. — De repente Eve se lembrou e pegou a caixinha no bolso. — Roarke quer isso no meu cabelo.

Trina abriu o estojo. Ela e Mavis fizeram "OOOH!!!" em uníssono. Tanto ela quanto Mavis enxugaram as lágrimas do rosto e olharam para Eve.

— Isso aqui é o máximo dos máximos — decretou Trina. — Vou fazer algo diferente no seu cabelo.

— O quê? Não, não, não...

— Não estou falando de cortar ou mudar a cor. Pelo amor de Deus! Alguma vez eu estraguei o seu cabelo?

— Não, mas...

— Se você ganhou uma obra de arte como essa para usar no cabelo, seu cabelo deve merecê-la. Vou pensar em alguma coisa. Vá tomar seu banho, mas não coloque nenhum perfume. Vou cuidar disso.

— Eu não quero ter...

— Você não sabe o que quer. Eu cuidarei disso. É melhor você entrar lá e se lavar. A menos que você queira que eu cuide disso também.

— Fique fora do meu banheiro! — Eve se afastou.

A verdadeira Trina estava de volta. Talvez, se ela tivesse esperado mais um tempo, acabasse gostando da falsa Trina. Mas ela provavelmente nunca saberia.

Capítulo Quinze

Podia ser pior, supôs Eve. Ela podia estar sendo atacada por vacas carnívoras. Ninguém jamais a convenceria de que as vacas não gostavam de fazer um lanche à base de carne, de vez em quando.

Portanto, poderia ser bem pior.

Disse isso a si mesma enquanto Trina espalhava coisas nela — que estava praticamente nua — e Mavis continuava com seu bláblá-blá animado. Tentou distrair sua mente do que estava acontecendo, o que Eve sabia fazer muito bem, ainda mais quando Trina a mudou de posição e espalhou um tipo de gosma verde de aparência tóxica por todo o seu rosto.

E mandou-a relaxar por dez minutos.

Quem poderia relaxar com aquela gosma na cara, que talvez fosse tóxica de verdade?

Mas Mavis lhe entregou uma taça de champanhe e se sentou, muito empolgada, enquanto Trina começava a cobrir seu rosto com o arsenal de maquiagens, pincéis, pó e sabe-se lá Deus o que mais.

Aparentemente, pela conversa que Eve tentou ignorar, Mavis já tinha passado pela fase da gosma verde, pois ela mesma aplicara naquela manhã.

A gosma saiu e, pelo que Eve sentiu, não arrancou sua pele junto. Mais cremes surgiram e Mavis tagarelava sem parar enquanto se despia. Eve sempre ficava intrigada em ver como algumas pessoas conseguiam ficar nuas sem o menor pudor.

Felizmente, Mavis logo vestiu uma roupa minúscula e cintilante, que lembrou a Eve um presente muito bem embrulhado, com lacinho na bunda e tudo. Ela calçou sapatos de salto agulha com tiras finas enroladas no tornozelo, pendurou três bolas brilhantes em cada orelha e enfiou um exército de pulseiras reluzentes em um dos braços, quase até o cotovelo, enquanto tagarelava.

Aquilo era fascinante, decidiu Eve, e de certo modo até admirável. Era quase impossível não se divertir e ficar feliz com Mavis iluminando o ambiente.

— Nossa, esse batom é perfeito — decretou Mavis. — Sutil, quase não dá para ver. Ele apenas dá brilho aos lábios e destaca o delineado deles.

— O mais importante são os olhos — declarou Trina, com ar de sabedoria.

Eve estudou o dourado e prateado nas pálpebras de Mavis e quase se encolheu.

— Não quero que meus olhos brilhem assim. Sem ofensas, Mavis.

— Não me ofendi. Pálpebras brilhantes não têm nada a ver com seu estilo, Dallas. — Ela deu uma voltinha e se olhou no espelho. — Mas têm tudo a ver comigo. Ficou mais que demais, Trina, a *cara* dessa festa. A sua também — completou, voltando-se para Eve. — Está tudo no estilo Dallas, juro.

Ela cruzou os dedos sobre o peito.

— Olha, Treen, será que você tem tempo para fazer uma tattoo temporária nos meus seios? Queria uma arvorezinha de Natal com dois presentes embaixo... Bella de um lado e Leonardo de outro.

— Que fofo! Tudo bem, eu faço assim que terminar com Dallas. — Trina recuou um passo e lançou a Eve um olhar longo e sério. — Sim, sim, isso vai funcionar.

Ela se posicionou atrás da cadeira. Pelo canto do olho, Eve a viu pegar um tubo e esguichar um pouco de gosma estranhamente parecida com esperma na mão.

— Você tem mesmo que fazer isso?

— É um ótimo produto, excelente para o cabelo.

Ela puxou, esticou e esfregou, então pegou uma ferramenta com a perturbadora aparência de um vibrador muito fino.

— O que é esse troço? O que isso faz?

— Magia — respondeu Trina, e voltou a puxar os cabelos de Eve.

— O que você está tacando no meu cabelo? — exigiu Eve. — Por que está borrifando coisas nele?

— Porque é o meu trabalho.

— Relaxa! — aconselhou Mavis, indo para perto de Trina. — Uhhhh, entendi o que você quer fazer. Ah, ficou incrível, Trina! Bonito e sexy, certo?

— Essa é a ideia.

— Defina "sexy"! Meu comandante vai estar aqui e provavelmente o secretário de segurança pública também. Com suas esposas. Não preciso de um penteado sexy.

— Relaxa! — reiterou Trina, ecoando Mavis, mas seu tom foi mais autoritário.

— Essa é a parada — explicou Mavis. — Ela não gosta do holofote.

— Que holofote? Tem um holofote no meu cabelo?

— Falei de você. Estou explicando a Trina que você não gosta de ter os holofotes sobre você quando o assunto não tem nada a ver com polícia. Isso sempre te tira do sério. Mas sabe como é... a festa é sua e de Roarke, então tem que ser assim mesmo. — Ela pegou a taça e a entregou novamente a Eve. — Beba seu champanhe. Assim você relaxa um pouco.

— Não quero relaxar, quero terminar logo com isso.

— Estamos quase lá. Mave, me passa o presente de Roarke, por favor?

— Isso é a cara da riqueza — comentou Mavis ao entregar o broche a Trina. — Ok! — acrescentou, quando Trina o prendeu. — Trina, você é a melhor do mundo.

— Sou mesmo — concordou Trina, mas, para consternação de Eve, pulverizou mais alguma coisa.

— Meu cabelo vai ficar duro se você continuar a fazer isso.

— Já terminei. Dá uma olhada. — Ela girou a cadeira de Eve de frente para o espelho.

Foi um choque, mas não um do tipo ruim, o que já era alguma coisa. Seu rosto parecia basicamente o mesmo. Seus lábios estavam um pouco mais vermelhos, mas o batom era bem sutil. Nada de brilho nos olhos, e isso era uma grande vantagem. Em vez disso, Eve se viu com feições mais definidas e ressaltadas, com um leve dourado nas pálpebras e partes um pouco mais escuras em outros lugares.

Mas conseguia se reconhecer.

O cabelo estava diferente, puxado para trás e um pouco mais alto no topo, mas também com uma leve ondulação.

— Você tem que ver atrás — comentou Mavis, pegando um grande espelho de mão. — É a melhor parte.

Mavis ergueu o espelho e Trina inclinou a cadeira.

Eve viu então a parte mais alta e o pequeno cacho preso com o broche. Viu mais alguns cachos pendendo, entre rubis e diamantes.

— Isso ficou... feminino demais.

— Seja feminina hoje. Isso não vai te matar. O penteado tinha que combinar com o broche e a roupa.

— Como você sabe que vai combinar com a roupa? Eu ainda nem sei qual é o vestido.

— Como é que eu poderia arrumar você se não soubesse o que você ia vestir? Eu já vi o vestido. O penteado e o restante vão combinar bem com a roupa.

— Que por sinal é fabulosa! — garantiu Mavis.

— Por que você não pega o vestido, Mavis? Roarke me disse que ia deixá-lo bem de frente, no centro do closet, junto com os sapatos e acessórios.

— Vou pegar!

— Você está linda — garantiu Trina, já arrumando suas ferramentas. — Meu trabalho sempre é bom. Eu poderia deixar o brilho labial com você, mas sei que você não vai usá-lo mesmo, então vou deixar com Mavis. Ela vai te lembrar. Seu homem vai surgir na festa naquele estilo que faz todo mundo querer arrancar a roupa, mas ele nasceu desse jeito. Você precisa estar linda.

— Tudo bem, não quero que as pessoas queiram tirar a roupa quando olharem para mim.

Com uma gargalhada, Trina continuou a recolher suas coisas.

— Elas vão olhar para você e pensar: "Ali está uma tira implacável e fantástica." Talvez você tenha nascido implacável, mas eu acrescentei a parte fantástica porque esse é o meu trabalho.

— Eu posso ser isso. Pelo menos nessa festa.

— Ele é o máximo! — exclamou Mavis ao sair do closet. — *Supermag* e mais que demais! Parece que alguém derreteu moedas de ouro antigas e fez esse vestido. O Leonardo arrasa mesmo!

Eve estudou o vestido enquanto Mavis o segurava. Dourado-claro, muito luminoso e um tanto leve, com um decote que lhe pareceu muito cavado e mangas compridas e finas. Ela não o chamaria de... minúsculo como o vestido de Mavis. Mas definitivamente era quase isso.

— Esse vestido está completo?

— Você tem corpo para ele. Parece uma modelo de passarela, só que com bom tônus muscular. — Trina fechou suas duas mochilas do tamanho das duas Dakota, a do Norte e a do Sul. — Foi por causa do tecido que usei o tom dourado no *glow* corporal.

— Você vai ficar maravilhosa! — declarou Mavis. — Quer uma ajuda para entrar nele?

— Sei me vestir.

— Entre nele e puxe-o para cima! — ordenou Trina. — Não o vista pela cabeça! Vamos lá, Mavis. Encontraremos um lugar para eu fazer sua tattoo. — Ela colocou as duas bolsas enormes uma em cada ombro e pegou a sacola com seu presente. — Obrigada pelas velas. Gosto muito de ter diferentes fragrâncias, uma para cada estação do ano.

— De nada. Na verdade, não fui eu que…

— Obrigada — interrompeu-a Trina. — Vamos tirar a cadeira e a mesa do seu quarto depois que eu fizer a tattoo de Mavis.

— Já estou indo, Trina. — Mavis correu até Eve enquanto Trina saía do quarto. — Você a ajudou!

Ela deu um beijinho na bochecha de Eve.

— Não fiz isso de propósito.

— Pode ser, mas talvez seja até melhor assim. Vejo você no palco na hora da festa! Vamos soltar as frangas!

Sozinha — finalmente! — Eve pegou sua taça de champanhe e tomou um gole. Respirou fundo por um ou dois minutos. Aquele excesso de energia feminina a deixava nervosa. E, sim, Mavis tinha razão. Todo o foco exagerado na figura dela a deixava tensa.

Olhou novamente para o vestido e depois para os sapatos que Mavis tinha colocado ao lado da cama. Também eram dourados, com salto alto vermelho e um detalhe vermelho nas bordas, até mesmo nos dedos abertos. Felizmente, sem tiras complicadas. Mesmo assim, ela não os calçaria até o último momento, prometeu a si mesma, e olhou para os pés.

As unhas dos pés estavam pintadas de dourado. Quando aquilo tinha acontecido?

Ela aceitaria o destino, simples assim. Era só uma noite. Ela usaria unhas douradas por uma única noite.

Viu a minúscula calcinha fio dental e suspirou, mas conseguiu se enfiar nela. Felizmente, Leonardo havia embutido um suporte para os seios no vestido, e ela também conseguiu entrar nele como lhe fora ordenado: de baixo para cima.

Tudo se encaixou como se tivesse sido feito sob medida, porque realmente tinha. Pelo menos era confortável, o tecido era muito bom, macio, elegante e com um suave brilho, em vez de purpurina. Ela conseguiria aguentar aquele brilho.

Abriu o estojo de joias. Colocou as gotas longas e sinuosas de diamante e rubi nas orelhas, e outro rubi em forma de estrela pendurado em três correntes finas que brilhavam com pequenos diamantes. No pulso, o seu elegante *smartwatch* e um trio de pulseiras finas... uma de rubi e duas de diamante.

Ficou levemente aliviada por já conhecer todas aquelas peças. Pelo menos Roarke não tinha saído para lhe comprar mais joias.

Depois de colocar os brincos e o colar, Eve brigava com a última pulseira quando Roarke entrou.

Trina estava certa, pensou. Ele realmente tinha um estilo que fazia as pessoas quererem arrancar a roupa, com seu terno escuro e gravata dourada e vermelha com nó perfeito. A pequena petúnia estava presa à lapela.

— Quando foi que você se vestiu?

— Usei o outro quarto. Você está maravilhosa. Simplesmente maravilhosa.

— A expressão é *ultraincrível.*

— Com certeza se encaixa. — Ele girou o dedo no ar e sorriu quando ela bufou para ele. — Só uma voltinha, por favor.

Ela deu uma volta.

— Outra! — pediu ele, aproximando-se dela. Então ele segurou seus ombros enquanto ela estava de costas e declarou: — Que coisa linda.

— O quê? O quê? — Ela se esforçou para ver as próprias costas, e avistou algo tatuado logo acima da parte mais baixa do vestido, quase chegando em seu traseiro. — Merda! Que diabos é isso? O que ela tatuou em mim? Tira isso!

— Acho que é um ramo de visco, mas não vou tirar por nada nesse mundo.

— Por que ela fez isso? — Ofendida, Eve continuou se contorcendo para tentar ver melhor. — Eu fui muito legal com ela! Quer dizer, mais ou menos.

— Talvez seja por isso. *Visco*, Eve. Qual é a tradição do visco?

— E eu lá sei? Ah... tem a ver com aquela coisa das pessoas se beijarem debaixo do visco no Natal?

— Isso mesmo. E parece que ela arrumou um jeito festivo de você dizer: "Beije meu traseiro." Tem tudo a ver com você, querida. Definitivamente.

— Ela não devia... Calma aí. — Ela se virou e estreitou os olhos para o espelho. — "Beije meu traseiro" é o mesmo que dizer "Que se dane", certo? Ah... talvez eu não mande a Trina se danar, no fim das contas. — Ela se empertigou e olhou para ele. — Você me vestiu para combinar com a decoração.

— Foi justamente o contrário. A decoração é que foi escolhida para dar destaque ao seu vestido. Para dar destaque a você. — Ele passou um dedo pela covinha no queixo dela. — Agora vamos ao salão para receber os convidados, senão nós dois vamos sofrer com a ira de Summerset.

— Ok. — Ordenando aos pés que aguentassem o aperto, Eve calçou os sapatos. — Se os homens fossem obrigados a usar salto alto, aposto que viraria uma coisa ilegal em todo o país.

Mas ela simplesmente pegou a mão dele e caminhou ao seu lado.

* * *

O ambiente estava muito bonito mesmo, admitiu Eve, e tudo pareceu ainda melhor quando as pessoas começaram a chegar e a se misturar. Os garçons circulavam com petiscos retirados da espetacular mesa de comidas e champanhe, instalada junto de um dos bares.

Ela viu Peabody e McNab entrando em uma profusão de cores. Ele estava com um fraque vermelho bem natalino e uma camisa prateada, uma gravata de rena e botas prateadas de cano curto. Eve imaginou que era para combinar com o vestido que Peabody usava: verde-azevinho com detalhes em prata e uma saia volumosa e cheia de babados. Como o cabelo de sua parceira estava arrumado em um emaranhado de pequenos cachos com faixas prateadas entrelaçadas, Eve se sentiu menos constrangida com os cachos e joias em seu cabelo.

— Peabody. — Roarke beijou sua mão, depois sua bochecha e por fim sua boca. — Você está linda!

— Ah, puxa vida! Eu realmente me dediquei a isso.

— Você é uma visão e tanto! Ian, você é um homem de sorte.

— Tem razão. Aqui está, She-Body — disse McNab, trazendo duas taças de champanhe que alguém lhe oferecera em uma bandeja. — Esta é a festa mais espetacular do ano. Estamos prontos para a farra. Vamos balançar o esqueleto! Soltar as frangas!

— Olha a comida. Está tudo tão bonito. Temos que dançar até não aguentar mais, para compensar toda a comida que eu vou devorar. Aquilo é uma ameixeira? Ai, meu Deus!

— Antes de colher ameixas — interrompeu Eve —, preciso de você um instante.

Querendo acabar logo com aquilo, Eve andou pelo espaço aberto, mas foi abordada duas vezes por pessoas que queriam ser sociáveis. Finalmente conseguiu entrar no salão com os presentes e fechou a porta logo depois que Peabody entrou.

— Vai ser assim a noite toda — percebeu Eve. — Um monte de pessoas querendo falar comigo.

— Toma, você precisa disso mais do que eu. — Peabody ia entregar a taça a Eve, mas disse: — Espera, tem mais ali.

Ela foi até o balde de gelo e serviu champanhe em outra taça.

— Ótimo. Obrigada. Agora escuta...

— Já sei. Vou continuar investigando Felicity Prinze amanhã. Assim como você, acho que ela é inocente, mas posso ir mais a fundo e ver se encontro alguma coisa.

— Eu não ia falar disso. — Ela pegou uma caixa da mesa onde Summerset havia arrumado seus presentes, devidamente embrulhados. — Isso é para você. Roarke também tem algo para McNab.

— Ah! Colocamos o seu presente debaixo da árvore, lá embaixo. Posso ir lá buscar.

— Não, depois a gente faz isso. Mas obrigada. Eu só queria distribuir os meus presentes ao longo da noite, sempre que puder, apenas isso.

— Então posso abrir agora? Adoro quando não preciso esperar para abrir meus presentes. O papel é tão bonito!

Ela pegou a caixa com delicadeza e arrancou as partes coladas com muito cuidado.

— Caraca, Peabody, rasgue logo essa porcaria, não tenho a noite toda.

— É que eu posso reutilizar o papel de presente. Ainda não embrulhei tudo lá em casa.

Ela deslizou a caixa para fora do embrulho, dobrou cuidadosamente o papel e guardou a fita com o laço. Então finalmente abriu a caixa.

— Ah! — Ela pegou o presente e o analisou por um bom tempo, boquiaberta e de olhos arregalados. — É um casacão mágico. É um casacão mágico todinho meu. E é cor-de-rosa! Um casacão mágico rosa. Puta merda! Puta merda mágica rosa, Dallas!

— Roarke escolheu a cor. Você não pode colocar a culpa em mim, eu pedi para ele comprar marrom.

— Preciso me sentar. Não, antes preciso experimentar, depois tenho que sentar. Puta merda, você me deu um casacão mágico rosa!

— Não chora! Por que tanta choradeira hoje?

— Graças a Deus eu usei todos os produtos para o rosto à prova d'água, de suor e de manchas, porque vou chorar. Dallas, uau! Uau ao quadrado! Essa roupa é de couro. É couro rosa!

— O rosa não foi culpa minha. Eu nunca faria isso!

— Puta merda, *puta merda*! Não acredito...

Ela vestiu o casacão por cima do vestido volumoso. Aquelas peças ficavam estranhas juntas, pensou Eve, o estilo militar sobre o vestido de festa... Mas pelo visto Peabody não achava isso. Ela girou de um jeito que o couro rosa ondulou na altura dos joelhos.

— Ai, meu Deus, está além do mais que demais! Muito além. Parece couro. E é couro. Tem bolsos grandes e botões lindos. E é mágico. E rosa!

— Não posso sair por aí usando casacos com proteção interna à prova de balas quando minha parceira não tem um desses.

Peabody parou de girar. Não chorou abertamente, mas algumas lágrimas escorreram pelo seu rosto.

— Isso significa muito para mim. Você pensou na minha segurança; isso, por si só, já significa tudo. O resto? Não precisava ser de couro, muito menos cor-de-rosa. Mas você fez desse jeito porque sabia que isso me deixaria feliz.

— Se você levar uma rajada de atordoar, ou ficar entalada em algum buraco onde tudo estiver explodindo, vai ser muito inconveniente para mim — disse Eve. Mas, ao ouvir a risada de Peabody em meio às lágrimas, suspirou. — É que você é... da família. É isso. — Peabody a abraçou com força. Eve deu tapinhas nas costas dela. — Está bem, está bem.

— Eu te amo! As pessoas não dizem isso umas às outras tanto quanto deviam, então eu digo. Realmente amo você, e vou calar a boca daqui a um segundo porque sei que isso te deixa desconfortável. Mas... obrigada. Muito obrigada!

— Ok.

— Preciso agradecer a Roarke também. — Peabody recuou. — E tenho que mostrar isso a McNab. Mas, antes, preciso guardá-lo em segurança. Existe algum lugar onde eu possa colocá-lo?

— Pode deixar com Summerset. Ele vai guardá-lo em algum lugar.

— Certo. Uau. *Uau mesmo!* Estou te agradecendo novamente agora só para não te abraçar de novo e te beijar na boca.

— E eu agradeço muito por você não me fazer querer chutá-la.

Ainda vestindo o casaco, Peabody saiu correndo do salão.

Eve demorou mais um minuto ali. Na verdade, ela não tinha vetado o rosa, nem aprovado, mas estava tudo bem. No fim das contas, a cor tinha sido a cereja do bolo para Peabody, então estava tudo bem.

Eve abriu a porta no momento em que Charles Monroe e Louise vinham chegando.

— Oi!

Charles a beijou na boca.

— Feliz Natal, tenente Docinho.

— Feliz Natal. Ei, se eu te der o seu presente antes — perguntou ela a Louise —, posso ter uns minutinhos a sós com Charles?

— Depende. Que tipo de presente? — Sorrindo e toda elegante e atraente em um longo vestido branco e reluzente como a neve, a dra. Louise DiMatto piscou para o marido. — Ele já é um presente e tanto.

Eve recuou e apontou para o salão para que entrassem. E encontrou a sacola do presente para Louise.

— Esse tipo de presente!

— Eu estava brincando, mas aceito de bom grado.

Louise tirou um monte de papel de embrulho, camada após camada, até ver a bolsa. O acessório tinha um formato parecido com o de uma antiga maleta de médico, mas tinha alguns detalhes elegantes, uma cor lilás puxada para o cinza e fivelas prateadas.

O inestimável Tiko havia complementado o presente com uma das suas echarpes em tom de roxo, com detalhes em prata e presa de forma artística ao fecho metálico da bolsa.

— Nossa, adorei a bolsa! Dallas, isso é fabuloso. É linda! E a echarpe é simplesmente fantástica. Obrigada.

Eve ganhou outro abraço apertado e um tapinha na bochecha.

— De nada. Agora, por favor, me dê uns minutinhos com Charles. Se você procurar Summerset, ele guardará o presente para você.

— Posso montar diferentes combinações de roupas só me baseando nessa bolsa e nessa echarpe.

Quando ela os deixou a sós, Charles apontou para o balde de gelo.

— Você se importa?

— Lógico que não! Estamos em uma festa, pode se servir. Só queria uns minutinhos para você me dar algumas ideias com base na experiência que você tem nas suas duas carreiras. Tudo bem?

— Claro. Então você quer alguma informação sobre sexo?

— Pode-se dizer que sim. No tempo em que você era um acompanhante licenciado... e acho que agora também, em sua nova carreira de terapeuta sexual... por acaso você encontrou algumas pessoas que transavam por dinheiro, sem ter licença para isso? Ou alguém que acabou transformando o sexo em uma atividade remunerada paralela?

— Sim. Nem sempre essas pessoas faziam isso por dinheiro, às vezes também era por algum tipo de compensação. Roupas, joias, um favor, uma viagem... Alguns passam grande parte da vida transando por dinheiro ou outras coisas. Você sabe disso.

— Sim, eu sei. — Mas naquele caso era diferente, pensou. — Estou falando de alguém que leva essa atividade remunerada realmente a sério, e até mantém livros contábeis.

— Ah, *isso* é menos comum. — Ele se sentou. Era tão lindo quanto um astro de cinema, e parecia ter nascido com uma taça de champanhe na mão. — Nunca trabalhei com ninguém, em terapia, que tivesse esse problema. Mas conheci alguns desse tipo na minha época de acompanhante licenciado.

— E de que tipo de clientela estamos falando? Que fatores impulsionam a barganha, de ambos os lados?

— Para quem fornece o serviço? O sexo é uma mercadoria ou um poder que se confunde tanto com a autoestima das pessoas que elas não conseguem separar as duas coisas. Para quem recebe o serviço, geralmente a coisa é uma confusão romântica. As pessoas podem dizer a si mesmas que aquilo não se trata de um negócio... o que geralmente é, embora não seja um negócio em termos jurídicos, nem estruturado dessa forma. Ou então... muitas vezes, se houver uma grande diferença de idade ou poder aquisitivo, o cliente acredita que está apenas cuidando do provedor. Que simplesmente está lhe oferecendo presentes ou favores. Isso lhes dá certo poder no relacionamento, ou pelo menos dá a ilusão disso.

— Mas por que, neste caso, não procurar um acompanhante licenciado para manter as coisas...

— Dentro da lei? Para alguns, a escolha do outro jeito pode ser mais emocionante, ou mais íntima. Também pode ser que o relacionamento se transforme em um simples pagamento pelo serviço prestado. Quem morreu? — quis saber ele. — O prestador do serviço ou o cliente?

— O prestador. Também suspeito que ele estava fazendo chantagem. E sei que em vários dos casos não se tratava de receptoras que consentiam com tudo. Ele as drogava.

O olhar dele endureceu.

— Isso muda bastante o cenário. Você sabe se ele tentou obter uma licença?

— Não, pelo menos até onde eu descobri. Mas sei que ele montou uma planilha, mantinha seu dinheiro escondido e tinha até um registro pessoal de cada cliente. Eram todas mulheres, na parte do sexo. E algumas concordaram em pagar a ele. No caso das outras, eram geralmente mais jovens que as que se dispunham a pagar, e algumas eram casadas. Ele as atraía, as drogava, as estuprava e depois chantageava.

— Ele nunca teria passado pelo treinamento, muito menos pelos testes psicológicos para obter uma licença, pelo menos não em Nova York. Nem mesmo para trabalhar na rua, caso tivesse sido devidamente examinado. O que você está descrevendo, na minha opinião, é alguém que não tinha conexão real com a pessoa que recebia o serviço. Trata-se de uma transação comercial, lógico, mas também é algo íntimo que requer... pelo menos nos níveis mais elevados... alguma delicadeza, certos cuidados e treinamento considerável para lidar com as diversas necessidades e situações. Acima de tudo, é preciso haver confiança em quem presta o serviço. Um homem como esse jamais teria conseguido conquistar a confiança de alguém. Você já falou com Mira?

— Já, e tudo que você disse segue as linhas de pensamento dela, e as minhas. Mas você já esteve nessa vida e agora trata as pessoas que têm questões sexuais.

Assentindo, Charles tomou um gole de champanhe.

— Você suspeita de alguma das mulheres que ele usou?

— Talvez. Parece que, se foi esse o caso... Ok, vamos lá: uma cliente pode ter batido na cabeça dele algumas vezes no calor do momento... e aí ele morreu. Mas logo em seguida... se ela resolvesse fazer um floreio usando uma faca, será que ela não arrancaria as bolas dele, cortaria o pau dele, ou algo do tipo?

— Primeiro, deixe-me reagir a essa cena: *Ai!!!* Quer dizer que ele ainda foi esfaqueado depois? E, nesse caso, você está achando que pode ter sido o parceiro ciumento de uma das mulheres, ou de uma das pessoas... homem ou mulher... que ele chantageou?

— Talvez. É muito provável. Ainda estou coletando informações.

— Que tipo de floreio foi feito? Você pode contar?

— Ele foi esfaqueado. Com a própria faca de cozinha.

— Eu quis dizer *onde* ele foi esfaqueado.

— No peito.

— No coração?

— Não exatamente. Foi mais para... Ah! O coração? Em termos simbólicos, você quer dizer?

— Alguns clientes se apaixonam pelo prestador do serviço. Faz parte do trabalho de um bom acompanhante licenciado se equilibrar sobre a linha frágil entre confiança e afeto, até mesmo com um toque de paixão e amor. Mas uma cliente que se apaixona torna-se perigosa para o acompanhante licenciado e para si mesma. Ele levou uma *facada* no coração? — Ele tomou mais um gole e balançou a cabeça. — Não sou policial, então não posso afirmar com certeza, mas imagino que você veja muitas pessoas que foram esfaqueadas no peito sem haver relação alguma entre amor conquistado ou perdido, só que...

— Sim, isso mesmo, é mais uma coisa para eu analisar. Muito obrigada, Charles.

— Conte comigo sempre que precisar.

Ele se levantou e pegou a mão dela para os dois saírem juntos do cômodo.

— Você e Louise ainda parecem muito empolgados e radiantes com o casamento.

— Eu me sinto ótimo. O casamento é uma grande aventura. E, ainda assim, reconfortante.

Para alguns, pensou Eve. Mas para outros... Ela lembrou de Natasha Quigley e J. J. Copley. Para outros, talvez fosse apenas uma competição.

A música rolava solta naquele momento; o salão de baile vibrava com o som e com as pessoas. Muita gente, Eve percebeu, havia chegado durante o tempo em que tinha estado no salão de presentes.

Avistou Feeney. Ele não estava de smoking, e sim com um terno preto que ela sabia que ele guardava para eventos, cerimônias e funerais. Estava perto de um dos bares mastigando algo gorduroso, acompanhado de Jenkinson. Nadine também já tinha chegado. Usava sapatos de salto alto que pareciam picadores de gelo prateados, e dançava com Crack, que tinha quase dois metros de altura. A competente repórter e o dono da boate de striptease e sexo pareciam estar se divertindo muito.

Ela teria que levar Nadine ao salão para lhe entregar seu presente.

E lá estava Mira e seu adorável marido, sentados em uma das mesas, rindo com o comandante e a sra. Whitney. Ela provavelmente teria que ir até lá para cumprimentá-los e dizer alguma coisa. Mas raramente via seu comandante tão alegre e descontraído, então resolveu esperar mais um pouco.

— Ah, achei você.

Ela se virou para Roarke.

— Sim, estou bem aqui. Acho que você já sabe que Peabody amou o casaco.

— Há poucas coisas mais satisfatórias do que dar um presente e ver que a pessoa ficou genuinamente feliz.

— Ah, é? Parece a conversa rápida que eu tive com Charles sobre sexo. Relacionado ao caso atual.

— Naturalmente.

— Além do mais, eu também queria entregar o presente que comprei para Louise. E ainda preciso chamar Mira, Nadine e os outros para entregar os presentes deles. Depois que terminar tudo isso, estarei livre.

— E se você quiser reservar alguns minutos para pensar um pouco sobre o caso... por mim tudo bem. Contanto que você dance comigo.

— Mas...

A música mudou, ficou mais lenta, romântica e um pouco sonhadora. Ainda assim, ela sempre se sentia muito estranha quando dançava em público. Ele a puxou para junto dele, girou com ela e riu com vontade ao ver um brilho nos olhos de Eve.

— Você tem problemas interessantes de recato. Os casais costumam se abraçar quando dançam música lenta, sabia?

— Pode ser, mas aposto que muitos deles não têm seu comandante por perto, para observá-los.

— É só uma dança. Não vou tirar sua roupa, Eve.

— Aposto que é o que você está fazendo mentalmente.

— Bem, agora estou, então obrigado pela ideia.

Quando ela riu, ele a pegou e lhe deu um beijo rápido e leve. Ela respondeu passando os braços em volta do pescoço dele.

— Ah, que se dane! É uma festa de Natal.

Capítulo Dezesseis

Eve sempre se sentia estranha e meio sem graça ao socializar com o comandante Whitney. A imagem mais forte que tinha dele seria sempre a do seu chefe atrás de sua imensa mesa, com a cidade de Nova York se erguendo na janela às suas costas. Seu rosto sombrio, preocupado e sóbrio, ombros largos sustentando o peso do comando.

Então, vê-lo dançando (inclusive balançando o quadril) com sua esposa elegante e geralmente um pouco assustadora deixou Eve desnorteada.

Ela não tinha talento algum para se misturar com as pessoas — pelo menos não como Roarke, que aparentemente conhecia todo mundo dentro ou fora do planeta, ou sabia agir como se conhecesse. Mesmo assim, ela conseguia lidar com a conversa fiada, até com pessoas que não conhecia. Figurões do que considerava o Universo Roarke, seus cônjuges ou namorados, pessoas da área de pesquisa e desenvolvimento, e colegas de trabalho.

Basicamente as pessoas queriam só conversar umas com as outras, dançar ou ir ao bar e ao bufê, então ela podia cumprir seu dever de anfitriã com tranquilidade e seguir em frente.

Mas ainda lhe parecia muito estranho ver sua galera se misturar com a galera de Roarke. Ou ver Baxter encostado em uma das mesas enquanto conversava com uma das executivas da área de pesquisa de Roarke. Por outro lado, ela era mulher, solteira e sexy, então aquilo não era um choque.

E ali estava Caro, a eficiente assistente de Roarke, que dançava com o querido Dennis Mira. Mais adiante, Santiago estava em uma discussão nitidamente animada com alguns engenheiros das Indústrias Roarke enquanto tomava cerveja.

— Trouxe para você. — Nadine se aproximou e entregou uma taça a Eve. — Mesmo com esse vestido incrível, você parece uma policial de guarda, parada aqui.

— Os mundos colidiram e eu estou observando — disse Eve, e tomou um gole. — Até agora não parece haver nenhum estrago.

Nadine examinou o ambiente também.

— Você já deu festas incluindo esses dois mundos antes.

— Sim, mas eles parecem ter crescido, e os nativos de cada grupo interagem mais com o outro grupo.

— E, mesmo assim, a Terra continua girando — finalizou Nadine. — Adoro suas festas. Em primeiro lugar, porque sei que haverá muitas pessoas que eu conheço e de quem gosto... e também pessoas que talvez eu não conheça e que sejam potencialmente interessantes. Em segundo lugar, em dias como o de hoje eu sempre ganho algum presente fabuloso. *Amei* a bolsa que você me deu. Amei de verdade.

— Por que você carrega tantas coisas de um lado para o outro? Essa é a pergunta que não quer calar.

— Como vou saber o que posso precisar em determinada hora do dia? É melhor estar preparada para qualquer coisa. Ah, Morris vai tocar com a banda! Adoro quando ele toca saxofone. Ele está um pouco melhor — acrescentou ela, com a voz calma —, mas ainda bastante triste. Nunca perdi alguém que eu realmente amava. Não sei como alguém consegue lidar com isso.

— Com camisa prateada, gravata vermelha e faixa prateada na trança.

Nadine inclinou a cabeça.

— O quê?

— Cor. Ele está voltando a usar cores há um tempo. Está superando o que aconteceu.

— Sabe, também sou observadora e bastante intuitiva, pois sou repórter e escritora, mas nunca teria conseguido reparar nisso. Você tem razão. Ele está deixando, aos poucos, a cor voltar à sua vida. Isso é bom de ver. E então... qual é o lance que está rolando entre ele e DeWinter? Eles já são um casal?

— Não.

— Você parece bem segura disso, e até determinada. Você não gostaria de... Falando nela, acho que está vindo em nossa direção. E por falar em roupas incríveis, veja só a dela.

DeWinter usava um vestido vermelho e sexy colado ao corpo, delineando cada curva de maneira elegante. Uma fenda lateral subia quase até seu quadril, revelando uma perna comprida e tonificada, além de saltos adornados com joias que reluziam como pisca-piscas a cada passo.

— Olá, Dallas. Ainda não tive oportunidade de lhe agradecer pelo convite. É uma festa fabulosa. Sua casa está muito além do "espetacular".

— Obrigada. Hã... Nadine Furst, esta é a dra. Garnet DeWinter.

— Nós já nos conhecemos, no caso do Santuário. — Mesmo assim, DeWinter estendeu a mão. — Gostei muito da última edição do seu programa *Now*, e já me tornei grande fã do seu trabalho em geral.

— Obrigada. E eu me tornei grande fã do seu vestido. É Valencia?

— É, sim! Que olho você tem! Acabou sendo uma escolha divertida, já que Morris tinha escolhido uma gravata vermelha. — Ela tomou um gole de champanhe e jogou o cabelo para trás, em uma explosão de cachos castanho-dourados. — Adoro ouvi-lo tocar.

— E então... você e Morris estão juntos?

O sorriso alegre de Nadine não diminuiu sob o olhar fulminante de Eve.

— Fazemos companhia um ao outro. Nenhum de nós deseja um relacionamento, nem está pronto para isso. Tenho que pensar na minha filha. E ele tem Amaryllis. Acho que é mais fácil para ele conversar sobre ela comigo, pois eu não a conheci e nunca os vi juntos. Mas ele com certeza tornou minha adaptação aqui em Nova York mais tranquila.

— Ah, é? — Nadine ampliou o sorriso. — Como assim?

— É sempre um desafio ser novata em qualquer lugar, especialmente quando já chegamos como responsáveis por tudo. Ele e eu trocamos muitas ideias, e ele me oferece uma boa noção das pessoas com quem trabalho. Uma das razões pelas quais deixei Washington D.C. foi sentir que eu tinha me tornado complacente e precisava de uma mudança urgente. Aquela era uma máquina bem administrada... faço questão de deixar isso bem claro... só que a estrutura e as personalidades da capital não permitiam muita camaradagem, nem... prazer. Encontrei as duas coisas aqui. — Ela apontou para o salão de baile e continuou: — O trabalho que fazemos, nós três, é difícil e muitas vezes obscuro. Sem as conexões pessoais, a alegria e o interesse mútuo, tudo poderia se tornar ainda mais difícil e sombrio. Quero ter a liberdade de usar um vestido vermelho incrível de vez em quando, de ouvir um homem que considero inteligente e interessante tocar saxofone. Quero comer, beber e conversar sobre nada particularmente importante... ou sobre o que é de vital importância... de preferência com pessoas de quem gosto, ou que respeito e admiro. Fazer isso me torna melhor no meu trabalho. E também me torna uma mãe melhor. — Ela tomou um gole de champanhe enquanto analisava Eve. Por fim, disse: — Você ainda não gosta de mim, tenente, mas vai gostar. Você vai aprender a gostar de mim.

— É mesmo?

DeWinter jogou a cabeça para trás e soltou uma gargalhada alta e rouca.

— Desconfio que eu também aprenderei a gostar de você, porque isso não aconteceu... ainda. Vamos vendo. O que eu sei, com certeza, é que você é muito amiga dele. Você é uma grande amiga de Li. Posso lhe garantir que eu também sou. Isso já é um bom começo.

— Eu flertava com ele de vez em quando — murmurou Nadine. — Parei de fazer isso depois que Coltraine foi assassinada.

— Você deveria voltar a fazer isso. Um ambiente normal o mantém estável. Dallas oferece isso a ele. Você veio desacompanhada? — perguntou DeWinter para Nadine.

— Pois é. Pensei em trazer um acompanhante, mas na hora H percebi que não estava com vontade de fazer isso. Arranjar encontros durante as festas de fim de ano sempre acaba complicando as coisas. São datas muito importantes e simbólicas.

— Sim! Juro que esta é a única época do ano em que eu queria estar casada, para que as pessoas parassem de me perguntar se tenho algum acompanhante para o Natal, para o Réveillon, para tal festa ou evento.

— Nossa, é assim mesmo! E se você fica com alguém justamente no Réveillon, algumas pessoas ficam no seu pé perguntando: "E então, é sério?"

— Exatamente. No ano passado, eu estava saindo com alguém, de forma *muito casual*, mas então, só porque... sem pensar... eu o convidei para um evento de fim de ano, as pessoas vieram para cima de mim!

— Eu que o diga!

Elas estavam voltadas uma para a outra, reparou Eve, atraídas para aquele tema como se fossem ímãs.

— Tive que parar de sair com alguém porque, já em outubro, ele começou a me pressionar sobre os planos para o Natal — disse Nadine. — É de enlouquecer.

— O percentual de violência doméstica, suicídio e homicídio aumenta exponencialmente entre o Dia de Ação de Graças e o Ano-Novo — comentou Eve, e recebeu olhares perplexos de DeWinter e Nadine. — Podem continuar o papo — sugeriu, e se afastou.

Ela pensou em se esconder no salão de presentes para curtir uns dez minutos de silêncio e solidão, mas ouviu vozes e risadas lá dentro, então desviou para o outro lado. Ela poderia descer até o seu escritório, refletiu, para ficar uns dez minutos por ali. Mas caso fosse pega lá por Summerset, ia ser um inferno!

Mas havia muitos outros cômodos por ali, pensou, e se afastou da música, das vozes e das luzes, e entrou no que ela lembrava ser uma pequena sala de estar.

Feeney estava jogado em uma das poltronas grandes, os pés para cima e a gravata afrouxada. Parecia meio adormecido diante do telão mudo que exibia um jogo de basquete.

Ele a viu e lançou a ela um olhar tímido.

— Vim aqui só para ver quanto estava o jogo e fazer uma pausa.

— Ótimo. Agora você é a minha desculpa para sair de lá. — Ela se jogou na outra poltrona e suspirou. — Meu Deus, Feeney, por que as pessoas gostam tanto de festas?

— Festas como esta? Bebidas e comidas de primeira, lugar maravilhoso... A maioria das garotas... e alguns dos garotos também... se diverte com a chance de se enfeitar e usar roupas bonitas. Sheila está se divertindo horrores. Quando eu saí, ela estava conversando com Ana Whitney e um executivo de Roarke. Falavam de tricô. Os três estavam envolvidos no papo como se aquela fosse a religião deles. Eu tive que me afastar uns dez minutinhos.

— Acabei de escapar de Nadine e DeWinter, que conversavam sobre relacionamentos. Relacionamentos durante as festas de fim de ano.

— Acho que você ganhou essa disputa comigo, mas o tricô chegou perto. Por outro lado, a música está fantástica. Roarke sabe como agitar a casa. Como vai o caso?

— Tenho algumas pistas fortes. Estou vendo se... — Ela parou de falar quando percebeu a aproximação de alguém e, pelo canto dos olhos, viu Santiago hesitando na porta.

— Festa privada? — perguntou ele.

— Não. Estamos só dando um tempo da multidão.

— Então estou dentro. — Ele trazia uma bebida na mão e se sentou em outra poltrona. — Esta é uma festa e tanto, tenente. Agora mesmo eu estava conversando com um cara chamado Derrick, que trabalha para Roarke. Ele jogou beisebol na liga secundária durante alguns anos, mas contundiu o braço e teve que mudar de carreira, então foi para programação e design. De qualquer forma, ele ainda joga em uma liga local de beisebol. Vou dar uma olhada e ver se consigo entrar nela.

— Em que posição você joga? — quis saber Feeney.

— No ensino médio e na faculdade eu jogava de interbases, entre a segunda e a terceira base. Cheguei a conseguir uma bolsa de estudos na faculdade. Não há nada melhor que o beisebol.

— Você não pensou em virar profissional? — indagou Eve.

— Não, porque eu queria um distintivo. Adoro esportes, mas aquilo era só lazer para mim, não era trabalho. Eu queria mesmo era entrar para a polícia.

Eles conversaram sobre beisebol e falaram da sua profissão. Eve disse a si mesma que devia se levantar, voltar para o salão principal e cumprir seu dever de anfitriã. Foi então que Reineke entrou.

— Ei, mais alguém aqui se sentiu estranho ao ver Whitney dando um show na pista de dança?

— Sim! — responderam Eve e Santiago ao mesmo tempo. Feeney fez que não com a cabeça.

— Vocês acham que, só porque alguém tem alguns anos a mais que vocês, a pessoa não tem gingado? Jack e eu conseguiríamos acabar com todos vocês em uma pista de dança.

— Não vi você por lá — provocou Reineke, sentando-se em uma poltrona.

— Mas vai ver.

Carmichael entrou, parecendo livre, leve e solta em um vestidinho preto, pés descalços e unhas vermelhas cintilantes.

— Que lugar é esse, a sala de ocorrências?

Ela se sentou no braço da poltrona de Santiago, pegou a cerveja dele e tomou um gole.

— Uau! Isso que é festa, chefe. Festa de verdade! Acabei de ver o Dick Cabeção e a dança sensual dele com a dra. DeWinter. Tive que cair fora de lá para proteger meus olhos. Ela é muito gostosa. Se eu me interessasse por garotas, ficaria até empolgada. Mas o Cabeção é simplesmente assustador.

— Meu Deus. É melhor eu voltar para lá.

— Você pode ser a próxima na fila da dança sensual.

Eve começou a andar e parou por tempo suficiente para dar um tapinha na tatuagem na base da coluna.

— O que é isso? — quis saber Reineke.

— Significa "beije meu traseiro", que eu traduzo como "que se dane" — explicou Eve, e saiu, deixando as gargalhadas dos policiais para trás.

Pensando em táticas, pegou o caminho mais longo, desceu e começou a dar a volta em direção ao terraço do salão de baile. Se alguém lhe perguntasse onde tinha andado, diria que estava se enturmando com os convidados.

O desvio fez com que ela desse de cara com Trueheart, envolvido em um beijo de desentupidor de pia com a namorada, o que causou às três partes um momento de profundo constrangimento. Eve seguiu em frente e deixou o casal ainda vermelho de vergonha para trás.

Encontrou Baxter em seguida, junto da porta do salão de baile.

— E aí, Dallas, quer dançar?

— De jeito nenhum! Você não tem uma acompanhante por aqui, ou algo assim?

— Um cara não pode trazer acompanhante alguma para esse tipo de festa. Isso é muito simbólico porque significa envolvimento sério, ainda mais quando rola tão perto do Natal. E também impede o cara de dar em cima das mulheres solteiras.

— Então isso é realmente verdade para os dois lados, afinal? Ora, ora...

— Já que estamos em uma festa, e porque também é verdade, permita-me dizer que você está com um visual de matar. Adorei a tatuagem da bunda.

— E o que o senhor está fazendo olhando para a minha bunda, detetive?

— Mas ela está bem à vista — disse ele, sem perder a pose. — Está toda embrulhada em um lindo tom de ouro, nós estamos de folga e aqui é um lugar seguro para apreciá-la, já que se trata de uma bunda casada.

— Estranhamente, acho todas essas explicações razoáveis, mas pare com isso e vá olhar para a bunda de outra pessoa.

— Sim, senhora. Quer um pouco disso? — Ele pegou uma taça em uma bandeja que passava.

— Por que não?

Enquanto bebia, ela viu Roarke sorrindo e se inclinando para beijar Mavis.

— É bom — disse Baxter, com um suspiro tranquilo e satisfeito —, quando toda a família se reúne.

Eve olhou para ele. Um policial muito bom, pensou ela, que não era tão superficial quanto gostava de mostrar aos outros.

— Uma dança só, então — decidiu ela. — Mas mantenha suas mãos longe do meu traseiro.

Ela viu Feeney dançar, como prometido. Divertiu-a vê-lo acompanhando o ritmo dos ridiculamente enérgicos Peabody e McNab. Quando ele tirou o paletó para uma segunda rodada da dança, Eve o pegou e verificou o tamanho da roupa.

— Quero comprar um casaco mágico para ele — disse ela a Roarke. — Eu já devia ter pensado nisso antes. Talvez Feeney já não faça tanto trabalho de campo quanto antes, mas deveria ter um casaco desses. Na cor marrom cocô porque ele usa muitas roupas dessa cor, então deve gostar. Podemos conseguir um para ele?

— Lógico. Tamanho quarenta e dois na cor marrom cocô.

— Ótimo. — Ela deslizou um braço em volta da cintura dele e apoiou a cabeça em seu ombro. — Meus pés estão me matando.

— Várias mulheres já tiraram os sapatos. Você poderia fazer o mesmo se não tivesse essa fobia de exibir os pés descalços em público.

— Os pés de uma pessoa são uma coisa pessoal. Não sei por que ninguém entende isso.

Divertido e apaixonado, ele roçou os lábios na têmpora de Eve.

— A multidão está diminuindo um pouco. Podemos encontrar uma mesa para nos sentarmos um pouco, enquanto as pessoas se preparam para ir embora.

— Tudo bem. Eles já passaram do estágio do "queria só me sentar um pouquinho". Isto é como uma família, foi o que Baxter me disse agora há pouco. Alguns são da *sua* família, alguns da *minha*, alguns da *nossa*, mas, hoje à noite, felizmente todos estão se dando bem. Além do mais, estão se misturando, então vamos ver no que isso vai dar. Santiago pode acabar jogando beisebol com um dos seus rapazes. Baxter vai acabar dormindo com a loira da sua equipe de pesquisa e desenvolvimento. Caro e Mira estavam grudadas que nem irmãs, ou algo assim. Há muito desse tipo de coisa acontecendo esta noite.

— E como você se sente em relação a isso?

— Estou numa boa com isso. Antes não tinha certeza, mas estou numa boa. Mesmo assim, depois de hoje, não quero mais falar com ninguém além de policiais, suspeitos, testemunhas e você. Não nessa ordem, mas para mim é basicamente isso. Pelo máximo de tempo possível.

— Entendido. Poderíamos reduzir esse número de pessoas de forma considerável. Ainda preciso negociar com você para te convencer a tirar uma folga depois do Ano-Novo? Você e eu em uma ilha?

— Eu topo. Desde que...

— Entendido. Só quando o caso for resolvido e se não houver nenhuma perseguição a algum assassino louco em andamento.

— Ser casado com uma tira é péssimo.

— Você está completamente enganada.

Porque sabia que ele falava sério, ela sorriu.

— Você acha que McNab talvez seja uma verdadeira aberração da natureza? Ninguém conseguiria se movimentar e se contorcer daquele jeito sendo vertebrado. Talvez eu devesse perguntar isso a DeWinter. Que, por sinal, *não está* envolvida romanticamente com Morris, o que é bom; mas é amiga dele, o que também é bom. Além do mais, aprendi esta noite que você não deve chamar alguém para um encontro durante as festas de fim de ano, a menos que o envolvimento seja sério, por causa do simbolismo e da loucura dessas datas. E soube que Santiago já jogou como interbases. E que Trueheart e a namorada devem estar em um relacionamento sério porque ficaram com a língua na garganta um do outro a festa toda. Também soube que você tem um assistente, ou um executivo, sei lá, que considera o tricô uma espécie de religião.

— Meu Deus, tenente. Você realmente se enturmou.

— Com certeza. Foi necessário um consumo considerável de champanhe, mas cumpri meu papel.

Ele deu um tapinha de leve na bunda dela.

— Lindamente!

Ela aguentou firme durante as despedidas, pelo menos na sua avaliação, considerando a quantidade de pessoas que insistiram em abraçá-la. Como Peabody e McNab estavam um pouco mais bêbados que os outros e ficar ali era mais simples, Summerset os acomodou em um dos quartos de hóspedes que já tinha preparado, e Eve não teve nenhuma ressalva em relação a isso.

Como já era de se esperar, Baxter e a loira saíram da festa juntos, e com o mesmo brilho no olhar.

Quando o último convidado se retirou, Eve seguiu mancando até o quarto, tirou seus pés maltratados dos saltos e se arrastou até o banheiro para aplicar a gosma que Trina tinha deixado, que conseguiria retirar a outra gosma que a própria Trina tinha espalhado pela sua pele.

Tirou as joias e lembrou-se de tirar o acessório do cabelo — o que fez com certa dificuldade —, para em seguida passar os dedos pelos cabelos até que tudo lhe parecesse normal. Tirou o vestido, a calcinha, pegou uma camiseta comprida e larga e se jogou na cama.

— Que horas são? Não, não me diga… Ah, tudo bem, pode dizer.

— Cerca de três e meia da manhã.

— Meu Deus!

O gato subiu na cama tilintando, cheirou-a, subiu em cima dela e se aninhou sobre suas costas.

Roarke entrou e beijou-a no espacinho entre as sobrancelhas.

— Fiz minha parte — disse ela, com a voz arrastada. — Não foi tão ruim assim.

E caiu em um sono profundo, como se tivesse morrido.

Acordou sozinha, o que não era nenhuma surpresa — e menos ainda quando verificou as horas. Depois das dez? *Dez da manhã?*

Sentou-se na cama e esfregou o rosto. Precisava de café, precisava trocar de roupa. Depois de sair da cama, foi até o AutoChef e presenteou a si mesma com muita cafeína.

Iria nadar um pouco, decidiu. Algumas braçadas enérgicas na piscina iriam desanuviar a cabeça e livrá-la dos resquícios da festa. Depois iria ordenar que Peabody saísse da cama — afinal, a culpa de ela beber tanto a ponto de sair de órbita na véspera era dela mesma — e ambas poderiam trabalhar no caso durante algumas horas.

Seguiu em direção ao elevador, mas logo se lembrou de que já tinha se passado quase metade da porcaria da manhã. Alguém poderia dar de cara com ela nadando nua na piscina. Para se precaver, pegou uma roupa de banho preta com alças em estilo regata, vestiu-a e colocou a camiseta de dormir por cima.

Refletiu se devia procurar Roarke para que se juntasse a ela. Mas ele provavelmente teria ideias depravadas assim que ambos estivessem molhados — e havia convidados na casa, e muitas outras pessoas deviam estar limpando os escombros da festa no salão.

Era melhor nadar sozinha.

Saltou do elevador em meio à exuberância das plantas tropicais. Ouviu a música, um som baixo e agradável, e achou que Roarke tivesse chegado ali antes dela.

Talvez ela não se importasse se ele tivesse algumas ideias sensuais, desde que...

— Meu Deus!

Ela tampou os olhos rapidamente, mas a imagem de Peabody e McNab se apalpando na piscina continuou gravada em suas retinas.

— Por quê? — lamentou ela. — Por que eu tive que ver isso? Não existe misericórdia neste mundo?

— Desculpa! — cantarolou Peabody. — Não estamos pelados nem nada do tipo. Roarke falou que podíamos usar a piscina, e havia roupas de banho no closet. Nós dois estamos vestidos, juro.

Eve descobriu os olhos lentamente e arriscou uma espiada.

Eles estavam *seminus*. McNab estava em pé com água até a cintura, o peito ossudo nu e com um brilho molhado, mas ela conseguiu ver que ele usava um calção preto. Peabody usava um maiô azul que exibia um decote generoso. Não era de admirar que as mãos de McNab estivessem nos peitos de Peabody.

Mas ela não iria negar a si mesma um bom mergulho e algumas braçadas. Recusou-se a ceder ao desejo covarde de sair correndo.

— Esta parte é minha. — Ela apontou metade da piscina. — Aquela é de vocês. Fiquem do seu lado.

— Obrigado por nos deixar ficar — disse McNab, quando ela arrancou a camisa. — Nada como uma boa noite de sono depois de uma festa espetacular, sem falar no bônus de um mergulho matinal.

— Certo. Fiquem do seu lado, que eu fico no meu — repetiu Eve, e mergulhou.

Ela os tirou da cabeça e se concentrou no movimento, avançando através da água. Seu corpo relaxou e seu cérebro voltou a funcionar normalmente.

Vinte e cinco voltas depois, sentiu-se mais humana e queria mais café. Deixou-se afundar mais uma vez, e por fim voltou à superfície.

Viu Peabody e McNab ainda ali, boiando lado a lado. Para sua surpresa, avistou Roarke sentado a uma das mesinhas, tomando café.

Tornou a afundar, fez novos movimentos, dessa vez por baixo d'água, e seguiu até a borda. Saiu da piscina pingando, pegou primeiro o café dele e depois uma toalha.

— Bom dia! — saudou Roarke.

— O dia está melhor agora. Imagino que você estava lidando com a bagunça pós-festa.

— Na verdade, eu tinha outros planos. Summerset está cuidando da casa. Que tal um café da manhã? Eu bem que gostaria de comer alguma coisa. Estava esperando você.

— Lógico — respondeu ela. Quando ele apenas arqueou as sobrancelhas, ela se virou para a água novamente e decretou: — Café da manhã no meu escritório, daqui a quinze minutos.

Peabody parou de flutuar.

— Isso seria ótimo. Tudo bem a gente comer com vocês?

— É o que eu acabei de dizer: vocês têm quinze minutos — devolveu ela, e seguiu em direção às plantas exuberantes. — Meu limitado estoque de simpatia acabou ontem à noite.

— Não acho que Peabody ou McNab precisem da sua simpatia. Você vai precisar de algum tempo para trabalhar com Peabody, mas não faz sentido alguém passar fome durante esse trabalho, certo?

— Acho que não. Eles estavam... sabe... quase se agarrando quando eu desci. Os peitos dela estavam quase pulando do maiô.

— Que pena eu ter perdido esse momento.

— Tem que lamentar mesmo. Tarado!

Ele a agarrou quando saíram do elevador e bagunçou os pensamentos de Eve com um beijo demorado.

— Se você tivesse dito trinta minutos em vez de quinze, eu lhe mostraria um pouco da minha tara.

Ela riu, mas se libertou dele.

— Eu não imaginei que eles já estivessem fora da cama. Ainda bem que tive o cuidado de vestir uma roupa de banho porque lembrei que poderia haver gente por aqui arrumando as coisas, então achei melhor ser cautelosa. Se eu tivesse acordado dez minutos depois, eles estariam pelados, transando como baleias.

— Baleias transam?

— Acho que sim.

— Que imagem curiosa. Cuidarei do café da manhã enquanto você se veste.

— Vou ser rápida.

— Então seja. Mais tarde, depois de qualquer trabalho que nós dois tenhamos para hoje, gostaria de um encontro.

— Um encontro para quê?

— Para relaxar com você. Assistir a um filme, comer um pouco de pipoca e curtir uma lareira, sem absolutamente nada para fazer, a não ser ficar ali deitado.

A ideia a fez sorrir.

— Parece um encontro perfeito.

Absolutamente perfeito, ela decidiu enquanto vestia uma calça jeans preta, um suéter cinza e botas confortáveis e sem salto. Pegou o pingente de diamante em forma de lágrima e colocou-o sob o suéter. Pensou em pegar a arma e o coldre — pela força do hábito — e lembrou que os havia guardado na gaveta da escrivaninha.

Enfiou o distintivo, o *tele-link* e os outros apetrechos de trabalho diário no bolso.

Ela se questionava do que mais as pessoas precisavam no dia a dia, enquanto se dirigia para seu escritório em casa. Coisas de trabalho, talvez... uma pasta de arquivos ou uma maleta. Mas ninguém jamais conseguiria convencê-la de que carregar por aí uma daquelas bolsas do tamanho de um planeta era necessário para a sobrevivência de alguém.

Sentiu o cheiro de comida e café, e seguiu seu olfato até seu escritório, onde a mesa que ela e Roarke costumavam dividir tinha sido posta para quatro pessoas.

Viu Roarke sair da pequena cozinha carregando uma bandeja grande e coberta.

— Temos vários androides para fazer esse trabalho — disse Eve.

— Realmente temos, mas é divertido demonstrar cuidado e preocupação com nossos amigos e familiares de vez em quando. Optei pelo café da manhã irlandês completo, pois um escocês como McNab reconhece uma tradição desse tipo.

— Eles também comem por cinco pessoas no café da manhã? — quis saber Eve, enquanto ia até a sua mesa e pegava sua arma.

— Trata-se de uma refeição requintada que tem de tudo. — Ele andou até Eve, colocou um braço em seus ombros e estudou o quadro do crime ao lado dela. — Você já tem um plano de ação, afinal?

— Mais ou menos. Estou trabalhando nisso. Planejo forçar a barra com Quigley e fazer com que ela se abra um pouco mais sobre o marido. As mãos de Copley certamente estão sujas, e acho que estão ensanguentadas também. Ela não é burra. Se eu fizer a coisa do jeito certo, ela vai pensar direitinho e acabar me contando algo que possa ser útil. Ou então sua irmã. Ela também não é burra, mas é mais frágil. Provavelmente consigo encontrar um ou dois pontos fracos nela para usar a meu favor. Se ela se preocupa com a irmã, posso arrancar alguma coisa dela.

— Tenho a sensação de que essa família não terá um Natal feliz.

— Não se as coisas derem certo para mim.

Peabody e McNab entraram, ambos vestindo calças e blusas largas.

— Onde vocês conseguiram essas roupas? — quis saber Eve.

— Summerset deu para a gente. São muito confortáveis! — Peabody esfregou a própria manga. — Seria esquisito tomarmos café da manhã com roupas de festa. E ainda mais estranho conversar sobre um caso de assassinato com elas.

— Então vamos comer e conversar.

Eve foi até a mesa e levantou a tampa da grande travessa.

— Uau, quanta coisa! O cheiro está maravilhoso! — Peabody respirou fundo, saboreando o ar.

— Panquecas de batata! — O rosto de McNab se iluminou. — Panquecas escocesas! — exclamou ele. — Lembra delas, Peabody?

Comemos quando fomos à Escócia passar as férias com a minha família. Minha avó fez para a gente.

— Panquecas de batata! Puxa, como lembro! São muito gostosas. Ainda bem que dancei como uma maluca ontem, durante horas.

Roarke apontou as cadeiras para que se sentassem.

— Foi Summerset que as preparou. Ele achou que você iria curtir essa lembrança de casa.

— Comam à vontade — disse Eve. — Porque, depois disso, a festa vai acabar de verdade.

— Panquecas de batata! — repetiu McNab, e atacou o prato.

Capítulo Dezessete

As panquecas escocesas até que eram boas, constatou Eve. E também era bom comê-las na manhã seguinte a uma grande festa, na companhia de Peabody e McNab. Ela deixou a análise pós-jogo — que era como ela encarava aquela interação — seguir seu curso com discussões, comentários e opiniões sobre quem vestiu o quê, quem fez o quê… com quem… e quem disse o quê.

Na verdade, era espantosa a quantidade de fofoca abordada durante um café da manhã irlandês completo.

— Ainda estou tentando processar o fato de ter visto Dick Cabeção fazer aquela dança sensual — comentou Peabody.

— Nunca mais quero ouvir as palavras "Cabeção" e "dança sensual" novamente. Sério — advertiu Eve. — É uma ordem. E vamos dar continuidade ao trabalho.

Ela apontou para o quadro.

— Copley continua no topo da minha lista. Ele se enquadra no perfil, e seus registros financeiros demonstram ganância e fraudes, além de possíveis subornos. As iniciais dele estão listadas na planilha da vítima com valores que batem com os tais subornos.

— Então ele já tem motivo — concordou Peabody —, mas, como Ziegler era o homem que muita gente adorava odiar, várias pessoas teriam motivação para matá-lo.

— Exato. Mas analise o método. Dois golpes fortes na cabeça, aparentemente causados em um acesso de raiva e impulsividade, com um instrumento prático e sem ponta. É aí que eu descarto várias pessoas. Rock poderia tê-lo esmurrado até estraçalhá-lo, e, se a vítima apresentasse algum ferimento de uma briga ou surra, estaríamos na cola de Rock. Lance Schubert não apareceu na planilha, mas pode ter descoberto que a vítima fez sexo com sua esposa e partiu para o confronto direto. Mas minha análise pessoal de probabilidades diz que Schubert o teria acertado com um ou dois socos logo de cara para resolver tudo de imediato, em vez de acompanhar o morto até o quarto enquanto ele fazia as malas.

Ela se afastou da mesa antes que comesse mais bacon só por estar diante dela.

— McNab, o que você fez quando pensou... erroneamente... que Charles tinha dado em cima de Peabody?

— Dei um soco nele. — McNab passeou com os dedos pelo braço de Peabody. — Mas tudo se resolveu.

— Porque ele *não tinha* dado em cima dela e porque Charles é um cara razoável. O que estou dizendo é que seu primeiro impulso foi dar um soco na cara dele. Schubert me parece um homem desse tipo, e não o vejo contando isso para a mulher, que nem teve a astúcia de mentir para mim sobre ele saber de tudo. Mesmo assim, ele ainda não está livre de suspeitas.

— A vítima pode ter pedido para o assassino ir à sua casa — especulou Peabody. — E exigido mais dinheiro para manter tudo em segredo.

— Exatamente. Seria um caso de raiva imediata. Pegar um objeto à mão e terminar tudo com um floreio. Esse floreio poderia combinar com Schubert, e combina com Copley. Mas o que Copley não tem é o senso de autoestima de Schubert. Por sua vez, Schubert não tem a ganância de Copley, nem o padrão de ir atrás de mulheres ricas, traí-las e ficar com o dinheiro delas.

— A motivação de Copley, na minha opinião, seria do tipo: "Caraca, eu levei Ziegler ao meu clube de golfe, ofereci bebida e tudo mais... apesar de Ziegler ser tão inferior a mim socialmente e financeiramente. Fiz um monte de *favores* para o cara, e o que ganhei em troca? Chantagem! Isso foi longe demais, é hora de mostrar a esse idiota quem é que manda aqui." Ele perdeu a paciência, o que também é padrão, e pegou a arma do crime... porque não é o tipo de cara que sai no mano a mano. Olha só o que Ziegler o obrigou a fazer! Mas matá-lo não foi suficiente. Ziegler o humilhou, então ele iria se vingar.

— Mas não teria sido mais inteligente revirar um pouco o lugar? — Recostando-se na cadeira, Roarke curtiu mais um gole demorado de café, tão à vontade entre policiais falando de assassinatos quanto se o tópico fosse negócios e finanças. — Pegar alguns objetos de valor, fazer parecer que o embate foi por causa de um roubo ou um confronto com alguém que tiraria algum lucro disso.

— Ele não é esperto, esse é o problema. Ardiloso, talvez, mas isso é diferente. E ele precisava enfiar a faca no morto... de forma literal e figurada... para inflar o próprio ego.

Eve andou em volta do quadro do crime.

— Por outro lado... Charles mencionou algo interessante ontem à noite, quando conversei sobre isso com ele. Uma facada no coração. Talvez seja um exagero, mas pode significar uma conexão romântica.

— Vamos voltar às namoradas? — especulou McNab.

— Não acredito muito nessa teoria, simplesmente não as vejo cometendo esse crime, mas gostaria que você investigasse a possibilidade com um pouco mais de atenção, se Feeney puder te dispensar. Sima tem um bom álibi. Estava com várias pessoas em um lugar público no momento em que Ziegler foi morto, mas você poderia dar uma olhada em Alla Coburn e algumas das mulheres que pagaram por sexo.

— Sempre tenho tempo para dar uma olhada em mulheres — disse McNab, e Peabody deu uma cotovelada nas costelas dele.

— Se fosse sexo... apenas sexo... o simbolismo seria uma faca no saco. Portanto, se seguirmos esse caminho, a coisa aconteceu com base em romance e emoção, não apenas sexo. Peabody, você e eu vamos brincar com esses dois ângulos hoje: marido enfurecido e/ou vítima de chantagem, por causa de uma mulher casada e apaixonada. O terceiro ângulo é fragilizar as mulheres casadas o suficiente, a ponto de isso afetar o marido enfurecido. Se for esse o caso.

— Natasha Quigley e Martella Schubert?

— Isso mesmo. Vamos nos dividir para ganhar tempo, mas alterar a abordagem. Você conversa com Martella. Ela é mais afável, vulnerável e ingênua. Responderá melhor ao seu estilo de abordagem, que é mais gentil e empático. Você pode até contar a ela que já sentiu um interesse romântico por um profissional do sexo.

— Mas eu não senti! Quer dizer, não exatamente. Eu apenas... eu só...

— Não importa, jogue esse papo para ela — insistiu Eve —, se achar que vai funcionar. Invente que foi conversar com ela no seu dia de folga, só para ter uma ideia mais clara da situação porque sua parceira, a tenente, está forçando a teoria de que o marido dela descobriu o que aconteceu e matou Ziegler antes mesmo de ser revelado que o sexo não tinha sido consensual, devido às drogas. Se essa abordagem não funcionar, você encontrará outra.

— Talvez, se eu achar viável, também possa sugerir que acho que Copley seria o assassino mais provável. Vou falar isso no velho estilo "que fique só entre nós", e dizer que talvez Copley estivesse dando dinheiro a Ziegler, depois de ter sido chantageado. As irmãs me pareceram muito unidas. Então, se Martella achar que o marido da irmã possa ser um assassino, talvez se abra um pouco mais para proteger Natasha.

— Não é uma má ideia. — Eve fez uma pausa e estudou o rosto de Martella Schubert no quadro do crime. — Nada mau. Se ela souber de algum podre de Copley, é mais provável que conte a você. É uma boa tentativa. Vamos ver se conseguimos algo.

— E você vai falar com Natasha Quigley.

— Ela não é ingênua nem sensível. Posso forçar um pouco mais a barra. Ela usou a ilusão do romance como desculpa para pagar Ziegler pelo sexo, então posso bater nessa tecla. E posso insistir na preocupação dela de que Copley descubra. Talvez ele já tenha descoberto, e, nesse caso, como ficam as coisas? Talvez eu consiga jogar o mesmo papo que você: o marido da sua irmã está entre os suspeitos. Farei como você, jogarei a isca e vou vendo conforme ela for me respondendo.

— Tudo bem se eu levar McNab comigo? Somos um casal e posso usar isso a nosso favor. Entendo como é estar apaixonada e tudo mais. Também tenho uma irmã e outros pontos em comum com ela.

— Talvez eu possa convencê-la a me deixar colocar uma escuta no *tele-link* da casa e no seu *tele-link* pessoal — especulou McNab. — Vou abrir o jogo e dizer que é para a proteção dela e da irmã.

— Se ela engolir essa história, é mais ingênua do que eu imaginava, mas não custa nada tentar. Se ela morder a isca, faça com que assine uma autorização formal. Não quero que isso se vire contra nós depois.

— Combinado — prometeu McNab. — Vou levar alguns brinquedinhos eletrônicos comigo, para o caso de ela topar.

— Quero um relatório completo depois. Mas antes, pelo amor de Deus, passem em casa e vistam roupas de tira.

— Vou poder usar meu casaco mágico cor-de-rosa. — Peabody deu um pulinho e fez uma dancinha rápida. — Ele é mais que demais! Obrigada de novo por tudo... pela festa, por cada detalhe.

— Mande uma foto da sua garota com o novo casaco para a gente — pediu Roarke a McNab.

— Certo! Vamos arrasar com o casaco dela e as minhas botas. Obrigado por tudo. De verdade.

— Agora se mandem — disse Eve. — De verdade.

Quando eles foram embora, Eve se virou para Roarke.

— Que botas?

— As botas com amortecedores personalizadas que demos a ele no Natal. Tenho certeza de que te contei.

— Talvez. Quem consegue se lembrar de tudo? Mas não me diga que elas são cor-de-rosa. — Só de pensar nisso, ela sentiu arrepios. — Por favor, não me diga uma coisa dessas.

— Elas são no padrão típico dos McNab: um xadrez vermelho e verde ousado e bastante atraente.

— Botas xadrez vermelhas e verdes? Pelo menos não são cor-de-rosa. Vou sair logo para poder voltar mais cedo e curtir nosso programinha à noite.

— Vou com você — disse ele. — Como McNab, vou levar equipamentos, caso ela concorde com a instalação de alguns aparelhos de escuta.

— Ela não vai concordar. Você não precisa estragar o seu dia com essas coisas.

— Como meu dia poderia ser estragado se eu estarei ao seu lado?

— Na verdade, você até pode ser útil — considerou Eve. — Tem dinheiro, status social... Essa é a língua que ela fala. E se Copley estiver lá, você vai conseguir convencê-lo a te mostrar seus tacos de golfe, ou coisa parecida.

— Isso sim estragaria o meu dia, mas vou arriscar.

— Pegue seus brinquedinhos. Encontro você na frente de casa.

Quando ela desceu, o veículo já estava à sua espera. Não a sua viatura TED Urbano blindada, de aparência enganosamente simples, mas sim uma caminhonete 4×4 preta, grande e estilosa.

— Vamos subir alguma montanha? — perguntou ela a Roarke, quando ele saiu de casa.

— Nunca se sabe. Fiz uma pequena diligência em Copley e Quigley quando investiguei as finanças deles, mas presumo que você já tenha ido mais fundo nesse assunto. Pode me contar no caminho para lá.

— Tanto ele quanto ela são infiéis — afirmou Eve, de maneira categórica. — Os dois já estavam noivos de outras pessoas quando começaram a sair. Continuaram de sacanagem por mais algum tempo, até que ele a levou ao Havaí para uma das casas da família dela e eles se casaram às pressas.

— Você não gosta de nenhum dos dois.

— Não muito.

— Foi por isso que enviou Peabody para conversar com a irmã e o cunhado... porque você gosta deles.

— Não gosto nem desgosto. Mas eles me parecem bastante corretos. Não são escandalosos. Martella *achou* que tinha trepado com Ziegler de forma voluntária e pagou para que ele não fizesse alarde, em vez de aguentar o tranco e assumir seu ato. Mas o marido dela me pareceu um pouco calmo demais sobre tudo isso, depois que a coisa toda veio à tona. Natasha Quigley e J. J. Copley mentem abertamente, mas os outros dois também escondem coisas. Talvez estejam escondendo um assassinato.

— Talvez tenham sido os dois casais. Os Schubert estão lidando, à sua maneira, com o trauma de tudo isso. Foi um golpe duplo para ele. Primeiro, saber que a esposa achava que o tinha traído com outro homem. Depois, descobrir que ela não fez o que acreditava, pois tinha sido drogada e estuprada. É muita coisa para um homem enfrentar.

Ele sabia bem como era isso, pensou Eve. E certamente sabia como lidar com isso.

— Talvez. Talvez os dois estejam apenas tentando encontrar um jeito de superar tudo que aconteceu. E existe outra figura nessa história: Catiana Dubois, a secretária social... mais um título para a minha lista de títulos de merda.

— Para algumas pessoas a vida social é uma espécie de carreira ou vocação. Ter alguém para manter tudo em ordem é muito útil.

— Você não tem um "secretário social".

— Tenho Caro e Summerset. Um homem não precisa de muito mais do que isso.

Ela não tinha como discordar.

— Eles parecem muito unidos, aqueles três. Não do tipo "fazemos um ménage toda terça-feira", mas dá para ver que têm uma ligação muito forte. Segundo Catiana, Ziegler deu em cima dela, mas ela o afastou. Então ele espalhou o boato de que ela era lésbica e ela deixou para lá porque não se importava com isso. Depois, Ziegler ficou chateado quando o cara com quem ela estava saindo apareceu na academia e ficou evidente que ela gostava de homens, afinal.

— Desculpa, ainda estou pensando no ménage às terças-feiras.

— Deixa isso para lá. A questão é que Ziegler mexeu... em vários níveis... com todas as cinco pessoas dessas duas famílias. Qual a chance de isso acontecer?

— Por isso você acha que um deles cometeu o assassinato, especialmente o Copley, já que ele parece o mais fraco no sentido moral, e é um idiota.

— Isso resume tudo. Além da motivação que ele tinha, mais os meios e a oportunidade para isso. E ele teve tempo para tudo. Qualquer um deles teria tempo, na verdade, se um dos outros o acobertasse.

Seus pensamentos se voltaram para outra coisa de repente.

— Como você descobriu quanto McNab calça?

— Tenho meus meios.

— Tem mesmo. Se eu te traísse, você apunhalaria meu cadáver bem no coração, com uma faca de cozinha?

— Sua mente é a coisa mais fascinante que existe — disse Roarke, com um toque de admiração. — De assassinato para ménages, tamanho de sapatos e de volta à especulação sobre assassinatos. Enfim... a resposta é não.

— Como não?! — Ela se sentiu estranhamente ofendida.

— Não sobraria o suficiente para esfaquear. Imagino que eu já teria arrancado seu coração infiel e colocado fogo nele. Isso, óbvio, depois de... qual foi sua frase mesmo?... espancar seu amante até acabar com ele, e depois disso eu o teria castrado. Mas não com uma faca de cozinha, lógico. Teria usado uma lâmina cega, enferrujada e com bordas irregulares, colocando-a em uso novamente em seu coração. E jogaria o pau e as bolas do sujeito para um cão raivoso e feroz, que eu obviamente teria adquirido apenas para esse propósito.

— Acho que isso seria suficiente. — Agora, em vez de insultada, ela se sentiu muito amada. — Somos violentos — comentou, depois de um momento.

— Fale por você. — Ele ultrapassou um bonde triplo cheio de turistas tremendo de frio, pisca-piscas e guirlandas. — Se você não tivesse me traído, eu nunca teria encostado um dedo em você que não fosse para demonstrar meu amor, paixão e carinho.

— Você nocauteou Webster só porque ele *desejou* que eu te traísse com ele.

— Isso deve servir de aviso.

— Somos violentos — repetiu ela. — Crescemos desse jeito. Conhecemos nossa própria natureza e basicamente aprendemos a canalizar a violência. Mas nosso instinto seria reagir de forma violenta a esse tipo de situação. Ou ameaçar nosso oponente de um jeito que… quase com certeza… o faria recuar. Então teríamos vencido a parada. Isso também faz parte da nossa natureza. Essas pessoas não são essencialmente violentas. Essa violência específica foi algo de um momento, uma perda de controle. De qualquer modo, se um desses quatro fosse o assassino, um bom advogado conseguiria livrá-los alegando insanidade temporária, capacidade diminuída ou circunstâncias atenuantes. Mas tudo isso foi por água abaixo com o floreio após o crime. Essa última parte foi puro ego, burrice e exibição.

— É por isso que você acha que foi Copley.

— Sim.

Ela matutou sobre o assunto enquanto ele estacionava.

— Segue a minha deixa, ok?

— Naturalmente. Você sabe que eles podem não estar em casa, né? Uma bela e fria tarde de domingo…

— Eles estão em algum lugar. Vou encontrá-los.

Eve tocou a campainha e exibiu o distintivo quando solicitado. O processo foi rápido dessa vez, e o androide doméstico abriu a porta.

— Olá, tenente. Em que posso ajudá-la?

— Quero falar com a sra. Quigley. E com o sr. Copley também.

— Infelizmente o sr. Copley não está em casa neste momento. A sra. Quigley tem um compromisso daqui a alguns minutos.

— Então tentarei não a deter por muito tempo.

— Claro. Por favor, entrem. Vou avisá-la de que vocês estão aqui. Fiquem à vontade — acrescentou, conduzindo-os para a sala de estar. — Aceitam alguma coisa?

— Não, obrigada.

Eve esperou até que o androide saísse da sala, antes de dizer:

— Você sabe que ela já contou a Quigley quem estava na porta, certo? Por que esses androides sempre agem como se não tivessem feito isso?

— É o procedimento padrão. Este é um belo prédio antigo — observou Roarke. — E foi bem reformado.

— Bom gosto e muita grana?

— Sim, as duas coisas foram necessárias, além de um respeito admirável pelo caráter dessas casas de tijolinho.

Ele se virou, assim como ela, ao ouvir o rápido barulho dos saltos.

— Olá, tenente, eu não a estava esperando... Roarke! — O sorriso de Natasha se iluminou quando ela apressou o passo e estendeu a mão. — Nós nos encontramos muito rapidamente, há vários anos, em uma exposição de arte em Londres.

— É um prazer revê-la.

— Por favor, sentem-se. Não liguei os pontos quando conversei com você antes — disse ela a Eve. — Suponho que a perturbação com tudo que aconteceu tirou meu foco. Afinal você é Eve Dallas, esposa de Roarke e estrela do filme *O caso Icove*.

— A atriz Marlo Durn é a estrela do filme. Sou policial.

E você é uma mentirosa, pensou Eve. Já tinha feito essa conexão entre mim e Roarke. Por que fingir que não?

— Sim, é claro. Ouvi dizer que Nadine Furst está trabalhando em um segundo livro baseado em outro caso seu. Estou ansiosa para lê-lo, ainda mais agora que nos conhecemos pessoalmente. Apesar das tristes circunstâncias.

— Onde está seu marido?

Natasha pestanejou diante do tom neutro de Eve, mas sustentou o sorriso.

— J. J. está jogando golfe. Ele, Lance e dois de seus amigos jogam todo quarto domingo do mês, na Flórida. Eles pegaram um jatinho particular hoje cedo. Ele estará de volta às seis da tarde, se for algo importante.

— Acho que podemos resolver tudo com você. Na última vez em que conversamos, você expressou considerável preocupação com a possibilidade de seu marido descobrir sobre o seu caso com Ziegler.

— Eu... — Um leve rubor de vergonha e raiva tomou conta do rosto de Quigley. — Fui sincera com você, tenente. Prefiro não discutir isso novamente.

— Se você leu o livro de Nadine e assistiu ao filme, sabe que Roarke muitas vezes atua comigo, como consultor civil especializado.

— Pode confiar na minha discrição, Natasha — garantiu Roarke, falando com um tom de voz suave e o mais leve toque de empatia.

— Agradeço muito, é claro. Mesmo assim, ainda é um assunto muito delicado. Aquilo não foi exatamente um caso, embora eu tenha fingido que era para... bem... embelezar a situação. Foi apenas uma transação comercial, de ambas as partes, que aconteceu durante um período difícil do meu casamento. Não tenho orgulho do que fiz.

— Você estava preocupada, achando que seu marido iria querer o divórcio caso descobrisse a verdade. No entanto, essa não foi a primeira vez que vocês dois se envolveram em casos amorosos paralelos.

Seu rosto ficou ainda mais vermelho.

— Não vejo o que isso tem a ver com a morte de Trey, ou com meu estado civil atual.

— É mais difícil para mim acreditar que ele jogaria tudo fora por causa de uma... transação comercial, dado o histórico de ambos.

— Nosso histórico é justamente a razão para tudo ser tão delicado. Cometemos erros e fomos infiéis no passado. Prometemos um ao outro que nunca mais faríamos isso.

— E quanto a Felicity Prinze?

Eve notou na mesma hora: Natasha sabia de tudo.

— Você não terminou tudo com seu marido por causa da... transação comercial dele.

— Isso já acabou. — Ela se colocou de pé. — Não permitirei que você venha à minha casa e me insulte. Ou que se intrometa na minha vida pessoal.

— Sua vida pessoal faz parte da minha investigação. Diga a verdade e não precisarei mais me intrometer. Você já sabia sobre Felicity Prinze.

— Sim, eu sabia. Mas isso é passado.

— Há quanto tempo você sabe?

— Algumas semanas. — Ela gesticulou com a mão. — Conheço perfeitamente o padrão de J. J. e suas fraquezas. Essa situação prejudicou nosso casamento.

— A tal fase difícil.

— Sim. Conversamos sobre procurar algum tipo de aconselhamento conjugal, brigamos, falamos em divórcio. E então eu... dei início à minha relação com Trey. Estava com raiva e muito magoada. Foi quando J. J. prometeu acabar com a questão dele, e me pediu outra chance. Eu precisava pensar a respeito, lógico, tive que consultar meu próprio coração. Mas no fundo eu queria salvar meu casamento. Pretendia encerrar minha relação com Trey, como já contei. E quando J. J. perguntou se eu gostaria de viajar com ele depois das festas de fim de ano, só nós dois, eu entendi que precisava dar essa chance a ele... a nós.

— Você descobriu a infidelidade dele. Como você trabalhou a sua preocupação com a possibilidade de ele descobrir seu relacionamento com Ziegler?

Natasha fechou os olhos por um momento e depois suspirou.

— Um momentinho, por favor — pediu Quigley, então foi até o comunicador interno da casa. — Hester, por favor, ligue para Brianne e diga a ela que vou me atrasar um pouco para o nosso encontro.

Ela voltou e tornou a se sentar.

— Eu perderia minha vantagem — disse ela, retomando o assunto. — Perderia qualquer chance de consertar tudo para seguirmos em frente. Fiquei furiosa quando soube dessa tal... dessa... *dançarina*. Quase mandei J. J. embora naquele momento, mas...

Discutimos e dissemos as coisas horríveis de sempre um ao outro. Mas, entre essas coisas horríveis, ele estava certo em um ou dois pontos com relação à minha negligência em... em relação a certos aspectos do nosso casamento. Como, por exemplo, eu sempre esperar que ele esteja presente em meus eventos e necessidades sociais, embora muitas vezes não me mostre disponível para os dele.

Quigley ajeitou o cabelo e pareceu se recompor.

— Você é casada, então sabe que existem altos e baixos no casamento. Eu queria um tempo para pensar, para reavaliar o que realmente queria de J. J., e o que desejava para mim. Em um momento de fraqueza, acabei me envolvendo com Trey. Foi burrice, eu me deixei levar pelas emoções. Ao me envolver com Trey, fiz exatamente o que J. J. tinha feito, ou quase. E não posso fingir que estou indignada e listar todas as exigências para continuar casada com ele, caso ele descubra que fui para a cama com nosso personal trainer, posso? Estamos trabalhando para consertar as coisas, e isso iria destruir tudo novamente.

— Você não acha que apenas pagou na mesma moeda? — quis saber Eve.

— Como a maioria dos homens... pelo menos na minha experiência... ele tem a velha mentalidade de que uma coisa é o homem flertar e trair, outra coisa é a mulher fazer o mesmo. Posso deixar passar o que ele fez comigo, mas ele nunca deixaria.

— O que ele faria? — perguntou Eve.

— Ele me atacaria, jogaria tudo na minha cara e iria embora, ou ficaria ao meu lado para jogar na minha cara toda vez que tivéssemos alguma briga. Posso viver com esse segredo. Posso esquecer tudo. Mas não consigo viver com ele me lembrando disso o tempo todo.

— Você me disse que ele não era violento, mas falou que ele a atacaria... usou uma imagem violenta para descrever a reação dele.

— Ele me atacaria apenas em termos verbais, lógico. E também... emocionais.

Mas Eve sentiu certa hesitação vindo dela.

— Ele já agrediu você?

— Nunca! Ele nunca me machucou! Sim, ele tem um gênio forte, seria tolice negar. Mas geralmente desconta sua raiva em coisas inanimadas. Pode ser que jogue alguma coisa na parede, ou saia batendo a porta. Ele é um pouco como... uma criança que tem um acesso de raiva. Uma das coisas que discutimos é sobre a forma de lidar com a raiva. — Ela se inclinou para a frente com ar de sinceridade e continuou: — Ele grita, isso irrita as pessoas e as faz recuar. Temos androides domésticos em vez de ajuda humana porque eles nunca se ofendem. Posso garantir a você: se ele soubesse do meu caso com Trey, me faria pagar caro, mas não me machucaria fisicamente. Nem machucaria ninguém.

Ela passou a mão pelo pescoço.

— Você não pode achar que ele teve alguma coisa a ver com o que aconteceu com Trey. Eu saberia. Com certeza saberia! Ele estava bem aqui, se vestindo para a nossa festa naquela noite. Estava calmo, até mesmo animado. Poderia estar furioso, mas não estava. Nós até... dormimos juntos naquela noite, pela primeira vez desde que eu soube daquela dançarina. Ele não teria feito o que você está pensando e depois voltado para casa, se mostrado tão calmo e alegre, dado uma festa e feito amor comigo. Não teria.

— Escutamos muitos "ele não..." lá dentro — observou Eve, quando voltaram para o carro.

— Você a deixou atordoada.

— Essa era a intenção.

— Mas não o bastante para ela concordar com algum tipo de escuta, o que foi uma pena.

— Ela também estava muito preocupada com isso. Ouvi muitos "definitivamente não". Nada de espionar o cônjuge. Chega de bisbilhotar vidas pessoais.

— Ela pode ter protestado... até demais, como diria o bardo... mas demonstrou certo medo e muitas dúvidas.

— Verdade. Ainda assim, sua vantagem na história faz mais sentido e soa mais verdadeira para mim do que "Oh, não contem ao J. J. que fiz aquela coisa feia com nosso personal trainer". Havia alguma verdade ali, estava apenas mesclada a mentiras, meias verdades e papo furado. Preciso de algum tempo para decifrar tudo.

— Ela não o ama.

Fazendo uma pausa, Eve virou para Roarke com os olhos semicerrados.

— Por que diz isso?

Ele abriu a porta do carro para ela e deu a volta para se sentar ao volante.

— A parte sobre ter uma vantagem? Isso é uma coisa sobre a qual você e eu conseguimos brincar, como fazemos ao dizer que arrancaremos o coração do outro, ou que dançaremos sobre nossos cadáveres se formos infiéis.

— Quem disse que eu estou brincando quando falo que vou dançar sobre seu cadáver?

Ele se inclinou e a beijou.

— *Isso* é amor. Ela quer essa vantagem, e devemos acreditar quando diz que ele iria jogar o erro na cara dela o tempo todo. Contar vantagem, carregar um fardo, se vingar... nada disso é amor.

— Não. É uma disputa por poder com o adicional do sexo. Casamento é mais ou menos isso, mas só dá certo quando existe amor. Ela aceitaria embarcar nessa viagem com ele, e fariam barulhos de amor... e não me refiro a barulhos sexuais. Então, se ele não for o assassino... caso seja, vou colocá-lo na prisão... ele vai traí-la novamente. Ela espera por isso. Só que, da próxima vez, ela vai dar um pé na bunda dele. Eles certamente têm um acordo pré-nupcial, então ele vai conseguir mais alguma coisa. Só que ela é muito esperta e sua herança é vasta demais para ela ter entrado nessa sem planejar algo mais. Afinal, se ele traiu a ex com ela, também vai traí-la.

— Faz sentido — concordou Roarke.

— O mesmo vale para ela. Traiu o ex com o atual e assim por diante... Merda, no fim das contas, eles se merecem. Nós temos um acordo pré-nupcial, certo?

— Temos, sim. Você leu tudo e pediu ao seu advogado para revisar os termos. Nós o assinamos e guardamos onde nunca mais precisaremos pensar nisso.

— Ok. Na verdade, eu não li, nem pedi a advogado algum para revisar os termos. Só assinei.

Ele freou subitamente, irritando vários motoristas atrás deles.

— O quê? Caramba, Eve!

— Vai logo, antes que eles venham pra cima da gente. Por que diabos eu iria me importar com isso? Na verdade, o seu dinheiro pesou muito contra você lá no início, meu chapa. Eu nunca quis o seu dinheiro.

— A questão não é essa!

Ela ouviu a irritação no tom de voz dele e apenas deu de ombros.

— É exatamente essa a questão. Você tem bilhões de dólares, organizações, corporações, empreendimentos dentro e fora do planeta, e eu não estou nem aí para isso tudo, para começo de conversa. Você tem funcionários que dependem de tudo isso, então essas coisas precisam ser protegidas. Você seria um idiota se não fizesse isso. E você não é idiota, ou eu não teria me casado com você e não estaríamos tendo essa conversa.

— A questão é que você tem direitos e expectativas. E por falar em gente idiota, quem é que assina um documento legal sem lê-lo antes?

— As Indústrias Roarke precisavam do documento assinado. Você e eu nunca precisamos disso.

Com essas palavras, ela viu a irritação dele se dissolver.

— Ah, que droga, Eve.

— Você acha que eu não sei a diferença? Que eu não sabia desde o início? Assinei o troço porque pensei: "Ótimo, isso tira do caminho o que me deixa nervosa." Não todo nervosismo, porque casar por si só me deixou nervosa. Mas o nervosismo principal foi dissipado, e isso me deu um pouco de paz de espírito. E se você acha que eu levaria um centavo seu caso você me expulsasse de casa, é um idiota. Vou levar só o que eu trouxe. Exceto isto. — Ela bateu na aliança de casamento com o polegar. — E isto! — Tirou o diamante debaixo da blusa. — Eles são meus e, se isso não está no acordo, ele terá que ser alterado.

— Você me deixa sem palavras.

— Isso é novidade!

— Meu amor por você me deixa sem palavras.

— Isso é suficiente para mim. Você é suficiente para mim. — Ela se inclinou no banco e olhou para baixo. — Eu poderia ficar com essas botas também. E o casacão. É, se você me expulsar de casa, definitivamente vou ficar com o casacão.

Ele sorriu e segurou a mão dela.

— E você fica com Summerset, lógico — completou ela.

— Estou totalmente de acordo com todos os seus termos.

Ela observou enquanto ele passava pelos portões de casa.

— Posso levar um suprimento vitalício de café também? Acho que é só.

Ele parou o carro outra vez. Soltou seu cinto de segurança e o dela, e puxou-a para um abraço.

— Eu te amo. Mas nada disso importa, pois eu só te expulsaria de casa se você me traísse. E ainda tem toda aquela questão de arrancar seu coração e tacar fogo nele.

— Ah, é... esqueci disso. — Ela se manteve um pouco nos braços dele, satisfeita. — Eu adoraria ler o acordo pré-nupcial de Natasha Quigley e J. J. Copley.

— Quer que eu providencie isso?

— Tentador, mas melhor não. Não há urgência nisso. Acho que já levantei um pouco de poeira. E talvez Peabody tenha feito o mesmo.

Ela se recostou.

— Vou conferir com ela e redigir um relatório sobre o dia de hoje. Depois nós vamos assistir a um filme cheio de explosões e comer pipoca até enjoar.

— Ótimo plano. Só gostaria de acrescentar um detalhe.

— Qual?

— Vamos beber bastante vinho junto com a pipoca e fazer um sexo selvagem depois do filme. Será uma longa noite.

— Seu plano é melhor. Vamos ficar com ele.

Capítulo Dezoito

Demorou algum tempo para organizar tudo, a ponto de ela achar justificável tirar algumas horas de folga.

Eve teve uma longa conversa com Peabody e outra curta com McNab. Atualizou seu relatório e leu o de Peabody. Depois atualizou o quadro do crime e a sua agenda.

O lar de Quigley e Copley era um desastre, refletiu. Por outro lado, na sua experiência, muitas famílias conviviam em terreno árido, esburacado e, muitas vezes, feio.

— Às vezes acontece com a gente, também — disse ela ao gato, que parecia mais interessado em tirar a próxima da sua longa série de sonecas na poltrona reclinável do escritório. — Temos momentos difíceis. Agora, está tudo numa boa, mas sempre haverá obstáculos pela frente.

Recuando um pouco, enfiou os polegares nos passadores da calça, estudando as fotos do casal e a maneira como se portavam quando estavam juntos.

— Ambos são atraentes. Têm uma aparência elegante que transmite grana, mesmo nas fotos das identidades. Até aparentam ser um belo casal, duas pessoas que deveriam combinar numa boa. Mas eles simplesmente não se encaixam — disse ela, recostando-se na mesa. — As pessoas poderiam dizer a mesma coisa sobre nós — falou, quando Roarke passou do seu escritório para o dela. — Provavelmente muita gente diz isso.

— O quê?

— Que nós dois não combinamos.

— Peço desculpa, mas não concordo. — Ele foi até ela e se apoiou na mesa, ao seu lado. — Combinamos tão bem quanto um terno feito sob medida.

— Estou dizendo o que as pessoas de fora podem pensar. Pura percepção, meu chapa. Olhe só para eles... Natasha Quigley e J. J. Copley. Eles parecem uma coisa só... na percepção visual e provavelmente na percepção social. Mas quando você olha com mais atenção, vê que não combinam. Ela nunca confiará nele, não por completo, e ele sempre procurará um jeito fácil de conseguir mais — mais sexo, mais dinheiro, mais prestígio. Quando ameaçados, ou talvez apenas entediados, eles sacaneiam um ao outro. Ambos usaram sexo para isso.

— E talvez um objeto contundente.

— Sim, muito possivelmente. Peabody disse que Martella cooperou muito, embora tenha ficado um pouco nervosa em alguns momentos. A secretária, Catiana, manteve a calma, e Peabody usou o velho jeito apaziguador nato dela. Martella concordou com a instalação de uma escuta na casa depois de levar uma leve cutucada sobre como isso poderia ajudar a esclarecer as coisas, e poderia até proteger sua irmã. Isso significa que Peabody teve que usar o papo de que estou desconfiada do seu marido, mas ela está desconfiada de Copley, e acha que sua desconfiança faz mais sentido.

— Basicamente, você está jogando os casais um contra o outro para ver o que acontece.

— Mais ou menos. Tem alguma coisa ali. Meu instinto me diz que a resposta está por ali, em algum lugar. Tive outra conversa com Robbins, a blogueira de moda, e não deu em nada. Não falo isso só porque entendo a questão do estupro, mas porque acho que realmente a compreendo. E não tem nada de suspeito nela.

— Então você definitivamente vai encurtar sua lista de suspeitos.

— Parece que sim. Peabody vai investigar mais uma vez a última ex da vítima, mas também não vejo nada lá. Se não fecharmos o caso até amanhã...

— É véspera de Natal.

— Pois é. Se não conseguirmos até amanhã, talvez leve mais alguns dias... se tivermos sorte, porque Peabody vai visitar a família e tudo vai parar. É uma chatice isso de a metade da cidade parar entre o Natal e o Ano-Novo. Se meu principal suspeito for para os trópicos, não vou poder fazer nada. Não com o pouco que temos.

— Você preferia que ele comesse o peru e o panetone dentro de uma cela.

— Acho que o máximo que ele conseguiria na cadeia seria um peru falso e uma fatia fina de torta, mas sim, é por aí.

— A ideia de que ele não conseguirá ter boas festas com você na cola dele não ajuda?

— Acho que qualquer pessoa que pudesse enfiar aquela faca no cadáver de Ziegler e, segundo o depoimento das testemunhas, ir direto para uma festa, não vai se preocupar comigo. É tudo uma questão do aqui e agora. Foi assim que ele conseguiu instalar Felicity em um condomínio chique, esquecer seu casamento enquanto estava com ela, e esquecê-la quando estava com a esposa. Vou te dizer quem combina: Ziegler e Copley. Os dois são idiotas gananciosos, egoístas e infiéis. Mas vamos deixar isso para lá agora. Vamos fazer pipoca.

— Quero preparar a minha pipoca — avisou Roarke, quando eles saíram do escritório. — Para ser sincero, eu gostaria de comer pipoca, e não manteiga com sal.

— Mas é o que eu sempre digo a você... a pipoca é só uma desculpa para consumir muita manteiga e sal. Que filme vamos ver?

— Um filme inédito: *Intrusos*. O lançamento é só no Natal, e a história é muito boa. Invasão alienígena, elenco de primeira e efeitos especiais espetaculares.

— Mas tem explosões?

— Segundo o trailer, tem.

— Perfeito.

Foi perfeito. Os dois ficaram lado a lado no sofá, com muita pipoca e um bom vinho para acompanhar. E a ação na tela entregava tudo que prometia.

Invasores alienígenas empenhados em conquistar o planeta dizimavam e escravizavam humanos. Havia uma protagonista feminina agressiva, mas emocionalmente traumatizada; seu companheiro de cena era imprudente, mas charmoso, e o grupo heterogêneo e corajoso da resistência era ótimo. A história era boa, o romance deu certo e teve muitas explosões.

Os efeitos eram tão bons que ela ficou levemente enjoada durante uma batalha aérea. E os personagens interagiram bem, então houve emoção quando o irmão irresponsável do herói se sacrificou pela causa.

Foi uma excelente desculpa para ficar de preguiça no domingo, comendo pipoca e ficando um pouco alta com vinho, enquanto Galahad se esparramava em seu colo.

— Gostei do filme. Foi divertido ver o cara que interpretou Feeney no filme do caso Icove como o durão ex-veterinário do exército. Achei que ele ia morrer quando descobrisse que a ruiva chorona era uma infiltrada alienígena. Eu não entendo alienígenas.

— Não?

— Eles estão sempre atacando, querendo dominar o planeta e explodindo grandes cidades pelo caminho. E eles nunca ganham no fim. — Ela enfiou mais pipoca cheia de manteiga e sal na boca. — Seria mais inteligente começar pelo meio — sugeriu Eve.

Ele se virou, pegou a garrafa de vinho e serviu o finalzinho em suas taças.

— Pelo meio do quê?

— Do país, já que, aparentemente, tudo sempre gira em torno dos EUA. Bastava começar pelo meio, nas áreas menos populosas... como, digamos, Shipshewana, na Indiana.

— Lógico que teria que começar por Shipshewana.

— Depois, era só ir chegando às cidades maiores, à medida que eles ganhassem terreno, e eliminar as populações. — Ela tomou um longo e prazeroso gole de vinho. — Era de se imaginar que, se eles conseguem chegar aqui vindo de qualquer lugar, seriam mais espertos.

— Para a nossa sorte, a de Shipshewana e a do mundo todo, eles não são.

— Eu que o diga! Quem iria querer implantar um aparelho na base do crânio de alguém para controlar seus pensamentos e ações?

— Eu, não.

— E o que os alienígenas conseguem conquistar? — Empolgada, Eve colocou o dedo no peito de Roarke. — Lógico que eles acabam com algumas cidades, matam um monte de gente... e uma dessas pessoas sempre tenta negociar com eles.

— Burros.

— Né? Depois de destruírem Nova York, Nova Los Angeles ou East Washington... porque esses geralmente são os alvos principais... os sobreviventes acabam unindo o mundo em ruínas, criam heróis a partir de pessoas comuns e ajudam pessoas muito bonitas, ensanguentadas e suadas a encontrar o amor verdadeiro e um sexo gostoso.

— Olhando por esse ângulo, deveríamos torcer para sofrer uma invasão alienígena.

Ela deixou a tigela de pipoca de lado e se apoiou um pouco no quadril.

— Não precisamos de uma. Já temos tudo isso.

— E eu não tive que correr o risco de ser pulverizado para trazer você para cá.

— É verdade, mas esse não seria um jeito ruim de morrer, certo? Ser pulverizado é bem rápido. Você nem saberia, seria só um *pfff!* e já era. Melhor do que ser atropelado por um maxiônibus, sobreviver por pouco a um acidente aéreo, ou ser partido ao meio por um tubarão. E ainda tem os que…

— *Shhh*! — Ele uniu seus lábios e fez cócegas nela, depois subiu em cima dela e se deleitou com seu pescoço.

Galahad bufou e desceu do sofá, o guizo que ele usava tilintando.

Eve deslizou o pé descalço ao longo da perna de Roarke, inclinando a cabeça para lhe dar acesso mais livre, antes de voltar a beijá-lo.

Ela enroscou os dedos no cabelo do marido e acariciou-o, sentindo-se relaxada e solta. O vinho bagunçou seus pensamentos, o prazer tomando conta. Ela aceitou a sensação e abraçou o marido.

A tela se tornou um zumbido quando os créditos do filme terminaram. Ela ouvia apenas o crepitar da lareira, em meio ao farfalhar de seus movimentos no sofá.

Os pisca-piscas da árvore brilhavam enquanto o dia curto se transformava na longa noite.

Ele arrancou o suéter de Eve e tomou seus seios com os lábios e as mãos. À medida que o prazer aumentava e os envolvia, ela o apertou cada vez mais contra si, fervendo de desejo. Gemendo, ela puxou a camisa dele.

— Tira isso. Tira! Muitas roupas!

Voltaram a se beijar enquanto Eve lutava para tirar a camisa de Roarke.

Ela enterrou os dentes no ombro dele. A calça dela, que ele tirava, já estava na metade das pernas quando o comunicador tocou.

— Ah, que inferno! — Foi sua resposta ofegante e amarga. — Eu não ouvi nada. Não pare... — O aparelho tocou mais uma vez. — Merda! Merda, merda, merda...

Ela se desvencilhou dele e tropeçou em direção à mesa enquanto lutava para vestir a calça.

— Bloquear vídeo! — ordenou ela. — Porra. Porra! Dallas falando.

— Emergência para a tenente Eve Dallas.

— O que é? — murmurou ela. Então, com a calça ainda aberta, sentou-se sobre a mesinha de centro.

— Apresente-se na rua Vandam, número 18. Uma pessoa morta e outra ferida. Possível homicídio.

— Quem morreu? — exigiu Eve, levantando-se para fechar a braguilha.

— Não temos essa informação no momento. Procure os policiais no local.

— Avise à detetive Delia Peabody. Já estou a caminho.

Ela enfiou o comunicador no bolso.

— Esse é o endereço dos Quigley.

— Eu sei! — Roarke já estava em pé, vestindo a camisa. — Vou com você.

— Já convoquei Peabody e...

— Caramba, Eve, visitamos aquela casa há poucas horas. Vou com você!

— Nossa, estou meio bêbada. — Ela pegou o coldre e a arma.

— Tome uma dose de Sober-Up antes de colocar o coldre. Eu mesmo preciso tomar um pouco.

— Que horas são? — murmurou ela, a caminho do banheiro.

— Sete e vinte da noite.

Eve parou e olhou por cima do ombro.

— Ela disse que Copley ia chegar em casa às seis.

Séria, ela correu para o banheiro em busca do Sober-Up.

Com isso e o café que Roarke programou e serviu em copos descartáveis, a leve tontura se dissipou e seus pensamentos se organizaram. Pela segunda vez naquele dia, ela subiu na poderosa caminhonete 4×4.

— Eu plantei isso na cabeça dela. Fiz isso de forma deliberada, achando que ela deixaria escapar alguma coisa... ou desenterraria algum podre e me entregaria de bandeja. Nunca imaginei que ele a atacaria, que seria tão burro. Se ele a matou...

— Você está colocando a carroça na frente dos bois, Eve. Isso não é do seu feitio.

Ela fechou os olhos e se recompôs.

— Você tem razão. Sei disso. Nada de me precipitar. Mas você mesmo disse que ela parecia ter um pouco de medo dele. Não ofereci proteção a ela, não cheguei a esse ponto porque ela podia ter participado do assassinato, e seu medo seria mais útil.

Não adiantava especular, avisou a si mesma. Até onde ela sabia, poderia ser Copley a vítima de assassinato ali.

O comunicador tocou novamente.

— Dallas falando!

— Dallas, estamos indo para o local do crime — disse Peabody, falando rápido —, mas provavelmente levaremos uns vinte minutos. Estávamos no SkyMall e o trânsito está uma loucura. Chamamos uma patrulha para adiantar nosso lado, mas ainda assim devemos levar mais uns vinte minutos.

— Só cheguem lá.

— Assim que pudermos. Você já sabe quem foi morto?

— Ainda não, mas assim que souber te aviso.

Ela enfiou o comunicador de volta no bolso.

No instante em que Roarke parou atrás de um carro preto e branco da polícia, ela desceu de seu veículo e pegou o distintivo.

Passos largos a levaram até a porta onde um policial examinou seu distintivo, seu rosto, lançou um olhar para Roarke e fez que sim com a cabeça.

— O que você tem até agora, policial... Kenseko? — quis saber Eve, lendo sua identificação no uniforme.

— O corpo é de uma mulher, traumatismo craniano. Outra mulher está a caminho do hospital, inconsciente, com lesões na cabeça e no rosto. Um homem está detido na casa, identificado como John Jake Copley, morador deste endereço. Ele reconheceu a mulher ferida como sua esposa, Natasha Copley. Queria ir para o hospital com ela, mas nós o seguramos aqui. Ele é rebelde, tenente.

— Já entendi. Mantenha-o fora do meu caminho por enquanto. Você foi o primeiro a chegar à cena do crime?

— Não, senhora, a primeira foi a policial Shelby. Foi ela que atendeu ao chamado de emergência. Ela e meu parceiro seguraram Copley.

— Fique na porta, Kenseko. Minha parceira chegará em cerca de quinze minutos.

Ao entrar, ouviu Copley gritando em outra sala. Ameaçava processar os policiais, todo o departamento e o estado de Nova York.

Ignorando-o, Eve tirou o Seal-It do kit de serviço que Roarke ofereceu e usou-o enquanto avaliava a cena do crime.

Esperava encontrar Martella ali, o que provava que ela não deveria ficar criando expectativas.

Quem estava deitada no chão era uma mulher de cabelos castanho-dourados, com a cabeça apoiada na base de mármore da lareira. Com o corpo voltado para cima, tinha um corte longo e profundo, marcando sua testa e sua têmpora direita. O sangue tinha se acumulado no mármore e no chão e manchara sua mão estendida, seu casaco azul e o lenço com estampas ousadas.

— Catiana Dubois.

— A secretária social?

— Ela mesma. Alguém a virou para cima, alguém moveu o corpo. Caramba. Kenseko!

— Sim, senhora. — Ele entrou correndo pela porta.

— Você ou seu parceiro viraram o corpo para cima?

— Não, senhora. A policial Shelby nos contou que a cena já estava comprometida quando ela chegou.

— Tudo bem. Houve uma luta aqui, poltronas foram empurradas, a mesa foi virada, há louças e vidros quebrados. E aquilo!

Ela apontou com o queixo para um grande vaso de cristal robusto e facetado, todo manchado de sangue. Havia mais sangue no chão e no carpete perto do vaso rachado.

— O que diabos você veio fazer aqui, Catiana?

Para registro formal, ela foi até o corpo e usou seu kit de serviço para identificar formalmente a vítima.

— A vítima é mulher, negra, trinta e três anos. Catiana Dubois, funcionária da irmã de Natasha Quigley, Martella Schubert. O corte profundo e os hematomas na testa parecem ser a *causa mortis*. Foi empurrada ou caiu de cara, bateu a cabeça com força na borda da lareira. Botas de salto fino — murmurou ela. — Não há muita tração. Perdeu o equilíbrio, caiu de cara e bateu aqui, na beirada do mármore.

Ela pegou os medidores que Roarke lhe entregou.

— Está morta há menos de uma hora.

Com gentileza, Eve ergueu as mãos da morta pelo pulso, uma de cada vez, e examinou-as.

— Não vejo feridas defensivas, nenhum sinal de pele sob as unhas, mas Morris conseguirá analisar de forma mais completa.

O casaco está desabotoado e o cachecol, solto. Faz muito frio lá fora, então é provável que ela tenha desenrolado ele logo depois de entrar. Chegou à porta e o androide da casa a deixou entrar... ainda vamos examinar o androide. Ao chegar aqui...

Ficando de cócoras, Eve olhou ao redor.

— Não vejo nenhum copo ou xícara, quebrado ou inteiro. Nada de bebidas alcoólicas ou de qualquer outro tipo. Ela ainda está com o casaco, então talvez tenha planejado ficar pouco tempo aqui. Foi uma discussão, uma briga, um confronto? Com quem? Copley ou Quigley? Houve um trauma na cabeça e no rosto de Natasha Quigley, mas Catiana tem mãos muito delicadas. Nenhum sinal de ela ter batido em alguém. Se ela e Quigley brigaram e partiram para a agressão física, e Dubois bateu em Quigley com aquele vaso, por que ela está morta bem aqui e o vaso ali? Isso não faz sentido. Se ela brigou com Natasha Quigley e esta a empurrou e a matou, quem foi que bateu com o vaso em Quigley? E por quê? Tudo muito estranho.

Ela se levantou.

— Vamos ver o que Copley e o androide têm a dizer.

Embora Copley já tivesse parado de gritar, ela seguiu em direção ao local de onde os gritos de antes tinham vindo.

Encontrou-o de cara amarrada em uma sala de estar que exibia uma decoração tipicamente masculina. Cores escuras, poltronas de couro, centro de entretenimento bem equipado, fotos com temática de golfe e várias recordações.

Um policial bem mais velho, com ar de veterano, estava à vontade, sentado trabalhando em seu tablet, enquanto uma jovem policial descansava junto à parede.

Ela colocou-se em posição de sentido quando Eve entrou.

Copley se levantou.

— Pelo amor de Deus, minha esposa foi atacada. Ela pode estar morrendo, até onde eu sei, e esses... esses... stormtroopers estão me forçando a ficar aqui dentro. Preciso ir para o hospital. Preciso ver Tash.

— Policial. — Eve olhou para o veterano. — Você poderia entrar em contato com o hospital para saber o status e a condição atual da sra. Quigley?

— Sim, senhora — disse ele e saiu.

— Sente-se, sr. Copley. Já venho falar com o senhor. Policial Shelby, por favor, venha comigo.

— Sim, senhora tenente.

— Exijo ser levado até a minha esposa! Imediatamente!

— Sente-se — ordenou Eve, curta e grossa, o que fez Copley recuar. — Faça um favor a todos nós: acalme-se enquanto eu faço o meu trabalho.

Ela saiu do cômodo, deu mais alguns passos e acenou com a cabeça para Shelby.

— Relate para mim tudo o que aconteceu.

— Sim, senhora tenente. Eu estava fazendo minha ronda, prestes a tirar meu intervalo de dez minutos, quando recebi a chamada de emergência. Como eu estava a apenas três quarteirões ao norte daqui, respondi de imediato. A ligação da emergência foi feita exatamente às dezoito e cinquenta e nove. Cheguei ao local às dezenove horas e um minuto.

— Você é rápida, policial.

— Sim, senhora tenente. Não houve resposta à minha batida na porta nem à campainha durante dois minutos e vinte e três segundos. Eu estava prestes a relatar o fato à emergência quando o homem, depois identificado como John Jake Copley, atendeu a porta. Ele me pareceu visivelmente abalado, gritou de forma incoerente e correu para dentro da casa. Eu o segui e vi a vítima perto da lareira e a outra vítima ao lado de uma mesa revirada, a cerca de três metros de distância. Ambas as vítimas sangravam muito na cabeça. Fui forçada a ordenar ao sr. Copley... sem sucesso... que se acalmasse enquanto eu verificava o pulso de cada vítima. A mulher que ele identificou como sua esposa, Natasha Quigley, ainda estava viva. Pedi assistência médica e apoio, pois Copley ficou ainda mais agitado e um tanto agressivo em sua linguagem.

— É mesmo?

— Sim, senhora tenente. Ele me chamou de "piranha inútil" e "vadia estúpida", e a certa altura colocou as mãos em mim. Fui forçada a contê-lo.

— Foi ele que lhe provocou esse hematoma na mandíbula?

— Isso mesmo, senhora... quando eu tentei algemá-lo.

— Eu teria dado umas porradas nele. Algemá-lo foi a melhor escolha.

Shelby deu um sorrisinho rápido.

— Sim, senhora tenente. Os policiais Kenseko e O'Ryan chegaram ao local às dezenove e oito, e os médicos às dezenove e nove.

Ela pigarreou e pestanejou quando Roarke lhe ofereceu um copo de água.

— Pode beber — incentivou Eve —, e termine seu relatório.

— Sim, senhora tenente. Obrigada. — Ela tomou alguns goles. — Depois que meus colegas policiais removeram o sr. Copley da outra sala e os médicos foram até a sra. Copley, falei novamente com a emergência, que me informou que Copley deveria ser mantido aqui até a sua chegada. A pessoa que ligou para a emergência se identificou como Natasha Quigley e foi atacada enquanto ligava para pedir ajuda. No fim da ligação, gritou o seguinte... — Nesse ponto, Shelby passou para a página seguinte em seu bloco de anotações. — "J. J.! O que você está fazendo? J. J., pare, pare! NÃO!", e de repente a ligação foi cortada. Há um *tele-link* de bolso quebrado no chão da sala onde as vítimas foram encontradas.

— Sim, eu reparei. Bom trabalho, Shelby. Espere aqui. — Eve olhou para Roarke. — Por que você não vai comigo? Você ajuda a colocar medo nas pessoas e intimidá-las.

— É sempre um prazer ajudar. Policial Shelby, você devia colocar uma compressa fria nesse queixo.

— Está tudo bem, senhor, obrigada. Ele só me atingiu com o ombro quando eu o contive.

— Nada de compressa fria até documentarmos tudo — ordenou Eve. — Resistir à prisão e agredir uma policial é a cereja desse bolo.

Eve voltou para a sala de estar. Copley andava de um lado para o outro, bebendo o que parecia ser uísque em um copo pequeno. Ele obviamente tinha convencido Shelby a lhe remover as algemas, e era melhor assim.

Ela assentiu novamente quando O'Ryan se aproximou e murmurou para ele:

— Aguarde aqui.

Depois, cumprimentou:

— Olá, sr. Copley!

Ele se virou bruscamente e quase derramou uísque.

— O que diabos está acontecendo aqui? Algum maluco entrou na minha casa e atacou... aquela mulher era alguém do pessoal de Tella? Era Katherine?

— Catiana.

— Isso. Meu Deus! Ela já estava morta. Dava para ver que ela já estava morta pelos olhos vidrados. E pelo sangue. Mas Tash... corri assim que a ouvi gritar. Desci correndo e chamando por ela, e ela estava bem ali, deitada, sangrando. Corri até onde ela estava e tentei levantá-la. Não sabia se ela estava viva ou morta. Simplesmente não sabia. Pensei que estivesse morta. Por que aquela mulher atacaria Tash?

— Não creio que ela tenha feito isso. A cena não me diz isso.

— Mas só pode ter sido isso.

— Você tem sangue na camisa. E na calça.

— Tash... é o sangue de Tash. Eu tentei erguê-la. Ouvi Tash gritar e desci correndo. Foram só alguns segundos, não pode ter sido mais que isso. Ninguém estava na sala. Aquela vadia tentou matar minha esposa. Tash deve ter lutado e certamente a derrubou.

— Depois de ficar inconsciente?

— Antes, é lógico. Quando elas se atracaram, brigaram ou sabe-se lá Deus o quê, ela bateu em Tash. Tash deve ter caído, talvez as duas tenham escorregado e caído. Como é que eu vou saber?

— A que horas você chegou em casa depois do jogo de golfe?

— Não tenho certeza. Cerca de seis da tarde, mais ou menos.

— E então?

— Como assim?

— O que você fez ao chegar em casa?

— Subi e falei rapidamente com a minha esposa. Conversamos sobre sair mais tarde para beber alguma coisa e jantar. Tomei um banho rápido e troquei de roupa. Se quiser todos os detalhes, me alonguei e liguei a TV. Estava relaxando um pouco, como muitos fazem em um fim de tarde de domingo, quando ouvi Tash gritar.

— Você e sua esposa discutiram?

— O quê? Lógico que não.

— Você discutiu com Catiana Dubois?

— Não! Eu nem conheço ela direito. Ela é funcionária da minha cunhada. Quero ver a minha mulher. Quero saber o que está acontecendo com Tash.

— Ela está em estado grave. Tem um inchaço no cérebro e está em cirurgia — informou Eve, e Copley empalideceu. — Os médicos estão confiantes de que ela conseguirá se recuperar.

— Tenente, sua parceira chegou.

— Obrigada, policial. Peça ao detetive que veio com ela para pegar o androide doméstico e fazer perguntas a ele.

— Sim, senhora.

— Interrogar o androide?! — gritou Copley. — Interrogue a mim, em vez de fazer perguntas à porra de uma máquina! Minha esposa vai fazer uma neurocirurgia de emergência. Você não pode me manter aqui!

— Pode, sim. — Roarke bloqueou o caminho de Copley. — E como pode!

— Fiquem fora do meu caminho! — advertiu Copley, mas recuou. — Tenho os meus direitos! Vocês não podem me manter nesta sala. Eu não estou preso. Tenho direito de ir e vir!

— Vamos resolver isso — decidiu Eve, olhando para Peabody enquanto ela entrava ofegante. — Peabody, leia para o sr. Copley os direitos dele.

— Do que você está falando? Vocês enlouqueceram? Vou embora.

Ele tentou uma investida rápida para chegar ao outro lado da sala. Eve se virou para alcançá-lo, mas Roarke foi mais rápido e simplesmente esticou o pé para a frente. Isso fez Copley tropeçar e cair de cara no chão.

— Ops — disse Roarke.

— Peabody, algeme o suspeito e leia seus direitos. John Jake Copley, você está preso por suspeita de assassinato, tentativa de homicídio, uso de violência e agressão a uma policial.

— Você tem o direito de permanecer em silêncio — continuou Peabody, mas sua voz foi abafada pela fúria de Copley.

— Entregue-o a Shelby, a policial. Faça com que ela e os outros dois policiais o transportem para a Central. Coloquem-no em uma cela. Irei lá para lidar com ele assim que terminarmos aqui.

— Deixe-me ajudá-la, Peabody. — Roarke levantou Copley e, com Peabody segurando-o pelo outro lado, ambos o levaram para fora dali, ainda furioso.

— Uau! — McNab entrou. — E eu achei que o SkyMall estava uma loucura! O androide doméstico está desligado desde as dezesseis e trinta, tenente.

— Desligado?

— Sim. Desativado. Há um androide secundário, mas ele está desligado desde o meio-dia. A androide principal falou que a sra. Quigley ordenou que ela se desligasse, como sempre faz aos domingos, quando eles não esperam receber visitas. Ela disse que ninguém entrou ou saiu depois que você e Roarke foram embora, à tarde. Nada além disso.

— Verifique a câmera de segurança e faça uma cópia do arquivo.

— Entendido.

Ela pegou seu comunicador e contatou a emergência.

— Emergência, reproduza a ligação com o pedido de ajuda feito deste local por Natasha Quigley às dezoito e cinquenta e nove.

— Entendido, um momento. Não há imagem de vídeo, somente áudio. A gravação será reproduzida.

"Emergência, em que podemos ajudá-la?"

"Ela está morta! Acho que ela está morta! Ai, meu Deus, Cate. Isso é... Espere um instante, por favor. Ai, meu Deus! Aqui é Natasha Quigley, da rua Vandam, número 18. Preciso relatar um... J. J.! J. J., algo terrível aconteceu. J. J.! O que você está fazendo? J. J., pare, pare! NÃO!"

Eve ouviu um grito, um baque surdo e imaginou o *tele-link* caindo no chão. Então a gravação terminou.

— Reprodução concluída.

— Ok, envie essa gravação para os meus arquivos. Dallas e Peabody, bem como o detetive McNab, estão neste momento na cena do crime. Dallas e Peabody irão à Central para interrogar John Jake Copley, agora acusado de suspeita de assassinato e denúncias relacionadas ao ato.

— Entendido.

— Dallas desligando — murmurou ela.

— Seu suspeito já está a caminho da Central — informou Roarke.

— Vamos deixá-lo de molho por algum tempo. Assim que terminarmos aqui, temos que ir ao hospital para ver como Natasha Quigley está. Se estiver acordada, vamos colher seu depoimento. Você pode ir para casa.

— Por que você quer me deixar de castigo?

Ela balançou a cabeça.

— Faça como quiser. — Ela saiu com ele e se juntou a Peabody.

— Eu gostava da vítima — disse Peabody. — Havia algo agradável nela.

— É. Contate os peritos e o necrotério. Vamos começar a fazer justiça por ela.

— Eu estava reclamando de trabalhar com uma vítima que não passava de um idiota. — Peabody olhou de volta para Catiana. — E agora…

— Pois é. — Eve se agachou para analisar o *tele-link* quebrado. — Parece que foi pisoteado. Ela deixou o aparelho cair, ele veio até onde ela estava e pisou nele. O vaso estava bem ali, naquela mesa. Ele o agarrou, foi até onde ela estava, pisou no *tele-link* e a atacou com o vaso.

Antes que ela pedisse, Roarke entregou a ela um saco de evidências. Ela guardou o aparelho no saco e o lacrou.

— Ele bateu com o vaso, mas não deu um segundo golpe, como aconteceu com Ziegler. O vaso é grande e pesado. Ele rachou, mas não quebrou. Será que ele achou que quebrar o *tele-link* apagaria a gravação para a emergência? Será que estava muito transtornado para pensar nisso? Apenas atacou e escondeu os rastros… Depois colocou a culpa em uma mulher morta? Ele estava no andar de cima, cuidando da sua vida quando ouviu a esposa gritar e desceu correndo.

— Mas não há nenhum relato de que ele tenha chamado a polícia ou uma ambulância.

Eve olhou para Roarke enquanto marcava o vaso.

— Não... nenhum. A policial Shelby levou dois minutos para chegar aqui, e ele levou mais dois para atender a porta. Trabalhava na história que ia contar e tentou parecer estar sob controle. Não houve tempo suficiente para armar uma falsa invasão ou roubo. Ele achava que tinha duas mulheres mortas na sala, até que Shelby verificou o pulso de ambas. Então ele precisava chegar até a esposa e consertar isso. Ou fugir. Mas Shelby lidou bem com a situação, e aí o reforço chegou. Ele não conseguiria desarmar três policiais. Ele devia estar revoltado e bancou o marido preocupado, a vítima.

Ela se levantou.

— Parece que Catiana veio até aqui por alguma razão... ainda vamos conversar sobre isso com a irmã. Copley a deixou entrar e eles vieram até a sala e discutiram. Talvez ela soubesse de alguma coisa, talvez ele *achasse* que ela sabia de alguma coisa. Ele perdeu a paciência e a empurrou, aí ela caiu e foi isso. Ele nem teve tempo para pensar direito. Ela o obrigou a fazer isso! Então a esposa entrou, viu o corpo e ligou para a emergência, provavelmente enquanto ele não estava na sala.

Franzindo o cenho, ela girou devagar, olhando ao redor.

— Se ele estivesse aqui, nunca a teria deixado ligar. Então deve ter saído correndo para pegar algo, esconder alguma coisa ou pegar a porcaria de um drinque, mas deve ter voltado no momento em que ela disse seu nome, durante a ligação. Aí ele pensou que ela estragaria tudo e que precisava detê-la. Ele se desesperou... ou já estava desesperado... agarrou o vaso e atacou a mulher.

Eve se virou novamente e estudou o corpo mais uma vez, cheia de culpa e arrependimento.

— O que você sabia? — perguntou ela, quase para si mesma. — Como você se encaixa nessa história?

— Dallas. — McNab entrou e entregou a ela um disco. — Copiei tudo. Dá para ver a vítima chegando à porta desta casa, só não dá para ver quem a deixou entrar. Você verá por si mesma, mas ela me parece transtornada, preocupada. Entrou correndo, falando depressa.

— Há áudio?

— Não, sem áudio.

Com os olhos em Catiana, Eve colocou o disco no bolso.

Se você sabia de alguma coisa, *qualquer coisa*, por que veio aqui? Por que não veio até mim?

Mas era tarde demais para essa pergunta, pensou ela.

Capítulo Dezenove

A robusta caminhonete 4×4 provou-se uma boa escolha, já que McNab e Peabody tiveram que ir para a Central junto com eles. Eve ignorou McNab, que brincava com os controles e as opções do banco traseiro enquanto ela trabalhava em seu tablet.

Catiana tinha pais divorciados. A mãe estava em outro casamento e morava no Brooklyn, e o pai também se casou de novo e morava em Phoenix, no Arizona. Tinha uma irmã casada, com dois filhos, em New Rochelle.

Eve teria que ir ao Brooklyn fazer a notificação da morte. Mas esse sofrimento viria depois que ela verificasse o estado de Quigley. Ela precisava de...

Era chocolate o cheiro que sentia?

Ela se mexeu em seu assento, olhou por cima do ombro e estreitou os olhos para Peabody.

— O que é isso no seu lábio superior, detetive?

Peabody limpou a boca apressadamente.

— Ah, hum... Um pouco de chantilly. É chocolate quente. Chocolate quente *de verdade*. Não consegui evitar. McNab que preparou.

Sem se abalar, McNab sorriu para ela.

— O AutoChef portátil aqui atrás tem um cardápio completo de bebidas. Peabody estava com vontade de tomar chocolate quente. Você quer um também?

Sim, pensou Eve, mas respondeu:

— Não.

— Há acessórios espetaculares aqui atrás — disse McNab a Roarke. — Irado!

— Fazemos o possível para agradar — disse Roarke.

— Vocês têm entretenimento com vídeo, telão, músicas, livros, recursos avançados de comunicação, mapas em modo solo, duplo ou completo... Depois temos...

— Roarke provavelmente conhece os acessórios que equipam essa coisa — interrompeu Eve.

— Se contarmos com os drinques e as comidas, poderíamos ir de carro até Utah.

— Da próxima vez que planejarmos ir a Utah, eu aviso vocês. Enquanto isso, lembrem-se de que estamos um pouquinho interessados em resolver assassinatos.

— Sim. Por falar nisso... estou com o disco de segurança da cena do crime — disse McNab. Seus olhos verdes se afastaram dos dela para a tela, enquanto ele tomava um gole do seu próprio chocolate quente. — Talvez consigamos realçar e analisar a imagem da pessoa que abriu a porta para a vítima. É um tiro no escuro, mas não custa nada tentar. O programa de leitura labial está focado na vítima. Teríamos uma chance melhor nisso, mas o rosto dela se afasta da câmera e ela coloca a mão sobre a boca o tempo todo, então vai ficar difícil.

Às vezes, pensou Eve, ela esquecia que McNab não era idiota.

— Ótimo, continue tentando. É o seguinte — disse ela a Peabody. — Se for possível, vamos conversar com Natasha Quigley para saber os detalhes do ocorrido. As chances de ela proteger Copley a essa altura do campeonato são mínimas, mas, se ela tentar fazer isso, vamos tocar a gravação da emergência para ela e forçar a barra. Uma morta, a própria mulher no hospital e nenhum sinal de arrombamento... nem uma turma de bons advogados vai conseguir apaziguar isso.

Olhou para McNab.

— Se tivermos sorte na identificação da pessoa que atendeu a porta, melhor ainda. Se confirmarmos que Copley abriu a porta para a vítima, isso invalida a afirmação dele sobre estar no quarto quando tudo aconteceu. Além disso, nós o vincularemos a Ziegler; isso talvez demore um pouco, mas vamos conseguir. Enquanto colhemos o depoimento de Quigley, podemos deixá-lo de molho na cadeia. A mãe da vítima mora no Brooklyn. Temos que ir até lá para comunicar a morte da filha.

— Caraca, dois dias antes do Natal... até menos, na verdade. É sempre difícil, mas em uma situação dessas é mais ainda.

— Ela mora com o marido e o enteado, e tem outra filha em Nova York. Isso ajuda um pouco. Pode ser que a vítima tenha falado com ela sobre Ziegler ou Copley. Temos que conseguir tudo o que pudermos. Precisaremos falar com os Schubert novamente, o mais rápido possível, e quero dar um pulo no necrotério para determinar a *causa mortis* oficial e pedir que Morris a examine e nos dê seu relatório... Já solicitei ele para o caso.

— É muito tempo para deixá-lo esperando — disse Peabody, no instante em que Roarke entrou no estacionamento do hospital. — Haverá muito tempo para ele inventar uma história e os advogados se empolgarem.

— Não vão ter muita chance de se empolgar, pelo menos não depois que a mulher dele nos contar que ele a atacou. Ainda mais porque ela nos dará esse depoimento deitada em uma cama de hospital. Se eu entrar na sala de interrogatório com ele, Copley vai amarelar. *Eu* vou fazer ele amarelar.

Ela adoraria acabar com ele, pensou Eve, enquanto eles se agruparam e caminharam até a entrada principal do hospital.

— A leitura labial não foi muito útil, Dallas. — McNab ergueu seu tablet. — Ela disse: *precisamos conversar*... falha... *entrar*... falha... *eu lembrei*. Só temos isso, porque a vítima logo entrou na casa e ficou fora do alcance da câmera.

— E quanto à sombra de quem abriu a porta?

— Estou trabalhando nisso, mas... caramba, Dallas, não vejo muita esperança nisso.

— Tente mesmo assim — disse ela.

Eve atravessou o saguão colorido do hospital, com sua movimentada praça de alimentação, passou por um grupo de crianças com uniformes escolares que entoavam canções natalinas diante de uma grande árvore de Natal e seguiu a passos largos até um funcionário da segurança.

— Polícia de Nova York. — Ela ergueu seu distintivo. — Vou lhe dizer o que eu preciso que você faça, e bem depressa. Preciso do andar, do número do quarto e do nome do médico responsável por Natasha Quigley, que foi trazida agora há pouco pela ambulância. Ela deu entrada com um grave traumatismo cranioencefálico.

— Não tenho permissão para acessar informações de pacientes sem a autorização do meu supervisor.

— No momento, eu sou a sua supervisora. Natasha Quigley, agora! Se ela morrer antes de eu conseguir falar com ela, voltarei aqui para cobrá-lo por isso.

— Sim, dona!

Ele saiu correndo.

— Eu odeio essa coisa de "dona", mas tudo bem.

— McNab e eu poderíamos ter hackeado esses dados para você em menos tempo — comentou Roarke.

— Teria sido muito divertido — lamentou McNab, com ar melancólico.

— Fica para a próxima.

Eve encontrou o segurança no meio do corredor.

— Ela está no sexto andar. Isto é, eles vão levá-la para o sexto andar depois, porque ela ainda está em cirurgia. A dra. Campo está no comando.

— Ótimo. Obrigada.

Ela foi direto para os elevadores.

— Ainda está em cirurgia! Que droga. Provavelmente não vamos conseguir interrogá-la tão cedo — lamentou Eve. — Vamos pressionar a equipe de enfermagem para nos dar uma atualização mais detalhada e ver o que fazemos a partir daí.

O elevador do sexto andar dava para outro saguão um pouco menor, mas todo arrumado para as festas de fim de ano. Havia uma área de espera, uma máquina de venda automática de lanches e alguns ansiosos sentados em cadeiras horrorosas.

A mulher na recepção exibiu um sorriso radiante que diminuiu quando Eve mostrou seu distintivo.

— Preciso dos dados completos de Natasha Quigley. Uma tal de dra. Campo a está operando neste momento.

— A Lei de Proteção à Privacidade dos Pacientes...

— Acaba de ser anulada com isso aqui. — Eve apoiou o distintivo no balcão. — Quigley foi vítima de agressão. Tenho um suspeito sob custódia que matou outra mulher e depois tentou matar Quigley. Preciso do status dela, e preciso disso agora!

— Preciso verificar sua identificação e as identificações dos seus acompanhantes. Depois poderei encaminhá-los ao posto de enfermagem. A enfermeira-chefe, Janis Vick, poderá ajudá-la com todas as informações disponíveis.

— Ótimo.

No meio-tempo Roarke foi até a máquina de vendas. Como conhecia as preferências de todos, ofereceu refrigerantes a Peabody e McNab, e entregou uma Pepsi a Eve.

Antes de ela poder abrir a latinha, a mulher do balcão voltou.

— Vocês foram autorizados a entrar. Sigam em frente pelas portas duplas.

As portas zumbiram, clicaram e abriram lentamente.

Mais decorações natalinas, luzes brilhantes e o som de solas de borracha no piso enchendo o ar. Eve sentiu cheiro de hospital, um que sempre fazia suas entranhas se apertarem: uma mistura de enjoo, antissépticos, produtos de limpeza pesados... e uma sensação estranha no ar, que ela reconheceu como medo.

Foi até o amplo semicírculo do balcão onde alguns funcionários — todos vestindo variações de um uniforme hospitalar em cores vivas que ela imaginou que buscava transmitir alegria — trabalhavam em *tele-links* ou computadores.

— Janis Vick!

Uma mulher em um dos terminais ergueu a mão. Tinha cabelos grisalhos bem curtinhos com uma mecha azul que serpenteava por eles. Levantando-se, ela contornou o balcão.

— Tenente Dallas? Você quer saber o estado de Natasha Quigley, certo? Ela ainda está em cirurgia.

— Eu sei.

— Posso lhe adiantar que houve algumas complicações. A pressão arterial da paciente caiu de forma brusca, e a certa altura seu coração parou. A dra. Campo encontrou um segundo sangramento menor, e a equipe conseguiu estabilizar a paciente enquanto a doutora estancava o sangramento. Embora a paciente ainda esteja em estado crítico, a enfermeira-chefe do centro cirúrgico me relatou que a paciente já está, como eu disse, estabilizada.

— Quanto tempo ela ainda vai ficar lá?

— Não sei dizer. Mas, pelo que vi, a cirurgia deve acabar dentro de uma hora. A partir daí, a paciente será levada para a área de recuperação. Ainda poderá levar duas horas ou mais até que ela consiga falar com você.

— Quais são as chances de sobrevivência dela? Você não é a enfermeira-chefe desta ala à toa — pressionou Eve, quando Vick hesitou. — Você certamente tem uma noção.

— Posso garantir que a paciente teve sorte. A dra. Campo, na minha opinião, é a melhor neurocirurgiã que temos. Como foi ela que realizou a cirurgia, eu daria à paciente grandes chances. Se você me fornecer seu contato, posso lhe assegurar que você será notificada assim que ela estiver na sala de recuperação.

Aquilo era o melhor que ela conseguiria, decidiu Eve. Eles não podiam ficar ali esperando durante horas antes de seguirem em frente.

— Se você quiser começar a interrogar Copley — disse Peabody, enquanto desciam para o saguão —, eu posso notificar a mãe da vítima. Consigo lidar com isso — acrescentou quando Eve a encarou. — Você pode adiantar o trabalho com Copley enquanto nós, McNab e eu, vamos até o Brooklyn e cuidamos disso.

Eve abriu a latinha de refrigerante e refletiu por um momento.

— A gente ganharia tempo com isso. Vou começar o interrogatório com ele enquanto você notifica os parentes mais próximos da nova vítima. Se eu não conseguir derrubá-lo na primeira investida, tentaremos Natasha Quigley de novo e o enfrentaremos juntas. Você precisa comunicar à mãe de Catiana e depois pedir que ela chame a irmã da vítima para você conversar com elas. Faça com que lhe contem qualquer coisa, qualquer coisa *mesmo* que a vítima possa ter dito sobre Ziegler, Copley e Natasha Quigley. Tente criar uma conexão entre todos os envolvidos. A essa altura, tudo é importante.

— Eu sei.

— Você quer uma carona?

— Seria legal — disse Peabody, porém logo suspirou. — Mas acho que o metrô provavelmente vai ser mais rápido.

— Entre em contato comigo assim que terminar lá — ordenou Eve, e as duas se separaram. — Não gosto de colocar em Peabody a responsabilidade de notificar a morte de alguém. Mas ela vai aguentar o tranco melhor que eu.

— Duvido muito — disse Roarke. — Você aguenta mais que todos eles.

Afirmar o contrário seria mentira, admitiu Eve, e por que se preocupar com isso?

— Vou perder meu tempo repetindo, mas você pode ir para casa, se quiser.

— É sempre divertido ver você interrogar um suspeito.

— Você é quem sabe. — Ela pegou o *tele-link* enquanto ele dirigia e ligou para Mira. — Desculpa incomodá-la em casa, doutora — começou —, mas a senhora me disse que estava interessada em assistir ao interrogatório de Copley.

Depois de combinar tudo com Mira, ela ligou para a Central, a fim de ter certeza de que Copley já estava onde ela queria que estivesse.

— Sala de Interrogatório B — disse ela, quando Roarke entrou na garagem da Central. — Reo, a assistente da promotoria, já está chegando. Ele usou sua única ligação para contatar um advogado. Não o usou para conferir como a esposa estava. Na verdade, é uma advogada que está com ele, e ela já está reclamando, como todo advogado faz.

— Típico.

Eve olhou para o elevador com alguma desconfiança, mas entrou.

— A última vez que andei neste elevador, um Papai Noel Bêbado soltou um peido nuclear enquanto exibia o pênis minúsculo e ensebado.

— Sua vida é tão agitada.

— Tenho quase certeza de que ele vomitou logo depois que eu desci, porque ouvi dizer que eles tiveram que desligar o elevador durante duas horas. — Ela farejou o ar com cautela. — Ainda dá para sentir o cheiro da limpeza que tiveram que fazer.

— Tomara que esta viagem seja mais tranquila.

E foi mesmo. Quando as portas se abriram, Eve foi direto para sua sala.

— Vou fazer um arquivo atualizado: o novo corpo, a gravação da primeira policial a chegar à cena do crime, na casa de Quigley, a cena em si e a ligação para a emergência.

— E quanto a Ziegler?

— Vou deixar isso para o segundo arquivo. Posso segurar essas informações, dependendo de como a coisa vai correr. Copley ainda não sabe o estado real da esposa, e posso me aproveitar disso. A advogada dele não tem acesso a isso, por conta da Lei de Privacidade do Paciente, então eles não sabem que, na verdade, eu ainda não a interroguei.

— Você vai mentir.

— Felizmente posso mentir até cansar. — Ela viu que horas eram. — Ele já ficou bastante tempo de molho na cela. A advogada certamente já mandou ele ficar de bico fechado, mas ele não vai fazer isso.

— Ele é... cabeça quente. — Roarke a encarou. — Você vai usar isso contra ele.

— Com certeza! Ele não sabe o que diabos está acontecendo com a esposa no hospital, mas com certeza tem uma história armada na ponta da língua.

— Com advogada ou não, você vai fazer com que ele conte.

— Esse é o plano. — Ela reuniu as informações em um novo arquivo. — Se você ficar entediado na sala de observação, vou me despedir de você. E se você quiser ir para casa, pode ir.

Ele colocou as mãos nos ombros dela e a beijou.

— Ficarei aqui.

Munida das novas informações, ela foi até a Sala de Interrogatório B e entrou, avisando:

— Tenente Eve Dallas entrando para interrogar John Jake Copley a respeito dos casos H-28901 e H-28902. O sr. Copley exerceu seu direito de trazer representação legal.

— Isso mesmo — atalhou a advogada. — Sou Edie McAllister, do escritório Silbert, Crosby e McAllister. Vim representar o sr. Copley.

— Anotado.

— Na condição de consultora jurídica do sr. Copley, exijo sua libertação imediata. — Ela deu bastante ênfase às palavras, mantendo o ar de advogada confiante e indignada. — Ele está detido aqui há quase três horas. Foi impedido de acompanhar a esposa ao hospital. Também foi impedido de entrar em contato com o hospital para saber do estado dela. Essas privações são...

— Você está ciente de que existem fortes evidências de que o sr. Copley é o responsável pelos ferimentos da própria esposa?

— Isso é *mentira*! — Copley bateu com o punho na mesa e sacudiu as correntes que o prendiam.

— J. J.! — A advogada, uma loira de cabelos ondulados em um vestido vermelho, colocou a mão sobre a dele. — Você não tem nenhuma evidência tangível, tenente. Na verdade, tem o relato do próprio sr. Copley de que ele encontrou a mulher inconsciente. *Acreditamos* com muita firmeza... e as evidências mostrarão... que Catiana Dubois agrediu a sra. Quigley e foi morta durante a luta que se seguiu.

— Se você está pensando em abrir o julgamento com essa declaração, saiba que não vai te ajudar muito. Catiana Dubois foi até a *sua* residência. A própria gravação do sistema de segurança mostra isso claramente, e também mostra que ela estava muito transtornada naquele momento. Você a deixou entrar e vocês discutiram.

Você tem um temperamento muito forte, Copley, e disso eu mesma posso prestar testemunho. Você a empurrou, então ela caiu e bateu com a cabeça na beirada da lareira de mármore da sua sala.

— Eu nem toquei nela. Mal a conheço. Nunca a vi!

— Você não viu isso aqui? — Eve pegou na sua pasta a foto da cena do crime de Catiana e jogou-a sobre a mesa. — Não viu isso caído na sua sala de estar?

Ele olhou para a foto do arquivo e rapidamente virou o rosto para o outro lado.

— Quis dizer que não a vi *antes* disso acontecer. Eu não a deixei entrar na minha casa. Estava no andar de cima. Natasha é que deve tê-la deixado entrar.

— E, segundo o seu elaborado conto de fadas, Catiana posteriormente atacou sua esposa. Por quê?

— Como diabos eu vou saber?

— O sr. Copley não tem conhecimento de qualquer atrito que pudesse existir entre sua esposa e a falecida — afirmou McAllister com firmeza, tentando desviar a atenção de Eve do seu cliente. — No entanto, na sua atividade de secretária social da irmã da sra. Quigley, a falecida frequentemente se intrometia em assuntos pessoais da família.

— De que forma ela fazia isso? — Ignorando a advogada, Eve olhou diretamente para Copley. — Você não disse que mal a conhecia? Qual das duas afirmações é verdadeira, Copley? Você mal a conhecia ou ela metia o nariz onde não era chamada?

— Eu sequer prestava atenção nela. Ela lidava com as questões sociais de Tella, entre outros assuntos de mulheres.

— Defina "assuntos de mulheres".

— Festas, compras, almoços. — Ele deu de ombros. — Clubes de jardinagem e tudo o mais que as mulheres fazem.

Eve deu um sorriso sarcástico para a advogada McAllister e lhe perguntou:

— Algum desses assuntos tem a ver com você? Festas e almoços? Foi assim que você conseguiu um escritório de advocacia? Indo a clubes de jardinagem?

— Meu cliente quer dizer que a vítima simplesmente cuidava da agenda social da sua cunhada.

— Acho que nós dois sabemos o que ele quis dizer, e também sabemos que ele é um idiota misógino, mas vamos deixar isso de lado, por enquanto. Você estava ciente de alguma possível tensão entre sua esposa e a falecida, sr. Copley?

— Não, eu não me meto nesse tipo de coisa. Mas sei que ela atacou Tash. Isso é óbvio.

— Muito pelo contrário, isso é impossível. — Eve pegou outra foto. — Como você pode ver, há três metros e dez centímetros entre o corpo da morta e o da sra. Quigley. Como foi que Catiana Dubois conseguiu bater na cabeça da sua esposa com este vaso de cristal pesado como chumbo, morta a três metros e dez centímetros de distância?

— Não seja burra! — retrucou Copley, apesar de sua advogada ordenar que ele ficasse calado. — Aquela vadia atacou Tash, e Tash revidou. A piranha caiu para trás e bateu com a cabeça. Um caso óbvio de legítima defesa. Então Tash tentou rastejar para me chamar, mas só conseguiu chegar até onde caiu.

— Vamos seguir essa linha de raciocínio, então. Veja bem — disse ela para McAllister, chamando a atenção da advogada. — Catiana ataca sua esposa e bate na cabeça dela com esse vaso... o mesmo vaso que está aqui, rachado e ensanguentado no chão, bem ao lado do corpo inconsciente da sua esposa. Então, de alguma forma, mesmo com o crânio fraturado e hemorragia cerebral, sua esposa consegue lutar com a falecida e levá-la até mais longe, na sala, onde ela convenientemente se desequilibra e acaba morrendo ao cair e colidir com a testa na borda da lareira. *Só então*, neste milagre da física, sua esposa volta para o local exato onde tinha sido atacada e cai.

— Ela é uma mulher forte.

— A neurocirurgiã da sua esposa concorda com isso. Ela também diz que esse cenário que você criou é impossível. Nossa reconstrução do crime irá confirmar isso.

Com os olhos nele, Eve se recostou na cadeira, mas manteve a voz e a linguagem corporal quase casual.

— Você discutiu com Catiana e empurrou-a com força, da mesma forma que empurrou seu parceiro de golfe Van Sedgwick, no clube que frequentam.

— Isso é ridículo! É pura mentira. Ele escorregou! Eu jamais...

— Só que dessa vez você não tinha na sua sala de estar o mesmo laguinho do clube de golfe para amortecer a queda, e o seu empurrão resultou na queda de Catiana Dubois e na sua morte.

Eve se inclinou para a frente, com sutileza, e endureceu seu tom um pouco mais:

— Para onde você foi depois? Entrou em pânico e fugiu para tentar descobrir um jeito de esconder tudo? Tudo tinha que parecer um acidente...

Eve aumentou a intensidade do que falava batendo com os dedos, cada vez mais forte, na foto da cena do crime.

— Mas quando você ia para o quarto, Natasha já tinha aparecido e visto tudo. Ela entrou no seu caminho, droga! Você precisava tirá-la de cena. Então, para calá-la... nem que fosse para calar a sua boca... você pegou o vaso e a atacou.

— Eu estava no andar de cima! — Ele se levantou e sacudiu a mesa. — Ouvi Tash gritar e desci correndo para ajudá-la. Ela é minha esposa, sua puta!

— J. J., pare! Sente-se e cale a boca! Meu cliente não tem mais nada a declarar neste momento.

— Tudo bem, então vamos ouvir o que Natasha Quigley tem a dizer.

Eve colocou sobre a mesa o minigravador com o registro da ligação para a emergência e ordenou que o áudio fosse reproduzido.

"Ela está morta! Acho que ela está morta! Ai, meu Deus, Cate. Isso é... Espere um instante, por favor. Ai, meu Deus! Aqui é Natasha Quigley, da rua Vandam, número 18. Preciso relatar um... J. J.! J. J., algo terrível aconteceu. J. J.! O que você está fazendo? J. J., pare, pare! NÃO!"

Copley olhou para o gravador, boquiaberto.

— Você estava furioso demais para ouvi-la. — Eve bateu no gravador. — Estava agitado demais para raciocinar. Apenas seguiu seus instintos.

— Isso é uma farsa. Essa gravação foi forjada! Ela já estava no chão quando eu entrei. Ela... Devia haver mais alguém na casa. Talvez fosse parecido comigo. Tash estava muito abalada. Ela... ela não estava falando comigo. Ela estava só... me chamando para que eu fosse ajudá-la.

— Talvez você precise ouvir a gravação outra vez.

Eve reproduziu novamente, e, enquanto a gravação corria, os chiliques histéricos de Copley foram aumentando progressivamente.

— É você que está armando para cima de mim! Você está pegando no meu pé desde o início. Percebi isso assim que você invadiu aquela reunião. Agora está tentando armar para cima de mim. Alguém mais esteve lá! Eu estava no andar de cima, no quarto.

— J. J., já chega — atalhou McAllister, quase segurando-o contra a cadeira. — Não diga nem mais uma palavra. Está me ouvindo?

— Talvez fosse mais que raiva, mais que pânico... — retomou Eve. — Talvez você tenha visto uma grande oportunidade de matá-la, de matar as duas. E ainda fazer parecer que elas brigaram. Isso abre o caminho para você e Felicity.

— Eu não... Como você sabe sobre ela?... Foi você! Por sua causa, a Felicity saiu de lá. Por sua causa, ela não atende às minhas ligações. Sua vagabunda! Eu vou te matar!

— Não vejo nenhum objeto à mão para você fazer isso — debochou Eve e, como Copley, se colocou de pé. Então se inclinou em direção a ele, determinada. — Ziegler sabia de tudo. Chantageou você, e o dinheiro nunca era o bastante. Aquilo não iria acabar nunca! Mas você *fez* com que acabasse. Deu uma lição naquele canalha ingrato. Catiana também sabia de tudo, mas não deu ouvidos à razão. Você ficou com raiva e a empurrou. Depois Natasha entrou em cena, e era o momento perfeito para acabar com tudo aquilo. Simplesmente acabar com tudo! Então você fraturou o crânio dela. Achou que tinha acabado de vez, e tudo teria realmente terminado, mas a policial chegou à sua porta rápido demais.

Eve continuou elevando a voz, sobrepondo-a às reclamações enraivecidas de Copley e aos gritos da advogada.

— Aquela jovem policial bem na sua porta, aquela mulherzinha ignorante... que diabos ela sabia? Ela se meteu no seu caminho e não quis fazer o que você mandou, então você teve que inventar sua melhor historinha, dar um discursinho fajuto... porque é assim que você ganha a vida. Só que dessa vez não vai funcionar, Copley. Está tudo documentado bem aqui.

Ela bateu com a mão na pasta de arquivos.

— Está tudo bem aqui. Ziegler! — Ela desenterrou a foto da cena do crime. — Catiana! — Ela exibiu a foto ao lado da primeira. — Natasha! — Lançou a última foto. — Só que você deixou Natasha viva. E agora é ela que vai te enterrar.

O rosto dele ficou vermelho. Ele arregalou os olhos, que quase pularam para fora. Eve meio que esperava que ele simplesmente fosse explodir ali, espalhando carne, miolos e fúria para todo lado.

Em vez disso, ele desabou, ofegante, o suor descendo pelas suas bochechas escarlates.

— Chamem um médico! — ordenou McAllister e se ajoelhou ao lado do cliente.

Eve olhou para o vidro duplo, se virou para a porta e a abriu. Em segundos, Mira entrou correndo.

— Sou médica. Tenente, tem água por aqui?

— Merda! A dra. Charlotte Mira acaba de entrar na Sala de Interrogatório para atender ao suspeito — declarou Eve para a filmadora. — Dallas, saindo da sala para pegar...

Ela parou e pegou a garrafa de água que Roarke lhe ofereceu da porta.

— Correção, Dallas *permanece* na Sala de Interrogatório.

Ela abriu a garrafa de água e a entregou a Mira.

— Comece a respirar de forma mais pausada, sr. Copley. Olhe para mim agora! Você está tendo uma crise de ansiedade. Respire mais devagar e tome um pouco de água.

— Não consigo respirar! — Ele ofegou e olhou ao redor com os olhos esbugalhados. — Não consigo!

— Devagar. Você precisa respirar lentamente. Tenente, mande chamar os paramédicos.

— Já fiz isso — avisou Roarke a Eve, quando ela pegou o comunicador.

— Vamos conseguir um pouco de oxigênio para você, sr. Copley. Isso vai ajudar. Nós vamos ajudá-lo, vamos levá-lo para a enfermaria.

— Seu coração... — começou McAllister.

— Faremos todos os exames necessários, mas isso é uma grave crise de ansiedade.

— Estou morrendo. Meu peito...

— Você não está morrendo — disse Mira, com a voz calma. — Olhe para mim, sr. Copley. Olhe para mim. Sou a dra. Mira. Quero que você olhe para mim, ouça a minha voz. — Ela apontou para o kit médico quando o paramédico entrou correndo. — Verifique a pressão dele — murmurou, enquanto pegava a máscara de oxigênio e a ativava. — Vou colocar isso no seu nariz e na sua boca. Olhe para mim, J. J. Quero que você respire bem devagar quando eu colocar isso no seu rosto. Respire bem devagar.

— Vinte por dez, doutora — anunciou o paramédico. — Tem benzodiazepina no kit.

— Vamos esperar um minuto. J. J., sei que seu peito está doendo e está muito difícil respirar. Isso vai passar. Respire lentamente. Isso é bom, muito bom. Você vai sentir um alívio em poucos instantes. Inspire bastante. Vamos transportá-lo para a enfermaria.

— Está funcionando. Pressão arterial em dezenove por nove. Está baixando.

— Ninguém pode falar com ele sem a minha presença.

— Controle-se, McAllister! — avisou Eve.

— Você o atormentou até ele ter um ataque cardíaco! Não me diga para me controlar.

— Sra. McAllister, não é? — No mesmo tom calmo, Mira calou a boca da advogada. — Seu cliente não teve um ataque cardíaco, apenas uma crise de ansiedade, que já está passando. Iremos, é óbvio, examiná-lo e tratá-lo devidamente.

— Quero que ele seja levado imediatamente ao hospital e examinado pelo próprio médico.

— Isso não vai acontecer — rebateu Eve —, a menos que a dra. Mira considere estritamente necessário. Venha comigo aqui fora — ordenou, assim que McAllister começou a protestar.

Ela saiu e se afastou um pouco da sala.

— Olha... você e eu sabemos que a gravação mostrará que ele teve um acesso de raiva que se transformou em crise de ansiedade. Ficou terrivelmente apoplético. A assistência médica foi imediata e o tratamento médico terá continuidade. Mas ele ficará aqui dentro!

— Vou conseguir uma ordem judicial e transferi-lo para um centro médico externo.

— Vá em frente, pode tentar. As filmagens e a reputação de Mira irão prevalecer. Vou prender seu cliente por dois homicídios e uma tentativa de assassinato. Eu o peguei desprevenido e a mulher dele me ajudou a conseguir isso. Ele teve a porra de uma crise de ansiedade. Enquanto isso, Natasha está em uma mesa de cirurgia com uma equipe tentando consertar seu cérebro há várias horas. Portanto, não tente distorcer a situação.

— Você *não vai falar* com ele sem autorização médica.

Eve deu de ombros.

— Tudo bem, eu espero. — Ela inclinou a cabeça. — Os outros dois sócios da sua firma são homens, certo?

— Não vejo a relevância disso.

— Eles estão fora da cidade para as festas de fim de ano e não puderam ser localizados, certo? Se não fosse por isso, ele jamais aceitaria você como sua representante legal neste caso. Ele não te respeita, você e eu sabemos muito bem disso. Ele só vai usar você até que um dos sócios homens da firma chegue aqui, porque para ele você é apenas um quebra-galho.

— Você está me insultando.

— Eu?! — Eve viu quando outro paramédico entrou com uma maca na Sala de Interrogatório B. — Você tem uma maneira estranha de definir insulto.

Eve esperou até que o levassem para fora, com McAllister andando ao lado da maca como um cão de guarda.

Mira se aproximou de Eve.

— Vou supervisionar os exames, mas tenho certeza de que ele sofreu uma crise de ansiedade. A pressão arterial está normalizando e ele está respirando normalmente.

— Desculpa por atrapalhar sua noite.

— Que isso, faz parte do nosso trabalho, não é? Você não poderá continuar o interrogatório hoje. Como médica, não posso aprovar isso, e a advogada dele vai fazer de tudo para impedir que você continue.

— Já imaginava.

— A crise de ansiedade foi verdadeira. Isso é algo a se considerar. Sua reação ao estresse extremo foi física e emocional. O assassino de Ziegler não entrou em pânico.

— É que matar não o perturba tanto quanto ser preso por isso.

— Mas o que aconteceu deixou uma pequena lacuna que ela precisava preencher. — Ele estava preso lá dentro, comigo... com as evidências... com a verdade. Não conseguiu lidar com isso.

— Isso é uma possibilidade, sim. Vou revisar o histórico médico dele para saber se essas crises já aconteceram antes ou se ele já recebeu tratamento para isso. — Mira suspirou. — Ele é um homem asqueroso, não é? Ainda assim, vou tratá-lo da melhor maneira possível e, a menos que os exames indiquem que estou errada, ele estará liberado para ser interrogado novamente amanhã. Vou te enviar um relatório.

— Obrigada.

Eve ficou onde estava por um momento enquanto Mira andava em direção à passarela.

— Porra, eu quero café — disse a tenente.

— Eu tomaria um café agora — respondeu Roarke, acompanhando-a até sua sala na Central.

— Eu estava com ele na palma da mão. Poderia ter feito ele revelar tudo ali mesmo. — Ela fechou a mão em um punho. — Ele não estava nem ouvindo quem o aconselhava... uma advogada, uma *mulher*. Ficou tropeçando na própria história. E quanto àquele papo de que deve ter sido outra pessoa parecida com ele? Tipo assim, fala sério!

Ela se sentou em sua mesa, tomou café e fez uma careta.

— Crise de ansiedade! Parecia que os olhos dele iam saltar do rosto. Aquilo me pareceu mais um acesso de raiva, com todo respeito a Mira. Ele queria voar no meu pescoço. Se tivesse uma arma, ele a teria usado. — Ela se levantou e andou pela pequena sala, enquanto Roarke se manteve sentado com seu café na velha e bamba cadeira para visitas. — Como ele não conseguiu extravasar o que sentia, acabou tendo a crise. Talvez! Ele não conseguiu liberar a raiva, então seu corpo entrou em pane. Eu devia ter perguntado a Mira sobre isso, para saber os termos médicos ou psicológicos para o que aconteceu.

— Só posso concordar com Mira. Ele é um homem asqueroso.

— Como é que homens asquerosos conseguem conquistar tantas mulheres? — perguntou Eve a si mesma, em voz alta. — Vou entrar em contato com Felicity, que pelo visto teve o bom senso de terminar com ele. Também quero conversar com os Schubert. E com Morris.

— Não adianta me lembrar que eu posso ir para casa se quiser. Tenho uma excelente memória. Ficarei com você até o fim, pelo entretenimento.

— Você é quem sabe. Vou liberar Peabody. Não tem por que ela vir para cá. Interrogaremos Copley juntas amanhã. Talvez o jeito suave dela evite que ele surte e fique igual a um peixe fora d'água, sem ar.

Ela pegou o *tele-link* e o aparelho tocou.

— Dallas falando.

— Aqui é a enfermeira Vick, tenente. A dra. Campo me autorizou a lhe dizer que a sra. Quigley acabou de sair da cirurgia. Seu estado foi atualizado para grave, mas estável. A paciente ainda necessita de repouso e tranquilidade pelas próximas horas. Se você tentar novamente amanhã, depois das oito da manhã, a dra. Campo estará disponível e poderá determinar se a sra. Quigley terá condições de conversar com a polícia.

— Tudo bem. Obrigada por me avisar. Estarei aí amanhã.

Eve desligou.

— Boas notícias. Se eu conseguir o depoimento dela, posso usá-lo contra Copley. Muito bem! — Ela acabou de tomar o café. — Vamos estragar o fim de ano dos Schubert. Seja lá o que aquele idiota do Copley pensa, Dubois representava muito mais para eles do que apenas a pessoa que cuidava dos "assuntos femininos" de Martella.

— Você se sairia melhor, assim como eu, com algo no estômago além de pipoca.

— Talvez. — Ela apertou o passo para acompanhá-lo. — Podemos comer uma fatia de pizza depois que sairmos do necrotério.

Ele pegou a mão dela.

— Viu só o que eu quis dizer quando falei de entretenimento? Quantas pessoas poderiam dizer essa frase?

— Todo mundo que trabalha na polícia.

Ele achou graça. Ela tinha razão.

Capítulo Vinte

Martella ria abertamente quando abriu a porta, antes mesmo de Eve tocar a campainha. Ela e Lance Schubert usavam casacos pesados e cachecóis, e ambos tinham um brilho no olhar.

Eve reconheceu aquele brilho. Embora obviamente estivessem de saída ao abrir a porta, o casal havia desfrutado de um pouco de sexo antes da partida.

— Ah, tenente, quase nos desencontramos! — Martella colocou a mão na do marido. — Estamos muito atrasados.

— Desculpa, mas precisamos falar com vocês.

— Não pode esperar até amanhã? — quis saber Schubert. — Já devíamos ter saído há quase uma hora.

Martella não conseguiu reprimir uma nova risada ao lançar ao marido outro olhar cintilante e ralhou, rindo:

— Que grosseria, Lance!

— Infelizmente, o que eu tenho a dizer não pode esperar. É melhor nós entrarmos e nos sentarmos.

— Ah, tudo bem. Mais uns minutinhos de atraso não vão fazer mal. — Quando ela recuou para deixá-los entrar, o olhar de Martella foi de Eve para Roarke. — Roarke, não é? Prazer em conhecê-lo, sou Martela Schubert. — Ela estendeu a mão. — Este é o meu marido, Lance.

— Suponho que esta visita seja para tratar de assuntos oficiais, mas aceitariam uma bebida? — Lance seguiu até a sala de estar, onde acendeu as luzes.

— Não, mas muito obrigada.

Roarke esperou ao lado de Eve, enquanto Martella tirava um casaco de pele prateado e o jogava de lado. Por baixo ela usava um vestido de noite azul com diamantes brancos como gelo ao redor da gola. Lance não se preocupou em tirar o casaco e se sentou ao lado da esposa.

— Se esta visita ainda tem a ver com Ziegler — começou ele —, não sei mais em que poderíamos ajudar. Não vou lamentar a morte dele.

— Lance!

— Não faz sentido fingir, Tella. No que me diz respeito, ele teve apenas o que merecia. Vocês têm um trabalho a fazer — disse ele a Eve —, mas temos nossas vidas para viver.

— Não viemos aqui por causa de Trey Ziegler, não diretamente. Trago notícias ruins e é melhor falar sem rodeios. Lamento informar que Catiana Dubois foi morta hoje à noite. Sinto muito pela sua perda.

— O quê? Não! — Martella agarrou a mão do marido com força. — Isso é uma coisa terrível de se dizer! Cate saiu com o Steven.

— Ela foi morta e sua irmã ficou ferida, na residência da rua Vandam. John Jake Copley está sob custódia, acusado pelo assassinato e também pelo ataque à sua irmã.

— Tash está ferida? Não… não! — Subitamente vermelha e com a respiração acelerada, Martella se levantou. — Você deve estar terrivelmente enganada, tenente. Falei com Tash ainda há pouco, de tarde.

— Tella. — Lance se levantou e abraçou a esposa, mas seu olhar permaneceu em Eve. — O que aconteceu, tenente?

— Mas, Lance... ela está *enganada*.

— Tella — repetiu Lance suavemente, enquanto sentava a esposa no sofá. — O que aconteceu, tenente? Nos conte, por favor.

— A srta. Dubois foi até a residência de Natasha e Copley. Acreditamos que, logo depois de chegar lá, ocorreu um grave confronto entre ela e Copley. Durante a luta, ela caiu, bateu com a cabeça na cornija de mármore da lareira e veio a óbito no local.

— Não... não, não!

— A senhora aceita uma água, sra. Schubert?

Lance olhou para Roarke.

— Demos folga à equipe hoje. Se você não se importar, a cozinha fica...

— Eu encontro. Sinto muito — disse ele a Martella.

— J. J. jamais machucaria Cate — insistiu Martella, mas as lágrimas escorriam pelo seu rosto. — Por que faria isso? E Tash... ela está muito machucada? Onde ela está? Preciso vê-la.

— Ela foi levada para o hospital e está sob assistência médica. Vou lhe dar todos os detalhes, mas, no momento, ela está sedada.

— Por favor, tenho que vê-la agora mesmo. Ela precisa de mim!

— Quando terminarmos aqui, providenciarei que alguém a leve para lá. Já conversei pessoalmente com os médicos. Ela está estável.

— J. J. jamais machucaria a Tash. Ele nunca... Lance, conte a ela.

— Não entendo. Joguei golfe com J. J. hoje. Voltamos para casa por volta das seis da noite. Ele jogou muito bem na partida de hoje, não ficou chateado, não estava irritado. Por que você acha que ele fez isso, tenente? Não faz sentido.

— A sra. Quigley ligou para a emergência. Na gravação, ouvimos ela gritar o nome do seu cunhado e implorar para que ele parasse, e em seguida o *tele-link* foi derrubado e destruído, e a ligação caiu. Uma policial chegou ao local em poucos minutos. Copley estava sozinho em casa.

— Alguém pode ter invadido...

— Não há sinais de arrombamento — interrompeu Eve no momento em que Roarke voltava com um copo de água. — A câmera de segurança mostra a chegada da sra. Dubois. A hora da sua entrada na residência é aproximadamente dez minutos antes do instante exato de sua morte.

— Ela não pode estar morta. Ah, Lance, a Cate não... Não a nossa querida Cate!

— Ainda não faz sentido. J. J. e Cate quase nunca interagiam. Por que ele... — Lance se empertigou de repente. — Ziegler. Tudo isso tem a ver com Ziegler.

— Sei que isso é difícil, mas preciso fazer algumas perguntas.

— É culpa minha? Foi tudo culpa minha, por eu tê-lo deixado vir aqui em casa? Por ter transado com ele?

— Você não transou com ele, sra. Schubert — corrigiu Eve, na mesma hora. — Ziegler drogou e estuprou você. Isso não é sexo. E a culpa não é sua, e sim da pessoa que matou Catiana e atacou sua irmã. Você sabia que Catiana pretendia ir à casa da sua irmã hoje?

— Não. Não! Achei que ela fosse direto para casa se arrumar para o encontro. Não sei por que ela foi até a casa deles.

— Você disse que ela e Copley quase nunca interagiam, mas havia algum atrito entre eles?

— Não exatamente. — Lance se levantou para tirar o casaco e o colocou por cima do casaco da esposa. — J. J. pode ser um idiota quando se trata de mulheres, especialmente mulheres que enxerga como subalternas, mas esse tipo de coisa nunca afetava Catiana. Pedi desculpas a ela diversas vezes, mas ela simplesmente ria daquilo.

— Desculpou-se pelo quê?

— Hã... ele a mandava pegar bebidas para ele, como se ela fosse uma empregada. Não eram as palavras que ele usava, e sim o tom. Como se fosse um patrão dando ordens a uma empregada. Já conversei com ele sobre isso várias vezes, mas ele se faz de desentendido. Como Cate ria da situação, eu sempre deixava passar, para não causar conflitos familiares.

— Ela não gostava dele. Na verdade, ela nunca disse isso — explicou Martella, rouca. — Ela jamais diria algo assim, mas a verdade é que não gostava. Porém ela também é da família. Ah, Lance!

— Eu sei, Tella. Eu sei.

— Vocês também não gostam dele — declarou Eve. — Nenhum de vocês dois gosta.

— Mas ele é da família — disse Lance, dando de ombros, enquanto sua esposa chorava baixinho em seu ombro esquerdo. — Essas coisas a gente não escolhe. Tella e Tash são muito próximas. Ele é marido de Tash. Posso considerá-lo um idiota, como disse, mas não consigo imaginá-lo fazendo nada de mal, muito menos uma coisa dessas. Você acha que foi ele que matou Ziegler também?

Em vez de responder, Eve mudou de tática.

— Vocês dois e Catiana devem ter conversado sobre Ziegler. Sobre o que ele fez, e sobre o seu assassinato. E agora que foi revelado que sua irmã e ele tinham um acordo íntimo, sra. Schubert, vocês também devem ter conversado a respeito.

— Ficamos surpresos — confirmou Lance. — Mas a verdade é que... ele era o tipo dela.

— Ah, Lance.

— Sinto muito, amor, mas aproveitadores bonitos parecem ser o tipo de homem que Tash gosta.

— Vocês três conversaram sobre isso, hoje?

— Na verdade, eu não conversei nada com Cate hoje, nos falamos só de passagem, porque ela já estava se preparando para sair quando eu cheguei da Flórida, no fim de tarde.

— Nós conversamos. Cate e eu conversamos sobre Ziegler. — Lutando contra as lágrimas, Martella se aproximou mais do marido. — Fiquei um pouco brava por Tash não ter me contado tudo antes, mesmo quando ela viu o quanto eu me sentia mal por achar que tinha traído Lance. Contei tudo a Cate, e ela me acalmou. Ela fazia isso, ela conseguia... Ai, céus!

— Vou pegar um pouco de conhaque para você. — Lance beijou a têmpora de Martella antes de se levantar.

— Você e Catiana conversaram sobre a situação, então? — incentivou Eve.

— Sim, conversamos. Era tudo assim... tão sórdido, para ser sincera. O que aconteceu comigo. Cate e Lance vinham me dando muito apoio. Tash também. Então fiquei chateada quando Tash finalmente me contou que tinha tido um caso com Trey e que J. J. também estava tendo um caso com uma stripper. Entendo, realmente entendo, o motivo de Tash recorrer a Trey. Era uma espécie de vingança, eu acho.

— Então Catiana sabia todos os detalhes.

— Eu contei a ela. Ela também era como uma irmã para mim. É parte da família. Coitada da mãe dela... Lance, a mãe dela!

— Nós vamos ficar ao lado dela, querida. — Ele entregou uma taça a Martella e girou a sua na mão. — Catiana jamais se intrometeria nos assuntos conjugais de Tash. Nunca!

— Sra. Schubert, Catiana foi convidada para a festa na residência de sua irmã na noite em que Ziegler foi morto?

— Sim. Na verdade, foi mais que isso. Tash pediu que ela ajudasse nos preparativos. Cate é especialista em organização de festas. Então ela ficou lá boa parte do dia. Era da família — repetiu ela. — Tash e Cate eram grandes amigas, muito próximas. Ela deve ter ido lá hoje para conversar com Tash sobre alguma coisa. Não sei o quê. Não consigo imaginar o que mais pode ter acontecido. Simplesmente não consigo. Nada disso me parece real.

— Você sabia do relacionamento da sua cunhada com Ziegler? — perguntou Eve a Lance.

— Acabei de descobrir.

— E quanto a Copley? Quando ele ficou sabendo de tudo?

— Não sei. Não sei se ele sabia ou não. Ele não me contou nem mostrou nenhum sinal de que soubesse. Por outro lado, eu também não sabia que ele estava tendo um caso. Não é assim que nós vivemos, Tella e eu. Não vivemos dessa forma.

— Minha irmã! Por favor, preciso ver minha irmã.

— Um momento. — Levantando-se, Eve pegou seu comunicador e saiu da sala.

— Você... você sabe onde a Catiana está? — perguntou Martella, olhando para Roarke. — Será que podemos vê-la? Será que podemos fazer alguma coisa? Qualquer coisa?

— Eu conheço o médico legista que está cuidando dela. Ele é muito gentil. A tenente Dallas também está cuidando dela. É uma coisa horrível, tudo isso que aconteceu. Quando coisas assim acontecem com as pessoas a quem amamos, não poderíamos esperar por ninguém mais capaz e determinado do que a tenente Dallas.

— Como ele pôde fazer isso com Cate... e com Tash? Eu nem perguntei como aconteceu! Estou tão aturdida... O que ele fez com Tash? Ele a espancou?

— Ele já bateu nela antes? — perguntou Roarke.

— Não! Lógico que não. Eu... — Uma mistura de pavor e tristeza tomou conta do seu olhar. — Agora já não sei mais. Uma hora atrás, eu teria dito não com toda a certeza do mundo. Jamais teria acreditado nisso vindo dele, mesmo sabendo que ele é temperamental. E seria capaz de jurar que minha irmã me contaria caso ele tivesse feito isso com ela alguma vez. Mas agora já não sei. Não sei mais de nada. Não sei o que aconteceu com a minha família.

Eve voltou.

— Organizei tudo para que alguns policiais levem vocês ao hospital e os acompanhem até o quarto da sua irmã. Esse é o jeito mais rápido.

— Obrigada. Eu... quero trocar de roupa. Não quero ver Tash vestida assim, para uma festa. Parece errado. E também quero ver a mãe de Cate assim que puder. Posso fazer isso?

— Lógico.

— E Steven também. Steven Dorchester, o homem com quem Cate está saindo. Ele já sabe do que aconteceu?

— Posso cuidar disso e comunicar a ele.

— Eles estavam muito apaixonados, tudo era um lindo começo para ambos. Ela estava feliz. E também muito ansiosa com o encontro deles hoje à noite.

— Como assim? Ansiosa em que sentido?

— Ah, o normal, eu acho, do tipo... louca para chegar em casa e se arrumar. De repente, ela ficou meio ansiosa e distraída... Licença, preciso trocar de roupa agora. Preciso ir ver como Tash está.

Quando ela saiu correndo, Eve se virou para Lance.

— Você notou essa distração?

— Notei, sim, agora que ela mencionou. Gostaria de ter prestado mais atenção. Suponho que as coisas sejam assim mesmo. A gente sempre pensa: "Ah, falaremos sobre isso amanhã." E então a coisa passa... Não quero que Tella fique sozinha.

— Nós vamos embora — anunciou Roarke.

— Preciso anotar tudo isso — disse Eve, quando ela e Roarke saíram da casa. — Preciso refletir sobre essas novas informações, tentar encaixar tudo. *Sórdido*. É uma boa palavra para a situação. E também *complicado*.

— Você ainda quer passar no necrotério?

— Sim, preciso fazer isso. E preciso anotar tudo agora.

— Pode fazer isso, eu dirijo.

Ele a deixou quieta, fazendo anotações, murmurando e ficando em silêncio por curtos períodos, de olhos fechados.

— Quando eu era criança — disse ela, abruptamente —, ao longo do período escolar, nos abrigos e lares de adoção... às vezes eu queria ter uma irmã. Você já sentiu isso?

— Eu tinha os meus companheiros. Eles eram a minha família.

— *Companheiros*. Quando essa palavra vem à mente, logo pensamos em *amantes*, em duas pessoas que têm uma ligação especial. Mas também é uma boa palavra para *amigos*, quando analisamos melhor. Minha impressão é que Martella e Catiana eram companheiras. Martella ama sua irmã e se sente próxima dela, mas, no fundo, ela se voltava para a sua companheira. Ela deve ter contado a Catiana tudo que aconteceu entre ela e Ziegler antes mesmo de contar à irmã. E tem mais uma coisa: nenhum deles gosta muito de Copley. Eles costumavam jogar golfe com ele, saíam juntos, iam a festas e tinham encontros familiares, mas nenhum deles confiava nele de fato. E não teriam confiado nele para lhe relatar algo que fosse confidencial. Copley os irritava por tratar Catiana como se ela fosse uma empregada, mas eles engoliam tudo, principalmente por causa de Natasha.

Quando chegaram ao necrotério, continuou:

— E, mesmo assim, ambos afirmam, com aparente sinceridade, que não conseguem conceber que Copley tenha machucado alguém.

— Acho que, falando da população em geral e não dos policiais, ou de mim, a maioria das pessoas não consegue imaginar alguém que conhece ou tem algum parentesco matando alguém.

— A população em geral está errada.

Eve andou rapidamente pelo túnel e pelas portas duplas até o espaço de Morris.

Ele usava uma capa protetora transparente por cima de um terno azul meio acinzentado com listras cinza e uma gravata trançada que misturava os dois tons. O cabelo escuro penteado para trás formava três pequenos rabos de cavalo finos. Ele estava sentado a uma bancada e trabalhava em seu computador enquanto uma espécie de hino pairava ao seu redor como anjos, vindo do sistema de som.

— Desculpa por convocar você, Morris.

— Não precisa se desculpar. As noites são longas e o trabalho as encurta. Quanto às noites dela... — ele se levantou e caminhou até onde Catiana estava deitada sobre uma mesa de autópsia —... acabaram. Você veio substituir Peabody? — perguntou a Roarke, rindo de leve.

— Pois é.

— Falei com nossa detetive favorita agora há pouco. A família de Catiana chegará em breve. Eles não querem esperar até amanhã para vê-la. Mas ainda tenho tempo suficiente para amenizar o pior. — Ele apontou para o corte na cabeça. — Ela não tem outros ferimentos dignos de nota. A queda quebrou seu nariz e, como vocês podem ver, há pequenas lacerações e contusões nos joelhos e antebraços. Devem ter acontecido no momento da queda.

— Ela caiu com muita força.

— A profundidade do ferimento indica que caiu com força considerável. Estão vendo essas feridas secundárias em seus membros? Ela não teve tempo de se preparar para a queda, nem de tentar se segurar em alguma coisa. Caiu de cara e atingiu algo sólido.

— Foi a borda de mármore da cornija da lareira.

— Isso mesmo.

— Ela tropeçou ou foi empurrada?

— Hum... Os dois são plausíveis. Um escorregão é improvável. A menos que por alguma razão ela estivesse com o equilíbrio prejudicado, mas não encontrei nenhuma droga ilegal ou álcool no sangue. Ela devia ter tentado se segurar ou se proteger, e nesse caso a palma de suas mãos mostraria algum ferimento causado pelo impacto. Mas, como eu disse, a profundidade e a largura do corte indicam muita força. Eu diria que ela foi empurrada de forma violenta por trás e perdeu o equilíbrio...

— Ela estava de salto alto fino.

— É mais difícil recuperar o equilíbrio nesses casos porque os saltos inclinam o corpo para a frente. Ela caiu com força e muito rápido, e teve o azar de ter uma borda de mármore no seu caminho. Você não vai conseguir homicídio doloso contra ela. Não encontrei nenhum sinal de ferimentos ofensivos ou defensivos, além dos que eu citei.

— Não, sei disso. Homicídio culposo já é o suficiente. De qualquer modo... você tem certeza de que ela foi empurrada por trás?

— É mais provável, devido ao ângulo do ferimento e à falta de outras lesões no corpo.

— Hum... Ela deu as costas para ele. Talvez já estivesse de saída, só que a lareira fica do outro lado da sala, longe do saguão. Mas ela certamente ficou de costas para ele.

— Ela estava andando.

Eve olhou para Roarke.

— O quê?

— Andando. Você também faz isso sempre que está pensando, ou chateada com alguma coisa. Anda de um lado para o outro.

— Hã... Isso mesmo. Ela estava chateada, tinha ido até lá sem contar à sua chefe e amiga. Também estava distraída. Tinha marcado um encontro com seu amor, mas estava chateada e distraída o bastante para passar por lá antes. Conversava, andava de um lado para o outro e contava para ele... pelo que eu estou imaginando... algo que ela descobriu ou sabia, e que poderia implicá-lo no assassinato de Ziegler. É o que faz mais sentido para mim. E, como no caso de Ziegler, ele agiu por impulso e raiva. Nesse caso, empurrou-a com força. Ela caiu com bastante força, muito depressa, e morreu na hora. O sangue escorreu rapidamente e em grande quantidade. Ferimentos na cabeça sempre geram muita perda de sangue.

Eve andava pela sala de um lado para o outro agora, e isso fez Roarke sorrir.

— Ele saiu da sala… certamente precisou deixar o cômodo, senão sua esposa nunca teria chegado tão longe, muito menos teria ligado para a emergência. Será que ele a ouviu chegar? Talvez ela tenha gritado. As pessoas fazem isso quando entram em casa e dão de cara com uma poça de sangue e um corpo caído. Então ele voltou correndo e a viu, foi até ela e a atacou. É o que me parece.

— Mas essa história está muito certinha — comentou Morris.

— Sim, é isso que eu ainda tenho que analisar.

— As festas de fim de ano serão difíceis para a família da vítima. Já é bastante difícil — continuou Morris — enfrentar essa época do ano depois de uma perda, mas é pior ainda quando essa perda é tão pessoal assim.

Hesitando, Eve enfiou as mãos nos bolsos.

— Se os pais dela tiverem alguma dúvida, você pode pedir que eles entrem em contato comigo?

— Farei isso, mas talvez eu consiga dar quase todas as respostas a eles.

— Tudo bem. Olha, Morris… se você não tiver planos para o Natal, pode passar o dia conosco.

Morris a fitou por um longo momento e sua expressão se anuviou por um instante, uma guerra de emoções sendo travada dentro dele. Então ele foi até onde Eve estava.

— Você não se importaria? — perguntou ele a Roarke. Apoiando as mãos nos ombros de Eve, beijou suas bochechas. — Vocês não precisam se preocupar comigo.

— Não é nada disso. É só que… estaremos livres no dia de Natal. Dependendo do que possa acontecer, certo? — indagou ela, apelando para Roarke.

— Estamos livres, sim. E não… — respondeu Roarke, encarando Morris. — Eu não me importo.

— Vou passar o dia com os meus pais e alguns familiares. Pretendo sair amanhã no início da tarde, se for possível.

— Ah, legal. Isso é ótimo. — Eve deixou as mãos nos bolsos, sem saber o que mais fazer com elas. — Tenha um bom Natal então, Morris.

— Você também. Vocês dois. — Ele olhou mais uma vez para Catiana. — Todos nós faremos o nosso melhor por ela.

Eve voltou a trabalhar no tablet, a caminho de casa. Tinha se esquecido do jantar, reparou Roarke, mas ele iria providenciar que ela comesse alguma coisa assim que chegassem em casa... mesmo que fosse apenas aquela fatia de pizza.

Ele percebeu que não via a hora de chegar à casa deles... um símbolo e um santuário. Tanta perda em uma noite, tanta raiva e tristeza... E tudo, pelo que ele podia ver, gerado por um único homem. A ganância de Trey Ziegler tinha causado traições, medo, derramamento de sangue e assassinatos.

Confianças perdidas, amores perdidos, alegrias perdidas, vidas perdidas.

Por conta de tudo isso, ele queria voltar para casa, mesmo que essas perdas os seguissem.

— Mira confirmou agora que foi uma grave crise de ansiedade. Mas não vê nenhum outro problema, nem razão para que Copley não possa ser interrogado amanhã. — Ela franziu o cenho. — A advogada vai tentar impedir. Talvez eu precise convocar Reo para evitar o impedimento da defesa. Quero acabar logo com esse filho da puta. Quero conferir como Natasha Quigley está. Quero conversar com ela de manhã cedo, e depois jogar tudo que ela me contar na cara de Copley.

Ela desceu do carro e encarou o céu por um momento. Nenhuma estrela, notou, nem sinal da lua. Uma chuva fria estava chegando.

— Se os Schubert não tivessem transado, já teriam ido embora quando chegamos lá, e teriam passado mais algumas horas sem saber que haviam perdido alguém que amavam.

— Também pensei nisso. Mas a dor ainda viria, Eve, pois era inevitável. E o fato de estarem juntos mostra que não deixaram tudo que aconteceu com Ziegler abalá-los ou prejudicar o relacionamento deles. Eles vão superar isso com mais facilidade porque estão juntos.

— Ela está decepcionada com a irmã — comentou Eve, quando entraram em casa e subiram a escada. — Ela não vai focar nisso agora, pelo menos não por muito tempo, mas está decepcionada, sim. Não só porque Quigley não contou que pagou Ziegler pelo sexo, mas porque Quigley traiu Copley. Ela não respeita Copley, mas acho que tem muito respeito pelo casamento... pelas promessas feitas.

— E Quigley não.

— Pela segunda vez, até onde sabemos, ela foi infiel. Lógico que não merecia levar um golpe violento na cabeça por causa disso, mas também não merece muito respeito.

Em seu escritório, ainda vestindo o casaco, ela andou em volta do quadro do crime.

— Se ela tivesse sido sincera comigo desde o início, talvez as coisas não tivessem piorado tanto. Talvez eu não tivesse que colocar a foto de Catiana no quadro como vítima, e Natasha não estaria no hospital. Martella pode chegar a pensar a mesma coisa; se o fizer, isso também vai abalar o relacionamento delas. — E continuou em um murmúrio: — Merda de sexo e dinheiro...

— Ambos podem ser enormes vantagens, mas também motivos para assassinato. Agora, temos que comer.

— O quê? Ah, a gente ia comer uma fatia de pizza e esqueceu.

— Você pode ter esquecido, mas eu pensei em comermos a pizza aqui em casa.

— Melhor ainda! — exclamou Eve. Ela o tinha arrastado por toda a cidade, pensou, observando a morte. — Eu cuido disso.

— Vá negociar com Reo, bole um bom plano com a nossa assistente da promotoria favorita. Eu cuido da pizza.

— Roarke, sabe de uma coisa? Um monte de coisas é melhor porque estamos juntos.

— Verdade — concordou ele, e foi para a cozinha.

Ela comeu a pizza, entrou em contato com Reo, conversou com Peabody e verificou o estado de Quigley. Ela estava estável, ainda sedada, mas tinha a irmã e o cunhado ao seu lado. Depois procurou saber de Copley. Ele continuava sedado, em uma cela.

Depois de rever mais uma vez suas anotações, ela fez o rascunho de um novo relatório. Analisou o quadro e avaliou probabilidades. Para eliminar qualquer possibilidade, deu uma boa olhada nas finanças de Catiana Dubois.

Salário bastante generoso, na sua opinião, mas provavelmente não exagerado, considerando para quem ela trabalhava e o relacionamento que tinham. Vivia de acordo com o que ganhava e economizava para emergências.

Por que será que a grana para imprevistos sempre tinha que ser maior que o dinheiro para viver?

Sentindo que estava divagando, forçou-se a pensar no problema e esfregou a nuca dolorida.

Ela pegara Copley. Tinha-o na palma da mão, mas algo a incomodava naquilo tudo.

Ziegler e Quigley... sexo por dinheiro. Dali para Copley... dinheiro pelo silêncio. Depois para Martella... Aquilo foi outro ataque de Ziegler contra Copley, ou só mais uma conquista? Por que escolher a irmã de uma cliente que lhe pagava por sexo? Será que ele tinha sido tão arrogante?

Não era impossível.

Ele também tinha dado em cima de Catiana... uma ligação familiar próxima.

Eve fechou os olhos e tentou resolver isso.

A próxima coisa que sentiu foi que Roarke a carregava no colo para fora do escritório.

— Estou acordada, estou acordada!

— Não estava nada. Vai descansar.

— Eu estava resolvendo as coisas mentalmente. Ele deu em cima de todas as mulheres… as mulheres ligadas a Quigley. Será que fez isso para atingir Copley? "Lógico que você me levou para jogar golfe no seu clube, mas certificou-se de que eu soubesse que era apenas um subalterno. Quer saber de uma coisa, seu babaca? Estou comendo a sua mulher. Também tracei sua cunhada. E ficaria com a melhor amiga da sua cunhada, mas ela é lésbica." Só que ela não era lésbica. Catiana está ligada a ambas. Verifiquei as finanças dela, mas talvez…

— Ela não tinha nenhuma outra conta, nenhum dinheiro escondido. Eu já olhei.

— Olhou?

— Óbvio. — Ele a colocou na cama. — Estou um passo à sua frente.

— Ah… — Ela o observou com um carinho sonolento enquanto ele tirava suas botas. — De qualquer forma, não parecia ter nada errado, mas é preciso pensar em tudo.

— Mentes desconfiadas são importantes, sim… a sua e a minha são iguais. Agora, nós dois vamos desligar nossas mentes desconfiadas para podermos colocá-las para funcionar novamente amanhã.

Ela tirou a roupa e nem se preocupou em vestir uma camiseta. Isso exigiria muita energia.

— Você precisa de uma mente desconfiada amanhã?

— Sim, preciso todos os dias… da sua e da minha… — respondeu ele, e deslizou para o lado dela.

— Já passou da meia-noite.

— Já passou *muito* da meia-noite.

— Então já é véspera de Natal.

— É verdade.

— Vou encerrar o caso amanhã à tarde, e então teremos o nosso Natal, certo?

— Sim, teremos a nossa comemoração.

Quando ela acariciou seu rosto, ele a puxou para junto dele. Sabendo como acalmá-la, ele acariciou suas costas de leve, até que ela caísse no sono outra vez.

Eles teriam o Natal deles, pensou ele, mas por um momento viu Catiana deitada sobre uma poça do próprio sangue. Outras pessoas, mesmo que a justiça fosse feita, iriam sofrer.

Deu um beijo na cabeça de Eve, sentiu seu cheiro e deixou que aquilo o embalasse, até que também pegou no sono.

Capítulo Vinte e Um

Eve saiu bem cedo de manhã, mas, ainda assim, o trânsito estava terrível. Como previsto, o dia estava frio e chuvoso, e ainda teve uma rodada bônus de granizo que chiava feito bacon fritando assim que atingia o asfalto e escorria pelas ruas.

Ela viu uma pessoa — que presumiu ser um homem, embora estivesse agasalhado como um explorador do Ártico, por baixo de uma parca com capuz — sair correndo em direção a um carrinho de lanches, escorregar feio e cair de costas, então começar a espernear como uma tartaruga de barriga para cima.

Quando o vendedor do carrinho — provavelmente pressentindo uma boa venda — correu para ajudar o cliente em potencial, um cara magro, de boné sujo com protetores de orelha mais sujos ainda, enfiou a mão no carrinho e se serviu de alguns pacotes de batatas chip e um pretzel macio, que socou nos bolsos do seu sobretudo imundo.

Ao avistar o ladrão, o vendedor o perseguiu, esbarrando no explorador do Ártico, que mais uma vez cambaleou e caiu.

Aquela vinheta que retratava a vida nas ruas divertiu Eve durante o tempo parada no sinal vermelho.

Ela observou as pessoas que deslizavam e escorregavam na calçada, enquanto os carros derrapavam ao fazer uma curva rápido demais, e ouviu a sinfonia irritante das buzinas que preenchiam o ar quando os veículos não se moviam tão rápido quanto as pessoas desejavam. Acima, um dirigível publicitário anunciava freneticamente, com seus alaridos pelo céu cinzento e sombrio, as últimas horas de compras antes do Natal, um caos que fazia com que a véspera de Natal em Nova York parecesse apocalíptica.

Como o tempo estava pior que o habitual e o apartamento de Peabody ficava quase no caminho para o hospital, Eve avisou que iria buscá-la em casa. Já perto, enviou uma mensagem para Peabody.

Chego em cinco minutos. Vou esperar na frente do seu prédio.

Quando ela parou, olhou para as janelas do seu antigo apartamento — que atualmente eram as janelas de Mavis e de sua família — e viu os pisca-piscas pendurados. As luzinhas brilhavam alegremente em contraste com a chuva fria e cinzenta.

Ela os imaginou lá em cima, provavelmente tomando café da manhã com a filha tagarelando, Mavis rindo e Leonardo sorrindo para as suas duas garotas.

Eles tinham construído uma vida boa, refletiu. Uma vida *muito* colorida, pelos padrões de qualquer pessoa normal, mas ainda assim uma vida boa, uma família unida. Quem poderia imaginar, poucos Natais atrás, que algum deles teria um lar de verdade e tudo o que isso implicava?

Enquanto pensava nisso, avistou Leonardo em uma das janelas iluminadas. Era difícil não notar o seu corpanzil envolto por um robe enfeitado com fitas nas cores do arco-íris. Apoiada em seu quadril, Bella, com seus cachinhos dourados, se balançava sem parar e... lógico... tagarelava muito. Mavis também apareceu na janela, enfiando-se sob o braço livre de Leonardo.

Muito legal, pensou Eve. Uma bela cena da vida doméstica no espaço que antes tinha sido pouco mais que um lugar para trabalhar e dormir.

Então assistiu outra cena marcante quando Peabody saiu do prédio.

Toda empertigada e saltitante, pensou Eve. Ai, meu Deus, o que eles tinham feito?

Casacão cor-de-rosa, botas cor-de-rosa, um gorro todo colorido com muitos tons de rosa... e um pompom cor-de-rosa no topo.

Peabody entrou no carro trazendo uma *lufada* de ar frio e chuva.

— Bem que podia nevar! A meteorologia diz que isso não vai rolar, mas acho que talvez neve. Não seria lindo se nevasse? Apesar de irmos viajar hoje à noite, seria ótimo.

— Não te dou permissão para você andar assim, se pavoneando.

— Hã?

— Você pode andar normalmente — continuou Eve, já se afastando do meio-fio. — Pode dar passos largos ou pisar duro. Pode correr, se estiver perseguindo alguém. Pode mancar, se estiver ferida. Em certas circunstâncias pode até caminhar com descontração. Mas não tem permissão para se pavonear. Policiais não se pavoneiam.

— Eu estava me pavoneando?

— Você parece um algodão doce cor-de-rosa com um pompom no topo. Um algodão doce cor-de-rosa se pavoneando. Isso tem que parar.

— Um algodão doce cor-de-rosa! — Em vez de se sentir insultada, como Eve pretendia, Peabody pareceu satisfeita. — Adoro o meu casaco. Amo de paixão meu novo casacão cor-de-rosa. Ele me faz sentir mais bonita. Sexy, poderosa e estilosa. Foi por isso que eu estava andando me achando.

— Pois pare com isso, senão... Droga, aquele Papai Noel Bêbado está andando no meio dos carros?

— Uau, que bunda feia ele tem! É o Papai Noel Bêbado mesmo! Ah, por favor, temos mesmo que parar? Pense só no cheiro! Tenha medo disso!

— Não podemos deixar aquela bunda feia desfilando pela Nona Avenida.

Resignada, Eve começou a pisar no freio, mas logo avistou dois policiais de ronda que corriam na direção do Papai Noel. Com pena dos guardas, Eve desistiu de parar e acelerou.

— É um milagre de Natal! — comemorou Peabody, com reverência.

— Por que as pessoas fazem essas coisas? Por quê? Por que um bêbado resolve se vestir como um símbolo do Natal... um ícone que eu não entendo, para começo de conversa. Um cara gordo com barba branca imensa e uma roupa vermelha esquisita que chama as crianças para sentar no seu colo! As crianças deviam ter medo do maluco, mas em vez disso nós o transformamos em um ícone. Então os idiotas bêbados se vestem como ele e ficam com a bunda de fora no meio da rua. O que ganham com isso?

— Em uma manhã como esta? Uma bunda fria, muito molhada e algumas horas na cela dos bêbados.

— É verdade, mas isso não me parece suficiente. Talvez, se tocassem aquelas musiquinhas de Natal dentro da cela sem parar, eu consideraria um bom castigo. *Talvez.*

— Isso deve ser contra a Convenção de Genebra.

— Que seja.

Depois de pararem no estacionamento subterrâneo do hospital, elas pegaram o elevador até o sexto andar. Eve se perguntou quantos germes cheios de vírus e bactérias flutuavam no ar como mosquitos invisíveis, à espreita de alguém para poder sugar.

A mulher no saguão do andar olhou para Eve, assentiu para ela em sinal de reconhecimento e fez com que ela entrasse no corredor dos quartos. Lá, Eve falou com a primeira enfermeira que encontrou.

— Polícia de Nova York. Tenente Dallas e detetive Peabody. Precisamos falar com Natasha Quigley.

— Ela é paciente da dra. Campo. Deixe-me ligar para ela vir...

Houve um estrondo dramático vindo de um quarto próximo, seguido de lamentos.

— Eu não quero essa *gororoba*! Quero ir para casa.

— A diversão nunca acaba por aqui — disse a enfermeira, com ar cansado. — Henry, é a sra. Gibbons novamente. E você tirou a sorte grande: vá lá vê-la.

A enfermeira pegou um tablet no bolso do uniforme e digitou alguma coisa.

— Você pode nos informar o estado de Natasha Quigley?

— Ela teve uma noite tranquila e foi levada para fazer novos exames agora de manhã. É melhor você falar com a dra. Campo... Ah, aqui está ela. Dra. Campo, a polícia está aqui para ver a paciente da suíte 600.

Eve trocou um aperto de mãos com uma mulher baixa de jaleco branco por cima de uma calça preta. Seu cabelo caía em cachos curtos emoldurando um rosto fino, de queixo comprido. Seus atentos olhos verdes avaliaram Eve de cima a baixo, e depois Peabody.

— Eu conhecia os Icove — disse ela, em um tom enérgico e sensato. — Conhecia o pai e o filho.

— Eu também. Por um curto período de tempo.

— Não gostava deles, nunca gostei. Gosto ainda menos agora. Dito isto, a nossa sra. Quigley teve muita sorte. Sem uma intervenção médica rápida, ela teria que lutar ainda mais pela vida... talvez nem tivesse sobrevivido. Imagino que a senhora não queira ouvir todo o jargão médico, assim como eu não quero escutar um monte de blá-blá-blá policial. Se o caso for a julgamento, posso testemunhar tudo o que aconteceu. No momento, porém, devo lhe dizer que ela teve sorte. Não sofreu nenhum dano cerebral, e não há razão alguma para que ela não se recupere por completo. A memória está meio confusa, e de vez em quando ela tem visão dupla, mas isso é comum nesses casos. Vou lhe contar o que espero que você já imagine. Ela passou por uma grande provação física e emocional, requer descanso e o máximo de tranquilidade possível. Vocês podem conversar com ela, mas sejam breves. Se ela ficar muito chateada ou abalada, o papo acaba.

— Por mim, tudo bem.

— Estão dizendo que o marido a agrediu.

— Ele está sob custódia.

— Eu tive um desses uma vez... um marido. Em vez de agredi-lo... e isso era tentador... eu me divorciei dele.

— E é por isso que você não está sob custódia.

— Mesmo assim, eu gostaria que *ele* estivesse. Ok, me acompanhem, por favor. Vemos muita violência doméstica por aqui — disse Campo, enquanto as conduzia ao longo do amplo corredor. — Não tanto quanto vocês, suponho, mas vemos bastante. Isso me faz refletir... por que será que as pessoas não são obrigadas a fazer um teste psicológico antes de obterem uma certidão de casamento?

O comportamento da dra. Campo mudou de irascível para gentil quando ela entrou na suíte 600.

O perfume de rosas do enorme buquê em frente à cama quase abafava o cheiro gosmento do hospital.

Natasha estava deitada na cama um pouco inclinada, com a cabeça erguida. Bandagens brancas imaculadas cobriam o lado direito de sua cabeça e parte da testa, mas não escondiam todos os hematomas. O cabelo estava pousado sobre o ombro esquerdo, em uma trança frouxa. Sem maquiagem e com a tensão das últimas horas, parecia mais velha e mais frágil.

Ao seu lado, Martella estava sentada em uma poltrona grande, com a mão da irmã nas suas e os olhos pesados.

— Doutora... Ah, a polícia já chegou. Ela está dormindo. Precisa dormir. — Movendo-se lentamente, Martella soltou a mão da irmã, se levantou e atravessou silenciosamente o quarto, que mais parecia uma suíte de hotel. — Vocês não podem voltar mais tarde? Ela acabou de fazer um monte de exames. Está muito cansada. Lance saiu para comprar iogurte grego e algumas frutas vermelhas. A senhora disse que estava tudo bem. Certo, doutora?

— Sim, está tudo bem — garantiu a dra. Campo, dando um tapinha no ombro de Martella enquanto se aproximava da cama para estudar as medições nas máquinas. — Ela continua estável. Martella, você devia descansar um pouco e comer alguma coisa.

— Já vou comer, mas não quero deixá-la até que...

— Tella.

A voz de Natasha, pouco mais que um sussurro, fez Martella correr de volta para a cabeceira da cama.

— Estou aqui. Não se preocupe, estou aqui.

— Sra. Quigley.

— Quem está aí? — Natasha virou a cabeça. Seu olho direito apresentava mais hematomas e um inchaço imenso devido ao golpe. — Ah, sim. Eu sei quem você é.

— Você se sente bem para responder algumas perguntas? — perguntou Eve.

— Posso tentar.

— Você não precisa se cansar tanto, Tash — começou Martella.

— Está tudo bem, quero saber o que aconteceu. Está tudo muito confuso. E Catiana? Cate está realmente morta? Tudo me parece um pesadelo.

— O que você lembra?

— Eu estava no andar de cima. Estava um pouco chateada, desde que vocês tinham passado lá, antes. J. J. estava em casa. É, ele já tinha voltado para casa. Estava... Onde é mesmo que ele esteve?

— Ele foi jogar golfe — lembrou-lhe Martella. — Com Lance.

— Ah, isso mesmo. Sim. Sobre o que conversamos? Eu não lembro. Simplesmente não consigo lembrar. Então eu... eu desci. Fui procurar por ele? Entrei na sala de estar e... e vi... vi Cate. — Seus olhos marejaram e sua voz embargou. — Eu a vi caída perto da lareira. Havia sangue, muito sangue. Eu corri. Será que gritei? Não sei. Corri e virei-a para cima, mas já era tarde demais. Havia muito sangue e seus olhos... Ah, Tella.

— Shh, shh... — Martella beijou a mão da irmã. — Não pense mais nisso.

— Você a virou para cima? — insistiu Eve.

— Virei. Acho que sim... Está tudo muito confuso na minha cabeça. Acho que sim, tentei ajudá-la, mas... Acho que gritei. Mentalmente, talvez. Eu estava desesperada. Precisava conseguir ajuda. Acho que tentei buscar ajuda. Será que eu gritei para chamar J. J.? Acho que sim...

— Você se lembra de ter ligado para a emergência?

— Hã... Lembro! — Ela lutou para se erguer um pouco mais na cama. —É, foi isso mesmo. Liguei para pedir ajuda. Ai, graças a Deus fiz isso! Liguei para a emergência, só que...

Seus olhos se encheram com mais lágrimas, seu olhar ficou confuso. E cheio de medo.

— Algo aconteceu. Alguma coisa... alguém. — Sua mão livre foi até as ataduras na cabeça.

— Quem atacou você, sra. Quigley?

— Hã... — Natasha desviou o olhar. — Não consigo lembrar. As coisas não estão muito nítidas. Não sei por quê. Não consigo lembrar.

— Sra. Quigley, temos a gravação do seu chamado para a emergência — avisou Eve.

Seu olhar disparou para a tenente e tornou a se desviar.

— Não consigo me lembrar de nada. Não quero mais falar sobre isso agora. Estou cansada. Tella, estou muito cansada.

— É melhor vocês saírem agora — disse Tella. — Vocês precisam deixá-la um pouco sozinha.

— Não se atormente mais sra. Quigley. — A dra. Campo entrou em cena. — Você se saiu muito bem. Descanse um pouco e mais tarde eu voltarei para ver como você está. Tenente, detetive... por enquanto é só.

— Você não precisa mais ter medo — disse Peabody para a paciente, antes de elas saírem do quarto. — Você está em segurança agora.

Em resposta a isso, Natasha sufocou um soluço e virou a cabeça para o lado.

Insatisfeita com a conversa, Eve olhou por cima do ombro ao sair, para a porta da suíte 600.

— Por que ela não nos contou? Está mentindo. Ela lembrou de tudo. Por que não nos contou?

— Ela está confusa, em conflito interno e muito assustada. Estava tentando salvar seu casamento... Ela sabia que ambos tinham cometido erros, mas estava tentando consertar tudo. De repente, em uma grande reviravolta, você descobre que seu marido é um assassino, e ele também tenta matar você. Acrescente a tudo isso o escândalo, o constrangimento e o frenesi da mídia.

Eve acrescentou aborrecimento à insatisfação.

— Em que mundo será que ela vive, onde uma mulher se sente *envergonhada* porque o marido tentou matá-la? Em que o escândalo... algo inevitável, considerando que Catiana está no necrotério... pode ter mais peso do que contar à polícia a verdade: "Puta merda, meu marido tentou me matar! Prendam ele e me protejam!"

— No mundo dessa gente podre de rica, eu acho — respondeu Peabody, enquanto chegavam à garagem do hospital. — Ela passou por um grande trauma e talvez... sim, ela está mentindo... mas talvez tenha convencido a si mesma de que está confusa, de que não sabe exatamente o que aconteceu. Ela vai contar tudo quando estiver mais estável.

— Mesmo assim. — Eve balançou a cabeça. — Ficaremos de olho no seu estado. Quero atualizações regulares sobre sua recuperação. Se eles sequer pensarem na possibilidade de dar alta a ela, quero ser informada.

— Aposto que ela vai passar o Natal no hospital. Pelo menos é um quarto chique.

— Hospital é hospital. Vamos falar com Copley, porque, se ela não se lembrar de tudo bem depressa, isso vai atrapalhar nosso trabalho. Vamos chamar Reo e ver qual poderá ser o desenrolar legal da coisa. Mas se o pegarmos de jeito e conseguirmos fazê-lo confessar, encerraremos o caso.

Assim que Eve entrou na sala de ocorrências da Divisão de Homicídios, Jenkinson a chamou.

— Oi, tenente. Tem um cara esperando ali no saguão, um tal de Steven Dorchester. Ele queria falar com você. Disse que é o namorado de Catiana Dubois.

— Ok, vou falar com ele — disse Eve a Peabody. — Marque o novo interrogatório e entre em contato com Reo. É melhor avisar Mira também.

Ela ficou parada por um momento, estudando algumas espigas de milho falsas que agora estavam penduradas na árvore patética.

— Essas espigas de milho não são para festejar o Dia de Ação de Graças? Por que esse milho falso está pendurado na árvore de Natal?

— Por causa do Kwanzaa, uma celebração natalina afro-americana — explicou Jenkinson. — Trueheart disse que esse é um dos sete símbolos dessa festa. Ele pesquisou tudo. Somos inclusivos na Divisão de Homicídios. Não importa a sua etnia, cor ou crença religiosa, você pode morrer.

— Devíamos escrever isso na placa de Feliz Natal.

Eve foi até o salão com suas mesas espalhadas e as máquinas de venda automática. Alguém xingava uma delas e a socava. Saber que ela não era a única a lutar contra aquelas máquinas a deixou mais animada.

Viu alguns policiais espalhados; dois deles conversavam baixinho com civis. Depois avistou um homem sentado sozinho, encarando as próprias mãos.

Foi até ele.

— Sr. Dorchester?

Ele olhou para ela com olhos avermelhados.

— Sim, sou Steven Dorchester. Você deve ser a tenente Dallas.

— Isso mesmo. Sinto muito pela sua perda, sr. Dorchester.

— Me chame de Steven, por favor. Eu... ainda acho que vou acordar e tudo isso não terá passado de um pesadelo. Ou apenas um engano. Só que...

Ele voltou a encarar as mãos quando Eve se sentou à sua frente.

Rosto forte, reparou, embora a tensão estivesse evidente. Cabelo comprido com algumas mechas avermelhadas em meio ao castanho-escuro. Tinha um brinco prateado no lóbulo da orelha direita e três estrelas tatuadas na parte de trás do pulso direito.

Ele tinha uma vibe artística, refletiu Eve. Parecia alguém que era bom com as mãos. Especulou um pouco mais e considerou que ele e Catiana certamente formavam um casal atraente. Esperou ele se recompor para falar.

— Não há nada que eu possa fazer — lamentou ele. — Vou ver a família dela agora de manhã e ficar com eles, mas não há nada que qualquer um de nós possa fazer. Ela se foi. — Olhou para cima novamente. — Sei que provavelmente não há muito que você possa me dizer, mas se houver alguma coisa em que eu possa ajudar... estarei junto da família dela.

— Só posso dizer que farei tudo que estiver ao meu alcance para que a pessoa responsável por tirá-la de você e da família dela seja punida com todo o rigor da lei. Mas você poderia me ajudar com uma coisa, sim.

— Qualquer coisa. Farei qualquer coisa.

— Quando foi que você viu ou conversou com Catiana pela última vez?

— Ontem de manhã, quando ela saiu para trabalhar. Tínhamos ido a uma festa no sábado à noite e ela dormiu na minha casa. Decidimos que iríamos sair ontem à noite, mas depois iríamos voltar para a minha casa. Seria meio que um Natal antecipado, só nós dois, porque esta noite já tínhamos planejado ir à casa dos nossos pais. Meus pais, e depois os dela. Íamos passar a véspera de Natal na casa da mãe dela. Eles fazem uma grande festa e a gente ia dormir lá. Então comemoraríamos o nosso pequeno Natal ontem à noite. Só que...

— Você sabe me dizer se ela estava chateada com alguma coisa? Ou preocupada?

— Não. Ela estava ótima. Estávamos bem. Eu... — ele enfiou a mão no bolso e tirou uma linda caixinha —... fiz isso para ela. Faço alguns trabalhos em prata e fiz isso para ela. Ia dar de presente para ela ontem.

Ele abriu a caixa. Dentro, havia uma chave pequena e elaborada, pendurada em uma delicada corrente.

— É muito lindo.

— A chave é um símbolo. Eu ia chamá-la para morar comigo. Combinamos de ir devagar, mas eu queria que ela fosse morar comigo. Então fiz uma cópia da chave. Para ela. Como foi que isso aconteceu?

— Prometo contar quando tiver todos os detalhes. Ela comentou com você alguma coisa sobre Trey Ziegler?

— Sim. Um *babaca*! Essa foi a palavra que ela usou. Ele deu em cima dela, mas ela o rejeitou, então ele espalhou que ela preferia garotas. Como ela o ignorou, a única explicação na cabeça dele era que ela não gostava de homens. Isso não a incomodou. Afinal, por que incomodaria? Passei algumas vezes na academia só para dar uma boa olhada nele. Provavelmente não devia ter feito isso.

— Vocês conversaram sobre o assassinato dele?

— Conversamos, porque isso a abalou um pouco. Ela não gostava dele, mas ficou triste. — Ele acariciou a chave com o dedo, ainda na caixa. — Ela tem um coração mole.

— Ela falou com você sobre quem ela achava que poderia tê-lo matado?

— Sim, falamos disso. É inevitável, não é? Depois... quando ficamos sabendo o que ele tinha feito com Tella, e Cate me contou que ele fazia o mesmo com outras mulheres, imaginamos que uma delas tinha descoberto tudo e matado ele. Ou um de seus maridos ou amigos... sabe como é. Foi por isso que ela foi trabalhar no domingo, embora pudesse ter tirado o dia de folga. Queria estar por perto para ajudar Tella.

— Você não falou com ela no domingo, depois que ela saiu para o trabalho?

— Não. Tínhamos combinado de nos encontrarmos às oito da noite para jantar, em um lugar que curtimos, mas ela não apareceu. Liguei para ela, mas ela não atendeu ao *tele-link*. Passei pela sua casa, mas ela não estava lá. Até fui à casa dos Schubert, mas eles também não estavam. Então a irmã de Cate... a irmã dela me ligou para contar tudo. E o mundo simplesmente parou. Tudo parou. Não sei se vai começar a girar de novo.

— Você aceita um café?

— Não, obrigado. Acho que não consigo botar nada pra dentro.

— Steven, você sabe me dizer o que ela achava de Natasha Quigley e J. J. Copley?

— Ela se dava bem com eles. Era muito próxima de Tella, e ela e a irmã de Tella também se davam bem. Ela não gostava muito do cunhado de Tella, dizia que era um idiota. — Ele sorriu de leve. — Ela era cheia de opinião, e ajudava a sra. Quigley de vez em quando.

— Como no dia da festa de fim de ano dela.

— Sim, isso mesmo. Eu fui nessa festa, correu tudo bem. Tudo um pouco formal demais para mim, se é que você me entende... Mas ela ajudava com essas coisas de vez em quando... com as festas, com o envio de convites ou agradecimentos... sempre que a sra. Quigley pedia. Ela não se importava, gostava desse trabalho.

— Ok.

— Eu não ajudei em nada.

— Ajudou, sim. Você me deu uma boa percepção dela. Quem ela era, como agia... Ela é importante para mim. Vou fazer justiça por ela.

— Você já desejou poder voltar no tempo? Só um dia? — Seus olhos avermelhados, cheios de lágrimas, fixaram-se nos dela. — Mesmo que fossem só algumas horas? Se eu tivesse dito "Por favor, não vai para o trabalho hoje" ou "Ei, vou com você", algo do tipo... nada disso teria acontecido. Você já quis fazer isso?

— O tempo todo.

Quando ele foi embora, Eve seguiu para sua sala para se livrar da dor dele. Ela não seria útil na entrevista.

— Toc-toc! — Cher Reo entrou. A linda loira com raízes sulistas poderia parecer delicada, mas Eve sabia a amazona que ela era capaz de ser dentro de um tribunal. — Estava aqui no prédio, acompanhando o caso de perto. Vamos pegar um café e conversar sobre John Jake Copley.

— Fique à vontade. Você já recebeu o relatório. Nenhum sinal de arrombamento, ele estava sozinho em casa com o cadáver e a esposa inconsciente. E tem a ligação da esposa para a emergência, onde ela fala o nome dele.

— Sim, eu mesma ouvi. — Com o café na mão, Reo se aproximou e sentou na cadeira da mesa de Eve. — Não vou me sentar naquela cadeira horrível de visitantes. Você já conversou com a esposa agora de manhã?

— Ela está acordada, mas talvez ainda esteja um pouco confusa. — Eve relatou o básico da conversa. — Ela não puxou o gatilho — terminou Eve. — Não quis confirmar que Copley a agrediu.

— Isso pode ser um pequeno problema.

— Mas a gravação da chamada para a emergência...

— Ah, lógico que vamos usá-la, mas se eu fosse a advogada dele também usaria. Eu diria que a vítima estava em estado de choque, com medo, chamando pelo marido quando foi então atacada e o agressor desconhecido fugiu.

— Fugiu como? A câmera mostra nitidamente...

— Pela janela, ou se enfiou em um esconderijo até poder escapar sem ser visto. É um argumento fraco, Dallas, e garanto que vamos derrubar todas as tentativas da defesa, mas isso pode ser um probleminha. Uma confissão eliminaria esse problema. Podemos sugerir um acordo alegando homicídio culposo...

— Papo furado!

— Escuta. Homicídio culposo de Dubois e agressão intencional à esposa. Ele cumprirá vinte e cinco anos, sem liberdade condicional. Outros dez pelo ataque à esposa. É como eu disse: se eu fosse a advogada dele, aceitaria. Isso evita um julgamento longo e elimina a possibilidade de prisão perpétua. Vinte e cinco anos é um bom tempo.

— Catiana Dubois não terá mais vinte e cinco anos de vida.

— Nada do que fizermos vai mudar isso. Mas imagina como um homem que nem Copley lidará com um quarto de século na prisão.

Ele iria chorar igual uma criancinha, mas não era o suficiente.

— Vou prendê-lo pela morte de Ziegler também.

— Se você conseguir pegá-lo pelo assassinato de Ziegler, não existe a possibilidade de acordo. — Para ilustrar o que disse, Reo balançou os dedos no ar. — Serão dois assassinatos e a tentativa de um terceiro. Homicídio doloso para ambos, mas com o acréscimo da facada no coração?... O júri ficará chocado, eu garanto. Mas você tem que provar tudo, e, neste momento, você ainda não tem prova de nada.

— O dia acabou de começar.

— Pode me ligar até às oito da noite. Depois das oito, estarei indisponível, de verdade, até o dia vinte e seis de dezembro. Encerre o caso antes disso e poderemos comemorar. Caso contrário, tenha um feliz Natal. Estou falando sério. — Ela se levantou e deu um tapinha na bolsa que ganhara de presente. — Adorei isso aqui.

Quando ela saiu, Eve chutou a mesa.

— Homicídio culposo! — Ela lembrou de Steven Dorchester e da chave que ele tinha feito e colocado em uma linda caixinha. Ela ia condená-lo por homicídio doloso, sim!

Eve deixou a sala.

— Peabody, venha comigo, vamos agitar as coisas — disse ela, quando a parceira se levantou da mesa.

— A advogada dele ainda não chegou.

— Então é melhor ela se apressar.

Eve abriu a porta da Sala de Interrogatório B.

— Tenente Eve Dallas e detetive Delia Peabody entrando para interrogar John Jake Copley — recitou ela para a filmadora.

— Não vou falar com você sem a minha advogada.

— Então não fale.

Eve jogou suas pastas sobre a mesa e reproduziu novamente a ligação de Natasha Quigley para a emergência. Depois repetiu mais uma vez. Na terceira vez, ele se abalou um pouco.

— Ela estava me chamando, pedindo minha ajuda. Qualquer um que ouvir essa gravação entenderá isso.

— Sério? Eu ouvi e não foi isso que entendi. E você, Peabody?

— Também não me pareceu isso. Pareceu justamente o contrário.

— Pode ser só impressão nossa, né? Mas podíamos fazer um bolão — sugeriu Eve a Peabody. — Aposto que as pessoas que escutarem isso... um júri, por exemplo... entenderão o mesmo que nós. Do mesmo modo que ouvirão o que ouvimos quando conversamos com Natasha agora de manhã.

— Vocês já falaram com ela? O que ela disse?

Eve fez que não com a cabeça.

— Ele quer que a gente responda às perguntas dele, Peabody, mas não responde às nossas. Não me parece justo.

— Quero saber o que ela disse! Ela já sabe que estou aqui? Ela sabe o que você está tentando fazer?

Ele bateu com os dois punhos na mesa. Estava se preparando para outro acesso de raiva, pensou Eve e se virou casualmente para a parceira.

— E aí, Peabody, que horas é o seu voo?

Peabody sorriu.

— Vamos pegar o das seis, se terminarmos as coisas por aqui. Mas podemos pegar o que sai mais tarde, se necessário. E quanto a você e Roarke? Vão jantar fora? Ou ter uma noite tranquila em casa?

— Me conte o que ela disse!

— Cuidado, J. J., é melhor você cuidar da sua ansiedade e da pressão arterial. Minha parceira e eu estamos só batendo um papo até sua advogada chegar.

— Esquece a advogada. Quero saber o que a Natasha disse!

— Você está renunciando ao seu direito de ter sua representante legal presente durante o interrogatório?

— Tudo bem, eu renuncio. O que ela disse para você?

— Quero que fique registrado que o sr. Copley renunciou de forma voluntária ao seu direito. — Eve se virou para encará-lo e sorriu. — O que ela me disse? Que "o filho da puta tentou me matar. Pode prender ele e jogar a chave fora."

— Você está mentindo, sua piranha.

— Ora, J. J., você tem que entender que é normal ela ficar um pouco chateada depois de você arrebentar a cabeça dela e ela ter que passar o Natal no hospital.

— Eu nunca encostei um dedo nela. Nunca bati nela. Estava no andar de cima, já falei. Eu estava lá em cima. Estava assistindo ao jogo e adormeci.

— Adormeceu? Essa é nova. Você vai continuar inventando mais coisas? Porque, olha... sua história não está melhorando nadinha.

— Ah, não sei, não, Dallas. — Peabody deu de ombros. — Você precisa dar crédito a ele por tentar incrementar essa história fajuta.

— Eu adormeci! — Ele tensionou a mandíbula. — Joguei dezoito buracos, fiz sessenta e oito pontos, quatro abaixo do par!

— Uau. Você é fodão, hein? — comentou Peabody.

— Cala a boca, sua idiota, você não sabe de nada.

— Ah, Dallas, ele me chamou de idiota! Por que você conseguiu ser chamada de piranha, mas eu só ganhei um "idiota"?

— É uma questão de classificação — respondeu Eve. — Você ainda vai ser piranha um dia.

— Ah, obrigada! Isso significa muito para mim.

— Vou fazer vocês duas se arrependerem. Vou fazer pagarem caro por isso.

— Bláblábla. — Eve recuou e deu um sorriso sarcástico para ele. — Agora você quer fazer o quê? Se gabar do seu jogo de golfe, gritar insultos ou adicionar mais detalhes à sua história idiota? Tanto faz pra gente.

— Eu estava no andar de cima, porra. Ouvi ela gritar. Levei um minuto, talvez alguns minutos, para entender porque pensei que tinha sido um sonho. Estava dormindo, um pouco grogue. Levantei, gritei por ela e saí correndo escada abaixo.

— Por que você desceu?

— Porque foi lá de baixo que veio o grito.

— Se você estava dormindo, como pode saber de onde o grito veio?

— Eu simplesmente soube! — Ele bateu com os punhos na mesa. — Entrei correndo na sala, vi Tash no chão, e vi a outra... a garota de Tella.

— *A garota de Tella?*

— Isso mesmo. Também ouvi algo. — Ele desviou o olhar. — Alguém correndo, eu acho. E talvez uma porta batendo.

— Sério? Agora há alguém correndo e portas batendo?

— Essa foi boa! — exclamou Peabody. — É de tirar o chapéu.

Eve fingiu que abafava uma risada, só por diversão.

— Certo. Então, J. J., por que você não mencionou esses passos misteriosos e o som de portas batendo para a policial que respondeu ao chamado de emergência? Ou para mim, no interrogatório de ontem? Ou para qualquer outra pessoa, até este momento?

Ele enxugou o suor da testa e do lábio superior.

— Não lembrei disso na hora porque só conseguia pensar na minha esposa. Eu tinha que ajudar Tash.

— Como? *Não pedindo ajuda?*

— Eu não tive tempo! Estava em estado de choque, e de repente a polícia apareceu na porta... Tudo aconteceu muito rápido. Eu estava lá em cima quando alguém matou aquela mulher e machucou Tash. Quero falar com a minha mulher, porra. Ela está confusa e assustada, deve estar preocupada comigo.

— A única coisa com a qual ela está preocupada é se você vai tentar matá-la de novo. Ela já está cheia de você, J. J., e Felicity também. Você não tem mais nada nem ninguém.

— Deixe a Felicity fora disso! — exclamou Copley. Para o espanto de Eve, os olhos dele ficaram marejados. — Você contou mentiras a ela sobre mim, não contou? Ela me deixou! É tudo culpa sua. Eu a amo!

— Quem? Sua esposa ou Felicity?

— Hã... — Ele se recompôs. — As duas. De jeitos diferentes.

— Jeitos diferentes no sentido de você dizer à sua esposa que terminou com a amante e dizer a Felicity que sua esposa não te entende?

— Você não sabe nada sobre isso.

— Caramba, J. J., você acha que nunca tivemos pessoas do seu tipo por aqui antes? Quantas vezes já vimos isso, Peabody?

— Inúmeras. — Peabody lançou um olhar sombrio para o teto e balançou a cabeça. — Mas todas acham que são únicas.

— São tão simplórias! Veja como a coisa rolou... Você se gabou para Ziegler sobre a dançarina gostosa que estava comendo, ele te chantageou e você deu a ele muito dinheiro... que você pegava da sua mulher... até que você decidiu que aquilo tinha que parar.

— Isso é ridículo!

— Nós temos acesso às suas outras contas, J. J.! Empresas de fachada no exterior. Você é um amador. Ziegler mantinha um livro-caixa. Seu nome está nele. O dinheiro que você pagou a ele está todo registrado.

Eve se inclinou na direção dele.

— Você foi ao apartamento dele para dizer que já estava de saco cheio e mostrar quem estava no comando. Ele era apenas empregado de uma academia, pelo amor de Deus! Quem ele achava que era? Mas ele não ia desistir tão fácil, e isso fez você perder a paciência... você é muito bom nisso. Pegou o troféu e o atacou... mais de uma vez.

— Dessa vez, sem crise de ansiedade — acrescentou Peabody. — Ainda mais porque você tinha se livrado de um problema. Ficou numa boa. Você sentiu que aquilo era algo que você já devia ter feito há muito tempo. Sem ele no caminho, você estava livre, leve e solto.

— E você foi criativo — prosseguiu Eve. — É um cara muito criativo. Você o arrastou até a cama e pegou uma das facas da cozinha dele. Escreveu uma mensagem engraçada... você também é bom nisso... e prendeu-a no peito dele com a faca.

— Eu não fiz nada disso! — vociferou Copley. Sua respiração ficou mais curta e o suor escorreu pelo seu rosto. — Isso é loucura. Eu nunca estive lá! Nunca! Quero falar com a minha advogada. *Exijo* falar com ela.

— Peabody, pegue um pouco de água para ele. Beba devagar, J. J. Mas beba tudo, senão você vai acabar na enfermaria novamente. Pode acreditar: tenho todo o tempo do mundo para isso.

— Não tenho mais nada a dizer até falar com a minha advogada.

— Sem problemas.

Ela esperou enquanto Peabody trazia o copo de água.

Sua mão tremeu enquanto ele tomava a água.

Eve se aproximou de Peabody e falou calmamente:

— Consiga um guarda para ajudar a segurá-lo, caso ele tenha um daqueles chiliques de novo. Vamos descobrir o que está atrasando a advogada. Já o jogamos contra a parede, agora só precisamos pressionar mais um pouco. Quero apenas confirmar uma coisa. — Então, declarou para a gravação: — Aqui é Dallas, saindo da Sala de Interrogatório.

De volta à sua sala, tentou ligar para o *tele-link* de Felicity. Seu estômago embrulhou quando uma mulher mais velha atendeu.

— Sim?

— Aqui é a tenente Dallas, da Polícia de Nova York. Preciso falar com Felicity Prinze.

— Quem fala é a mãe dela. Felicity não vai falar com você. Você é amiga daquele tal de Copley!

Eve se acalmou ao perceber que a mulher falava da filha no presente.

— Senhora, não sou amiga dele. Copley está sob custódia.

— Preso pelo quê?

— Por assassinato.

— Ai, meu Deus... ai, meu Deus! Minha garotinha.

— Ela está ferida, senhora?

— Não, não... não dessa forma. Mas ele partiu o coração e a alma da minha filha. Ele matou a pobre esposa, não foi?

Ele bem que tentou, pensou Eve.

— Senhora, preciso falar com sua filha. Você pode ficar ao lado dela enquanto conversamos.

— Pode ter certeza de que vou ficar. Chantal! Chame sua irmã. Agora mesmo! Ela voltou para casa — disse a mulher para Eve. — Então sou muito grata por isso. Voltou para casa porque descobriu que ele estava mentindo para ela, estava usando-a. Estou tomando conta do seu *tele-link* porque ele continuou tentando contatá-la. Felicity, é aquela policial de quem você falou. Ela prendeu aquele homem horrível.

— Ele foi preso?! Mãe, me deixa atender o *tele-link*. Olá... Oi! Esqueci seu nome.

— É Dallas. Tenente Dallas. Felicity, você viu ou falou com J. J. Copley depois que nós conversamos?

— Não quis fazer isso. Fiquei refletindo depois que você saiu. Não sou tão burra quanto as pessoas pensam.

— Ninguém acha que você é burra! — protestou a mãe.

— Ele achava. Ele me achava burra, e eu era mesmo. Mas comecei a raciocinar, liguei para Sadie e conversamos.

— Isso é ótimo.

— Depois que conversei com Sadie, fiz o que J. J. me disse para *não fazer*. Liguei para a casa dele. Quem atendeu foi a governanta, que me pediu para deixar um recado porque ele não podia atender ao *tele-link* naquele momento. Então eu disse: "Sei que ele está fora da cidade", mas a governanta disse: "Não, ele está aqui em casa"... foi assim mesmo que ela disse... que ele não podia atender, mas ela ia anotar o recado. Eu só falei para deixar pra lá, porque fiquei chateada. Ele mentiu para mim. Você sabia que ele tinha mentido para mim?

— Sim. Sinto muito, Felicity. Eu sabia que ele tinha mentido para você.

— Foi por isso que você disse que eu devia falar com Sadie, e ela disse que eu precisava ter certeza do que tinha ouvido. Foi o que eu fiz. Fui até a casa dele e o vi. Eu vi ele e a esposa saindo juntos e entrando em um carro. Ele não estava viajando, e eles estavam rindo. Ela não estava sendo má com o marido. Ele até... ele a *beijou* antes de os dois entrarem no carro, e então eu soube que era tudo mentira. Voltei para casa. Estou em apuros?

— Por que você estaria?

— Trouxe algumas roupas que ele comprou para mim e usei o cartão de crédito que ele me deu para pagar a viagem para casa. Não tinha dinheiro suficiente, desde que parei de trabalhar. Vou pagar tudo de volta.

— Ele te deu as roupas?

— Sim, mas...

— Ele te deu o cartão para usar?

— Deu.

— Então você não está em apuros.

— Deixei para ele uma mensagem gravada. Avisei que ia embora e não queria mais nada com uma pessoa que mentiu para mim, me traiu daquele jeito, me tornou uma mentirosa e me envolveu em sua infidelidade. Não vou voltar, não quero mais isso. Acho que não pertenço a Nova York. Ele fez algo realmente ruim? Pior do que mentir e trapacear?

— Parece que sim.

— Ele foi muito legal comigo, então me apaixonei por ele. Mas não foi real.

— Talvez eu precise conversar com você novamente, mas estou feliz por você ter ido para casa. E estou feliz que você esteja com sua família.

— Eu também. Hã... feliz Natal, Dallas.

— Feliz Natal, Felicity.

Eve desligou, recostou-se e refletiu sobre a situação.

— A advogada está aqui — avisou Peabody, parada à porta.

— Vamos dar algum tempo a sós para eles, e depois começar tudo de novo.

Capítulo Vinte e Dois

Eve lhes deu uma hora e aproveitou o tempo para ajustar sua abordagem. Em seguida, passou pela sala de ocorrências para chamar Peabody.

Viu que Jenkinson tinha levado o que ela disse ao pé da letra.

Uma faixa pendurada na porta da sala de descanso, voltada para fora, apregoava para quem passasse:

NÃO IMPORTA A SUA ETNIA, O SEU CREDO, A SUA ORIENTAÇÃO SEXUAL OU O SEU POSICIONAMENTO POLÍTICO, NÓS O PROTEGEMOS E SERVIMOS, PORQUE VOCÊ PODE MORRER.

Obviamente tinha havido alguma discussão e algum trabalho em equipe para elaborar o texto, mas o sentimento original de Jenkinson se mantivera. Sua primeira reação não foi o ar divertido que esperava, mas sim uma onda de orgulho. Porque aquilo era a pura verdade.

Deu uma olhada rápida nos homens e mulheres que serviam sob seu comando. Trueheart, em seu uniforme impecável, concentrado em sua estação de trabalho. Baxter, relaxado e com sapatos de marca apoiados na mesa, falando ao *tele-link* da sua mesa. Jenkinson franzindo o cenho para a tela enquanto comia um sanduíche questionável da máquina de venda automática.

A sala tinha um cheiro de café horroroso, misturado com o odor do almoço gorduroso de algum deles e o aroma de pinheiro falso que alguém tinha borrifado na árvore idiota. Cheiro de polícia em semana de Natal, pensou.

— Peabody, vamos acabar logo com isso. Quanto ao resto de vocês? Aquilo... — apontou para o banner —, deve ficar ali em definitivo. Se alguma pessoa da manutenção, do sistema de padrões ou do Departamento Jurídico tentar tirar, mande-a falar comigo.

Peabody correu atrás de Eve.

— Vamos mesmo deixar aquela faixa?

— Como foi que demos início a esta investigação? Dedicando o nosso tempo e energia na busca pela justiça para um idiota inútil. A faixa permanece. É a mais pura verdade.

Eve entrou na sala de interrogatório, recitou as informações necessárias para o registro da sessão e depois se sentou de frente para Copley e sua advogada.

— Aqui estamos novamente.

E deixou o silêncio reinar.

Foi McAllister quem o quebrou.

— Meu cliente foi vítima de Trey Ziegler, um chantagista que vivia de extorquir as pessoas... um homem que usou substâncias ilegais para estuprar várias mulheres, segundo evidências que você mesma descobriu.

— Ziegler era um ser humano horrível mesmo. Mas ainda é ilegal assassinar um ser humano, seja ele ruim ou não.

— Meu cliente não matou ninguém e, no horário exato estabelecido para a morte de Trey Ziegler, estava na própria casa.

— É o que ele diz, mas ninguém pode confirmar essa informação, nem mesmo a esposa, que ele mandou recentemente para o hospital.

— Nunca encostei um dedo em Natasha.

— Não é isso que ela está dizendo.

— Não acredito nisso! — vociferou Copley, apesar de a advogada tentar silenciá-lo. — Você está mentindo.

— Quer que eu reproduza de novo a gravação da chamada feita para a emergência?

— J. J. — alertou a advogada, apertando a mão de Copley. — A sra. Quigley temia por sua vida e chamou pelo marido. Chamou-o para ajudá-la.

Eve sorriu.

— Você pode tentar alegar isso, mas sabe exatamente o que o júri vai ouvir no tribunal: a gravação e o testemunho de Natasha Quigley.

— A sra. Quigley sofreu um grave ferimento na cabeça ao ser atacada por um agressor desconhecido, que muito provavelmente também matou Ziegler, que por sua vez... muito provavelmente... estava aliado a ele. Sua lembrança e o seu testemunho sobre os acontecimentos daquele momento não são confiáveis.

— E esse "agressor desconhecido" desapareceu misteriosamente?

— Meu cliente acredita que Catiana Dubois agrediu sua esposa, e durante a luta ela caiu e morreu. E que a falecida tinha alguma ligação com Ziegler.

A raiva cresceu dentro de Eve, e ela deixou aquilo transparecer e transbordar.

— Você está tentando ligar a morta a Ziegler? Deixe-me dizer algo, para que vocês dois ouçam... Tente! Ouse tentar! Seu cliente é mentiroso, trapaceiro, adúltero e uma fraude. Com quem você acha que o júri vai simpatizar? Um homem que trai a esposa com uma jovem ingênua para quem ele mente... uma mulher para quem ele armou usando o dinheiro que roubou da esposa? Um homem que pagou um chantagista para manter esse acordo em sigilo? Ou uma mulher inocente que trabalhava para ganhar a vida, vinha de uma boa família e não tinha nenhuma mancha em sua ficha criminal?

— Deixe Felicity fora disso! — exigiu Copley.

— Conversei com ela há cerca de uma hora. Você recebeu a mensagem que ela mandou?

Ele se levantou da mesa e Eve também.

— Você não tinha nada que conversar com ela! Vou explicar tudo que aconteceu para Felicity. Ela vai voltar para mim. Eu a *amo*. Vou me casar com ela.

— Você não poderia fazer isso, pelo menos até se livrar da esposa que já tinha. Matá-la era o jeito de tornar esse casamento possível.

— Eu não precisava matá-la! Por que você acha que paguei Ziegler para trepar com ela?

— J. J., pelo amor de Deus! Cala a boca!

— Não me manda calar a boca. — Muito vermelho, ele se virou para McAllister. — Sua vadia inútil! Por que você não me tirou daqui? Eu disse que queria ser representado por Silbert ou por Crosby.

— Você só tem a mim.

Eve se sentou novamente e olhou para Peabody.

— Ora, ora... isso é muito interessante. Você não acha isso interessante, Peabody?

— Estou fascinada. Ele realmente disse o que acho que disse... e está gravado...? Que ele *pagou* Ziegler para dormir com a Natasha? — Peabody olhou para Copley. — Você assistiu a tudo?

— Cala a boca. Você é nojenta!

— Ué... ele paga a um babaca para dormir com a esposa e eu é que sou nojenta? Caraca! Ok, se você não fez isso para bater uma enquanto assistia, por que pagou a ele?

— Por Felicity!

— E ela assistiu?

O orgulho aumentou no coração de Eve quando Copley rosnou para Peabody.

— Quero falar com meu cliente em particular.

— Você já teve muito tempo para isso — disse Eve. — Parece que J. J. tem mais coisas a dizer. Você tem algo a dizer, J. J.?

— Com certeza. E você... cala a boca! — disse ele à advogada, que simplesmente balançou a cabeça e suspirou.

— Foi amor à primeira vista... com Felicity. Eu queria dar a ela o que ela precisava, queria realizar seus sonhos.

— E então mentiu para ela.

— Eu não menti. Apenas precisava de algum tempo. Pretendia me divorciar de Natasha, mas, sem certas estipulações e acordos definidos, o divórcio teria me impossibilitado de realizar os sonhos de Felicity.

— Você precisava do dinheiro da sua esposa para realizar os sonhos da mulher por quem ia abandonar sua esposa?

— Não há necessidade de ser grosseira. O coração tem suas próprias razões. Natasha e eu tínhamos nos distanciado e...

— Fala sério... me poupe desse papo furado.

— Você vai pagar pelo seu desrespeito.

— Então me faça pagar! — Eve aproximou o rosto do dele. — Porque eu não tenho o *menor* respeito por você. Se tiver algo a dizer, diga logo. Com clareza, para ficar tudo gravado. Quer dizer que você fez um trato com Trey Ziegler? Explique isso.

Ele fulminou Eve com o olhar, mas respondeu:

— Resumindo, eu sabia que Ziegler transava com as clientes. Ele se gabava disso para mim. Alegou que conseguiria conquistar qualquer mulher.

Ainda tentando impedir que tudo fosse por água abaixo, McAllister interrompeu:

— Meu cliente não sabia que Ziegler usava substâncias ilegais com essas clientes.

Depois de um piscar de olhos muito rápido, que denunciou a Eve que Copley *sabia* de tudo, ele prosseguiu:

— Lógico que não. Isso é deplorável. Até onde eu sabia, todas as mulheres *queriam* aquilo. Eu disse a Ziegler que pagaria uma boa grana se ele conseguisse seduzir Natasha. Ela teve escolha. — Copley bateu com a ponta do dedo na mesa, para dar ênfase. — Ela *escolheu* transar com ele, e mais de uma vez. Porque tinha que ser mais de uma vez, tinha que haver um caso incontestável para que eu pudesse preservar minhas... vantagens financeiras.

— Seu acordo pré-nupcial especificava que se a sua esposa tivesse um caso sexual, vocês se divorciariam com uma compensação grande para você?

— É o justo.

— Quer dizer que você contratou Ziegler para seduzi-la e convencê-la a ter um caso com ele, que presumo que você tenha documentado.

— Exatamente. Isso não é ilegal.

Pelo contrário, pensou Eve, mas não valia a pena mencionar as acusações de proxenetismo.

— Eu só precisava que eles transassem mais algumas vezes. No primeiro dia do ano, ou logo depois, eu já poderia entrar com o processo.

— Mas você sugeriu uma viagem com Natasha para fortalecer seu casamento, logo no início do ano.

— Sim, sugeri. — Ele se remexeu na cadeira e se inclinou um pouco para a frente, como se explicasse que tudo era perfeitamente razoável. — Isso nunca teria acontecido, mas era importante que eu parecesse estar tentando consertar as coisas. Casamento é assim — disse ele, obviamente frustrado. — É um assunto pessoal, não um assunto policial.

— Se você queria que as coisas continuassem assim, não deveria ter matado Ziegler.

— Eu não o matei! Só precisava que ele transasse com a minha mulher mais algumas vezes. Mas agora ele está morto.

— Ele não conseguiu terminar o trabalho porque ela acabou com tudo, ou estava prestes a fazer isso.

— Talvez ela tenha feito isso, talvez não. Mas ele com certeza a teria persuadido.

— De um jeito ou de outro? — perguntou Eve.

— Ele me garantiu que iria convencê-la. — Copley desviou o olhar. — Eu avisei que ele não receberia o dinheiro até que fizesse isso. Só mais duas vezes e eu poderia levar tudo ao meu advogado de divórcio.

— Quando você disse isso a ele?

— Na semana passada, quando fui...

— Ao apartamento dele?

— Olha... tudo bem, eu já fui lá. Uma *única* vez! Só uma vez, porque ele me contou durante o treino que ela tinha dito, na véspera, alguma coisa sobre a importância de se investir no casamento... Ela queria parar de transar com ele. Ao mesmo tempo, ela falava comigo sobre consertar as coisas entre nós, ficava chorosa e flertava comigo. Eu só precisava de mais algumas vezes para fechar o acordo.

— Ele não conseguiu o acordo, mas ainda queria a grana. Se você não pagasse, ele iria até sua esposa, contaria a verdade para ela... e você perderia tudo. Ele também contaria a ela sobre Felicity... e você perderia tudo. O idiota estava cercando você por todos os lados. Aquilo nunca ia parar. Então você mesmo acabou com o problema.

— Eu não o matei. Eu não estava lá!

— Que nem você estava no quarto quando Catiana foi morta, e quando sua esposa foi atacada? O que Catiana descobriu? O que ela sabia? Ela ia contar a verdade para Natasha e você perderia tudo, então tinha que ser impedida. *Você* a impediu. Só que sua esposa entrou na sala, e isso não significaria apenas perder sua "vantagem financeira", mas também perder tudo. Ela também tinha que ser impedida.

— Ele me usou. Todos eles me usaram. *Eu* sou a vítima aqui. Sou a vítima nessa história, porra. Não fiz nada. Nem estava lá! Quero falar com Natasha. Quero falar com Felicity.

— Elas cansaram de você. Você só tem a mim. Então vamos começar tudo de novo.

Ele se atrapalhou e tropeçou nas palavras, se enfureceu uma ou duas vezes, implorou e insultou. Mas não mudou sua versão.

Eve decidiu que passar o Natal em uma cela talvez servisse como um último empurrãozinho para ele contar tudo.

Ela o dispensou, e ele saiu dali furioso.

— Ele está convencido de que tudo que contou é verdade — comentou Peabody. — Mira não disse algo assim? Que ele conseguiria acreditar na mentira que inventou até ela se tornar a verdade *dele*?

— Sim, foi por aí. Talvez seja mais complicado ele acreditar depois de mais alguns dias atrás das grades. Ele continua tropeçando nos detalhes. Ir ao apartamento de Ziegler, pagar a Ziegler para pegar sua esposa... Vamos acumulando os tropeços até que ele caia.

— Já temos mais que o suficiente para ele ir a julgamento.

— Sem confissão, a assistente da promotoria vai oferecer um acordo. Não é o suficiente. Talvez eu conseguisse engolir isso no caso de Ziegler, mas não para Catiana. Vamos tentar pegá-lo novamente depois do Natal. Vá, pegue a bunda magra de McNab, entrem naquele avião e vão visitar sua família.

— Sério? Ainda preciso escrever o relatório para...

— Pode deixar que eu faço isso.

— Você sempre me diz isso. Pode deixar que eu...

— Eu sempre digo isso porque sou a chefe. Vaza daqui!

— Obrigada. Feliz Natal, Dallas! Não me bata, por favor. — Peabody deu um abraço forte em Eve. — Espero que você goste do seu presente tanto quanto eu amei o meu.

Ela saiu correndo, provavelmente para pegar o casaco.

Em sua sala, Eve preparou o relatório e enviou cópias para Reo, o comandante, Mira e Peabody.

Ela poderia tentar decifrar as reviravoltas da situação, pensou. Talvez consertar algumas delas e conversar com Quigley mais uma vez.

Mas logo pensou: que se dane.

Ela ia para casa.

Talvez aquilo a tivesse incomodado no caminho, aquelas ruas insanas, cheias de chuva e gente animada. Certamente incomodou-a o bastante para ela usar seu computador do painel da viatura e vagar por alguns pensamentos e especulações sobre aquele caso que ela ainda precisaria avaliar melhor mais tarde.

Mas assim que entrou em casa, ordenou a si mesma que deixasse o problema na Central.

Não foi difícil fazer isso quando entrou no calor, na luz e no riso da casa. Apesar de algumas das risadas serem de Summerset.

Eles estavam na sala, Roarke esparramado em uma poltrona com uma taça de vinho na mão. Summerset mantinha-se ereto, em uma postura perfeita, à sua frente. Ela duvidou que Summerset conseguisse se esparramar por causa do cabo de vassoura que parecia ter enfiado na bunda.

Então lembrou a si mesma que era Natal. Hora de dar uma pausa nos insultos.

— Qual é a graça? — quis saber.

Roarke sorriu.

— A gente estava relembrando umas histórias.

— Quantas carteiras foram batidas na ocasião?

— Quem se importa? — Ele se levantou para beijá-la e pegar seu casaco, que Eve tinha jogado no braço do sofá. — Vou pegar um pouco de vinho para você.

— Aceito. Comida de festa! — Ela estudou a bandeja de petiscos sofisticados, escolheu um e deu uma mordida. Não tinha certeza do que era, mas achou gostoso.

— Tudo resolvido? — perguntou Roarke, ao entregar o vinho a ela.

— Está tudo encaminhado, mas ainda não resolvido. Mesmo assim, Copley ganhou pedras de presente na sua meia de Natal.

— Geralmente se diz "carvão".

— Que carvão?

— Deixa para lá.

Roarke beijou-a mais uma vez e puxou-a para se sentar na poltrona, junto dele. Aturdida — porque Summerset estava *bem ali* diante deles —, ela fez menção de se levantar.

— Temos muitas cadeiras.

— Estamos economizando espaço. — Roarke a puxou de volta na mesma hora. — Summerset estava me contando de um Natal que passou durante as Guerras Urbanas, quando ele e alguns médicos construíram uma árvore de Natal com vergalhões e trapos, entre outras coisas.

— Bastante festivo, considerando as circunstâncias — acrescentou Summerset. — Nós a iluminamos com lanterninhas, e alguma alma empreendedora roubou uma bela caixa de rações do campo inimigo, então fizemos um banquete.

— A alma empreendedora foi você?

Summerset arqueou uma sobrancelha para Eve.

— Talvez tenha sido. Fazer com que as coisas aconteçam pode aumentar o espírito de comunidade.

— Minha equipe na Central juntou uma árvore de Natal quebrada com uma menorá amassada e espigas de milho falsas — contou ela, tomando um gole de vinho. — Isso alegrou o ambiente.

Ela relaxou e deixou que a noite a fizesse esquecer do resto do dia. Talvez a policial dentro dela não conseguisse aprovar algumas das histórias que eles contavam — ou os roubos frequentes em relatos como aqueles, mas... que diabos, o prazo de prescrição daquelas contravenções transformava todas em simples lembranças.

— Tenho alguns amigos à minha espera — anunciou Summerset por fim, e se levantou.

Eve conteve a sua resposta automática que envolvia vampiros, cadáveres e velórios. Ela estava dando um tempo na implicância, lembrou a si mesma.

— Feliz Natal para vocês dois. Fico mais feliz por saber que esta é uma casa que cumpre sua promessa e seu propósito.

Feliz por ter engolido a farpa que ia soltar, Eve pigarreou.

— Ajudou muito ter alguém que sabe o que está fazendo para cuidar de todos os detalhes.

— Obrigado. Essas palavras são um presente inesperado. Boa noite.

Depois que Summerset saiu, Roarke beijou a bochecha de Eve.

— Foi uma observação inesperada e doce.

— Eu não sou doce. Apenas falei a verdade. Estou muito interessada na verdade hoje.

— Muitas verdades difíceis no seu dia?

— Sim, e mais um pouco. Mas não vamos pensar nisso porque... Ei, olha só! Tem um monte de presentes debaixo da... Merda! Merda... — Ela deu um pulo da poltrona. — Preciso de uns minutinhos.

— Tudo bem.

— Vai procurar... alguma coisa para fazer — sugeriu ela, e correu para embrulhar os presentes que havia esquecido de embrulhar porque achava que ainda tinha muito tempo.

Ela os arrastou até a sala e os espalhou debaixo da árvore, então suspirou e deu um passo para trás. E quase gritou quando viu Roarke deitado em um dos sofás lendo um livro, com o gato estirado ao seu lado.

— Não vi você.

— Foi o que eu imaginei, ao ver você colocar a mão na arma.

— Mas não a tirei do coldre. O que você está lendo?

— É o livro de Yeats que você me deu no nosso primeiro Natal juntos. Eu o releio todos os anos, nesta época do ano.

— Você é um bobo — disse ela, mas sorriu ao fazer isso, porque a ideia a encheu de felicidade. — Quer ver o que você ganhou esse ano?

— Quero.

Ele se levantou e deixou o livro de lado. O gato simplesmente rolou e continuou no sofá.

— Podemos deixar os presentes que ganhamos dos amigos para abrir amanhã — sugeriu ele, servindo mais vinho para ambos. — Amanhã é que é o dia de Natal.

— Por mim, tudo bem. Depois nós podíamos terminar o que começamos ontem à noite. Você sabe... beber muito vinho e transar loucamente.

— Isso seria incrível. Ou então... — Ele segurou-a pela nuca e beijou-a lentamente. — Poderíamos começar de trás para a frente. Fazer um sexo gostoso, tomar muito vinho e abrir os presentes.

— É um ótimo plano, mas... — Ela se afastou e pegou uma caixa grande, embrulhada de forma desajeitada. — Abra isso. Achei que seria uma... — Ela jogou as mãos para o alto e fez um som sibilante. — Como é mesmo o nome?

— Explosão.

— Não, não! É quando o cara que... — Com os punhos frouxos, ela balançou os braços no ar lentamente como um maestro. — E faz todos os músicos...

— O *crescendo*? — Ele riu e se sentou no chão com a caixa. — Adoro você. Então, neste caso, vamos ao *crescendo* antes.

— Pois é. Quero ver se acertei no presente. O embrulho que eu fiz ficou uma bosta.

— Está lindo.

Ele desfez o laço e rasgou o papel. Quando abriu a caixa, ela avaliou a surpresa no olhar dele. Mas surpresa não significava necessariamente que ela tinha acertado.

— Você não comprou um casaco mágico para você — ressaltou ela.

— Eu ia comprar, em algum momento.

Ele pegou o casaco de couro preto macio, em estilo clássico. Notou... e tocou... os botões onde estavam gravados os nós que simbolizavam a trindade celta.

— Você sempre me surpreende.

— Você pode comprar suas próprias roupas. Na verdade, pode comprar as roupas de todo mundo, mas isso aí é... Quero que você também esteja protegido.

— Eve, querida...

Quando ele se inclinou e a beijou, ela sabia que tinha acertado.

— Vai caber em você — disse ela. — Procurei o seu pessoal... sua equipe de pesquisa e desenvolvimento... para fazer o forro, e isso não foi fácil. Acho que seria mais tranquilo entrar na Sala de Guerra da Casa Branca. Também procurei seu alfaiate.

Ele se levantou para experimentar o casaco.

— Ficou perfeito.

Nele, o couro preto e flexível na altura dos joelhos ficava extremamente sexy.

— Tem mais um detalhe: bolsos internos ocultos. Acho que um cara como você saberá encontrá-los com facilidade. É para carregar coisas que nem mesmo um consultor civil especializado deveria carregar.

— Ah, é?

Ele realmente encontrou os bolsos e sorriu que nem uma criança que acabou de ganhar um doce.

Tinha acertado em cheio, pensou Eve. Aproveitando o embalo, ela foi pegar outro presente.

— Não, é a sua vez agora — disse ele, tirando o casaco e guardando-o junto com o dela. — Vamos manter o tema do *crescendo*. — Ele escolheu uma pequena caixa. — Esse aqui!

Ela esperava joias — ele não conseguia evitar. Mas a perplexidade foi grande quando ela abriu a caixa e encontrou um simples cartão de visitas.

— Mestre Wu? Não entendi.

— Você poderá chamá-lo. Ele trabalhará com você, no dojo dele, ou no daqui de casa, aquele que vamos construir ao lado da academia, no subsolo.

— O quê? Um dojo? *Aqui?*

— A obra começa semana que vem. O Mestre Wu vai treinar você. *Se* e *quando* você não conseguir se encontrar pessoalmente com ele, podemos criar um programa holográfico.

— Mestre Wu vai me treinar! *O* Mestre Wu? — Eve tinha conhecido rapidamente a lenda das artes marciais em um caso que investigara, mas já o admirava há muitos anos. — Você *comprou* o Mestre Wu para mim?

— De certo modo, sim.

— Puta merda! *Puta merda!* — Ela deu um pulo e dançou pela sala, parando para atacar um oponente imaginário, acabando com ele com um chute lateral e cruel. — Mestre Wu!

Ela saltou sobre Roarke, jogando-o para trás e beijando-o com força enquanto ele ria. O gato apareceu correndo para ver o que diabos estava acontecendo.

— Esse foi o melhor presente de todos os tempos! Você sabe que agora eu vou conseguir te dar uma surra, né?

— Isso é o que veremos.

— Mestre Wu! — Ela se levantou e puxou-o com ela. — Você vai construir um dojo!

— *Nós* vamos. Vai ser divertido para nós dois, não acha? Vou te mostrar o projeto e os planos. Ah, para com isso — murmurou ele, quando a alegria intensa nos olhos dela se nublou em meio a lágrimas.

— *Você* — disse ela, abraçando-o. — Você me conhece e me ama mesmo assim. Eu nunca vou entender isso.

— E *você*. Minha tira que colocou bolsos escondidos no meu casaco mágico. Eu não poderia ter sonhado com uma pessoa melhor que você.

Ela fungou, recuou e pegou outro presente debaixo da árvore.

— Esse aqui. Abre esse.

— Eu poderia me sentar aqui com você, sob essas lindas luzes, e não precisar de mais nada no mundo. Mas já que o presente está aqui... — disse ele, arrancando uma risada dela.

Eve tinha mandado emoldurar uma foto deles na pré-estreia do filme *O caso Icove*. Não era uma das fotos chamativas no tapete vermelho, mas uma tirada depois que ela enfrentou um assassino... e depois de ele ter quebrado a cara do canalha.

Eles estavam de pé, sorrindo um para o outro, o nó dos dedos dele ralado sobre a bochecha machucada dela.

— Somos nós, foi o que você disse quando viu essa foto. — Ele olhou-a por um bom tempo. — Vai direto para a minha mesa. Agora abra isso.

Aliviada porque o pico de emoções tinha passado, ela rasgou o papel de presente. E encontrou exatamente a mesma foto. A moldura era diferente, mas a foto era a mesma. Nada poderia tê-la impressionado mais.

— Olha a gente!... A gente se conhece de verdade.

— E nos amamos mesmo assim.

— Tudo muito glamoroso, o nó dos meus dedos sangrando, meu olho já ficando roxo. E pensar em toda aquela merda de preparação para enfrentar as câmeras... O Tratamento Trina... Roupas, cabelo, rosto... para acabar com um olho roxo.

— Você pegou o assassino. E foi uma festa e tanto.

— Prender o vilão foi a melhor parte, mas, sim... foi uma festa e tanto. Se as festas não exigissem tanto tempo e trabalho, elas... Espera. Espera!

— O quê?

— Ela ajudou na preparação da festa. Foi isso que Tella me contou hoje. Catiana estava lá, ajudou e se preparou para a festa naquela casa. Catiana.

Roarke balançou uma fita para Galahad tentar agarrar.

— Estou começando a achar que o nosso Natal é que vai ter que esperar.

— Preciso... Não, isso pode esperar.

Ela começou a pegar outro presente, mas ele segurou a mão dela.

— Nós nos conhecemos.

Ela segurou a mão dele, apertando-a com força.

— Graças a Deus! E você vai poder usar seu casaco novo.

Então ela analisou todas as voltas e reviravoltas enquanto ele dirigia, perguntando-se se ela realmente tinha resolvido tudo. Fazia sentido de um jeito complicado e desagradável. E considerando os envolvidos, isso equivalia a um *crescendo*.

Ela não se preocupou em mandar chamar Copley da carceragem. Simplesmente desceu até as entranhas da Central, fez login, registrou-se e foi caminhando até onde Copley andava de um lado para o outro, dentro da sua cela.

— O que você quer? Não sou obrigado a falar com você. Vai se foder, e você pode ir junto — vociferou ele, ao ver Roarke.

— Você pode mandar chamar a advogada que você não respeita, ou pode responder a algumas perguntas simples. Na noite da sua festa de fim de ano, a que horas você viu ou falou com sua esposa pela primeira vez?

— Como eu vou saber, porra? Não estava olhando para a merda do relógio.

— Certo.

Eve se virou para ir embora.

— Espera. Por que isso é importante? Já te contei que, quando cheguei em casa, subi para me vestir. Tash chegou mais tarde. Ela estava atrasada.

— E quanto ao cabelo e à maquiagem?

— O que é que tem? Espera... espera... Ela precisou lidar com isso sozinha. Estava muito apressada, disse algo sobre ter havido uma confusão com o serviço de bufê. Estava chateada e disse que teve que lidar com um monte de pepinos. Sei que ela estava cuidando das coisas porque a garota de Tella tinha me ligado, logo depois que eu saí do banho, e estava procurando por ela.

— Por que ela não ligou diretamente para Natasha?

— *Sei lá!* Não perguntei. Eu tinha uma festa para ir e precisava me arrumar. Não me meto nesses assuntos domésticos. É Tash que lida com eles. Ela lida com toda a equipe.

— Quanto tempo você demorou para se arrumar?

— Caraca, sei lá! Eu não tenho pressa. Talvez noventa minutos.

— Então Catiana estava procurando sua esposa por volta das seis e meia?

— Mais ou menos. E daí? Aquela garota deveria ser capaz de lidar com qualquer que fosse o problema, em vez de nos incomodar. Mas eu não a matei por causa disso.

— Você é um completo idiota, J. J. — comentou Eve, e foi embora enquanto ele berrava às costas dela.

— Ele é, de fato, um completo idiota — concordou Roarke.

— Sem dúvida, mas não é um assassino.

Epílogo

O hospital operava com o mínimo de funcionários. Isso significava que Eve teria que passar por mais algumas dificuldades para ser admitida na ala pós-cirúrgica, mas ela se mostrou tolerante.

Quando entrou no quarto de Natasha ao lado de Roarke, notou que eles tinham trazido uma árvore, presentes e até instalado pisca-piscas.

Natasha estava sentada na cama, acompanhada da irmã e do cunhado. Parecia mais alerta e tinha passado um pouco de maquiagem. Estava com um robe rendado por cima de um vestido de seda.

— Tenente. — Martella veio cumprimentá-la. — Olá, Roarke. Nossa, vocês trabalham demais para ainda estarem aqui em plena véspera de Natal! Por favor, tomem um pouco de champanhe. A médica me disse que Tash poderia tomar uma tacinha. Ela já está muito melhor.

— Estou vendo. Você parece bem melhor, sra. Quigley.

— Eu me sinto mais eu mesma. Um pouco fraca e trêmula, mas bem melhor. Tella e Lance trouxeram o Natal para cá.

— Muito simpático. Teremos que dispensar o champanhe, mas isso não vai demorar muito. Queria apenas saber como você está e lhe dar algumas atualizações.

— Que gentileza.

— Tenho apenas que fazer algumas perguntas, para encerrar tudo. Vou ser direta e rápida.

— Claro, se você tem certeza de que isso não pode esperar...

— Quando estamos tão perto de encerrar as coisas, não queremos pontas soltas.

— Você já sabe o que aconteceu?

— Sei, sim. Você se importa? — perguntou Eve, se acomodando aos pés da cama.

— Claro que não. Sou muito grata pela sua dedicação.

— Só estou fazendo o meu trabalho. E, a propósito, devo lembrar que você tem direito a um representante jurídico presente. Li seus direitos outro dia, mas posso recitar o texto mais uma vez, se for preciso.

— Nossa, quanta formalidade! Não é necessário. É lógico que eu me lembro. Não quero um advogado aqui. — Ela deu um tapinha na mão de Eve. — Faça logo as perguntas para você poder ir para casa e aproveitar seu Natal.

— Obrigada. Falei com sua médica antes de vir. Ela está muito satisfeita com o seu progresso, espera que você se recupere totalmente e que possa ser liberada em poucos dias.

— Parece um milagre.

— Tenho certeza que é. Infelizmente, estamos com seu marido sob custódia. Ele foi acusado pelo assassinato de Trey Ziegler, pelo assassinato de Catiana Dubois e pelo ataque a você.

— Ai, meu Deus!

— Você precisa ser forte, Tash. — Martella pegou a mão da irmã e se virou para Eve. — Lance e eu conversamos a respeito disso. Revisitamos a história várias vezes, porque simplesmente não nos parecia possível. Mas é. É a única possibilidade. Ele deve ter perdido a cabeça.

— Ele é um homem difícil. Entendo sua lealdade, sra. Quigley... Natasha — consertou Eve, em um tom gentil. — Mas está na hora da verdade.

— Ele é meu marido. Como aceitar tudo isso? Como posso aceitar que meu marido é um assassino?

— É difícil. Deve ser muito difícil. Mas nós conseguimos juntar tudo e estabelecer a sequência dos fatos. Os eventos, a ordem dos fatos... tudo.

— J. J. — Natasha quase sufocou ao pronunciar o nome. — Tentei dizer a mim mesma que tudo estava confuso. Que não poderia ter sido ele... Mas por quê? *Por quê?* Por qual razão ele machucaria Catiana, por qual razão ele me machucaria? Por que mataria Trey?... Tella está certa. Ele perdeu a cabeça. Eu devia ter reparado, devia ter conseguido ajuda para ele, antes que fosse tarde demais...

Martella deslizou na cama e puxou a irmã mais para perto de si.

— Não se culpe, Tash. Não faça isso.

— Eu não entendo... Não entendo nada disso...

— Ele sabia sobre você e Ziegler — contou Eve.

— Ai, meu Deus! Ai, meu Deus, eu sabia que ele ficaria muito bravo se descobrisse, mas...

— Ele não descobriu — corrigiu Eve. — Na verdade, foi ele que providenciou tudo.

— Como assim?

— Ele pagou Ziegler para dormir com você.

— Ele... — As lágrimas nos olhos de Natasha de repente deram lugar à fúria. — Do que você está falando?

— Estou dizendo que ele pagou Trey Ziegler para iniciar um caso com você. Então, com a ajuda de Ziegler, ele documentou tudo para conseguir um acordo financeiro bem generoso, quando pedisse o divórcio.

— Ah, Tash...

Tella se inclinou para confortar a irmã, mas Natasha a empurrou para o lado.

— Ele está mentindo. J. J. só pode estar mentindo!

— Temos todos os registros de Ziegler que corroboram as transações. Era apenas mais uma transação para ele... e muito lucrativa, já que você e seu marido estavam pagando pelo mesmo serviço. Para ele era só mais uma forma de ganhar dinheiro. Você não significava nada para ele além de outro corpo, outra conquista.

— Isso não é verdade! Isso não é verdade, não mesmo...

O brilho no olhar dela disse a Eve tudo que ela precisava saber.

— Ele *usou* você. Ziegler usou você, e depois ele e seu marido riram de tudo pelas suas costas.

— Não! Trey me amava.

— Ele amava o dinheiro que você dava a ele e o dinheiro que recebia do seu marido. Ele bebeu das duas fontes e acabou morrendo por isso.

— Tínhamos um relacionamento. Você está me entendendo?

— Não sei se entendo.

— Tash, não se preocupe. Aquele homem era um canalha. Ele se aproveitou de você.

— Ele se aproveitou de *você*! — retrucou Natasha para Martella. — Não de mim. Ninguém se aproveita de mim!

— É difícil de aceitar. — Eve deu um tapinha na perna de Natasha. — É muito difícil para uma mulher inteligente e obstinada aceitar que foi enganada. Tudo que ele disse a você era mentira, uma pela qual seu marido pagou... e pior, pagou com o *seu* dinheiro. Sei que é difícil. Já foi péssimo quando você descobriu que

Ziegler estava saindo com aquela idiota da Alla Coburn de novo, e foi pior ainda quando ele mentiu para você sobre ela e sobre as outras... Ele fez você se sentir especial, te deixou empolgada. Quando você saiu para vê-lo naquele dia, no dia da sua festa, você só queria ir vê-lo novamente antes de ele sair para a conferência. Mas você percebeu que ele tinha estado com outra pessoa. O sutiã barato e os sapatos de piranha estavam bem ali, na sua cara.

— Do que você está falando? — quis saber Martella, mas Eve a ignorou.

— Ele desconversou. Tinha um jeito especial para fazer isso, não tinha? Ela não significava nada para ele, era apenas sexo... Ele riu quando você disse que não ia tolerar aquilo? Zombou quando você disse que o amava, e queria que ele ficasse apenas com você? Ele ainda estava rindo quando você pegou o troféu para quebrar a cabeça dele?

— Você não pode falar com ela desse jeito! — Martella puxou Eve pelo braço. — Ela está fragilizada, é mais uma vítima disso tudo... Lance, faça-a parar!

— Espera. — Ele olhou de Eve para Natasha. — Espera só um pouco.

— Não quero mais conversar com você! — Natasha puxou os lençóis e piscou depressa para provocar lágrimas. — Você está me dizendo coisas terríveis.

— Você enfiou aquela faca no coração dele porque ele apunhalou o seu! Foi tudo uma mentira, Natasha. Foi uma mentira sua, do seu marido, de Ziegler... Tudo que vocês fizeram foi mentir. Você achou que tinha escapado numa boa, disse a si mesma que tinha feito o que precisava fazer e ponto-final. Mas quanto tempo tudo isso levou? Foi *isso* que atrapalhou sua vida. Você precisou cancelar todos os seus horários de cabeleireiro e maquiador. Confirmei isso com eles também.

— Eu estava muito ocupada me preparando para a festa.

— Você não estava em casa na hora exata em que Ziegler morreu. Catiana te procurou, mas não te encontrou.

— Eu estava em casa, *lógico* que estava. Várias pessoas me viram lá.

— Mas quando as interroguei, todas elas... *cada uma delas*... ninguém foi capaz de confirmar que você estava na sua casa entre seis e sete horas, porque você foi até o apartamento de Ziegler, matou-o e voltou depressa para casa.

— Eu estava em casa! — garantiu Natasha, com frieza. — Você não vai conseguir provar o contrário.

— Lógico que vou! Ontem, a Catiana percebeu tudo isso. Conversando com sua irmã, ela começou a juntar todas as peças. Começou a questionar por que diabos ela não conseguiu encontrar você em casa, por que você cancelou o seu cabeleireiro e o seu maquiador, que a atenderiam em domicílio. Justamente das seis às sete e meia, segundo declaração dos profissionais em questão. Mas ela foi leal a você, Natasha. Ela não correu para me contar... para contar à polícia... ela foi procurar você. Foi lá na esperança de que você explicasse tudo, mas você não conseguiu fazer isso.

— Tella, por favor... chame a enfermeira. Minha cabeça dói.

— Tash! — Lentamente, Martella recuou da cama. — Meu Deus, Tash! Isso não pode ser verdade... Não a Cate... Você não pode ter feito isso!

— Mas ela fez. Ela tinha que se proteger. Talvez você tenha oferecido dinheiro a ela. Ela com certeza ficou chocada, se sentiu insultada. Você não podia confiar que ela manteria a boca fechada, então vocês discutiram e você a ameaçou. Você a empurrou! Você pretendia matá-la ou foi apenas um afortunado acidente?

Natasha fez que não com a cabeça e lançou um olhar suplicante para a irmã.

— Eu não fiz nada disso. Jamais faria uma coisa dessas, acredite em mim.

— Acho que foi um impulso violento — continuou Eve. — Que nem foi com Ziegler. E também como no caso de Ziegler, você não podia deixar as coisas daquele jeito. Depois de você virar o corpo dela e se certificar de que ela estava morta, você percebeu como poderia usar tudo aquilo a seu favor. Você poderia se livrar de J. J. Poderia prendê-lo, como ele merecia, por trair você com aquela stripper peituda. Seria preciso um pouco de coragem, mas você tem isso de sobra. Então você fez aquela ligação para a emergência. Você poderia alegar depois que tinha bloqueado a câmera do *tele-link* durante a gravação por causa da pressa e do choque. Você fingiu estar sendo atacada e usou o nome do seu marido, depois deixou o *tele-link* cair no chão e o esmagou com o pé. Então se animou ainda mais e pegou aquele vaso de cristal, gritou por J. J., enquanto sua adrenalina ia lá nas alturas, e bateu com o vaso em si mesma com toda a força que tinha. Mais força até do que deveria ter usado. Isso quase te matou. Você quase morreu por orgulho, por ego e por vingança ao seu marido infiel. Isso tudo valeu a pena?

— Cada parte.

Quando Martella começou a chorar, Roarke a abraçou, olhou para Lance e disse:

— Acho que você deveria levar sua mulher para fora daqui. Ela não devia estar aqui neste momento.

— Vamos lá, querida. Venha comigo.

— Vai em frente, caia fora! — gritou Natasha, quando Martella concordou em ir embora. — Vai chorar no colinho do papai, como você costumava fazer.

Martella parou e olhou por cima do ombro.

— Você é minha irmã. — Ela se empertigou e ergueu o queixo. — Mas Cate era minha melhor amiga. Nunca vou te perdoar pelo que você fez com a Cate! — E saiu da suíte andando devagar.

— Subalternos! — Natasha se recostou na cama. — Qualquer pessoa que faça amizade com funcionários remunerados e os considere da família é uma pessoa burra. — Ela olhou para Eve. — Eu estava sob muita pressão. As crueldades mesquinhas e a negligência do meu marido, um amante exibindo para todos as suas aventuras... tive um colapso mental.

— Você pode tentar dar essa cartada, se quiser.

— Foi um colapso mental! Depois do que aconteceu com Trey naquele dia... foi como se outra pessoa estivesse dentro do meu corpo. Não consegui me controlar. Quanto a Catiana... ela escorregou. Estávamos apenas conversando. Fiquei chateada, é óbvio, mas ela só escorregou e caiu de cara. Eu fiquei em choque, mais uma vez me vi fora de mim. Nenhuma mulher em sã consciência machucaria a si mesma daquela forma.

— Você vai aprender a diferença entre ser legalmente insana e ser apenas uma megera egoísta, fria e cruel.

— Estou no hospital. Quase morri! Tenho muito dinheiro para pagar os melhores advogados do mundo. Ninguém além de mim vai chorar a morte de Trey. Quanto a Catiana... ela escorregou.

— Você é uma ótima mentirosa, mas com as evidências que vou juntar contra você, até suas mentiras irão afundar. Natasha Quigley, você está presa pelo assassinato de Trey Ziegler e pelo assassinato de Catiana Dubois. As acusações adicionais incluirão, entre outras, obstrução da justiça e perjúrio. Você será mantida aqui, sob custódia, até poder ser transportada em segurança para a prisão, onde aguardará julgamento.

— Vou pagar fiança e sair!

— Eu não apostaria minhas fichas nisso.

Eve pegou as algemas e deu um passo à frente.

— Fique longe de mim! Você não pode usar isso em mim!

— Também não apostaria nisso. — Eve pegou um dos pulsos de Natasha e aguentou firme quando a mulher arranhou seu antebraço. — Também vou acrescentar resistência à prisão diante das acusações antes mencionadas. — Ela se preparou para um tapa, mas recebeu um soco. — A cereja do bolo é minha, ainda mais com essa agressão a uma policial. O que me permite fazer o seguinte...

Ela pegou um segundo par de algemas e prendeu o outro pulso de Quigley.

— Vou acabar com a sua carreira!

— Você vai é ter uma vida horrível, vendo o sol nascer quadrado. No fim das contas, o seu marido infiel provavelmente vai ficar com uma bela parte da sua grana. Seu nome e seu rosto vão ser estampados e divulgados em toda a mídia, e o único clube do qual você fará parte é o Círculo de Bofetadas da Big Nellie. Você vai ser a mascote do clube. Feliz Natal!

— Big Nellie? — perguntou Roarke, quando eles deixaram o quarto.

— Foi a primeira coisa que me veio à cabeça. Guarda! — chamou ela, apontando para o policial que tinha deixado de sentinela. — Fique de olho nela. Coloquei vocês em turnos de quatro horas, então vocês não vão perder o Natal por completo.

— Sou judeu, senhora.

— Ok, então feliz Chanucá.

Ela falou com a enfermeira-chefe de plantão e transmitiu a situação à dra. Campo via *tele-link*.

— A irmã dela vai sofrer — comentou Roarke.

— Ela é casada com um sujeito forte... um porto seguro e tanto. Mas, sim, ela vai sofrer. O assassinato nunca acaba na vítima, na maioria dos casos. Natasha armou muito bem para cima do marido... ele era um idiota, e isso ajudou. Algumas coisinhas quase atrapalharam aqui e ali, mas no todo funcionou. Eles são muito parecidos, Copley e Quigley. Ele poderia ter cometido esse mesmo crime, pelas mesmas razões. A diferença é que não teria a coragem de quase se matar para escapar impune.

— Você encerrou o caso. Conseguiu justiça para ambas as vítimas.

— O caso foi complicado, mas está encerrado. Agora tenho que ir ver Copley, aquele idiota.

— Você pode fazer isso de manhã. Deixe-o apodrecer um pouco na cela.

— Eu poderia fazer isso, mas não vou.

— É por isso que você é completamente diferente dessa gente.

— É por isso que agora meu dia vai ser uma chatice. Vou demorar um pouco. — Ela olhou para Roarke quando eles saíram do elevador. — Preciso de algumas horas para lidar com a papelada e com os advogados. Isso vai estragar a nossa véspera de Natal.

— Já tivemos o *crescendo*, o resto pode esperar.

— Sim.

Eles saíram para a noite. A chuva fria tinha parado. Ela pensou ter visto até o brilho de algumas estrelas.

Pegou a mão dele e balançou seu braço.

— Belo casaco — elogiou ela, fazendo-o rir.

Eve cumpriria seu dever, terminaria seu trabalho. Depois, ela e o homem que a conhecia melhor do que ninguém e a amava iriam para casa celebrar o Natal.

Este livro foi composto na tipografia Adobe Garamond Pro, em corpo 13/16, e impresso em papel offset no Sistema Cameron da Divisão Gráfica da Distribuidora Record.